KB253063

한국남북문학100선

고향 없는 사람들

박화성／지음

▨ 작품해설
박화성의 작품세계
김양수

일신서적출판사

책머리에

　언어는 인간만이 유일무이하게 구사할 수 있는 사상의 전달매체이다. 말은 시간적인 의미의 매체이며 글은 시간을 초월하는 공간적인 의미의 매체이다. 문자가 발명되어 기록으로 전해짐으로써 비로소 사상은 고금을 잇는 연결고리를 갖게 되었다. 이렇게 문자를 통해 선조의 사상과 지혜가 후세에 전달됨으로써 인류문명은 비약적으로 발전하게 되었던 것이다.

　우리 나라도 세종대왕께서 세계에서 가장 훌륭한 문자인 한글을 창제하시어 우리만의 문자를 갖게 되었다. 그러나 안타깝게도 한자문화의 영향권에 오랫동안 머물러 있었던 것이 개화기를 맞아 우리 글에 대한 새로운 시각에 눈을 뜨게 되자, 비로소 우리 글로 씌어진 문학작품이 물밀듯이 쏟아져 나오게 되었다. 그러나 이처럼 많은 작품들을 여러분이 모두 읽을 수는 없는 실정이다. 따라서 한국문학사에 길이 남을 훌륭한 작품들을 신중히 선택하여 수록함과 더불어 여러분에게 실질적인 도움을 주고자 교과서에 나오는 작품들을 위주로 하여 《한국남북문학 100선》이라는 표제를 붙여 발간하고자 한다. 여기에는 납북작가들의 작품까지도 자료가 보충되는 대로 수록하여 여러분에게 편중된 작가의 작품만 읽는 우를 범하지 않도록 배려하였다.

　이 《한국남북문학 100선》이 학생들뿐만 아니라 일반인에게도 널리 읽혀 우리 문학작품의 흐름과 이해에 많은 도움이 되었으면 하는 마음 간절하다.

박화성 단편집

차례

박화성(朴花城 : 1904~1988)

소설가. 전남 목포에서 출생하여 단편 《추석전야(秋夕前夜)》가 이광수의 추천으로 〈조선문단〉에 발표됨으로써 문단에 데뷔하였다. 1929년 일본여자대학 영문과 3학년을 수료하였고 1931년에 본격 여류소설의 시초라 할 수 있는 《백화(百花)》를 동아일보에 발표하여 문학가로서의 본격적인 활동을 시작하였다. 이듬해 《백화》를 간행하고 1935년에는 장편소설 《북국의 여명》을 조선중앙일보에, 중편소설 《비탈》을 〈신가정〉에 발표하였고, 단편 《불가사리》《눈오던 그밤》《한귀(旱鬼)》《고향없는 사람들》 등을 지면에 발표하였다. 이후 왕성한 창작활동을 계속하여 전후 여류문학의 대표적 작가로 인정되어 59년 목포시 문화상을 수상했고 61년에는 문학 선구 공로상을 수상하였다. 62년 장편 《너와 나의 합창》 단편 《별의 오각(五角)은 제대로 탄다》《버림받은 마을》《회심록》 등을 발표하였다.

그는 대외적인 활동도 왕성하게 전개하여 65년 한국 여류문학인회 회장에 피선되고 자유중국 부인 작가협회 초청으로 출국하기도 하였다. 또 이듬해에는 국제 펜클럽 대회에 참석하기 위해 도미하여 각 지역을 시찰하기도 했으며 한편으로 문학작품도 계속 발표하여 제3회 한국문학상을 수상하였다. 68년에는 단편 《현대적》을 〈여류문학〉에 발표한 뒤 친화회의 초청으로 도일, 문학 강연과 문화계 시찰을 했으며 단편집 《잔영(殘影)》을 간행하였다. 이후에도 문학적 역량이 더욱 성숙해져서 수필집 《내가 하고 싶은 말》을 간행하기도 하는 등 여류문학계뿐만 아니라 한국문학계의 거봉으로서 손색없는 활동을 하였다.

고향 없는 사람들

여보소 이 사람 어디를 가나
산 높고 물 깊어 길 험하다네
강서가 예서도 일천오백 리
나는 새라도 사흘 간다네.
　　에라 둥둥 내 사랑이야
　　너를 놓고는 내 못 살리라.

아니 가고 어이를 하리
정들언 고향이 날 몰아내데
땅 좋고 물 좋아 살기 좋대도
내 고향 안 잊혀 어이를 가리.
　　에라 둥둥 내사랑이야
　　너를 놓고는 내 못 살리라.

　오삼룡이네 외에도 아홉 집 가족이 평안남도 강서(江西) 능으로 살러
가게 됐다는 말이 돌면서부터 누구의 입에서인지 이런 노래가 흘러나와
서 설움에 흐느끼고 있는 불암리(佛岩里) 이 작은 동리에 안개 퍼지듯이
쫙 퍼졌다.
　작년 홍수 때문에 농사라고는 쌀알 몇 입밖에 건져보지 못한 각 면 각
동리 일백 호의 가족이 독차(專用汽車)를 타고 일제히 강서로 떠난다는

삼월 이십이일이 가깝게 닥쳐올수록 이 노래는 동네 사람들의 입에서 더 자주, 그리고 더 익숙하게 불러졌다.

이들 열 집의 호주들은 몇 번이나 면사무소에 불려가고 면사무소에서도 거의 그 수효만큼이나 자주 조사를 나왔다.

삼월 스무날 저녁에는 오삼룡이와 제일 친한 강판옥이네 집에서 떠나는 열 친구를 위한 이 동네의 전별잔치가 있었다. 보내는 사람들의 각 집에서는 쌀이 적어서 떡은 못 하나마 다만 몇 줌씩이라도 모조리 걷어서 밥을 짓기로 하고 쌀은 일제히 형편 따라 부담한 후에 각각 간장, 기름, 나무, 김치, 나물(채소), 이런 것들을 분담해서 저녁밥을 준비하고 주머니들을 다 털어 막걸리 몇 되를 받아왔다.

동네에서는 제일 크다는 강판옥의 집 방문을 활짝 열어놓고 방과 마루에 사람들이 콩나물 서듯 들어앉았건만 자리가 좁아서 뜰 아래까지 멍석을 펴고 앉게 하였다. 그리고 아직은 겨울 날씨라 하여 마당에다는 불을 피워서 더운 김이 나도록 하였다.

서로 권하느니 사양하느니 하는 와글와글 끓는 소리가 방에서 마루로 마루에서 마당으로 또 마당에서 방으로 마루로 정답게 오고가고 김이 서리는 부엌 속에서 심부름을 하는 부인들의 오손도손하는 얘기 소리들이 계속하는 동안 그들의 위장은 웬만큼 부요하여졌다.

벼를 베어낸 논바닥처럼 허하고 쓸쓸하기 짝없는 이들의 뱃속에 틉틉한 막걸리 사발씩이나 들어가 놓으니 그들의 어둡던 가슴은 화촉의 신방같이 훈훈하고 밝아오는 게 봄날의 햇볕처럼 제법 따끈해졌다.

삼룡이 곁에 바싹 다가앉았던 판옥이가 벌떡 일어나서 다들 자기를 주목하라는 듯이 기침을 연방 크게 하였다. 과연 사람들은 판옥의 기침 군호에 고개들을 방으로 돌리고 쳐다보았다.

"허 오늘이 대체 무슨 날인지 마당에다가는 불을 피우고 일년 열두 달 다 가도록 못 먹어보는 쌀밥을 먹어보고 막걸리로 반주를 하고 온갖 성찬으로 안주를 하고 떠들썩하게 웃고 지껄이니 남 보기에는 무슨 즐거운 경사나 있는 것같이 보이겠소마는 사실인즉 우리 평생에는 처음 당해보는 슬프고 슬픈 불길한 날이오."

"암 그렇다마다."

여러 사람은 기도 소리 뒤에 부르는 '아멘' 소리같이 일제히 말을 받았다.

"모레가 되면 우리 동리에서는 열 집 가족 사십 명이 산 채로 죽어서 나가는 날이오. 허 죽는 것이나 뭣이 다르오? 허…….."

판옥이의 목소리는 터지려는 울음 속에 잠겨버렸다. 귀 밝고 눈 여린 아낙네들의 훌쩍이는 소리가 부엌에서 새어나왔다.

방 안에서, 마루에서, 마당에서, 코를 불고 입을 불며 울음을 삼키는 대장부들의 억센 숨소리가 들렸다.

"우리 동리에서 무슨 어려운 일이 있든지 항상 대표로만 나가는 삼룡이, 어질고 착한 중권이, 재담 잘하는 옥곤이, 동네 편쌈은 도맡아놓고 대장 노릇하는 우리 관운장 상걸이."

판옥의 이 말에 부엌 속에서는 가냘픈 웃음소리(그러나 눈물과 섞인)가 들려왔다.

"공자님같이 유식하고 덕이 많은 윤홍이, 장비같이 시원시원하고 힘 잘 쓰는 영대, 남의 일 잘 봐주는 태술이, 구변 좋은 창곤이, 그리고 나이 어려도 다 천연하고 똑똑한 인수, 종선이, 이렇게 열 사람이 쑥 빠져서 나가버리니 자네들 가버린 담에 우리 일은 다 누가 맡아서 해주고 누가 알아서 처단해주고 누구하고 의논해서 해가란 말인가?"

워낙 입담이 좋은 판옥에게 술이란 흥분제가 들어가고 정다운 동무들과 이별한다는 비분강개한 마음이 들어가 놓으니 조리 있게 나오는 말이 흐르는 물같이 술술 흘러나왔다.

"자네들은 살길 찾아서 간다고 가버리니 우리같이 이렇게야 서운할라던가? 자네들이 없어지면 우리 동네는 눈을 잃고 귀를 잃고 입을 잃고 힘을 잃고 덕을 잃고 왼갖 것을 다 잃어버린 산송장이 돼버릴 테니 자네들을 보내고 우리는 어떻게 살아가란 말인가? 너무도 야속하고 너무도 모지네그려."

판옥의 나중 말은 애원의 하소연이 되어 떠나려는 열 사람의 가슴을 긁어냈다.

"자네들이 다 멀쩡하게 살어 있을 때도 우리 동네는 압제를 받고, 욕을 당하고, 힘을 못 쓰고, 억울하고 원통하게만 살어왔거든. 자네들이 가버리고 나면 뼈 부러진 팔다리로 우리는 어떻게 살아가란 말인가 허……어떻게 버티고…….."

말끝을 흐리더니 판옥이는 우후 하는 울음소리를 내며 방바닥에 펄썩 주저앉았다. 떠나는 열 사람도, 보내는 사람들도 다 소리를 삼키며 울었다.

"삼룡아! 읍에나 면에나 주재소에나 지주댁에나 너하고 나하고 대표로 댕기더니마는 너는 가고 나는 혼자 어쩌란 말이냐? 아이고 기막혀라, 우리 동네는 어째서 너희를 몰아내야만 한단 말이냐? 너희가 가면 우리 입에 그래 쌀밥이 들어갈 것이란 말이냐? 아니 가진 못한단 말이냐? 허 원통하다 원통해!"

판옥이는 방바닥을 주먹으로 탕탕 치며 울음 섞인 넋두리를 하였다. 자리는 온통 울음판이 되었다.

구름이 쓱 지나가면서 둥글고 밝은 보름달을 이들에게 선사하였다. 달빛에 마당이 훤해지자 마당의 울음소리는 더 커졌다.

"고향의 달도 마지막이다!"

젊은 인수의 입에서 히스테릭한 비명에 가까운 부르짖음이 나왔다. 무심한 달은 떡아기의 방싯거리는 웃음과 같이 잡티없는 웃음을 가득히 싣고 감나무 가지를 타고 넘었다.

삼룡이는 주먹으로 눈물을 씻고 일어난다. 훤칠한 이마에 큰 키였다.

"허 그만들 울으십니다. 우리가 천리 타향에 간다 할지라도 마음만큼은 고향에 주고 가오. 마음만 서로 통하면 우리가 여기 없어도 우리들 있을 때같이 매사를 해가실 것이라고 생각하오. 여러분은 우리없는 동안 고향을 잘 지키시고 고향을 잘 키워가시오. 멀지 않아서 우리는 다시 우리의 고향을 찾어올 것이오."

"암! 오다마다, 안 와서 쓸 것이라고?"

하는 소리가 여기저기서 튀어나왔다.

그들은 모두 일어났다. 누가 부르는지 모르게 그들은 요즘의 유행 노래(이 동네에만 유행하는)를 부르기 시작하였다.

      여보소 이 사람 어디를 가나
      산 높고 물 깊어 길 험하다네
      강서가 예서도 일천오백 리
      나는 새라도 사흘 간다네.
          에라 둥둥 내 사랑이야
          너를 놓고는 내 못 살리라.

"다음 것은 자네들만 하소."
하고 판옥이가 노래 틈에 말을 끼웠다.

      아니 가고 어이를 하리
      정들인 고향이 날 몰아내데
      땅 좋고 물 좋아 살기 좋대도
      내 고향 안 잊혀 어이를 가리.
          에라 둥둥 내 사랑이야.
          너를 놓고는 내 못 살리라.

구름은 다시 달을 가린다. 이들의 울음 섞인 노래를 알아나 들은 듯이
…….

삼월 이십이일 오전 열시! 학다리[鶴橋] 정거장은 일백 호의 가족 사
백 명의 이민(移民)과 그들을 전송하는 이백오륙십 명의(정거장 생긴
이후 처음 되는) 굉장하게 많은 손님들을 가져보았다.

그들을 위하여 임시로 마련한 독차가 연기를 뿜고 돌아다니며 먼길 떠
날 준비를 하다가 어서들 올라오란 듯이 꼬리를 공손하게 대령하고 서
있건만 독차를 타고 갈 손님들의 행장들이란 지저분하고도 허름하였다.

작고 퇴색한 검은 보에다가 터지도록 싸놓은 침구의 양 귀퉁이가 삐죽
하게 나와서 남루한 몰골을 보이고 있고 참기름이나 피마자기름병인 듯

한 맥주병이 가뜩이나 작은 보자기에 염치없이 끼워 있었다. 물에 담갔다가 정하게 씻었으련만 그 보람도 없이 시꺼멓게 그을린 대석작(아마 그 속에는 사발, 접시, 이런 것들이 들어 있겠지) 위에와 옆에는 크고 작은 바가지를 엎어서 새끼로 동였고 거의 다 떨어진 부담 상자와 농짝들도 각각 수하물(手荷物) 행세를 하느라고 면 이름과 성명을 적은 꼬리표를 달고 있었다.

이러한 짐짝들이 짐차칸으로 실리고 실리는 동안 군중들의 떠드는 말소리들은 울음판으로 변하였다.

차 속에 가면서 먹을 밥 보퉁인 듯한 꾸러미들을 들고 아기들을 업고서 있는 부인네들의 앞뒤에는 전송나온 부인들이 한두 사람씩 붙어 있고 남자들은 좀 큰 아이들을 안고 또 무엇인가를 들고 차례차례 인사를 하며 돌아다녔다.

외할머니인 듯한 노인이 딸이 업고 있는 외손자에게 눈깔사탕의 봉지를 쥐어주며 소리를 내어 울고 남편의 친구인 듯한 사람들은 떠나는 어린애들에게 엿과 마메콩(왜콩)을 사서 들려주었다.

한편에서는 빚쟁이들이 떠나는 사람들의 행구를 붙잡아놓고 주고 가라는 최후의 호령들을 하였다. 그러나 떠나는 사람들의 일행이 각각 빚쟁이들을 둘러싸고 마구 욕설을 퍼부으며 역성을 하였다.

"허 그군 참 더럽다. 이 짐짝이 그렇게 욕심이 나거든 가지고 우리 대신 강서까지 가게, 누가 말리는가?"

하는 말쯤은 온순한 편이지만,

"죽으러가는 놈의 관 벗기는 놈은 저승에 가서 사자 노릇도 못 해 먹느니라."

하는 욕설은 좀 과격한 편이었다.

그러나 빚쟁이 역시 지려고는 하지 않았다. 역성꾼들을 떠밀며,

"이놈들이 왜 이 모양이어? 밝은 세상 아래 뉘 돈을 먹고 달아나겠다고 응! 어림없제, 안 돼, 안 돼, 이것은 두고 가야 한다."

하고 눈을 부라리며 짐짝을 끌어당긴다.

"요놈이 마지막으로 우리 손때 맛을 보고 싶은 것이로구나. 전에는 우

리가 느그 앞에서 목을 바치고 살았지마는 지금쯤 당해서는 죽으러 가는
놈에게 염치가 있을 리 없다. 남의 것 잘라먹는 도둑놈들은 배가 항아리
만하게 더 잘 살더라, 이놈 안 봐? 에라 이놈!"
하고 그들은 주먹으로 빚쟁이의 등을 갈겼다.

각 면에서 나온 면장들과 주재소 순사부장들은 이날에 한해서만 떠드
는 사람들에게 최후 발악을 허락해준 듯 좋은 말로,
"자아들 어서들 차례차례 타시오."
하고 차에 오르기를 재촉하였다.

사람들이 차에 오르기 시작하자 울음소리가 여기저기서 그악스럽게
크게 났다. 그 중에서 가장 용기 있는 패들은 칠팔 세 되는 남녀 어린이
들이었다. 그들은 우르르 뛰어들어가서 호기심이 가득한 눈으로 찻간을
둘러보았다.

"꼭 방 속 같다 응? 선반도 있어야!"
하고 속삭이기까지 하면서…….

삼룡이와 판옥이는 술집에서 나왔다.

"너하고 나하고 술잔을 바꾸기도 오늘이 마지막이다. 죽지 않으면 다
시 만날 테니 몸이나 잘 돌보아."

판옥이는 삼룡의 손목을 잡더니 소매를 잡아당겨 으슥한 데로 끌고 가
서,

"이것은 우리 집 딸 몫으로 있는 흰 돼지를 판 것인데, 돈이야 얼마 될
라는가마는 생사의 정에서 주고빋는 표적으로 받아주게."
하고 지전 한장을 쥐어줬다.

"허 이거 무슨 짓인가? 오 원? 오 원이라니, 오 원을 가지고 자네네 일
년 거름값을 하지 않겠는가? 나야 이왕 가는 놈인데 돈이 당할 소린가?
자 어서 너두게, 내가 되려 자네 딸 혼인에 저고리 한 감도 못 떠주게 됐
는데 시집 갈 밑천인 돼지를 뭣하러 팔았는가? 자 어서 너두게, 그런 망
령난 소리 하지 말고…….'

삼룡이는 굳세게 거절하였다.

"아니 왜 이러기냐? 내가 아무리 사람값에는 못 가는 버러지같이 된

인생이다마는 사내자식이 그래 친구를 영이별하는 자리에서……허 안
될 말이어. 허 그 사람 참, 자 어서들오라고 면장이 저기서 손짓하네, 얼
른 받어."

판옥이는 삼룡의 조끼 틈에 오 원 지폐를 넣었다.

남자들은 대개 송정리 정거장을 지나면서부터 마음을 가라앉히고 동
무들끼리 얘기를 하였으나 아낙네들은 원망스러운 듯이 창 밖을 내다보
며 대전역에 닿을 때까지 눈물을 걷지 않았다.

독차로 가는 길인지라 정거장마다 정거할 필요가 없으며 기차는 쉬지
않고 줄곧 달리기만 하였다. 기차를 평생에 처음 타보는 부인들은 차멀
미를 하여서 자리에 꽉 엎드려 가지고 일어나지도 못하였다. 황홀한 전
등불이 찬란한 빛을 내고 있는 경성시가를 바라보며 그들은 경성을 지나
서 다시 북으로 가는 것이었다.

"참 서울이란 넓고도 좋은 데로구나. 우리 생전에 서울 구경도 못 할
줄 알았더니 서울을 지내서 가는 데가 어디메나?"
하는 삼룡이의 큰소리가 애조를 띠고 나오자 여러 사람의 가슴은 납덩이
를 삼킨 듯이 뭉클하고 답답해졌다.

타향의 밤과 밤이 적막하게 이어져 있는 그 차고 쓸쓸한 어둠을 뚫고
이민을 실은 기차는 북으로 북으로 달려가건만 그들은 가엾은 꿈은 남으
로 남으로 뒷걸음을 쳤다. 아기들을 재우느라고 남녀가 번갈아서 눈을
좀 붙이노라면 귓가에서는 부모 친척과 동행 친지들의 통곡하는 소리가
그들의 흔들리는 꿈을 깨고 말았다.

창 밖에서는 어두움과 추움이 수레를 습격하고 한숨과 탄식의 소리가
가득한 찻간에서는 고향에 두고 온 환상들이 이들의 고달픈 머리를 뒤흔
들었다.

한창 매운 바람이 귀를 갈기는 새벽 두시에 이들은 말로만 들어보던
평양 정거장에 내려서 또 다른 기차를 바꿔 타고 정작 강서를 향하여 떠
났다.

그 이튿날 첫새벽에 기양(岐陽) 정거장에 내리니 짐자동차와 또 그렇

게 짐자동차같이 커다랗게 생긴 자동차가 그들을 기다리고 있었다.

몇 대가 되는지도 알 수 없으리만큼 수많은 자동차이건만 자동차마다에 사람이 첩놓이다시피 빽빽하게 들어앉아서 또 얼마를 산길로 달려갔다.

"아이고 인제는 우리를 갖다가 산 채로 산 속에다 묻어버릴란갑다. 인제 정말 우리는 죽고야 마는구나."

하는 여인들의 두려움에 떠는 소리는 남자들의 마음까지도 움직여놓았다.

"옛날의 귀양살이도 못 보내는 놈은 몰아다가 때려 죽인다더니 인제 우리를 잡아다가 죽일라는가 보다. 아이고 우리는 무슨 죄로 고향에서도 못 죽고 천리타관 이름도 모르는 산 속에 와서 죽는단 말이냐!"

어떤 부인은 이런 넋두리를 하며 울었다.

"요망스럽게 울기는 왜 울어."

삼룡이는 자기 아내를 꾸짖었으나 앞뒤 자동차에서 들려오는 여인들의 느껴 우는 울음소리에는 자기의 철석 같은 간장도 끊어지는 듯하여 그는 입을 다물고 한숨만 푹푹 내쉬었다.

얼마쯤 가노라니 이번에는 바다가 멀리 바라다보인다. 자동차가 달릴수록 바다는 가깝게 닥쳐왔다.

"인제는 우리를 몰아다가 바닷속에다가 처넣어 죽이랴나 보다."

하는 말소리가 튀어나오자,

"정말로 인제 우리는 바닷귀신이 되어놓았네."

하고 남자들도 청승맞은 한탄을 하면서 눈물을 흘렸다.

"죽을 때 죽더래도 미리 겁부터 내지 말고 맘들을 단단히 먹으시오."

삼룡이가 기운차게 외치는 소리에 사람들은 울음을 뚝 그쳤다.

삼룡이네 일행이 떠난 지도 한 달이 지났다. 그들이 떠난 후에는 불암동에서 한때 유행하던 이민 노래(그들은 이민 노래라 하였다)가 차차로 없어져버렸다.

판옥이는 삼룡이네 살던 집을 지나다닐 때마다 삼룡이를 생각하고 한숨을 쉬었다. 삼룡이네가 데리고 있던 개를 판옥이가 맡아서 기르고 있는데 판옥이가 속상하다고 머리도 돌려보지 않고 그냥 지나다니는 옛 주인집을 검둥이는 지나다닐 때마다 들어가보고 나왔다.

지금 새로 들어 있는 집 주인의 말을 들으면 검둥이는 마당으로 쭈르르 들어와서 먼저 부엌문에서 기웃거려보고 다음 뒷마루 밑에 서서 방안을 들여다본 후 대추나무 밑을 한바퀴 돌아서 나가는 것이라 하였다.

"미물의 짐생인 너도 옛주인을 못 잊어 그러하거든 삼룡이야 얼마나 고향 생각을 간절히 하고 있겠느냐?"

판옥이는 앞산을 바라보며 눈물을 머금었다.

"강남 갔던 제비도 옛집 찾아 돌아오고 앞산에는 진달래가 만발했건만, 삼룡이네 대추나무에도 새싹이 파릇파릇 봄바람에 나부끼고 삼룡이네 배추밭에는 배추꽃이 피었건만 삼룡이는 어디 가 이런 줄을 모르는가?"

판옥이는 노래 부르듯이 이런 말을 중얼거리며 갈아놓은 검은 논을 멀거니 내려다보았다.

"금년에는 저 논에서 몇 말이나 얻어먹어보게 될랴는가?"

그는 다시 눈을 들어 흰구름이 유유하게 밀려가는 북쪽 하늘을 바라보았다.

"강판옥이 편지 받소."

논둑길을 걸어오는 우편 배달부가 판옥이를 부르며 편지 한 장을 전했다. 판옥이는 발신인의 이름을 보면서 달리다시피 집으로 뛰어갔다.

"어디서 왔소? 아마 덕근 아배한테서 왔는감만, 저리도 좋아하게."

마누라가 방에서 고개를 내밀었다.

"덕근 어메도 잘 있고 덕근이 남매도 잘 있다고 했소?"

그 역시 판옥이만큼 바쁜 모양이었다.

"허 그 여편네 무척 급했네, 읽어봐야 알지 안 읽어보고도 아는 재주가 있는가?"

판옥이는 빙긋이 웃으며 떠듬떠듬 편지를 내려 읽어갔다. 한참만에야,

"그러면 그렇지, 우리같이 없는 놈이 어디 가면 별수 있을랴고."

하고 판옥이가 편지를 접으면서 혼잣말을 하였다.

"아이고 갑갑하구만. 원 얘기나 좀 시원스럽게 해주시오그려."

마누라는 마루로 나와서 쪼그리고 앉으며 남편의 입을 쳐다보았다.

"당초에 모든 형편이 말 아니라네."

"어째서 그럴까? 지어논 집에 논 스무 마지기씩 주고 소 한 마리씩 주고 왼통 농사기계 다 주고 그런다는디."

"그 집이라는 것, 말이 아니래어. 방 한 칸 정제(부엌)한 칸에다가 양철뙈기만 얹어서 집이라고 만들어놓고 흉악한 초석자리 한 닢에 오십 전씩 깎드라고 안하는가?"

"저런!"

"그리고 장난감같이 생긴 삽 하나, 소시랑 하나, 괭이 하나, 호미 하나씩 주고 농장에서 본값보다도 비싸게 깎어버리드라네그랴."

"아갸……?"

"그것도 그렇고 왼갖 것을 다 그렇게 비싸게 감하는디 요새 안즉 땅이 덜 풀려서 일을 못 하니께 농장에서 주는 돈 십 원으로 한 달을 살어갈라니께 죽겠다고 덕근어무니는 날마당 울고 있다고 안하는가?"

"저를 어짜까? 망할 놈의 곳도 있다. 여기는 봄도 한창인디 안즉 땅이 안 풀리다니. 아니 한 사람 앞에 일백 얼마씩 기부했다더니만 왜 그렇게라우?"

"흥 당구 삼 년에 음풍월이라더니 작년내——하도 이민 이민하고 기부 기부하는 덕에 우리 마누라까지 썩 유식해졌네."

판옥이는 쓰디쓰게 웃었다.

"덕근어매가 불쌍해. 어째 울지 않겠소? 날마다 고향 생각 나서 못 견딜 것인디. 그나저나 정부에서 보내는 것인께 아무 염려없이 잘살 것인디 물건값은 왜 그리 비싼고?"

"물건값이 비싼가 어디? 농장에서 되거리로 그렇게 비싸게 받어먹지."

"좀도둑이라더니, 그 불쌍한 속에서 뭣을 남겨 먹을라고 그런 짓을 할까?"

"자네 같으면 다 성인 되게? 잔소리 그만 하고 어서 저녁 밥이나 하소."

판옥이는 편지를 들고 밖으로 나갔다.

"허 무슨 날이 이렇게 비만 와쌌는고 몰라. 고향에는 비가 안 와서 모를 못 내고 기우제를 지내고 물쌈이 나고 인심이 뒤집혀져서 야단이라는데 여기는 쓰는 데 없이 비만 오거든."

"글쎄 말이오, 이 비를 그리고 쫓아보낼 재주는 없을까? 비가 잘 오고 농사를 잘 지어야 하루바삐 우리도 고향으로 가버릴 텐디……아니 오늘 불암서 무슨 소식이 왔소?"

삼룡이 처가 감자를 깎으며 방으로 들어오는 남편을 쳐다보며 물었다.

"응, 오늘 판옥이한테서 편지가 왔어. 그나저나 그렇게 가물어서 큰일 났네. 작년에는 홍수로 못 먹었으니 금년에나 농사들을 잘 지어야 할 것인디……."

삼룡이는 이맛살을 찌푸리며 담배 한 대를 담았다.

"아이고 갑갑해라, 이놈의 곳은 어쩐 일로 마루를 못 맨든고 몰라. 마루를 놓다가 제 할미가 거꾸러졌는가 집집마다 다봐야 좋다는 집에도 마루가 없으니 참 흉한 놈의 곳이란게. 이 방구석에서 여름은 또 어떻게 날 것인고?"

마누라는 방문을 탁 열어젖히며 중얼거렸다.

"어서 여름 전에 고향에 가버려야지, 아이고 지긋지긋한 이놈의 땅!"

"지금은 여름이 아니고 봄인가? 그만저만 욕도 하소. 우리가 없어서 여기까지 굴러왔지 땅이 무슨 죈가?"

"원 아무리 없어서 굴러왔더래도 사람이 살 만한 데라야지, 여기서는 못 살아, 그릇이라고 모도 기와그릇밖에 없고, 나무 한 단에 삼십 전을 주고 사도 밥 한 끼밖에 못 하니. 장이라고 십오 리나 이십오 리씩 걸어가서 살라고 보면 모도 여편네들 장이라 무슨 말을 하는지 말소리도 못 알아듣겠고 비싸기는 똥싸게 비싸고 간장 된장이 어찌 맛이 없는지 원 음식을 해놓으면 무슨 맛이 있는가?"

"잘 나온다, 또?"

삼룡이는 마누라의 말 중간을 타고 들었다.

"이것 되지 못한 해변이라고 밭뙈기도 못 벌어먹으니께 왼갖 푸성가리까지 다 사먹게 되니 어디 살겠소? 고향에서는 호박이니 풋고추니, 솔파, 마늘 그저 김치거리, 상추, 쑥갓 왼 동네 다 먹고도 남더니마는 여기서는 그런 것을 꼴 볼 수가 있는가?"

"고향에 암만 들어쎘으면 뭘 해? 다 그림의 떡이지, 고향이 좋으면 떠나왔을라던가?"

삼룡이는 가만한 한숨을 내쉬었다.

"여기 오면 참 잘살게 된다길래 왔지 이럴 줄 알았으면 오막살이남둥 뭔 지랄한다고 내어버리고 이리 굴러올까? 죽어도 고향에서 죽을 것인디 공연히 당신이 못 와서 발광을 하더니만……."

"또 내 탓 나온다. 하구많은 날 내 탓도 너무 하니까 듣기도 인제 싫증나네."

"들어도 싸지 뭣. 사내가 잘났으면 처자를 데리고 이런 흉악한 데로 굴러왔을까? 그렇게 진정서를 총독부에 보내라고 해도 남 다 보내는 진정서를 왜 안 보내고그래? 그저 내가 여기서 고꾸라지는 것을 봐야……."

하고 악을 바락 쓰는 바람에 낮잠 자던 덕근이 남매가 부스스 일어났다.

"미친 여편네 또 미친증 나오는가 부다."

"왜 내가 미쳐? 세상에 물만 조금 좋아도 참고 살어갈 테여. 물이 그냥 소금 맛이니 어찌 살어. 밥을 하면 쌀에가 간이 피어서 밥이 넘지를 못하고 그냥 지글지글 지져내버린게는 이것은 밥도 죽도 아니고 익은밥도 선밥도 아니제? 빨래를 해서 널어놔도 그냥 간이 피어서 이틀씩 말려도 축축하게 그대로 있으니 이런 흉악한 데서 어찌 살어가는가 말이오, 응? 고향에를 못 가게 된다면 나는 차라리 죽어버리지 여기서는 안 살라우."

마누라는 독이 나서 얼굴이 새파래졌다.

"뒤어질라거든 뒤어져버리려믄."

삼룡이는 밖으로 뛰어나왔다. 흥분한 판이니 공자님이란 별명을 듣는 윤홍이나 찾아가서 속 풀릴 얘기나 들어볼까 하고 삼룡이는 윤홍이가 살고 있는 농장회사 뒤편으로 나지막하게 모여 있는 새 동리를 바라보았다.

그러나 그 동리까지 가자면 흙탕이 찰떡처럼 짓이겨 있는 논둑길을 걸어야 하고, 차진 흙이 고무신 운두를 넘어들 것을 생각하여서 그만두기로 하였다.

"가면 윤홍이만 만날 수 있어야지, 윤홍이 마누라 그 사팔뜨기 발악하는 꼴을 또 어떻게 보라고? 이 집에 가나 저 집에 가나 여편네들 못 살겠다고 들이대는 통에 그만 숨도 제법 크게 못 쉬겠으니…….."

가는비가 머리털 위에 방울방울 맺혔다가 그의 얼굴로 줄줄 흘러내리건만 삼룡이는 비를 닦을 생각도 집에 들어갈 생각도 하지 않고 그 비를 다 맞으며 집 앞 언덕에 서 있었다.

"귀한 비니 맞어나 두자. 여기는 흔한 비지만 내 고향에는 오죽이나 귀한 빗방울이냐? 아직도 이종을 못 하고 있다니."

삼룡이는 고향에서 제일 큰 들인 학다리 들판을 생각해보았다.

"금년이나 농사를 잘 지어야 우리 동물들이 살아갈 텐데……하기야 잘 지으면 뭘 하냐? 잘 지으나 못 지으나 평생에 쌀밥 못 얻어보기는 매일반이지……고향! 고향! 정뗀 고향을 생각하면 뭣해?"

그는 머리를 흔들면서 고향을 잊으려고 눈을 감았다. 그러나 감았다 뜨는 눈앞에 보이는 것은 역시 가물가물하는 빗발 속에 후줄근하게 젖었다가 물이 홍건하게 괴어 있는 학다릿벌의 논이었다.

아니 지금 삼룡의 눈앞에 열려 있는 강서 농장의 박답이 고향의 옥토처럼 그렇게 보이는 것이었다. 바다를 막고 원을 쳐서 논을 이룬 이 농장은 볼품이야 학다릿벌만큼 넓고 크지마는 해기(海氣)나고 간수가 피어서 파종을 두 번이나 했건만 반의 반도 못 건졌고 이종도 몇 번씩 했건만 뿌리째 간물에 녹아져버렸다.

'말이야 좋지, 논 스무 마지기씩? 흥 이따위 논이야 스무 섬지기면 뭣해? 우리 여편네 지랄하는 것도 저만 나무랄 수 없어. 말이야 다 옳은 말이지, 하나나 그른 말이야 있나? 집집마다 여편네들이 못 살겠다고 발광

치는 것도 당연하지, 당연해.'

삼룡이가 농장을 바라보며 이런 생각을 하고 섰을 때 그 마누라가 부엌문에서 내다보며 소리쳤다.

"덕근 아버지!"

삼룡이는 못 들은 체하고 그대로 서 있었다.

"덕근 아버지! 손님 오셨소."

"뭐 손님? 누구 왔는가?"

삼룡이는 그제야 고개를 돌려보며 마주 소리쳤다.

"어서 와보시오그려. 봐야 알지 않소?"

마누라의 머리는 벌써 부엌문께서 사라졌다.

"손님이 어디 있어?"

방 안에 들어온 삼룡이는 눈을 굴리며 손님을 찾았다.

"아니 여보, 글쎄 빨래해서 말리기가 얼마나 어려운 줄 알고 일부러 비를 맞고 그러고 서 있소? 옷 먼저 벗으시오."

"빗물인께 이대로 말리면 얼른 마르지 않겠는가? 간수도 안 필 테고……."

"헤헤 참 대체 그렇겠소."

마누라는 비로소 웃어보였다.

"그래서 손님 왔다고 거짓말했는가?"

"옜소. 감자나 자셔보시오."

마누라는 김이 무럭무럭 나는 감자그릇을 방 안에 들어놨다.

"흐흥, 이놈들은 벌써 한 개씩 차지했구만, 자네도 들어와 먹소."

조금 전에 씩둑깍둑 말다툼했던 그들은 감자 그릇 앞에서 썩 의좋게 도란거렸다.

강서 농장으로 옮겨온 이민들은 전부 고향에 돌아가게 해달라는 진정서를 총독부에 보내고 날마다 회사에 가서 속히 가게 해달라고 졸라댔다.

"금년은 첫해니까 이렇지마는 내년은 논 벌기가 훨씬 나아갈 테니까 그대로 견뎌가며 살아보라."
고 회사측에서는 달래보았으나 그들이 필사적으로 덤비는 것에는 어쩔 수도 없을 뿐 아니라 사실 농작물이 없는 터이라 그 많은 식구를 겨울 동안 먹여 살릴 일이 딱한 듯싶어서 이민들의 귀향을 주선하여주었다.

이리하여 팔월 중순에 그들은 꿈에까지 잊지 못하고 그리워하던 그의 고향에 다시 돌아가게 되었다.

불암리에서 온 열 집 가족도 물론 귀향하기로 작정하고 부인들은 모여만 앉으면 고향의 얘기로 꽃을 피우고 기뻐하였으나 삼룡이는,

"흥 자네가 가면 고향이라고 누가 자네를 그리 반갑게 맞어줄 줄 아는가?"
하고 빈정거렸다.

"아이고 참, 아모리 고향이 나쁘다 해도 여기보다는 낫지라우. 겨울에 여기서 살다가 죽느니보다는 진작 고향에라도 가서 붙어 살어보다가 굶어죽든지 말든지……."
다른 부인들은 신이 나서 삼룡의 말대답을 하였다.

귀향한다는 새로운 희망에서 그들은 고생을 낙으로 삼고 밤과 낮을 맞고 보내며 어서 그날이 닥쳐오기만 손꼽아 기다렸다.

그러나 떠나기로 작정한 사흘 전날 오삼룡이는 강판옥에게서 이러한 긴 편지를 받았다.

자네들 간 후로는 날마다 자네들 생각하기에 못 살아갈 것 같더니 그래도 자네들 대신으로 자네들 열 사람의 행세를 할 군들이 생겨서 우리는 재미있게 합심해서 잘 살아왔네. 그러나 진짜 배곯는 고생이야 누가 대신해줄 사람이 있던가? 만일 금년에 농사만 잘 지었더라면 우리는 세상없어도 자네들을 도로 불러오려고 했더니, 그랬더니 하늘이 무심하여 작년에는 홍수로 자네들을 몰아내고 금년에는 개벽 이래로 두 번도 없는 큰 가뭄이 우리들을 마저 죽여 고향에서 쫓아내네그려. 저번 편지에도 여기 소식을 말했거니와 그 후로 오늘까지 비 한 번 아니 와서 모판은 말러지고 겨우 이종했던 나락(벼)들도 다 죽고 말았

다네. 우리 고향의 보배인 학다리 그 큰 들은 이종도 못 해보고 벌건 채로 그대로 자빠져 있네.

이러니 흙에다가만 목을 매고 살아가는 우리는 어떻게 되겠는가? 작년 홍수 때보다도 몇 백 곱이나 인심이 흉흉하고 온갖 병이 다 돌아다니네. 그래서 고향을 내버리고 타관으로 떠나가려는 사람들이 날마다 늘어간다네.

삼룡이, 오늘도 우리 앞 동네 정골에서 이십 호 일백세 사람이 함경북도 고무산(古茂山)에 있는 시멘트 공장으로 떠나가는데 정말 눈에서 피가 떨어지데. 삼룡이, 나는, 이 강판옥이는 구월 초순에 함경북도 나진(羅津)이라는 땅으로 노동자 노릇을 하러가게 됐네. 우리 동네서는 옥곤이네 큰 형네하고 태술이네 삼촌 영전이네, 형돌이네, 그리고 강판옥이 합해서 다섯 집 스물여섯 사람이 죽어나가기로 했네. 인제는 우리 동네에 옛날 사람은 다 없어지고 다른 동네서 살러온 사람밖에 없겠네그려.

삼룡이, 고향이 대체 무슨 쓸데 있는 것인가? 자네들 보내고 나서 뚝 끊어졌던 노래가 요새는 다시 살아나서 야단이네. 정답던 고향이건만 묵은 채로 자빠져 있는 논을 보면 인제는 그만 정이 뚝 떨어지고어서 하루바삐 타관으로 가서 고향의 참혹한 꼴을 안 보고 싶네. 말을 들으니 자네들도 다시 고향에 오려고 생각한다네마는, 자네들이 왔자 누가 하나 반갑게 자네들을 맞아줄 사람이 없겠네.

삼룡이, 인제 우리는 정말 죽어서 저승에 가서나 만나보겠네. 자네나 내나 더욱 좋은 일만 하세. 좋은 일을 하면 극락에 간다고 않는가? 둘이 다 극락에를 못 가겠거든 차라리 똑같이 지옥에나 가세. 고향에서 쫓겨나는 우리 같은 놈들에게 남는 것이 악뿐일 텐데 어찌 좋은 일을 해보겠는가? 자네나 내나 몸만 성하면 혹시 어느 하늘 밑에서 또 모이게 될지 누가 알 것인가?

할 말은 태산같이 쌔고 쌨네마는 가슴이 답답하여 더 못 쓰겠네. 떠나기 전에 자네 답장 받아보도록 편지나 한 장 해주게.

편지를 읽은 삼룡의 입이 씰룩씨룩 일그러지고 손이 벌벌 떨리더니만 굵은 눈물방울이 눈에서 뚝뚝 떨어져 내렸다.

그는 편지를 다 읽고 나서 잠깐 앉아 있다가 벌떡 일어나서 회사로 쫓아갔다. 그날 밤에 삼룡이는 판옥에게 이런 답장을 보냈다.

자네의 만지장서를 받고 나는 그냥 회사로 쫓아가서 모레 떠나기로 한 귀향사건을 중지하고 말았네. 내가 가지 않기로 하니 동무들도 다 아니 가기로 했네.

자네는 고향을 떠나는 사람을 보고 죽어나가는 사람들이라고 하지마는 우리는 죽어서 나오는 사람들이 아니라 차고 무정한 고향을 박차버리고 나오는 영웅이라고 생각하네. 우리는 고향이 없는 사람들이네. 고향이 없는 사람들에게 무슨 고향을 못 잊어하는 설움이 있겠는가? 어디든지 우리가 발을 딛고 살아가는 곳을 우리의 고향으로 만드세.

너무 비감하여 말게. 맘을 든든히 먹고 두 팔을 단단히 갈아서 우리의 살아나갈 길을 뚫어보세.

우리는 고향이 없는 사람들이니 고향을 떠날 때 뒤도 돌아보지 마세. 앞만 바라보고 호랑이같이 사납게 나가보세. 알아듣겠는가? 동무들에게 이 뜻을 말해주소. 다음 또 쓰기로 하고 이만 줄이네.

편지를 다 쓰고 난 삼룡의 손끝은 새로운 기운에 부르르 떨었다.

—1937년

수의(囚衣)

이몽가몽하다가 눈을 뜨니 방 안이 불그레하게 밝다. 날이 샜을까 아니면 혹시 불이라도?

정신이 번쩍 든 김선혜 여사는 자리에서 일어났다. 남창 미닫이가 온통 오렌지색이다. 옳거니 달이로구나.

오늘 아침 열시에 시작된 장례식에서 두 시간만은 의자에 앉아 있었지만, 산꼭대기 묘지에서 거행된 하관식에는 이래저래 두 시간 반쯤이나 꼬박 서 있었고, 이어 산에서 내려와 늦은 점심을 모두들 맛있게 드는데도 김 여사는 사이다 한 컵만 들이켠 후 그냥 집으로 돌아왔건만 오후 다섯시 반이 훨씬 지나 있었다.

조반도 설친데다가 종일 굶은 창자에 저녁밥이라고 국에 숭늉에 홍건하게 넣어놓으니 지친 몸에 식곤증이 겹쳐 눈이 슬슬 감겨지고 사지가 노곤하게 풀어지기 시작했다.

'선생님 장례 모신다고 제자 한 사람 어긋나게 생겼군.'

김 여사는 이런 푸념을 속으로 뇌이면서 이부자리를 펴고 간신히 자리옷으로 바꿔 입은 후에 그래도 매일의 관습대로 TV는 틀어두고 몸을 뉘었다.

처음에는 내려지는 눈까풀을 치켜 버티면서 제법 초롱한 눈으로 움직이는 화면을 지켰지만 어느 샌지 관람자는 깊은 잠에 빠지고 TV는 저 혼자 지껄이고 까불면서 언제까지고 계속되었던 모양으로 애들이 들어와 이 광경을 보고 쓴웃음을 지으며 TV와 전등을 함께 꺼버렸던가 보았다.

생각이 거기에 미치자 김 여사도 씁쓸하게 웃으면서 미닫이를 좌악 밀었다.

달이 중천에 떠 있었다. 엷은 구름이 몇 오라기 드높은 하늘에 박혀 있을 뿐 청청한 창공에 만월이 한가롭게 떠 있었다. 달빛이 찰랑대는 화단에는 만개한 꽃들의 산산한 그림자가 미풍에 살랑대어 꿈 속같이 그윽하다.

안방에도 달빛은 가득 밀려들었다. 김 여사가 누웠던 자리에 흰푸른 월색이 홑이불인 양 깔렸다. 그것에 끌리는 듯 김 여사는 조용히 그 위에 몸을 비꼈다. 흰푸른 달빛에 잠긴 그의 몸은 푸른 호수에 잠긴 듯 신선하고 시원한 감각이 뼈에 스미어 점차로 전신에 퍼져왔다.

'달빛은 분명 차구나.'

김 여사는 정면으로 달을 향하여 누워서 생각한다.

'옛날에는 그렇게 신비롭기만 하던 저 달! 인간이 접근할 수도 만져볼 수도 없이 영원히 영원히 별과 함께 우러러 바라볼 수밖에 없으리라고 믿어왔던 저 달이다. 그런데 십삼 년 전에 벌써 저 달에 소련의 로케트가 박혔다.'

그것만으로도 세상은 떠들썩했다. 낭만파들은 달이 순결성을 잃은 처녀같이 매력이 없다 하였고, 현실파들은 인류와는 신이나처럼 절대로 합칠 수 없이 멀게 멀게만 생각되던 달이지만 이제는 인간과 더불어 사귈 수도 타협할 수도 있어 더 친근하고 정답게 보인다고도 했다.

'그런데 지금은 어떤가. 재작년에 암스트롱과 올드린이 달에 착륙하여서 맘대로 표면을 밟고 다녔고 암석까지 가져온 후 얼마 전에도 소련과 미국의 우주인들이 일가집 다녀오듯이 왕래하게 된 저 달! 그렇지만 아무리 속되게 보려고 해도 내겐 한결같이 옥토끼가 계수나무 아래서 방아를 찧고 있다는 신비로운 전설의 달일 뿐이다.'

이제는 향나무 위로 쑤욱 올라온 달을 바라보며 김 여사의 눈은 더 초롱초롱해지고 머리 속도 서늘해졌다.

'달빛은 역시 차구나.'

김 여사는 싸늘해진 허리께로 누비이불을 걸쳤다.

'하기야 전 같으면 팔월 한가위가 아닌가. 오늘이 칠월 열엿새의 만월이니까 꼭 추석께지. 올해는 윤달이 들어서 오월이 둘이나 되니 밀려날 수밖에……윤달은 왜 드는 걸까. 음력하고 양력의 날짜가 계절과 일개월의 차가 생기면 그것을 조절하느라고 만들어낸다든가. 그래서 그 윤달은 덤으로 붙은 달이라 무슨 살이나 재액이 끼지 않는다고 해서 이장(移葬)이니 이사니 건축이니 그런 것들을 꺼리지 않고 하는데 윤달에 꼭 해야 하는 것은 수의(囚衣)란다. 사람들이 죽어서 입고 가는 수의는 윤달에 만들면 좋다구 지난 윤오월에도 법석들을 했지.'

김 여사의 생각이 수의에 이르자 그의 머리에서는 진유경 여사의 환상이 필름처럼 풀려나왔다.

지난 윤오월 하순 어느날이었다. 모교(母校)의 교원이긴 했으나 김 여사가 직접 배우지는 않았고, 가정끼리도 오랜 세교(世交)를 가졌던 관계로 형님이라고도 선생님이라고도 부르는 진 여사에게서 전화가 왔다.

"오늘 별일 없지?"

대뜸 그렇게 물어오는 그의 버릇은 언제나 그의 성격을 말하는 것이어서 김 여사는 그런 대화에 아주 익숙해져 있었다.

"글쎄요."

"글쎄요 하지 말구 똑똑히 대답해! 시간 있어 없어?"

"왜 그러세요?"

"일이 있으니 묻는 게 아냐? 별일 없거든 지금 곧 일루와!"

"아직 식전인데……."

그는 책상머리에 앉아 있는 시계를 흘겨보며 희미한 대구를 했다. 차라리 새벽이라고 할 수 있는 여섯시 사십분이었던 것이다.

"그걸 누가 몰라?"

"그럼 얼른 조반 들구 곧 가기로 하죠."

"딱두 하다. 조반 굶을까봐 그래? 지금 곧 오란 말야."

한 번 하겠다고 맘먹거나, 한 번 뉘게든지 명령을 내리면 꺾일 줄을

모른 그의 천성을 잘 알고 있는 김 여사인지라,

"네네. 머리만 빗구 곧 갈게요."

하고는 수화기를 놓자마자 이내 방에서 뛰쳐나가 세수요 머리요 부리나케 서둘러 원서동으로 달려갔다.

'아마 무슨 말 못 할 시급한 일이 생겼나 부다.'

개성과 자아(自我)가 그처럼 강한 분이지만 혼자로서는 벅찬 일을 당했을 때나, 복잡한 사건이 생겨 해결이 까다롭게 될성부를 적에는 자녀들을 젖혀놓고 김 여사를 불러 은밀하게 의논을 하곤 했던 것이다. 그래서 김 여사가 신중하게 사려하고 궁리하여 자기의 소견을 표명하면,

"선혜의 의향이 그렇다면 나도 그쪽으로 결정하지."

하고 순수하게 이쪽의 의견을 받아들이던 진유경 씨였다.

'그럴 땐 어린애처럼 천진스러워 보이거든.'

김 여사가 원서동 꼭대기에 있는 진 씨의 저택에 이른 것은 일곱시 십분, 바삐도 해댔지만 택시도 대령하다시피 있었기에 빨리 도착한 것이다.

평소에는 자칫 힘에 겨웠던 돌층계였는데도 이십여 개를 어떻게 밟아냈는지 모를 만큼 김 여사의 발은 빨랐다. 가정부가 열어주는 정문으로 들어선 그는 먼저 주위의 분위기를 살폈다. 이백 평 남짓한 넓은 정원은 각색의 장미와 화초들로 수를 놓은 듯 푸른 잔디밭이 더욱 싱싱하게 아름다웠고, 담장을 따라 주욱 늘어서 있는 은행나무 사이에 흰 무궁화와 보랏빛의 무궁화나무가 다투어 피어낸 무궁화꽃들이 이슬을 머금어 더욱 연연하게 고와서 지극히 평화롭고 고요한 아침일 뿐 어디에고 다급하고 소란한 기운은 끼어 있지 않았다.

가정부의 보고로 진 선생은 저택의 문을 손수 열어주었다.

"날래 왔구나."

언제 그런 전화를 걸었더냐 싶게 그는 만면에 평온한 미소를 담고 맞았다.

"웬일이세요?"

급하게 덤비기는 오히려 이쪽이었다. 진 선생은 말없이 돌아섰다. 길

고 넓은 복도를 기우뚱거리며 앞서가는 그의 뒤를 따르며 김 여사는 어리둥절해 할밖에 없었다.

주방 앞을 지나려니까 기름과 양념 냄새가 풍기고 여인들의 수런대는 소리가 새어나왔다. 자녀들도 깨었는지 이층을 울리는 가벼운 발소리도 들리는 듯했다. 자기의 방으로 들어선 진 선생은 동창(東窓)가에 의자를 바싹 대어놓고 김 여사의 손을 끌었다.

"자 우선 여기 앉아서 내 정원의 아침 경치를 실컷 즐기라구. 내 잠깐 뭘 좀 가지고 올게."

진 씨가 나간 후에 김 여사는 활짝 열어젖힌 창으로 밀려드는 푸르름에 눈을 주었다. 비원(秘苑)의 후원 측면이 주욱 한시선에 잡혔다. 이 집에 오기만 하면 김 여사는 으레 여기서 자리를 잡고 봄 여름 가을 겨울, 사시의 풍경을 맘껏 탐내는 것이다.

"내가 이걸 보구 이 집을 사온 거야. 보라우. 이게 다 내 정원이거든. 내 맘대로 보구 즐길 수 있는 이런 정원을 누가 가진 거 봤어? 이게 바로 내 소장(所藏)의 비원이란 말야."

진 선생이 신이 날 만한 자랑거리인 것이다. 봄에는 새싹, 꽃, 꾀꼬리. 여름엔 그 무성한 녹음, 그리고 간간이 울리는 솔바람, 뻐꾹새. 가을엔 가슴이 죄어들면서도 타오르는 단풍! 겨울엔 가지마다 만개한 설화(雪花)! 참으로 진 선생의 비원은 다채로운 사시의 풍경으로 진 선생은 물론 그의 손님들까지 녹초가 되도록 녹여주는 것이다.

문득 푸드득 날개치는 소리가 아득히 들리더니 꺼억꺽 꿩이 우짖는 소리가 났다. 김 여사는 목을 뽑아 수림 속 으슥한 곳을 살폈다. 또 한 번 꿩의 우짖는 소리가 나더니 녹음 사이로 휘익 번득이는 날개가 파닥파닥 소리를 내며 어디론가 깊숙이 사라져버렸다.

'가위 진풍경이다. 이런 선경에서 사시니깐 선생님은 칠십 세가 넘었어도 그렇게 정정하고 씩씩하신가 보다. 그런데 선생님은 뭣 땜에 날 급히 부르셨을까? 설마 이런 진경이나 보라구 오라신 건 아닐 테지.'

그러는데 도어가 열리고 진 선생이 역시 웃음 띤 얼굴로 들어서며 뒤에는 가정부가 한아름 가득히 흰 보퉁이를 안고 따라왔다.

“거기 놓구 가요.”

가정부는 나가고 진 선생은 길이 잘 들어서 노랗게 번쩍대는 방바닥에 앉으며 보퉁이를 끌어당겼다. 김 여사는 이 아침 호출의 목적이 그 속에 있거니 싶어 의자에서 일어나 보퉁이를 가운데로 하고 진 씨와 마주 앉았다.

“이게 내 수의감이야. 수의 알지? 죽을 때 아니 죽은 댐에 입구 가는 옷 말야.”

“우리 어머니의 수의를 만들 때 봐서 알긴 해요.”

“그럼 됐군. 설명이 필요없으니……오늘 내 수의를 한대, 윤달에 해야 한다구. 애들이 서둘기에 내버려뒀더니만 이렇게들 준비했다는군.”

전에 몇 번인가 윤달이 있을 때마다 수의를 만들려고 했으나 진 선생은 자신이 펄쩍 뛰며 화를 내서 못 하노라고 그의 큰 자부와 딸들이 말하는 것을 들은 적이 있는데, 이번에는 용케 가만히 계셨던가 보다고 김 여사는 잘됐다 싶어 얼른 응수했다.

“참 잘들 생각하셨군요.”

“내야 신자니까 윤달이니 뭐니 가릴 턱이 없지만 윤달엔 뭐 살이 끼지 않았다나 해서 일반이 모두 행한다니까 자손들을 위해서라도 묵인한 셈이지.”

“그럼요. 미신이라기보다는 하나의 풍습이랄까 그런 거니깐요.”

“어떻게나 삼베랑 명주랑 사내던지 아 글쎄 베값이 부쩍 올랐다지 않아?”

“그렇겠지요.”

김 여사는 풀이 없는 대답을 하면서 득의만면해서 말하는 진 선생의 둥글고 큰 눈을 바라보았다. 자기의 임종 때 입을 의복인데 무슨 파티에 나가는 대례복이나 만드는 것처럼 신나게 설명하는 그의 맘속도 저렇게 의기양양해 있을까 하고…….

“저더러도 이 옷 거들라고 부르셨어요?”

“요런 맹추 봤나. 제까짓게 이런 거나 지을 줄 알아야 말이지. 전문가라야 한대요. 일곱시 반까지 전문가가 온댔으니까 곧 도착할 거야.”

"지금 일곱시 반인데요?"

"글쎄 곧 도착한댔지 않아."

진 선생은 눈까지 딱 부릅뜨며 거칠게 말했다. 웃음기가 가신 그의 얼굴에는 냉기가 돌았다. 가을의 날씨같이 자주 변하는 그의 성품에 익숙한 김 여사는 입을 다물고 그의 말이 떨어지기만 기다렸다.

"이 방에서 하기루 했지. 내 방이라야 무관할 테니까."

마침 밖이 떠들썩했다. 말소리들이 오고가면서 발소리들도 어지러웠다.

"지금 오는가 보군. 내 나갔다 올 테니까 이걸 풀어서 좀 보라구. 삼베나 명주나 다 내 손이 간 거니까 그리 알구."

진 선생은 뚱뚱한 몸을 가볍게 일으켜서 방문으로 나갔다. 그 건강하던 분이 작년에 취장염으로 두 번씩이나 입원을 한 후부터는 퍽 쇠약해진 셈이나 몸매는 그다지 축이 나지 않아서 자기는 남몰래 병으로 고초를 겪었건만 외양 때문에 동정도 받지 못한다고 가끔씩 불만을 토로하기도 하였다.

도어가 다시 열리고 진 선생이 얼굴만을 디밀어서 김 여사에게 말했다.

"글쎄 조수를 둘이나 데리구 왔잖아? 조반도 안 먹구 왔대서 지금 식당에 들여보냈으니까 선혜는 그 속이나 살펴보구 있어."

진 선생은 사라지고 쩽쨍한 음성만이 귀에 남았다. 김 여사는 보퉁이를 풀고 차곡차곡 쟁여진 베필을 내렸다. 시장에 흔히 있는 굵은 마포가 아니라 모시올치럼 기는 북포였다. 샛노랑기는 하나 물색과 품기를 빼고 잘 빨아 말려 곱게 쟁친 사십 척짜리 베가 세 필이고 상품 명주 역시 깨끗하게 빨아서 얌전하게 손보아 쟁친 것이 사십 자짜리 네 필이었다.

'이거 다 선생님의 손이 갔다지? 워낙 깔끔하신 분이니까 남에게 터억 맡기구 못 계셨을 거야. 모두가 이백팔십 자로군. 이건 또 뭔구?'

조그맣게 딴 보퉁이가 맨 밑에 깔려 있어서 김 여사는 그것도 펴보았다. 탈지면과 가제가 한 봉씩이고 나프탈린이 세 봉지. 그리고 그 위에는 둘로 접은 대학 노트 한 장이 얹혀 있었다. 무심코 집어 노트장을 펼쳐보던 김 여사의 눈이 갑자기 빛을 냈다.

'이게 뭘까? 옳지. 이를테면 수의 목록이로군. 이건 또 어디 가셔서 적어오셨을까? 전문가가 다 알아서 할 텐데…….'

깨알은 아니고 쌀알만큼씩 가늘고 곱게 정성을 들여 기록한 것이었다.

1. 대렴(홑이불)(베로 겹)
2. 천금(이불)(베·명주)
3. 지금(요)(베·명주·베로 만든 베개 달림)
4. 원삼(명주로 겹, 아주 길게)
5. 저고리(베·명주)
6. 속적삼(베)
7. 치마(명주로 겹, 아주 길게)
8. 단속옷(명주)
9. 바지(베·명주)
10. 고쟁이(베)
11. 너울(명주)
12. 얼굴덮개(베·명주)
13. 손싸개(베·명주)
14. 버선(베·명주)
15. 손톱과 발톱주머니(베)
16. 턱받이(베와 솜)
17. 귀와 코막이(방울 네 개 명주)
18. 속내의(기저귀)(베)

놀라움으로 반쯤 열려진 김 여사의 입에서 후유 한숨이 절로 내뿜어졌다. 웬게 이렇게 가짓수가 많을까? 뭐가 이렇게 복잡할까? 어머니의 뱃속에서는 탯줄만 달고 알몸 벌거숭이로 나왔는데……맨손으로 왔으니까 맨손으로 흙으로 돌아가는 게 사람이라니 그렇지도 않지 않은가. 이 거추장스러운 가지각색 것을 몸에 걸치고 가야 한다니 인생이란 역시 단순하게 되어 있지 않은 모양이다.

망연히 노트장만 들여다보고 있던 김 여사는 밖에서 두런대는 소리가 나자 얼른 노트장을 넣고 작은 보퉁이를 싸매고 큰 보퉁이에 손을 대는

데 진 선생이 들어왔다.

"그대로 두라우. 저이들이 와서 마름질할 테니까. 그리고 선혜는 일루 나와 우리도 조반 들어야잖아."

김 여사는 시키는 대로 핸드백만 들고 나오다가 방문 앞에서 전문가들과 마주쳤다. 환갑이 될락말락하게 보이는 노부인과 처녀인 듯한 조수가 둘인데 잠깐 치떠서 마주보는 노인의 눈길에는 자만과 위엄과 고집이 엉겨 있었다. 식탁은 다채로웠다. 미리 맘써서 준비한 음식들이 상에 풍요했다.

"어쩜 이렇게 많이 장만하셨어요? 날씨는 푹푹 찌는데 고루도 만드셨네요."

"저 사람들을 말야 칙사 대접하듯 해야 한다지 않아? 종일 먹여야 한다거든."

"종일 먹기만 하면 일은 언제 하구요?"

"먹어야만 손끝에 힘이 오르는 모양이지?"

"그래서 고기에 생선에 떡까지 마련하셨군요."

"과실은 어떡허구? 별거 다 사와서 냉장고에 가득하게 채운걸."

"꼭 잔치집 같네요."

"잔치라? 그렇지, 잔치는 잔치지. 다시 두 번 없을 잔치. 그래 잔치야."

나직이 뇌이는 진 선생에게 비로소 체념인 듯한 쓸쓸한 그림자가 끼여들었다.

두 여사가 다시 안방에 돌아왔을 때 그곳은 이미 작업장이 되어 있었다. 번들거리는 발틀이 한쪽으로 놓이고 선풍기는 조용히 돌고 있는데, 김 여사의 단골자리 ── 그 비원의 후원 측면이 한눈에 들어오는 창가의 자리 ──를 등지고 앉아서 벌써 마름질을 시작한 노부인의 앞머리칼을 선풍기의 바람이 간지럽히듯 살랑살랑 건드리고 있었다.

"참 저기 문갑 위에 가위랑 자랑 실이랑 모두 다 준비되어 있어요."

진 선생이 손가락으로 가리키며 지시하는데도 노부인은 머리도 들지 않고 담담하게 대답했다.

"다 필요없습니다. 가위니 자니 다 우리껄 전용하니깐요. 실만 이 댁의 걸루 사용하면 됩니다."

문자를 애용하는 사람인 모양으로 그 짧은 대꾸에 세 마디나 문자를 썼다. 그런데는 백전노장(白戰老將)인 진 선생도 질세라 맞받았다.

"그러세요? 참 세밀하시군요. 그게 편리한 방법이지요."

"그렇지 않구야 어떻게 복잡한 사무를 봅니까? 이달만 해두 이 댁까지 꼭 이십삼 차례나 이 사무를 치룬걸요."

"사무라구요?"

"그럼 사무가 아니구 뭡니까?"

노부인은 베에 자를 댄 채 힐끗 진 선생을 쳐다보았다. 느슨하게 콧대에 걸친 금테 안경(돋보기)으로 하여 그의 위엄이 한층 돋보였다.

"내 일 아닌 남의 일이야 다 사무입죠. 회사에 근무하는 사원들이 어디 자신의 일을 합니까? 기계처럼 종일 사무만 처리하는걸요."

"……."

"나 역시 나하군 아무 관련없는 이런 수의를 집집마다 가서 기계처럼 제작해 올리니 사무 중에도 착실한 사무입죠."

진 선생은 멍하게 노인을 바라볼 뿐 아무런 응대가 없었다. 초점이 정확하지 않은 담화라는 생각이 든 모양이다. 그 점에는 김 여사도 동감이었다. 노인은 익숙하게 가위질을 하면서 말을 이어갔다.

"나두 팔자소관으로 젊어선 남의 의복을 많이 지었죠. 그땐 사무라는 실감이 들지 않았거든요. 꽃 같은 여인들의 옷감이란 형형색색 아닙니까? 비단의 종류도 오만가지요 색깔도 부지기수인데 사람들의 취미가 또 천층만층이니 기계처럼 제작해낼 수가 없지 않습니까? 즉 그 의복이란 다 생명이 펄펄 뛰는 청춘여성들이 입는 것이라 긴장도 되고 호기심에 조심에 정성스럽게 짓기 마련입죠. 게다가 백이면 백이 옷 찾을 땐 반드시 한 번씩 입어보는걸요. 내가 제작한 의복이 개개인의 얼굴과 맵시에 턱 어울려 보기 좋을 땐 상쾌한 보람을 느끼군 했어요."

그럴싸해서 그런지 노인의 근엄하던 표정이 풀리면서 안색이 밝아지고 입언저리에도 붙임성 있는 미소마저 어리는 듯 했다. 진 선생이 불쑥 물었다.

"그런데 왜 이 옷 짓긴 싫으신가요?"

"싫구 좋구가 어디 있습니까? 사무인걸요. 타계하시는 분이 입구 가시는 거니깐 아무런 감정이 없이 그저 지어 모신다는 것뿐입죠."

"하긴 그렇기도 하겠지."

"그렇다마다요. 아 만승천자면 뭘 하며 억만장잔들 뭘 합니까? 지극한 부귀영화 다 버리구 이 옷 한벌만 입구 가는 걸 입죠. 극진한 모든 영화가 이 옷에 끝장이 나는 셈이죠."

김 여사도 노인의 장광설에 약간 동의했으나 진 선생은 여전히 석연치 않은 눈빛으로 노인의 일손을 내려다보고 있다가 또 불쑥 내뱉었다.

"그러니까 밀가루 푸대 만들 듯이 기계적이란 말이군."

"네? 밀가루 푸대요?"

노인이 금테 안경 위로 눈을 치떠 진 선생을 쳐다보며 반문했다.

"그렇지 않소? 모두 한 모양으로 드르르 박아서 함부루 만드는 밀가루 푸대 말요. 밀가루를 담아서 척척 내치듯이 시체 하나씩 넣어서 척척 묻어버릴 그런 의복을 만드는 것은 기계적인 사무라는 말이죠? 아무런 감정이 섞이지 않은 제작이니까."

"그렇게 되는 셈이죠."

아무렇지도 않게 짤막한 대답을 해버리는 노인과는 달리 진 선생의 진지한 최후의 말에 김 여사의 가슴이 찌르르해졌다. 표정은 굳어졌지만 그래도 태연한 모습으로 노인의 일손을 내려다보고 서 있는 진 선생의 심정인들 오죽이나 불쾌할까 보냐고 김 여사는 진 선생의 팔을 가만히 붙잡았다.

"선생님 일루 앉으시기나 하세요. 앉으셔서 천천히 얘기하심 되잖아요?"

바느질꾼들이 동북쪽을 차지하고 있기 때문에 김 여사는 뜰을 향한 남창가로 진 선생을 모셔 앉혔다. 진 선생은 얄싸한 입술을 꼭 다문 채 정원을 내다보고 있었다. 그의 눈길이 멀찌감치 담가로 죽 늘어서 흰빛과 보랏빛 꽃을 환하게 달고 있는 무궁화나무로 갔다. 그에게서 푸욱 한숨이 내쉬어졌다. 김 여사에게 한숨의 뜻이 전해졌다.

'서글프실 거야. 자기의 일생이 너무나 헐하게 끝난다고 싶어 허무한 생각이 드시기도 할 거다.'

사실 진유경 씨라면 국내에서는 물론 미국에서도 알아줄 만큼 이름이 있는 애국투사다. 그의 애국심은 천성이 되다시피 했다. 여학생 때부터 비밀 결사의 주동이 되어 동경유학생 시절에도 동지들과 항일 지하투쟁을 하였고 3·1 독립운동 때는 삼 년의 감옥생활을 했다. 출옥 후에는 산간벽지로부터 계몽을 시작하여 여러 곳에 강습소와 학교를 세워 철저한 사회 봉사를 했다.

해방 후에는 주로 여성운동의 주동적인 지도자로 해외시찰도 여러 번이었고 미국에서는 순회강연을 하여 조국을 선전하고 조국 발전의 장래를 위한 호소와 성원을 부르짖어서 많은 성과를 거두기도 했다.

그는 철두철미 배일(排日)파다. 일본말이라고는 한 마디도 입 밖에 내본 일이 없고 일본의 국기를 한 번도 쳐다본 일 없이 칠십여 년의 일생을 오로지 애국애족만으로 살아온 애국지사인 것이다. 그는 무궁화를 뜰에 가득히 심어 아침마다 무궁화를 어루만지면서 애국가를 부르며 나라를 위한 기도를 올리는 것으로 일과(日課)를 삼아왔다는 것이다.

'진 선생이 만일 자신의 영예(榮譽)를 위했으면 지금쯤 큰 학교의 교주가 되어 좀더 여생을 화려하게 지내셨을 거다. 그러나 선생님은 남이야 알아주건 말건 언제나 그늘에서 어려운 일을 도맡아 해내셨고 스스로 남모르는 밑거름이 되어왔다고 했다. 불행한 여성들이나 청소년을 위한 학교도 여러 개 세워 오랫동안 계속했지만, 워낙 정치적이 못 되고 사교적이 아닌 성격이라 혼자서만 애쓰다가 끝장을 못 내고 말았으니 눈에 보이는 대가라거나 남아 있는 업적이 없을 건 뻔 하지 않는가? 선생님의 여생이 비교적 이처럼 적적한 것은 욕심이 곁들지 않은 희생적인 봉사만으로 일생을 보낸 까닭이 아닐까.'

진 선생도 이심전심으로 김 여사와 같은 회상에 잠겨 있는 듯 굵게 주름진 입모습에는 실망의 빛이 감돌고 무궁화를 바라보는 큰 눈은 슬픔으로 젖어 있는 듯했다. 김 여사는 진 선생의 무릎을 조심스럽게 흔들었다.

"선생님! 뜰에 나가시지 않겠어요? 아직은 뜨겁지 않으니까 우리 한 바퀴 돌면서 기분전환이나 해요. 네?"

"뭐가 어때서 기분 전환하재? 난 아무렇지두 않아. 저 노인 말이 다 적절해. 움직이면 더워지니까 여기 앉아서 옷 짓는 구경이나 하자구."

그러는데 활짝 열어젖힌 방문으로 진 선생의 딸이 소복소복 참외쪽이 담긴 과실 쟁반을 들고 왔다.

"넌 이제야 왔구나. 언니들만 부려먹으려구 늑장부렸지?"

"아이 어머니두 참 이렇게 일찍 왔는데두 꾸중이시네. 그럼 며느리들 같을까요? 출가외인이라는데요."

"맞았어. 어서 일루 내려놔!"

김 여사가 동의하면서 쟁반을 받았다. 삼남매의 막내 고명 딸은 두 접시는 수고한다는 인사말까지 붙여서 바느질꾼들에게 주고 한 접시는 이쪽에 놓으며 곱지 않게 말했다.

"어서들 드세요. 그리구 어머닌 이 방에 계시지 마세요. 뭐가 좋아서 여기 앉아 구경하시는 거예요? 참외 잡숫군 아주머니랑 응접실루 나오세요. 네? 저두 꼴보기 싫은걸요."

삼십이 넘은 애들 어머니지만 어머니에겐 응석둥이라 거침없이 핀잔 조로 투정을 부렸다.

"난 좋은데 넌 싫으냐? 싫구 좋구가 어디 있니? 싫어두 헐 수 없는 노릇인걸. 야 참외나 먹자꾸나. 단내가 막 나네. 자 이건 선혜. 이건 우리 막내둥이. 이건 나."

진 선생은 일부러 웃는 낯을 지어 상아빛의 참외를 한 조각씩 포크에 찍어서 딸과 김 여사에게 주고 자기도 듬뻑 베어먹으며 노인과 조수들에게도 많이 들라고 거듭거듭 권했다.

딸의 권유대로 진 선생은 김 여사와 응접실로 나갈까 하고 맘먹고 있는데 노인이 넌지시 곁들었다.

"그러십쇼. 원삼을 마르자면 방도 좁을 테니간 이따만큼 정확히 알고 싶은 게 있으면 뫼시러 나가겠어요."

"오 잊었군. 이거 참고해서 마름질을 하시면 편리할 거요."

진 선생은 작은 보퉁이에서 노트장을 꺼내 노인에게 주었다. 노인은 돋보기를 썼건만 글자가 잘아서인지 미간을 잔뜩 찌푸리고 정성들여 읽어갔다. 워낙 문자를 애용하는 버릇인데다가 이 방면에 종사하자니 오랜 세월에 들은 풍설도 있을 뿐만 아니라 본래 여고쯤은 졸업한 지식 여성 티도 있어 그렇게 앉아 노트장을 들고 있는 폼이 어색하지 않고 그럴싸하게 잘 어울렸다.

노인이 읽고 있는 동안에도 두 젊은 조수들은 재봉틀에 올라 돌돌 소리를 내며 박음질도 하고, 부지런히 손을 놀려 무엇인가를 꿰매기도 했다.

"여기 너울이라구 적혀 있는 건 뭡니까? 신부들이 쓰는 그런 너울 말씀인가요?"

노인이 안경 위로 눈을 치떠 보며 물었다. 젊었을 때는 로맨스라도 꽤 일으켰을 만큼 그 눈찌가 매력적이었다.

그에 대한 궁금증은 김 여사도 매일반이어서 귀를 종그리고 있으려니까 진 선생은 그렇다고 간단하게 대답했다.

"신부들처럼 그렇게 기다랗게 말씀인가요?"

"글쎄요."

"아마 면모(모자) 대신 이걸 만드실 모양인데 낯덮개라는 게 따로 있으니깐 어쩌실는지?"

"그래두 난 그 너울이 필요해요."

"그럼 원삼이 아주 기니깐 짤막하게 하시면 어때요? 명주도 모자랄 것 같으니깐요."

"그렇게 해두 되겠지. 짧은 너울도 있으니까 꽃을 달아서 이쁘게만 꾸미면⋯⋯."

이쁘게 꾸민다는 말에서 노인은 싱그레 웃었다. 김 여사는 가슴이 싸아하는데 웃다니. 막내딸이 과실쟁반을 들고 나갔으니망정이지 그 말을 들었으면 눈물이 돌았을 것이다.

"꽃은 어디 있습니까? 울긋불긋 곱다란 채색꽃 말씀인가요?"

"흰 무궁화꽃을 달 작정이요. 오후에 내가 나가서 사오면 되니까."

"그리구 맨 끝에 이건 내가 입때껏 만들어본 경험이 없는 뎁쇼."

노인은 18, 속내의(기저귀)라는 대목을 짚으며 의아해 하는 눈길을 두 여자에게로 번갈아보냈다. 김 여사도 역시 그것이 궁금했던 것이다.

"그건 내 창안인데. 그것두 오후에 내가 직접 지시해드리기루 하지."

"네에 자알 알아모셨습니다."

노인은 꼬리를 길게 빼서 대답했다. 그들에게 수고들 하라는 말을 남기고 일어나자 노인은 곧 자리를 넓게 잡아 명주필을 후루루 펼쳤다.

아침 시간이 꽤나 지나갔다 싶었는데 두 여사가 응접실에 나왔을 때 네모난 전기 시계는 이제야 아홉시 이십분을 가리키고 있었다. 큰 대청을 응접실로 쓰는 까닭에 통풍은 잘 되어 있는데도 거기에는 대형(大型)의 선풍기가 떡 버티고 서서 서늘한 바람을 내고 있었다.

작업장에는 떡과 사이다와 콜라 따위가 쉴새없이 날라지고, 두 자부는 그런 시중과 점심 준비에 주방을 오락가락했다. 그들에게도 먹음직스러운 증편과 샛노란 오렌지주스와 냉콜라를 가져와서 두 여사는 목을 축여가며 새큼하고 담담한 증편쪽을 들었다.

"이렇게 먹일려구 절 오라셨어요?"

"먹이기두 하구 보이기두 하려구. 선헨 안 죽을 줄 아나. 죽음은 통지 없이 오는 거다. 이런 건 봐둬야 지식이 되는 거야."

"지당한 말씀이세요. 저두 칠십을 바라보는 데까지 왔으니 수의라는 걸 차차 준비해야 될 모양이죠?"

"나쁠 거야 없지. 난 늘 반대만 해왔는데 가만히 생각해보니까 죽은 댐에 시장에서 막 사다가 그냥 만드는 것보다는 집에서 깨끗하게 빨아서 손봐가지구 미리 해두는 게 자손들을 위해서라도 간편하겠드군. 그래서 이번엔 내버려둔건데 잘됐다 싶어. 하나님께서 언제 부르실지 모르니까 신부처럼 싸악 준비하고 있다가 냉큼 가게스리……."

진 선생은 짜장 신부나 된 듯이 눈을 빛내며 흥나게 말하다가 김 여사의 무릎을 손을 늘여서 툭 쳤다.

"이번엔 틀렸지만 다음 윤달 있을 땐 꼭 만들라구 응? 오늘 잘 견학했다가 말야. 그래서 불러댄 거야. 또 내 최후의 의복 제작에 입증도 할 겸

말이다."

"입증(立證)이라뇨?"

"입증도 몰라? 내 마지막 옷을 짓는데 내가 제일 사랑하는 선혜가 곁에서 봐주지 않으면 쓸쓸하지 않나 말이야."

"감사합니다 선생님."

김 여사는 목이 메이려고 하여서 더 긴 말을 하지 못했다. 남성같이 강한 성격이면서도 얼마나 여성답게 살뜰한 말씨냐 싶어 진 선생을 다시금 보았다. 그때만은 진 선생의 빛나던 눈이 슬픔을 담고 있었다.

"제가 직접 재봉도 하지 않구 곁에만 있으려니 죄송합니다 선생님."

"수의는 아무나 함부로 못 짓는게 아닌가. 이렇게 마주앉기만 해도 든든한걸."

"참 수의라구 왜 목숨 수자를 쓸까요? 죽어서 입는 옷인데요."

"글쎄 말야. 목숨이 끝나는데다 구태여 그 자를 쓴다는 건 좀 역설적이기도 해."

"영원히 땅 속에 묻히는 의복이니깐 차라리 가둘 수(囚)자가 옳지 않겠어요? 사람도 옷도 함께 영원히 갇히게 되니깐 말이에요."

"그럴싸는 한데. 아니지 아니야. 내 영혼은 영원히 하나님 곁에 살아 있을 거니까 목숨 수자가 적절하지. 육체는 썩지만 영원히 살아 있을 영혼을 싸고 가는 의복이니까."

"아이참. 그건 정말 억설이에요. 육체가 썩을 때 의복도 함께 썩어 없어지는데요. 영혼은 이미 그 육체에서 떠났지 않아요? 남은 건 물체뿐. 흙으로 화해버리는 물체뿐인걸요."

"그렇지만 가둘 수자는 가당치도 않지. 죄수의 옷이 그 수의인데. 죽는 게 무슨 죄던가? 죄인도 아닌데 왜 가둘 수자 수의야?"

진 선생은 버럭 언성을 높였다. 깜짝 놀라 바라보니 목에는 핏대마저 세워 있지 않은가? 김 여사는 자신의 경솔에 속으로 혀를 찼다. 하필이면 오늘 이 자리에 왜 그런 말을 꺼내서 그의 심기를 편찮게 했을까. 조금치라도 위안이 될까 봐 일부러 자기를 불러왔는데 도리어 그의 감정을 거칠게 해주다니 아둔한 여자는 어쩔 수 없다고 스스로를 꾸짖고 있었다.

 김 여사의 질려 있는 표정을 살핀 진 선생은 금시에 얼굴을 펴고 부드럽게 말을 냈다.

 "선혜의 말도 일리가 있어. 가둘 수거나 목숨 수거나 시의는 마찬가지 아닌가베. 시체 시자 시의(屍衣)말야. 그리고 안방에서 진행 중에 있는 저 옷이야말로 누구의 것도 아닌 바로 내 것이 아닌가. 바로 이 몸에 걸칠 나 자신의 것이지. 안 그래?"

 진 선생은 두 손으로 자기의 앞가슴에서부터 자신의 몸을 태연스럽게 쓸어보였다. 김 여사는 적절한 대답을 얻지 못해 주저하고 있는데 구원이나처럼 딸이 또 무엇인가를 들고 와서 탁 소리가 나도록 차탁자 위에 접시를 놓고 어머니의 곁에 걸터앉았다.

 "아이 더워. 그래두 여긴 시원하군요. 저거 좀 들어보세요. 제가 만든 젤리에요. 딸기잼을 넣어서 만들어봤더니 괜찮네요."

 빨간 무늬의 투명한 젤리쪽이 색깔도 곱거니와 군침도 돌게 하여서 김 여사는 재빨리 진 선생에게 먼저 한쪽을 권하고 맛을 보니 새큼하고 달콤하고도 얼음같이 차서 여름의 음식으로는 일품의 별미였다.

 애호박탕에, 닭찜에, 불고기에, 저냐에 생선조림이며 각종의 나물 등등 진수성찬의 점심상으로 대접을 받은 노인의 일행이 마름질이 끝난 옷감으로 본격적인 바느질을 하는 동안 진 선생은 김 여사를 데리고 승용차에 올라 꽃을 사러 나섰다. 꽃 만드는 점포마다 들렀으나 흰 무궁화는 없었다.

 "선생님. 너울엔 보라빛 무궁화를 그냥 달두룩 하세요. 조촐하구 괜찮을 거에요."

 "모두가 다 순백색인데 거기만 유색이면 되나? 좀더 돌아보구."

 매양 외양을 화장이나 의복으로 보기 좋게 단장하는 목적은 자기 스스로를 만족시키는 데도 있지만 보다 중요한 것은 남에게 보여지는 까닭에 좀더 아름답게 보이려고 여러 모로 신경을 써서 노력하는 것이 일반 사람들의 바라는 바다.

그런데 진 선생은 아무도 볼 수 없고 아무도 봐주지 않는 육체와 더불어 썩어야 하는 수의를 만드는데다 왜 저렇게 열을 올리고 있는지 김 여사는, 파티복에 달 꽃이나 구하려는 젊은 여성처럼 이집 저집에서 열심히 흰 무궁화를 찾고 있는 팔십객 노인을 바라보며 서글퍼지기만 했다.

다행히 맨 나중에 들른 조화상점에서 흰 무궁화를 발견했다.

"야! 여기 있구나!"

오래 그리던 자손이나 만난 듯이 희색이 만연한 진유경 씨는 환성마저 냈다.

"보라우. 그저 구하라 얻을 것이요가 아닌냔 말이다. 지성이면 감천이라구 기어코 찾아냈잖아?"

"정말 다행이네요 선생님."

김 여사도 맞받으며 기뻐했다. 그곳에서 흰 무궁화 세 송이와 흰 물망초 약간을 산 진 선생은 개선장군이나같이 의기양양해서 집으로 돌아와 즉시 안방으로 가서 노인에게 꽃을 흔들어보이며 사온 경과를 보고했다.

"이 댁은 참 특별이에요. 다른 집에선 당자 되는 분이 슬프다구 옷 만드는 덴 비치지도 않구, 자손들도 눈물짓기가 일쑤인데요. 어떤 노인네는 종일 울구만 있기도 한데 이 댁 마님은 특출하신 분이신가 봐요. 손수 나스셔서 모든 걸 분별하시구 저렇게 명랑하게 설명하시니 말씀입니다."

노인은 손을 잽싸게 놀리면서도 입으로는 걸쭉하게 말을 늘어놓았다.

"슬프긴 왜 슬퍼요? 하나님께로 가는 건데. 영생하러 가는 길에 입는 의복이니 시체에 낄 거라구 함부로 만들면 안 돼요. 수의는 험상궂게 하는 거라지만 난 싫어요. 저고리 앞섶이랑 곱게 만들구 버선도 너무 본때 없이 커다랗게 하지 말아요. 참 혼솔에 인두질을 해서 반반하게 하세요. 애! 넌 여기 와서 이거 맡아라."

진 선생은 작은며느리를 불러 전기 다리미로 박아내는 혼솔마다를 다려주도록 명령했다.

"워낙 깔끔하신 분이시니까 명심해서 이쁘게 이쁘게 할 테니 안심하십쇼."

노인은 뜻모를 미소를 지어 조수들에게도 무언의 지시를 하며 혼자 싱그레 웃었다. 김 여사에게는 그 웃음의 삼분의 이쯤이 조소의 뜻처럼 보였다.

김 여사는 문득 불란서의 유명한 여간첩 '마타하리'의 사형장으로 가던 길의 장면을 연상했다. 마타하리는 네덜란드의 출신으로 화려한 무희(舞姬) 생활을 하면서 고급 창부의 허울을 쓰고 독일을 위한 간첩 노릇을 했다. 크나큰 죄목이 드러나 드디어 총살형을 언도받고 그 집행날 형장으로 가는데 전날부터 내린 비로 땅에는 물이 괴고 길바닥은 물탕이 되어 있었다.

'마타하리'는 곱게 단장을 하고 야회복 차림으로 병사의 호위를 받아 사형장으로 가면서 구두가 젖을까봐 물이 없는 곳만 가려서 이러저리 돌기도 하고 팔딱 뛰기도 하며 걸었다. 사형장 바로 가까운 곳에서 몇 분 후면 총살당할 그 여자이건만 행여나 옷이 망쳐질세라 두 손으로 거머쥐고 흙탕물이 튀지 않도록 조심조심하던 '마타하리'! 그의 전기를 읽을 때 가장 김 여사의 가슴을 아프게 울리던 사실은 바로 그 대목이었던 것이다.

두 여성의 일생은 하늘과 땅의 차이이고, 인생경력의 높고 낮은 비중도 역시 하늘과 땅의 차이이지만 생(生)에의 집착과 끈덕진 생활의 관습이 죽음 앞에서도 그처럼 강하게 반영되는 점에서는 너무나 흡사한 것을 보고 이것이 인생이고 이것이 인간의 본능인가 싶었다.

진 선생은 자주 작업장에 드나들며 제작에 대한 주의를 주기도 하고 수박 같은 과실 대접에 충실했다. 그리고 너울을 만들 때는 식섭 방에 주저앉아서 하나하나 손봐가며 참견했다.

오늘 여기 초빙된 의미를 잊지 않으려고 바늘에 실가듯 김 여사도 진 선생을 따라다니며 의견도 표시하고 조언(助言)도 하다가 너울 제작에는 김 여사의 손이 많이 가기도 했다. 무궁화와 물망초로 만든 너울은 화사했다. 노인이 진 선생에게 한 번 써보라고 권했다.

"자 어때요?"

진 선생은 자기의 백발인 머리에 너울을 나직이 썼웠다. 뚜렷한 윤곽이라 훤하게 과연 청초한 노신부 같았다. 김 여사와 노인과 조수들이 한

결같이 입을 모아 칭선하는데도 두 자부와 딸은 입을 다물고 있다가 진 선생이,

"하나님 앞에 신부로서 나가는데 아름다워야 하구말구. 아암 영원한 신부가 될 텐데 아름다워야지."

하고 조용히 뇌일 때 그들은 후닥닥 밖으로 나가버리고 김 여사는 비창해지는 심회를 스스로 누르고 있었다.

제작은 비교적 빨리 끝난 셈이어서 노인네 일행이 끝내 칙사 같은 대접으로 저녁밥까지 먹고 돌아간 후에 그들을 태워다준 승용차로 김 여사도 자택까지의 배웅을 받은 것은 밤 열시가 조금 넘었을 때였다. 새벽부터 밤까지 이 하루를 오로지 진 선생의 반려로 끝낸 것이었다.

그날 이후로 김 여사의 심정은 매우 착잡해졌다. 무엇인가를 얻은 것도 같고 무엇인가를 잃은 것도 같이 알쏭달쏭하면서도 툭 터놓고 할 수 있는 표현은 인간이란 허무한 존재이며 인생 역시 초로 같은 생활의 연속뿐이었다는 허탈감이었다. 그로부터 삼 일을 지나 김 여사는 다시 진 선생에게 불려가서 진 선생과 또 진 선생을 모시는 큰 자부와 김 여사 셋이서 제작된 수의를 하나씩 하얀 백지로 싸고 나프탈린을 두 알씩 넣어 정성스럽게 봉했다. 속적삼과 저고리를 한 깃으로, 또 속옷 등과 치마를 한 허리에 묶었건만 가짓수가 많으니까 봉지도 많아서 그것들을 다 함께 트렁크에 터질 듯이 넣어 다시 큰 흰 보자기로 싸두었는데, 그때의 진 선생이 영원히 떼지 않을 보물이나처럼 지성껏 싸고 싸는 모습을 보고 난 후에는 더욱더 처량한 인생살이라는 허탈감이 더 짙어지던 것이다.

그런데 그렇게나 열심히 서두시던 진 선생이 갑작스럽게 별세한 것이다. 팔월 하순께 김 여사와 만난 지 사흘 만에 저녁 먹은 음식에 급체가 되어 밤새도록 고통하는 중에 취장염이 악화되었든지 다음날 아침에 급보를 듣고 달려가니까 진 선생은 벌써 사람도 못 알아보고 육체는 차차로 굳어져 불티 사그라지듯이 숨이 끊어졌다.

김 여사는 자녀들 못지않게 맘속 깊이 통곡했다. 선견지감이 있어서 그렇게 열심히 자기가 입고 갈 의복에 전력을 쏟았던가 싶고, 그날의 장면과 대화 하나하나가 가슴을 쳐서 견딜 수 없이 슬펐다. 자녀들은 그래

도 지난번 윤달에 준비한 것이 얼마나 다행이냐고 서로들 수군댈 마음의 여유도 가지고 있었지만……．

회상을 마친 김 여사는 스르르 눈을 감았다. 초상화와 관과 장내가 온통 꽃으로 덮인 장례식장이 떠올랐다. 모든 사람들은 침통한 표정으로 조의를 담고 있었으나, 김 여사에게는 그들의 경건한 자세는 애써 진 선생의 생애를 영원한 망각에 묻어버리려고 노력하는 의식(儀式)으로만 보였고, 묘지에서 하관식이 끝난 후에 자녀들과 친지들이 흙을 한 오금씩 관 위에 뿌리면서 고별하는 것도 어서 빨리 흙에 동화(同化)되라고 빌어주는 것만 같이 보여서 가둘 수자가 오히려 적절하지 않느냐고 진 선생에게 항의하고 싶기까지 하였다.

김 여사는 다시 눈을 떴다.

달은 지붕에 걸쳐 있었다.

달마저 그 너머로 넘어갈 모양이다.

'지금쯤 선생님은 그 너울을 쓰고 하나님 앞에서 신부처럼 수줍은 웃음을 띠고 계실까? 영원히 영혼은 살아 있다고 장담하셨지만 영혼이 살아 있는 것이 아니라 진유경이란 이름만이 살아 있는 게 아닐까? 그래서 선생님도 다른 사람들도 그 이름이나마 살리려고 일생을 허덕대다가 선생님같이 그렇게 허무하게 사라지는 것이 아닐까?'

달이 넘어가자 김 여사의 자리에서도 달빛은 사리졌다. 그가 일어나 미닫이를 닫을 때 달빛은 앞집의 지붕과 건너편 마을에만 희고 푸르게 넘실대고 있었다.

—1972년

추석 전야(前夜)

1

　방적 공장의 오후 여섯시 기적이 뛰 —— 하고 울자 도시락 싼 흰 보를 옆에 낀 여공들이 우르르 몰려 나온다. 수건 쓴 십오륙 세의 처녀들로부터 얼굴 누르스름한 삼십 미만의 젊은 부인들이 별세계에나 온 듯이 숨을 내쉬며 좌우를 돌아다보면서 참았던 이야기를 지껄인다. 오전 일곱시부터 종일을 기계와 싸움하기에 고달픈 그들이 기계의 노예가 되었던 연한 그 몸들이 이제 그 자리를 떠나 자유의 몸이 된 것이다.

　해풍으로도 유명하거니와 풍경으로도 굴지하는 목포의 석양은 면화가루에 붉어진 그들의 눈을 위로해주며 해안의 양풍은 땀에 절은 그들의 얼굴을 곱게 씻어준다. 그러므로 종일토록 귀가 덜거덕거리는 기계의 소리와 머리골이 터질 듯이 심한 기름냄새, 숨이 턱턱막히는 먼지 속에서 눈을 부비며 땀을 흘리면서 무의식으로 기계의 종이 되어 나[自我]를 잊었던 그들도 오후 여섯시가 되어 공장문을 나서서 바다 저편 월출산 위에 붉게 타는 저녁 구름을 바라보며 포구로 돌아오는 흰 돛대의 움직이는 긴 그림자를 돌아보면서 양풍이 머리카락을 휘날리는 해안을 걸을 때는 잊었던 나를 다시 찾은 듯이 정신을 차려 시원함을 느끼며 자유의 몸이 된 것을 기뻐한다. 그러나 그 기쁨은 잠깐이요 돌아온 어선에서 우물거리며 소리치는 사람의 소리와 선두가에로 쌓아놓은 수박, 생선, 건물에서 개미떼같이 덤비며 눈이 벌개서 날뛰는 사람 틈을 걸어올 때는 가

숨이 뻐근해지고 머리가 무거워지면서 집에서 기다릴 주린 식구들이 눈
에 보이자 한숨을 쉬면서 고개를 쑥 빼치고 젊은 여자들의 마음을 살려
는 듯이 거리에 벌려놓은 모든 것, 보기만해도 침이 흐르는 먹을 것들이
벌여 있는 것을 아니 볼려는 듯이 바쁘게 발을 옮긴다. 그들은 오전 일곱
시에 나온 자기의 집에 들어갈 때까지 이러한 일과를 매일매일 계속한
다. 그러나 집에 들어만가면 각각 일어나는 풍파는 날마다가 다르다.

2

　제일 뒤떨어져 나온 영신의 두 눈가는 붉어지고 그의 왼편 팔뚝 적삼
에는 피가 드문드문 묻어 있다. 그는 도시락보를 든 채로 왼편 팔뚝 어깨
아래를 꽉 붙잡으며 얼굴을 찌푸린다.
　"아이고 아야——이렇게 몹시 다쳤을까? 아이고 이 팔자야."
하는 한숨과 함께 손을 떼인다. 눌렸던 당모시 적삼이 피에 착 달라 붙었
다. 그의 매일 위로거리인 석양은 의구히 붉고 바람은 여전히 서늘하건
만 흰 돛대는 더욱 한가히 돌아오건만 오늘은 그것도 그녀의 눈에 띄이
지 않아지고 다만 비분과 원한에 숨을 씨근거리며 발만 재게 놀린다.
　"인제야 오시오, 나는 발써 나온 줄 알고 암만 찾어도 있어야지."
하고 축에서 기다리고 섰던 이웃집 옥례 어머니가 반갑게 다가오며 도시
락을 빼앗는다.
　"이때까지 기다렸습데까? 늦은데 먼저 가실 것이지."
하며 영신은 팔을 붙잡는다.
　"참 시럽지 많이 다쳤소? 아이고 저 피——엇쩔가 발가니 묻은 것이
참 보기 싫은데, 끌끌 이놈의 목구멍이 무엇이라고 그저 허대다가 별꼴
을 다——당한단 말이오."
하며 영신의 얼굴을 쳐다보더니,
　"울었소? 눈까지 벌거요. 어머니가 또 깜짝 놀래시것소. 어서 나아야
쓸 것인디."
　"글쎄 말이오. 어머니가 놀래실 것이 딱하지 이왕 이런 몸이야 팔이

부러지거나……."

말거나 말을 마치지 않고 입술을 꽉 문다. 눈에서 눈물이 한 방울 뚝—— 떨어진다.

"기어코 그놈이 일을 저질고 만다니께. 하필 요새사 말고 팔을 다쳤으니, 아이 원수의 자식."

하고 옥례모도 눈을 씻는다.

영신은 아까 공장에서 당하던 일이 문득 눈에 보인다. 곧 조금 전이다. 공장감독이 와서 돌아다니다가 양금이라는 처녀의 긴 머리를 쭉 잡아당겼다. 양금이는 깜짝 놀라 돌아보다가 감독인 줄 알고는 다시 고개를 돌렸다. 이러한 짓이 한두 번 아닌 까닭이다. 그 자는 다시 양금의 머리를 쓰다듬으며,

"이쁜 사람이 머리가 좋소."

하고는 또 한 번 잡아 당기고는 뺨을 만지려하였다. 참았던 양금이도 두 번째는 못 견디겠던지 머리를 툭 채어 잡아 빼며,

"왜 이래, 그것 미친놈이네."

하며 영신에게로 피해왔다. 양금이는 여공 중 제일 어여쁘고 귀여운 처녀인데다가 영신을 따르는고로 영신 역시 사랑하는 까닭이다. 징그러웁게 빙긋이 웃고 섰던 감독은 무안한 얼굴에 두 눈이 벌게지며,

"무어 내가 미친놈이? 이놈의 가시네, 나쁜말이 했소지바리."

하며 양금이를 때리려 드는 듯이 쫓아왔다. 양금이는 영신의 뒤로 돌아가며,

"그래, 어째 왜 남을 건드려."

벌써 감독의 검은 주먹은 양금의 붉고 연한 뺨을 휘갈겼다.

"요놈의 가시네(계집애) 또 말이 해봐라. 내가 어째 미친놈이난 말이다."

하며 또 한 번 주먹이 올 차례다. 영신은 빨리 주먹을 어깨로 받아 휘—— 뿌리치고 돌릴 때 기계를 건드리자, 북이 튀어나와 적삼을 뚫고 왼팔을 찔렀다. 양금은 얼른 두 손으로 팔을 꽉 잡으며,

"아이고머니, 경아 어머니가 다쳤네."

하며 엉 — 엉 울고 있다. 다른 여공들도 고개를 돌리고 혀를 끌끌차나 감히 가까이 오지는 못한다. 감독은 놀랜 눈으로 분이 찬 영신을 내려다 보면서,

"당신이 왜 참견했소."

하며 미안한 듯이 적삼에 묻은 피를 바라본다. 영신은 전일부터 빈부와 계급에 대한 반항심을 잔뜩 가지고 있었으며 더구나 감독의 평일행위를 몹시 미워하던 터이라 떨리는 입술로,

"그러면 당신이 왜 먼저 그 따위 짓을 하느냐 말이야. 감독이면 점잖게 감독이나 하지 어린애들 머리를 잡아 당기며 부인들을 건들며 그 따위 못된 짓을 하니 누가 좋다고 하겠소, 그래 놓고는 당신이 도리어 때려 응, 그게 무슨 짓이야? 왜 우리는 개만도 못 하게 보이오? 우리도 사람이야. 사람이 기계에 몸이 매였을지언정 이러한 당신과 꼭같은 사람이란 말이야. 우리는 당신같이 나쁜 짓은 하지 않는 좋은 사람이란 말이야."

그녀는 독이 가득찬 눈으로 감독을 쳐다보며 소리를 버럭버럭 지른다.

"저 — 주인에게 갑시다. 내가 당신이 하던 짓을 다 말하고 결단을 낼 터이니……."

감독은 어이없는 듯이 섰다. 다른 여공에게 같으면 오히려 뺨을 갈기며 "나가거라 너 아니와도 좋다."하겠지만 여공 중 제일 나이많은(많테야 스물아홉) 사람이요 평시에 어렵게 보고 꺼리는 사람이며 주인도 신용하던 터이므로 영신에게는 어쩔 수가 없다는 듯이 지갑을 꺼내드니 일 원짜리를 내어,

"여보, 이것 가지고 약 사서 발러하면 곧 낫소."

하고 영신의 어깨를 건드린다. 영신은 더욱 분이 나서 목까지 막힐 지경이다. 일 원을 받아서 감독에게로 다시 던지며,

"이것은 왜 이래, 돈귀신 당신이나 잘 처먹우, 일 원 주고 내 어깨를 산단 말이오? 돈만 보면 아무것도 다 잊어버리는 줄 아오? 이게 무슨 개 같은 짓이야 자 — 갑시다. 주인에게든지 파출소에든지 나만 건드려만 보오, 돈있는 당신이 이기나 죄없는 내가 이기나 해봅시다."

하며 숨을 씨근거린다. 여공들은 나 같으면 받겠다는 듯한 눈으로 땅에

떨어진 종이 돈을 아까운 듯이 바라본다. 감독은 머리를 슬슬만지고 입맛을 다시며,

"여보 내가 잘못했소, 다시는 안 그러지. 참말이오, 오늘은 내가 잘못했소."

하며 돈을 집는다.

"그래, 잘못했지 천 번 만 번 잘못했어. 그러니 가잔 말이야."

하고 나선다. 감독은 웃으며,

"여보 가도 소용없소, 당신 잘 했다고 아니 해. 내가 잘못했다고 하니 그만두시오."

하고 저쪽으로 가버린다. 영신은 더 억지를 쓸려고 했으나 그놈 말같이 나를 잘했다고도 아니할 것이오 그리 도둑놈 같은 감독 녀석이 오늘은 잘못했다고 쩔쩔매는 것을 보고 '애라 내버려두어라 부득부득 억지 쓴다고 별 좋은 일 있겠니.' 하고 수건으로 상처를 동이며 양금이를 찾느라고 돌아볼 때 여섯시 기적이 뛔 하고 운다. 눈이 부은 양금이는 빨리 제자리로 가더니 조금 있다가 영신을 돌아보고는 휙 —— 나갔다. 다른 여공들도 일을 끝 지우고 나 먼저 나 먼저 나가버렸다. 영신은 나가는 그들의 뒷 모양을 보자 참았던 설움이 북받쳐 그대로 서서 우느라고 조금 늦었던 것이다. 여기까지 생각한 영신의 눈에서는 다시 눈물이 뚝뚝 떨어지며 한숨이 길게 나왔다. 뒤에서 자동차가 뿌 —— 뿌 소리친다.

"왜 자꾸 이러시오. 그만 울고 치나시오."

하는 옥례 어머니 말에 다시 정신을 차려 길을 비키며 돌아보니 벌써 사거리에 왔다. 앞으로 사흘밖에 남지 않은 추석대목을 그저 넘기지 않으려고 점방마다 걸어놓은 댕기와 대님이 영신의 작은 눈을 깜짝 놀래인다.

"아 —— 저 댕기 좀 보시오. 대님도 많고…….."

이때까지의 설움은 댕기와 바꾸었다.

"올해는 흉년이라고 해도 호사치레거리들은 더 사는 갑데다만은 우리 같은 것들이야……."

하며 옥례 어머니도 맞장구를 친다. 영신의 눈은 거리 우편에 수없이 걸

어놓은 댕기에서 떠날 수 없다.

"우리 경아 하나만 사주었으면, 영이도 밤낮 고운 허리끈 댄님 그 노래만 부르는데⋯⋯."

아픈 것도 잊어버리고 추석 지낼 궁리에 가슴은 잔뜩 부풀어 오른다.

3

"아이고 저것이 웬일이냐? 응, 피가 웬일이고 응, 무슨 일이냐?"

좁쌀에 안남미 싸라기를 섞어 바가지에 씻고 있던 영신의 늙은 시어머니가 들어오는 영신을 보자 부르짖는다. 칠십이나 되어보이는 노인은, 허리를 구부리고 영신에게로 오더니 영신의 눈과 적삼의 피를 번갈아보며 대답을 기다리느라고 입술만 바라보고 섰다.

"아니올시다. 조금 다쳤습니다. 북이 튀어나와서⋯⋯."
하며 빨리 방으로 들어갔다. 어머니는 다시 구부리고 가서 바가지를 들며,

"그저 이런 팔자는 어서 죽어야지. 이꼴 저꼴 다 — 못 보것다. 응— 응 — ."

입술이 실룩실룩하자 기침이 꿀럭꿀럭 나온다. 조금 있다가 헌 적삼을 갈아입고 나온 영신은 양철에 불을 지피며,

"왜 저 계집애는 누웠답니까?"

어머니는 그 말대답도 않고 급히 오더니 영신을 떠밀며,

"오라 — 저리 가거라. 얼른 봐도 어깨가 많이 다쳤는데 왜 이러냐. 저리 가거라 저리 가 — ."
하며 자기가 불 앞에 앉아서 나무를 꺾는다.

"어머니 경아가 왜 누웠어요?"
하며 재차 물었다.

"아침에 학교에 가닝께 월사금 안 갖고 온 사람은 못 온다고 그러더라나 엇쩌더라나. 그래서 부끄러서 그냥 왔다고 이때까지 방에서 뒹굴고 울고만 있더니 아마 자는 갑으다."

영신은 툇마루에 벌떡 주저 앉았다. 다시 더 말할 기운이 없음이다. 어깨가 몹시 저린다. 뛰는 발소리가 나며 여섯 살 된 영이가 막대기를 끌고 들어와 영신의 무릎에가 턱 안기며,

"어무니, 내 허리끈 댄님 사 가지고 왔어요? 응 —— 어디 봐아. 어무니, 누님은 울었어. 어서 내 허리끈 내놔야 —— ."

하며 엄마의 팔을 비틀려고 한다.

"아이고 가만 있거라. 엄마가 팔이 다쳐서 아프다. 허리끈은 내일 모레 사다주마."

하고 달래는 말도 영의 귀에는 쓸데없다는 듯이,

"안 해 —— 거짓말쟁이. 오늘 꼭 사다주마고 하더니 막 때릴란다."

하며 막대기를 들어 때릴려다가 하 —— 하 —— 웃고 방으로 뛰어 들어가더니,

"누님! 아이 어무니 왔네. 어서 댕기랑 월사금 달라고 하소. 어이 일어나야 일어나."

하며 깨우는 모양이다.

"아이고 아야."

끙끙거리는 경아의 소리가 들리자 남매는 방에서 나왔다.

"왜 낮잠은 자느냐? 할머니 혼자 하시게 내버려두고. 왜 —— 그 모양이야."

하며 영신은 퉁퉁 부은 딸의 얼굴을 흘겨본다. 밥이 부글부글 넘으며 좁쌀 알이 솥에서 흘러내린다. 영신과 경아는 부엌으로 들어갔다. 이웃집에서 다듬이 하는 소리가 듣기 좋게 장단을 맞춘다.

4

음력 팔월 열사흘 달이 동천에 훨씬 나왔다. 전등이 빛나는 시가는 거듭 달의 빛을 받아 기와집과 초가지붕이 아슬하게 보인다. 유달산은 별을 뿌린 듯 붉은 눈들이 깜박인다. 하늘에 별, 시가에 전등산, 밑에 불, 세 가지 구슬들이 밤빛 속에서 각기 제멋대로 반짝이고 있다.

목포의 낮[晝]은 참 보기에 애처로웁다. 남편으로는 늘비한 일인의 기와집이오, 중앙으로는 초가에 부자들의 옛 기와집이 섞여 있고 동북으로는 수림 중에서 양인의 집과 남녀 학교와 예배당이 솟아 있는 외에 몇 기와집을 내놓고는 땅에 붙은 초가뿐이다. 다시 건너편 유달산 밑을 보자, 집은 돌 틈에 구멍만 빤 —— 히 뚫어진 돼지막 같은 초막들이 산을 덮어 완연한 빈민굴이다. 그러나 차별이 심한 이 도회지를 안고 있는 자연의 풍경은 극히 아름다웁다.

동북으로 비스듬히 높은 성당산 숲속에서 십자가를 머리에 꽂고 아련히 내려다보는 성당은 멀리 서해에 떨어지는 낙조를 바라보며 느린 종소리를 걸어가는 시가에 고요히 흘린다. 앞산 달성사의 새벽 종소리에 눈 뜬 목포는 뒷산 성당의 저문 종소리에 눈을 감는 것이다. 옛 절의 새벽 종소리 사원의 만종은 목포가 홀로 가진 자랑거리이며, 성당 이북으로는 밭가는 소의 풍경 소리가 한가하고, 논두렁 길로 풀을 지고 오는 농부와 밭매는 아낙네들의 흥글타령이 흐르는 농촌이오, 북편 바닷가에 자리를 잡고 앉은 기와가마(동리이름)는 어촌이다. 감자배, 수박배, 나무배, 고기배, 돛대가 들어선 해변에서 김치거리를 씻고 있는 부인은 어부의 아내인 듯, 유달산 북편은 구멍만 뚫어진 돌틈 초막이요, 남편의 유달산은 푸른 밭뿐이므로 산 밑은 산촌을 보는 감이 있다. 하루에 네 번씩 나가고 들어오는 기차를 보내며 맞는 정차장을 중심으로, 조선인과 일인의 상점이 즐비한 중앙은 조선의 몇 째 안 가는 도회지로 부끄럽지 않으며, 크고 작은 섬이 둘러 있는 푸른 바다에 점잖은 기선과 어여쁜 흰 돛대 방정스러운 발동선들이 들고 나는 항구의 특색은 남편 해안에 있다. 주위의 풍경은 그림 같고 농촌과 어촌, 산촌과 도시와 항구의 각색 맛을 겸하여 가지고 있는 목포는 매일 움직이고 시시각각으로 자라가건만 그 양면에 잠겨 있는 빈민의 생활은 다른 곳에서 볼 수 없을 만큼 비참한 살림이 숨어 있는 것이다. 그러므로 낮[晝]에 높은 곳에 서서 저자를 내려다볼 때는 그렇듯 여러 가지의 느낌이 일어나거니와 밤의 도시는 다만 아름다울 뿐이다.

제일 보기 싫은 산 밑구멍 집은 어둠에 묻히고 생기있는 불들만 전등

밑에 앉히겠다는 듯이 황홀거리고 있어 별 밤에는 하늘과 땅에 별과 불을 가릴 수 없이 붉은 구슬들만 빛나고 있을 뿐이다. '목포의 밤은 아름답다.' 이것은 뜻있는 사람의 밤 시가를 보면서 부르짖는 어구이다.

5

여덟시 기차가 쉬인 듯한 소리를 지르며 야단스럽게 정차장에 닿을 때, 달을 가리고 있던 엷은 구름은 흔적없이 스러지고 달은 전보다 더욱 깨끗한 얼굴로 웃고 있다.

해안에서부터 일어난 바람이 슬슬 여러 집을 거쳐 호남정 영신의 집 뒤 포플러 잎을 제멋대로 뒤적이다가 병든 잎 하나를 영신의 머리 위에 뚝 떨어뜨린다. 오늘도 못 갈 것을 추석은 닥쳐 겨우 아픈 팔을 끌고 종일 일을 마치고 온 영신이, 간호부인 자기 동무의 집에 가서 약을 얻어 바르고 와, 달을 쳐다보고 잠깐 섰는 중이다. 머리에 떨어진 포플러 잎을 주워내리며,

"어머니, 벌써 나뭇잎이 떨어집니다. 가을은 아주 왔습니다그려."
하며 나뭇잎을 어머니에게 보인다. 툇마루에 걸터앉아 긴 담배대를 물고 앉았던 어머니는,

"모레가 추석이 아니냐? 그런데 참 이 애야, 아까 땅세받으러 왔더라, 그래서 주인이 없다고 하니께 있다가오마고 가더라. 또 어쩐 말이냐, 영이 아범만 있었더라면……."

노인은 삼 년 전에 죽은 자기의 아들을 생각하며 한숨을 쉰다. 그의 아들은 얼굴도 참 잘 났었다. 학교라고는 보통학교 졸업뿐이거니와 일본 말 잘하고 똑똑하므로 어떤 일본인의 집에 있을 때에도 착실하고 부지런하다 하여 주인이 매우 사랑하였다. 그래서 과부인 어머니와 외아들이 살기에 아무 괴로움이 없었다. 아들이 십구 세 되던 가을이다. ××여학교 사년급에서 인물이나 공부로 첫손가락을 꼽는 단정한 처녀이나 다만 가세의 형편으로 부득이 들어 앉게된 십칠 세의 영신을 며느리로 맞아 귀한 손자남매를 두 팔로 어르며, 얌전한 아들 부부의 효성으로 아무 일

없이 재미있게 살아왔다. 그러나 운명의 변덕은 헤아릴 수 없는 것이다. 튼튼하고 착실한 그의 아들은 우연히 병이 들어 폐병이라는 이름 아래에서 삼 년 전 오월에 북망산 한 덩이 흙무덤을 이룬 후로 여간한 저축은 약값으로 없어지고도, 집까지 빼앗겨 곁방으로 돌아다니며 홀며느리가 바느질품을 팔아 남매의 학비를 대이며 네 식구 목을 축이는 중, 금년 사월부터 새로 생긴 방직공장에 들어가 일급 사,오십 전으로 겨우 목숨만 이어가는 이 집 형편이 어떠하랴. 이 집도 영신의 친정부모가 자기의 살던 집을 가련한 딸에게 내어주고, 자기들은 신작로 오막살이를 얻어 가지고 죽장수를 하므로 노인은 사돈에게도 미안함을 말할 수 없다. 매일 며느리의 애쓰는 모양을 볼 때는 항시 '내 아들이 살았더라면' 하는 말뿐이 구제책이나 같이 생각된다. 지금도 모르는 사이에 쑥 나온 것이다. 영신은 얼굴을 찌푸리며,

"어머니 또 그런 소리를 하십니다그려. 쓸데 있어요? 그런 말 한대야 서로 속만 상하지요, 그저 사는대로 살지요, 설마 산사람 목구멍에 거미줄 칠랍데까요."

하며 여전히 달만 바라보고 있다. 말은 이렇게 대범히 했거니와, 사실 어머니 입에서 그 말이 나올 때는 영신의 가슴이 찢어지는 듯 터지는 듯 아직도 남편 생시에 자기를 사랑하여 주며 정답게 해주던 그 사람은 뼈에 깊이 깊이 새겨있다. 어느 때 남편을 잊으랴, 그는 죽었거니와 그의 사랑은 내가 흙이 될 때까지는 나를 떠나지 않을 것이다. 밤이 깊어 홀로 바느질하고 있을 때는 은연히 자기 남편이 곁에 앉아서 "그만하고 잡시다." 하며 바느질 감을 빼앗는 듯하여 곁을 돌아보면 희미한 등불만 창 틈으로 새여 들어오는 바람에 춤추고 있음을 볼 때는 그냥 그 자리에 엎어져 울며 밤을 새우는 것이 예사이었다. 그러나 참고 견디어 늙으신 어머님 생전에 남편의 그 효성을 내가 대신하려니, 우리는 못 배워서 꽃을 못 이뤘거니와 남매는 기어코 내 팔이 부러지더라도 남부럽지 않게 시켜보려니 결심하고, 경아는 ×××여학교에 입학시켰던 것이 열두 살 되는 금년에 고등과 일학년이며, 영이는 유치원에 보내어 매일 재롱이 늘어가는고로 남매를 낙으로 삼고 기막힌 고생과 슬픔을 달게 받고 지내는

중 이번에는 더욱 형편이 어려웁게 되었다. 그리 부득부득 조르지는 않지만 경아는 동무들의 모양낸 의복이나 댕기를 몹시 부러워하는 모양이다. 그것도 무리는 아니다. 삼 년을 되는 대로 흰옷만 주워입고 남보다 더 길고 검은 머리에 기름때 묻은 흰 댕기만 매고 다니던 어린것이 아니냐, 지난 오월에 복을 벗자 동무들의 고사나 갑사의 붉고 긴 댕기를 보고 와서는 여러 번 붉은 댕기 말을 하였다. 더구나 남편이 사랑하던 경아, 높이 선 콧대와 가느스름한 눈과 귀염있는 입 모습이 자기를 닮았다고 항상 거울로 나란히 비치며 사랑하던 경아! 지금도 경아의 웃는 입 모습을 볼 때에는 가슴의 쓰림을 이기지 못한다. 그러한 경아의 소원인 붉은 댕기를 추석에는 꼭 해주마고 하여왔다. 어제도 월사금 때문에 학교에서 그냥 와서 오늘도 못 가고 있으면서도 행여나 어머니가 댕기감을 사가지고 오시나 물어보고 싶지만 그보다도 더 큰 월사금 때문에 입도 못 벌리고 눈치만 보며 처분만 기다리는 모양이 코가 시도록 애처로우며, 철없는 영이는 유치원에서는 부잣집 도련님의 양복과 구두보다도 윗집에 사온 고운 허리끈과 대님만 부러워서 조르니 그것도 사주어야 할 것이다. 그 뿐인가. 이번에는 참으로 늙은 어머니 당목 적삼이라도 해드려야 할 것이다. 새벽이면 다섯시에 모르게 일어나서 밥 지어놓으시고, 저녁이면 양식이 없어 못 하는 저녁 외에는 꼭 손수 지으시고 기다린다. 그러한 어머님이 떨어진 광포 적삼만 입고 계시는 것이 얼마나 불안한지, 그러나 제일 급한 것은 경아의 월사금이다. 영이는 처음에 오 원 빚내어 들여논 뒤로는 아직도 아무 말이 없으니 내버려두더라도 또 땅세가 있다. 그러면 돈이 얼마나 있어야 되나 경아의 월사금이 이 원, 여기까지 생각하자 밖에서 주인 찾는 소리가 들린다.

주인 있수 하는 것은 영감의 소리다.

"이 애야 왔다. 저 —— 땅세 받으러."

하며 어머니가 은근히 소리친다. 영신은 벌떡 일어나서 나가며,

"네, 있습니다. 땅값이 얼마나 되나요?"

하고 단도직입으로 물었다.

"아, 생각해보시구려. 한 달에 일 원 오십 전인데다가 석달을 못 냈으

니 사 원 오십 전 아니오. 이번에는 꼭 받아야 하겠수다. 도모지 군색해서 살 수가 있어야지.”

하며 늙은 서울 노인은 달빛에 더 햏쑥해보이는 영신의 얼굴을 바라본다.

“글쎄요 난들 좀 —— 얼른 해드리고 싶으릿까만은 없으니까 그렇지요, 오늘도 없는데 어쩔까요?”

하며 조심스럽게 가만히 노인을 본다.

“어쩔까요가 다 무엇이오. 나도 이번은 꼭 받고 말했소. 없으니 못 낸다고만 하면 나중에는 어쩔 터이오.”

“그렇지만 없으니까 없다지 있는 걸 없다고 합니까? 지금은 수중에 한 푼도 없으니 말이지요.”

영신의 입술은 바르르 떨린다.

“여보 그래 못 내겠단 말이오? 못 내겠으면 나가구 집을 팔아버리오 그려. 못 내겠으니 받지마오. 이건 세를 부리나.”

빚 받기에는 박사가 된 듯한 노인은 손을 벌리며 경판을 붙인다.

“아이구 노인이 무슨 말씀을 그렇게 하십니까? 못 내는 사람이 세는 웬 세요? 돈있는 사람이나 세부릴 세상에 이런 가난뱅이가 세가 웬말입니까? 그만두고 가십시오. 내일은 꼭 드리리다.”

툭 —— 내던지 듯이 하고 영신은 들어와 그 전 자리에 다시 앉아 달을 바라본다. 달은 여전히 평화롭게 웃고 있다.

“그러면 내일 저녁에 올 터이니 해놓고 기다리시우.”

하고는 지팽이의 소리만 점점 멀리 들린다.

영신은 두 손을 가져다 얼굴을 가리고 몸을 두어 번 흔들었다. 어머니의 한숨 소리가 산이 무너지라는 듯이 들린다. 영신은 깜짝 놀라 고개를 들었다. 어머니의 계신 것을 잊어버린 것이다. 영신은 북받치는 비와 분을 참고 천연히 앉아 아까 생각을 계속한다. 경아의 월사금 이 원, 댕기대님 모두 하여 삼 원 가량이다. 땅세가 사 원 오십 전, 내일은 다시 좁쌀과 싸라기를 사야 할 것이다. 또 명일이라고 고기는 못 해드리나마 백미 한 되는 사야 될 터인데 일 원만 있으면 될 것이다. 그러면 얼마이냐 십일 원이다. 십일 원만 있으면 우선 발등에 불을 끄겠다. 십일 원! 영신은 아까 공장 시찰하러 왔던 당지 부자의 아들 감독이 눈에 보인다. 그 부자의 아들은 죽은 자기 남편과 한 동창생이다. 그러나 빈부의 차로 하나는 고생만 하다가 죽어버리고 하나는 공부를 계속하여 마친 것이다. 그 심술궂은 감독녀석이 굽실굽실하며 차례로 구경시킬 때 그는 아무 기색이 없이 평범하게 보기를 마치고 나갔다. 그는 부자랄망정 과히 호사는 아니하였으나 그의 가진 야광주시계는 분명히 고가일 것이다. 그 시계 아니 그에게는 아니, 부자라는 놈의 주먹 속에는 철갑 속에는 몇천 원 몇만 원이 있으렷다. 지금도 술을 마시며 한 자리에서 몇십 원씩 기생의 웃음값 주기에 얼마든 없어질 것이다. 그 흔한 돈이 왜 이런 몸에는 이리도 귀한가. 내일은 공장에서 돈을 준다고 하였다. 십일 급이 오 원이니 육 원이 모자란다. 육 원, 육 원, 육 원만 있으면……무엇 팔을 것이 있나. 팔 것도 없다. 그러면 어쩌랴 영신은 고개를 숙이고 방침을 생각한다. 아까 순임(간호부 이름)이네 집에 갔을 때 바느질품 파는 순임의 시어머니가 바느질감이 너무 많다고 하였다. 그것은 갑사 저고리 하나와 적은 관사 저고리 두 개이었다. 그렇다. 그것을 가져오자, 싹은 세 개에 일 원 십 전이다. 십일 원이라면……가져오자. 그는 바쁜 듯이 벌떡 일어났다. 어깨가 다시 아프기 시작한다. 저린다. 쑤신다. 이 어깨를 가지고 어떻게 하랴, 그러나 가져오자. 영신의 발은 무의식으로 문을 향하여 옮겨진다.

이 애야 어데 갈래 하는 어머니의 소리에 깜짝 놀라며,

"저 저기 좀 갔다오겠습니다."

하고 쑥 —— 나왔다. 어쩐지 정신이 희미하여지고 머리가 감감하며 아득한 것 같다. 밤 저자에는 모든 실과가 불빛에 반짝인다. 바느질하며 점방 지키는 부인들이 눈에 띄인다. 어디선지 시계가 열시를 땡 —— 땡 친다. 하늘 한가운데서 꿈으로 들어가는 도회를 애달픈 듯이 내려다보는 달의 얼굴은 더욱 빛난 웃음에 맑아진다.

6

모레 새벽에 보내기로 한 저고리 세 개를 오늘 밤과 내일 밤으로 해서

일 원 십 전을 벌겠다는 욕심으로 바쁘게 손을 놀리는 영신은 가끔 오른
손으로 왼편 팔을 꽉 잡고는 눈살을 찌푸린다. 이것을 해서 일 원 십 전
을 가진대야 무엇 할 것이 생각나지도 않는다. 그는 생각지도 않으려 하
며 바늘 든 손만 바쁘게 놀린다. 어디선지 귀뚜라미가 쯧쯧쯧쯧 하더니
그 소리조차도 뚝 끊기고 닭의 소리가 처음으로 들린다. 어머니는 두어
번 일어나서 그만두라고도 하시고 이야기도 하시더니 이제는 세상을 모
르고 주무신다. 두 번째 닭이 울었다. 솜씨 곱고 손 빠른 영신의 손에서
갑사 저고리는 빚어나왔다. 관사 저고리 거죽을 붙일 때까지 닭은 세 번
째 울었다. 영신은 못 참겠다는 듯이 불을 툭 끄고 쓰러졌다. 느끼는 부
인을 위로하려는 듯이 희미한 달빛과 별빛이 모기장 바른 창으로 새어
들어오며 박명한 과부의 젖은 눈을 새벽별 하나가 들여다본다.

7

열나흘날 밤이건만 달은 둥글 대로 둥글었다. 종일 집집에서 나던 떡
방아 소리가 달뜨기 전까지도 나더니 달의 세계가 되자 달을 보며 송편
을 먹는 아이들이 불어간다. 기름 냄새 칼판 소리 심지어 병원 아래 움집
에서도 맛난 내음새가 나건만 영신의 집만 비로 쓴 듯이 쓸쓸하다. 뜰에
서 남매의 '강강수월래(江江䜌越來)'를 부르며 뛰는 소리가 겨우 정막을
깨뜨린다. 영신은 저고리를 밤으로 보내려고 공장에서 나오자 저녁도 먹
지 않고 끝마치려 한다. 그는 가끔 입에서 더운 김을 훅—— 훅—— 뿜으
며 손을 머리에 얹었다가 팔을 잡았다가 한다. 그의 팔은 부어서 적삼위
로까지 불룩하게 나타난다. 씨끈거려지는 숨을 입으로 불며 아홉시 후에
기어코 마쳤다.

심부름 갔던 경아가 손에 일 원 십 전을 가지고 돌아왔다.

"이것으로 내 댕기……."

하며 어머니의 얼굴을 힐끗 보자 무안한 듯이 몸을 틀고는 다시 밖으로
쪼르르 나간다.

"이 영감님이 왜 이때까지 아니오나?"

영신은 공장에서 받은 피값, 땀 값, 눈물값 오 원을 주머니에서 꺼내며 어머니를 돌아보고 물었다.

"안 오기는 왜 안 와? 야 그 깍쟁이가……곧 올 것이요."

말을 마치자마자,

"주인있소?"

하는 서울 영감의 소리,

"네, 있소."

하고 영신은 나아가 영감과 마주섰다.

"자 — 되었으면 주시오."

하고 뼈만 남은 손을 내민다. 영신은 내미는 손을 탁 때리고 오 원을 얼굴에다가 갈기며 '십팔자삭제' 하고 싶었다. 그러나 없는 놈은 유구무언(有口無言)이다. 에라 참아라 하고,

"네. 되었는데 다는 못 드리겠습니다. 두 달 것이나 먼저 받으시지요."

영감은 눈귀가 실쭉해졌다.

"아 또 잔소리로구려. 오늘 저녁에는 다 준다고 아니했소?"

턱이 달달 떨린다.

영신은 미움과 원망과 더러움과 분함에 몸을 떨었다.

"여보시오. 좀 생각을 해보시오그려, 오늘 내가 오 원 받기는 했소이다. 자 — 이것이 오 원 아니오? 그러나 영감님도 생각을 해보십시오. 이것이 열흘 것인데 사 원 오십 전을 영감님께 다 드리고 보면 하루도 못 살 오십 전을 갖고 어쩔 것입니까? 부득부득 다 달라면 드리리만은 그럴 수야……."

말소리에 힘있기로 유명한 영신이건만 지금 말소리에는 힘도 없이 떨리기만 한다. 그의 손은 다시 이마로 올라갔다.

영감은 끄덕하지도 않은 기색으로,

"여보, 이 세상이 어떤 세상이라고……내 몸 다음에 남이야 — 석달이나 용서해주었으면 그만이지, 인내요, 오 원."

하며 손을 내민다. 영신은 벌컥 내주었다. 영감은 지갑에서 오십 전 은화

를 내어 영신의 손에 놓았다. 은전이 달빛을 반사하여 영신의 눈을 찌른다. 영신은 은화가 더럽다는 듯 얼른 땅에 떨쳤다. 영감은 간다, 보아라 하고 지팡이를 끌며 천천히 내려간다.

영신은 그만 땅에 퍽 — 주저 앉는다.

"아 — 세상은 이렇구나 아! 사람은 이렇구나 아! 더러워 이 세상."

주먹으로 땅을 치며 몸부림을 한다.

"이럴 줄이야 몰랐다. 이렇게 세상이 나에게 독하게 할 줄이야 몰랐다. 그 전에도 좀 독했느냐만은 아이고 요렇게까지 흑흑."

그녀는 땅에 엎어져 뒹군다. 숨이 더운 김에 턱턱 막히고 입술이 탄다. 몸이 불덩이 같고 어깨가 쑤신다. 어머니가 나왔다.

"이 애야 그러지 마라."

하는 끝 말소리가 떨리며 붙들어 일으킨다. 영신은 정신을 잃은 듯이 다시 엎어졌다가는 생각을 더욱 분명히 연속코자 한다. 사흘 전부터 팔을 다친데다가(그것도 타인 같으면 별 치료를 다할 만큼 많이 다쳤다) 이틀이나 공장에를 이를 갈고 다녔다. 게다가 어젯밤은 꼬박 새우고 오늘 저녁은 굶었다. 일 원 이십 전을 벌려고 어깨가 붓고 머리가 어지럽고 입 안이 불 같고 속이 메식메식한 것을 참았다. 그래서 땅세를 삼 원만 주게 되면 이 원 육십 전을 가지고 불덩이 같은 이 몸을 끌고 저자에 나가 생각던 대로 해볼려고 하였다. 그리하더니 아 — 요런 일까지도 야속하게 몹시도 나를 볶는 이 세상, 영신은 생각을 마치고 죽은 듯이 엎어져버렸다. 어머니의 주름잡힌 얼굴에 흘러내리는 늙은 눈물이 달빛에 반짝인다.

"이 애야 일어나거라. 네가 이러면 나는 어쩌것냐?"

어머니의 울음이 툭 터졌다. 입술을 불며 혀[舌]를 마시면서 소리가 커진다. 경아가 영이를 데리고 오다가 우는 할머니의 얼굴과 엎어진 어머니를 번갈아보다가 어머니 위에 엎드리며 으악 소리친다. 영이도 운다. 영신은 소스라치며 일어났다. 그 중에서도 남부끄러운 생각이 난 것이다.

"아이고, 무슨 소리들이냐? 남부끄럽게."

말할 때마다 입에서 더운 김이 혹—— 끼친다. 입술이 부었다. 얼굴이 붉은 물을 들인 듯이 벌겋게 달았다. 적삼 위로 부여스럼한 물이 팔에서 스며 나왔다. 무심한 달은 빛난 웃음을 영신에게 보낸다. 떨어진 은전이 말없이 희게 빛난다. 이것을 본 영이는 울음을 그치고 얼른 은전을 집으며,

"어머니 돈 여기 있소."
하고 빨리 집어든다. 어머니에게 더럽다고 배척을 받아 떨어진 은전은 아들의 손에서 더욱 곱게 빛나고 있다.

"아—— 영아, 버려라 내버려라. 더러운 그 은전을 아 버려라, 더럽다."
하고 몸서리를 치며 다시 엎어진다. 별안간 기침이 시작되었다. 그녀는 몸을 빙빙틀며 괴로워한다. 어머니는 며느리를 붙들고 들어왔다.(削除) 어머니의 눈이 둥그래지며 얼굴이 노랗게 질린다. 어린 남매의 울음소리가 다시 터졌다. 막차가 처량한 소리를 지르고 달려온다. 영이가 내버린 은전은 마당에서 여전히 빛나고 있다.

——1924년

이대(二代)

밤새도록 시끌덤벙한 꿈에 시달리다가 눈을 뜨니 방 안이 제법 환하다. 버릇대로 머리맡의 손목시계를 집었다. 일곱시 십분.

유 교수는 미닫이를 드르륵 밀쳤다.

밤새 내린 눈이 새하얗게 뜰을 덮고 전나무랑 향나무에도 소복히 눈이 얹혀 있다.

"원 날씨도 무슨 변덕이야? 어젠 종일 비가 오더니 밤에는 눈이로군."

하늘을 쳐다보니 반짝 개이지는 않았어도 더 눈을 머금고 있지는 않은 것 같다.

"날씨도 이 모양인데 어제부터 위장 간첩 이수근이가 잡혔다고들 떠들어대니 더욱 술렁거릴밖에……."

못난 녀석이지 위장 탈출을 했더라도 여기서 그런 기막힌 대우를 받으면서 반 년쯤 산다면 뼈 속마디에 뉘우침이 번질 텐데 그만큼 오래 자유롭게 살아본 녀석이 목석이 아닌 담에야, 기계가 아닌 담에야 그럴 수가 있을까. 그런 것들이 발동을 하고 기후가 이렇게 변덕을 부리니까 요샌 꿈자리마저 어수선한가 보다고 유 교수는 쓴 입맛을 쩝쩝 다시다가 신탄진 한 개를 뽑아 불을 댔다. 한 대를 유유히 태우고 나니까 창에 햇볕이 들었다.

'밤새 눈이더니 오늘은 또 핸가?'

어쨌든 날이 궂은 것보다는 좋은 일이다. 비록 어제 비를 맞으며 출퇴근을 했더라도 오늘이나 좀 개운하게 쉬어보리라고 방 한쪽에 얌전하게 개켜져 있는 조간 신문을 당겨 한 장씩 펼쳐보는데 전화가 따르르 운다.

"예, 내가 유 교숩니다."

유 선생님을 찾기에 대답해주니까 저쪽이 잠깐 머뭇하더니,

"나 김상굡니다."

하고 자기의 이름을 밝혔다.

"김상규 씨요?"

"네, 김상굡니다."

"김상규, 상규라? 부산에 사는?"

"네네."

"아니 상규라면서 갑자기 존대는 웬일인가? 사람 참!"

"하도 오랜만이라서……."

"오랜만이고 뭐고. 그래 언제 왔나?"

"어젯밤에 왔습니다."

"허허 여전히……."

"꼭 뵈어야 할 텐데 여엉 댁의 방향을 몰라서 실수할까 봐……."

"그렇다면 내가 나가기로 할까?"

"그랬으면 꼭 좋겠습니다."

"싱겁긴. 사람이 아주 변했군. 그래 몇 시에나?"

"열두시로 합시다. 여긴 종로 3가 청궁 다방인데요."

"알았어. 그럼 그때 만나세."

전화를 끝낸 유 교수는 도깨비에게나 홀린 듯이 한동안 멍하니 앉아 있었다. 김상규는 중학 때 가장 절친했던 동급생이다. 그런데 지금 십칠 년 만에야 육성을 듣건만, 더구나 금년이 환갑쯤 된 노인인데도 소리만은 쨍쨍했다.

그런데 왜 갑자기 경어를 쓰며 나올까. 그 동안 너무나 무신해서 면목이 없으니까 얼결에 나타난 주접일까. 하기야 그렇기도 하겠지. 그때는 웬만한 집 한 채쯤은 살 만큼한 거액을 집어삼키고 말았으니까…….

열두시까지는 아직도 시간이 넉넉하니 천천히 서둘러 나가기로 하겠다는 맘을 정하고 조반 후에 다시 신문을 펴들었으나, 오늘따라 자잘한

신문의 활자보다는 김상규의 그때 그 모습이 화안하게 떠올라 활자를 어지럽혔다.

1952년 11월 하순이었다. 6·25동란에 뒤집혔던 정신적 타격이나 물질적 손해가 아직도 깨끗이 정리되지 못했을 무렵인데 그 해 들어 첫추위가 맹렬한 아침 일곱시 반이나 되었을까, 유 교수에게 손님이 온 것이다.

식모가 나가서 누구냐고 물으니까 주인의 동창생이라고 하였다. 유 교수가 대문께로 나가 문 틈으로 내다보니까 김상규여서 반가이 맞아들였다.

방 안에서 찬찬히 살펴보니 상규의 얼굴이나 몰골이 말이 아니게 초라하였다. 학생 시절에는 집안이 부유하여 친구들에게 인심을 뿌렸고, 대학 졸업 후에는 무슨 회사엔가 봉직하고 있더니 아버지의 광산을 맡아 손수 덕대들을 데리고 광물 채굴 작업을 한다고 한동안 소식조차 끊겼던 사람이었다.

"이 사람아, 그런다고 그렇게나 감감하게 묻혀 있었던가? 그래 동란 땐 어쨌어? 무슨 큰 타격은 없었나?"

"응, 나보다도 서울에 살던 자넨 어쨌던가? 더구나 교수들의 수난이 많던데……늘 맘에 걸렸지만 별수가 있었어야 말이지."

상규는 말을 하면서도 아래턱을 달달 까불렀다. 한기로 전신이 떨리는 모양이라고, 유 교수는 식모에게 일러 모닝커피를 내오게 하고 조반을 겸상해서 차리라 하였다.

"자네 괜찮겠나? 대학에 말이네."

"응, 다행히 오늘은 오후에 강의가 있네. 자 뜨거운 차나 우선 마시게."

학생 때에도 환경의 자유에 비하여 침울하게 보이던 상규가 이 아침에는 그야말로 착 가라앉아서 검은 얼굴에 우수가 덮이고 음성에는 힘이 빠져 있었다.

"그래 동란 때 무사했나 말야. 춘부장께서도 강녕하시고?"

“응 그럭저럭. 자네야말로 어떻게 지냈느냐 말이네.”

“나도 그럭저럭이지. 피난지 부산에서의 고생이야 당연한 것이니까……그건 그렇게 자넨 지금 어디 있나?”

유 교수는 단도직입으로 물었다. 그의 본집은 충청도 대전에 있었는데 지금은 어디 가 있었기에 저런 꼴이 되었을까 하는 궁금증에서였다.

“나? 나 산에 있다가 내려왔네.”

“뭐야? 산이라니!”

유 교수의 머리에 퍼뜩퍼뜩 지나가는 장면이 있었다. 소위 빨치산이라는 이름들의 날뛰는 모양들……그래서 저 꼬락서니가 되었단 말인가.

“허허 놀라지 말게. 산은 산이라도 성질이 다르니까.”

상규의 검은 얼굴에 비로소 울상 같은 웃음기가 번졌다. 그는 나머지의 차를 후루룩 마시고 잔을 거칠게 놓았다. 깨어지는가 싶게 딱 소리가 났다.

“나 광산에 미친 줄 알지 않나? 동란 후에도 광산일 그대로 계속하다가…….”

유 교수는 안도의 숨을 가만히 하르르 내뿜었다. 상규는 말 끝을 맺지 못하고 머리칼에 손을 넣어 긁적였다. 손가락의 매듭이 불거져 있었다.

“그래서? 얘기 계속하게.”

“강도를 만났네. 무슨 세상인지 현금은 현금대로 긁어가면서도 목숨마저 죽이려들더군.”

“그래 어쨌나?”

“여길 보게!”

상규는 양복 저고리를 홀떡 벗고 어깨를 보았다. 꽤 깊이 들어갔던 칼자국이 아직도 완쾌하지 못한 듯 불그스름하게 줄쳐 있었다.

“저런 원 큰일날 뻔했군. 무서운 세상이다. 그게 언제적 일인가?”

“시월 초순이었어. 대전에도 못 가고 그냥 시골 병원에서 그럭저럭.”

“아니 왜 집엘 안 갔던가, 저런 큰 상처를 가지고…….”

유 교수는 상규의 말 중간에 타들면서 진정 걱정스럽게 말했다.

“집안도 동란 때 망하다시피 된 데다가 아버님도 병중이신데 놀라실까 봐 알리지도 않고 다시 내 힘으로 어떻게 해볼려니까 어디 맘대로 되나?”

그러는데 조반상이 들어왔다. 상규는 밥과 국을 한 그릇씩 다 먹고 숭늉까지 한 그릇을 다 벌떡벌떡 들이켰다.

‘아마 오래 굶주렸나 보다. 쯧쯧 그렇게나 기개가 좋던 녀석이었는데……’

유 교수는 동정의 빛이 가득한 눈으로 상규를 다시 한 번 훑어보았다. 밥상이 나가고 사과 접시가 들어와서 상규는 한쪽을 집었다. 자세히 보니까 손 끝이 부르르 떨렸다.

“자네 아직도 한기가 덜 가신 모양이지?”

“괜찮더니만 더운 음식을 먹고 나니까 다시 떨리는구만.”

유 교수는 상규가 윗도리를 벗을 때 내의가 없던 것을 상기하고 대뜸 그의 양복바지 밑으로 손을 넣어보니 맨살이었다.

“이 사람아. 이 추위에 내의가 없다니. 원 그러니 안 떨리겠나.”

유 교수는 가슴이 찌르르 울리면서 목이 콱 메어왔다. 강도를 맞고 상처를 치료하자니 뭐가 남았겠느냐. 양복은 과히 폐물이 안 되어 있지만…….

유 교수는 안으로 들어가 자기의 내의 한 벌과 양말까지 가지고 나왔다.

“이거 입던 것들이네마는 어서 주워 입게. 그리고 뭐 내가 자네 도와줄 만한 일은 없나? 가난한 선비의 입장은 이해하고 말이네.”

상규는 감격한 듯이 입술을 꽉 다물고 한편으로 물러가 내의를 입고 양말은 헌 것 위에 겹쳐 신었다.

“발이 덜 시럽게시리 또 하나 갖다줄까?”

“아니아니, 이거면 대만족이야. 고맙네. 자네의 두터운 우의에 감복했어. 어디 인심이 전과 같던가?”

유 교수는 상규가 다른 친구도 몇 명쯤 찾았을까 아닐까 추측해보았다. 워낙 청렴한 사람이긴 하지만 이런 막다른 판국에야 고고한 지조인들 버리지 않고 어쩌랴 싶기도 했다.

"나 생각다 못 해 자네에게 사정하기로 찾아왔네. 교수 생활엔 무리일 줄 알지만 자택도 있고 신임도 있고 하니까 어떻게 나를 좀 구해주게. 광맥은 절대로 희망이 있거든. 이 곤경만 건져주면 금액은 복리로 쳐서 갚겠네."

본래 허황한 성격이 아니라 그런지 도와달라면서도 장황한 설명이나 구구한 간청도 없이 그 요점만 말하고 더 군말은 하지 않았다.

유 교수는 생각했다. 자택이 있다는 말은 그것을 저당해달라는 뜻일 것이다. 그러나 자택이라야 이십 칸도 못 되는 한옥에 중문이 작아서 피아노도 들이지 못하는 집이니 잡힌들 별 도움이 될 수 없고 문제는 피아노에 있다. 처가에서는 부산 피난살이에서도 사업에 성공을 한 셈이어서 딸 형제에게 피아노를 한 대씩 선물하였다. 맏딸에게는 그랜드 피아노를 작은딸에게는 미제라든가 독일제라든가의 밤색의 큰 피아노를 사주었는데 처형은 집이 저택처럼 크니까 그랜드 피아노를 척 들여놓았건만 유 교수네는 중문이 좁고 얕아서 도저히 들일 수가 없었다.

물건은 중고품이라지만 외관은 당당해서 아내나 자녀들의 희망이 부풀대로 부풀었어도 중문을 부셔내기 전에는 어찌 할 도리가 없어서 우선 친구의 집에 보관하고 있는 중이었다.

장모는 중문을 부수고라도 모처럼의 선물이니 대청에(대청은 네 칸이다) 모셔놓으라고 권하지만 당장에 그럴 수도 없어서 주저하고 있는 중이라고 이래저래 얘기 끝에 밝혔더니 상규는,

"됐네, 됐어. 정말 철면피 소리 같네만 그것을 우선 처분해서 나를 도와주게. 자넨 차분히 중문을 고친 다음에 더 좋은 신품으로 사들이면 되지 않겠나? 나 자신이 있네. 이삼 개월이면 반드시 반환할 테니 응? 자네에게 피아노는 여분의 재산이고 내게는 그 가치가 절대적이 아닌가? 죽느냐 사느냐 생명이 좌우되는 이 순간이네. 제발 용단을 내주게."
하고 이때까지와는 딴판으로 열렬하게 나왔다. 사람이 변했나 싶게 말도 유창하고 눈빛도 혁혁하고 태도도 끈질겼다.

남의 집에 보관해두느니 우선 처분해서 옛친구의 곤경을 구해주는 것이 당연한 의리일 것이라고 생각한 유 교수는 피아노를 팔 결심으로 전

문가인 친구에게 부탁했더니 육십오만 원인지 육만 오천 원인지(화폐개혁 이전인지 이후인지 모르니까) 좌우간 아주 거액이라고 피차가 인정되는 금액을 받아 고스란히 그의 손에 쥐어주었는데 십이 년 동안 종무소식이다가 오 년 전엔가 부산에서 편지가 한 번 왔다. 내용인즉 그땐 곧 성공할 줄 알았지만 일이 여의치 못하여 본의 아닌 실수를 하게 되었으나 아직은 죽지 않고 살아 있으니 주만간 그 문제는 죽기 전에 해결하겠노라는 사연이었다.

그 김상규가 십칠 년 만에 직접 전화로 만나겠다는 것이어서 피아노 문제로 앙심을 품고 있는 아내에게도 일체 알리지 않고 조용히 먼저 만나리라 했다.

유 교수는 열두시 정각에 청궁 다방에 들어섰다. 지하실이라 아무리 큰 홀이라고는 하지만 사람은 북적대고 담배연기는 자욱하여 공기만은 신선하지 못했다.

유 교수는 김상규를 찾느라고 두리번거렸으나 얼른 눈에 띄지 않아 한쪽에 비어 있는 자리로 가서 차분하게 앉아 다시 좌우를 둘러보았다. 저 편에서 김상규의 모습 같긴 하지만 삼십여 세나밖에 보이지 않는 젊은 이가 주춤주춤 가까이 오더니 유 교수에게 물었다.

"유 선생님이십니까?"

"그렇소이다."

"저 김형진이라고 합니다. 김상규 씨의 장남입니다."

젊은이는 공손하게 허리를 굽혀 절을 하였다. 유 교수는 엉거주춤 상반신을 일으키며 머리만 숙여 답례했다.

"아침엔 전화로 실례가 많았습니다."

상규가 아니라 그의 아들이기 때문에 대화에도 경어를 썼던 것이라고 스스로 풀이하면서 유 교수는 부드럽게 말했다.

"거기 앉으시오. 아버지의 모습이 많군."

"말씀 낮추십시오. 아버지께서 날마다 선생님을 들먹이지 않으실 때가 없었습니다. 그래서 처음 뵙지만 꼭 오래 전부터 뵈옵던 부형님을 뵙는 것 같습니다.”

“전화로도 바로 말할 것이지 왜 아버지 이름을 빙자했소?”

“말씀 낮추시라니까요. 제가 찾아가야만 될 텐데 자신은 없고, 선생님을 나오시게 하자니 제 이름으로는 당돌하고 방자해서 그냥 부친의 함자로 통한 겁니다. 깊이 통촉하셔서 용서해주시기 바랍니다.”

“아무러면 어떤가. 그럼 말 내리네. 그래 춘부장께선 기력 좋으신가?”

“그렇지가 못해 걱정입니다. 삼 년 전부터 자유로 몸을 잘 쓰시지 못하십니다. 그래서 오늘도 제가 올라왔지 않습니까? 이렇게 나오시게 해서 정말 죄송합니다.”

형진이라는 젊은이는 똑똑하고도 침착해 보여서 상규가 아들을 잘 두었다는 생각을 하며 담배를 꺼내니까, 그는 얼른 차탁에 있는 성냥을 집어 불을 댔다. 유 교수는 천천히 연기를 내면서 넌지시 담배갑을 형진에게 내밀었더니 그는 깜짝 놀라면서 사양했다.

주문한 커피가 와서 차를 마실 때 유 교수는 십칠 년 전 겨울의 아침을 연상하지 않을 수 없었다.

‘그래도 저런 장남이 있으니까……’

김형진은 차를 다 마시고 정색하여서 유 교수를 바라보며 말했다.

“오늘은 아버님의 대신으로 선생님께 감사를 올려야 하겠습니다. 여기 아버님의 친서가 있으니까 먼저 읽어보십시오.”

그는 양복 안주머니에서 봉투를 내어 두손으로 유 교수에게 정중하게 바쳤다.

“정말 감사의 말씀 무어라고 드릴 수 없습니다.”

유 교수의 눈에 먼저 띈 것은 빳빳한 수표 두 장이었다. 그는 돋보기를 내어 찬찬히 살폈다. 수표는 자기앞 수표요 하나가 삼십만 원씩 두 장이었다.

십칠 년 동안 하나의 도적놈의 입장에서 서신조차 끊어버린 것 오늘에야 용서를 빌겠네. 자네의 태산 같은 은혜를 장담한 보람도 없이 이렇게 본액으로밖에 청산 못 해서 꺼림하네마는 내가 죽더라도 자식놈은 있으니까 길이 명심은 할 것일세. 이거나마 내가 몇 년을 두고두고 목잡아 저축한 것이니 그리 알며 이 정도면 외국제 피아노를 구할 수 있으리라고 사료되네. 염치없는 친구라고 많이 욕도 했을 걸세마는 우선 이쯤이라도 죽기 전에 청산한 것을 나와 함께 기뻐해주게. 미구에 한 번 상봉할 기회를 만들어주기 바라며 하해 같은 말을 이만 줄이네.

편지를 든 유 교수의 손이 가늘게 떨리면서 돋보기가 흐려지기 시작했다. 그 속에는 육십만 원의 영수증도 동봉해 있었다.

"오래오래 신세 많이 졌습니다. 정말 감사합니다. 아버님께서 인제 눈 감으시고 별세하게 되셨다면서 흐뭇해 하셨습니다. 모든 미진한 것은 제가 끝내 보답하겠습니다. 여기 영수증에도 도장 찍어주시면 오늘 곧 등기로 보내겠습니다. 아버님의 지시이니까요."

유 교수는 영수증에 도장을 찍고 분명히 육십만 원의 수표가 든 상규의 친서를 안주머니에 넣으며 꼭 꿈만 같아서 현실감은 희미하게 느껴졌다. 꿈자리가 요새로 바싹 어수선했는데 그래도 이런 뜻하지 않은 경사인지 횡재(그는 횡재라고 생각하는 것이다)가 생기는 것을 보면 금년의 운수가 과히 나쁘지는 않은 모양이었다.

"나는 이미 과거로 돌린 사실이었는데 춘부장께서 너무 심려를 하신 모양이군. 나도 곧 답장 올리겠네. 자 우리 점심이나 간단히 하세."

유 교수는 형진을 백궁으로 안내하였다. 부득부득 자기가 내겠다는 것을 억지로 달래서 유 교수가 비용을 담당하고 밖으로 나오니까 형신은 재빨리 택시를 잡아 유 교수를 태우고 자기도 얼른 운전대 옆에 들어 앉았다.

"형진 군은 내리지그래?"

"아닙니다. 제가 모시고 가서 댁도 알아야지 않겠습니까?"

과연 옳은 말이라고 유 교수는 맘속으로 감탄하며 돈암동 자택으로 향했다.

그 동안 유 교수도 중문 얕은 한옥을 팔고 자그마한 양옥으로 주택을 갈았으나 아직 피아노는 사지 못하고 있었던 것이다.

김형진은 유 교수의 대문 밖에서 그냥 차를 돌렸다. 우선 아버지께 영수증을 보내야 하겠다고 하며 떠나기 전에 한 번 방문하겠다는 약속을 하고 돌아갔다.

유 교수는 그제야 아내에게 편지를 보이고 오늘의 전말을 보고한 후에,

"그거 보. 내가 얼마나 현명한가. 피아노로 사람 하나 살리고 피아노는 그대로 생생하게 돌아온 셈 아니오?"

하고 흰소리를 했다.

말 끝마다는 아니지만 가끔씩 피아노에 대한 불평을 토로하고 남편을 원망하던 아내라,

"참 장하기도 하시우. 그 이자만 친대도 피아노 몇 대 값은 넉넉할 텐데 이십 년이 다 돼서야 본전만 받구두 큰소리시구려."

하고 부드러운 면박을 하였다.

"아 바른 대로 말해서 당신이나 나나 체념했던 것 아니오? 지금이라도 이만한 금액이 생긴 걸 감사해야지. 내일이라도 십 몇만 원짜리 국산 피아노 한 대 사서 한풀이나 하고 나머진 이용하면 되지 않소?"

"하긴 용처야 조움 많아요? 없어서 한이었지. 어쨌거나 다행이에요."

부부는 육십만 원의 자기앞 수표를 앞에 놓고 화기애애한 가운데서 은밀한 의논을 주고받았다.

저녁에는 축하의 뜻에서 불고기를 듬뿍 만들어 가족이 모두 포식을 한 후에 석간을 들고 앉았노라니까 부자가 울리고 손님이 들어왔다. 김형진이었다. 어디서 구했는지 보기에도 먹음직스런 귤을 한 상자 들고 온 것이다.

"어쩐 일인가? 내일 아침에라도 곧 떠날 텐가?"

주객이 자리를 정한 후에 유 교수가 나직하게 물었다.

"아닙니다. 이삼 일 후에 떠나겠습니다. 기계도 사야 하고 기술자도 물색해야 하니까요. 그리고 제 아들놈이 이번에 여기 K고등학교에 입학되었거든요. 그래서 하숙도 구해야 하고요."

"저런……자제가 수재로군. 그 어려운 K고등학교 시험을 돌파했으니

……."

"뭘요."

김형진은 머리를 긁적이며 수줍어했다. 그 모습이 천연 그 아버지 김상규 같았다.

"아직은 젊은데 그런 장남이 있었던가?"

"제가 꼭 사십인데요. 불혹이 아닙니까. 그런데 큰일났습니다."

차와 케이크와 실과가 들어왔다. 아내의 환대의 표시였다.

유 교수는 형진에게 차와 과실을 권하며 물었다.

"왜 무슨 일이 있나? 아까 기계도 사고 기술자도 물색하고 한다는 것 보니 무슨 공장을 하는 모양인데……."

"아버지가 소규모의 피복 공장을 하셨어요. 그 광산에서 손을 떼시면서 말입니다. 그래서 저도 회사를 그만두고 아버지를 도왔습니다마는 워낙 경쟁이 심해서요. 겨우 연명할 정도밖에 안 되니까 제가 이번엔 혁명을 좀 하자는 겁니다. 아버진 몸도 부자유하시니까 제게 맡기시면 되는데 어디 그러십니까? 남들보다 앞서려면 새로운 기계도 마련해야 하고 또 거긴 기술자가 없습니다. 그러니까 여기서 실력 있는 기술자를 데려가야 하거든요. 그런데 아버진 그대로 현상유지만 하시겠다니 그러다간 앉아서 실패를 당하게 된다는 말씀입니다."

"그렇겠군. 그렇구말구. 그러면 자네가 그대로 추진하면 되지 않나?"

"빈손으로 어떻게 추진합니까? 맘만으로는 안 되거든요. 그것을 버언히 눈앞에 보면서 힘이 없으니까 정말 기막혀 죽을 지경입니다."

김형진은 고개를 푹 떨어뜨리고 한참이나 있더니 머리를 번쩍 들고 유 교수를 똑바로 보았다. 그 눈에 광채가 돈다고 생각했다.

"선생님! 이런 말씀 드리면 철면피라고 하실지 모르지만 이 난국을 타개해주실 분은 부형 같으신 선생님밖에 안 계시다고 단언하겠습니다. 선생님께선 오늘 그 금액도 이미 과거로 돌려버리신 것이라고 말씀하셨는데 선생님껜 그게 예산 외의 수입이시고 저는 성패의 기로에 서 있지 않습니까? 또 한 번 속는다 하시고 제게로 돌려주시면 전 삼 개월 내에 꼭 반환해드리겠습니다. 그리고 아버진 무이자로 계셨지만 전 오부의 이

자로 꼭꼭 신용을 지키겠습니다. 생각하다 못 해서 아버지 같으신 선생님께 하소해 올리는 겁니다.”

김형진은 단정하게 꿇어 앉아서 정중하게 큰절을 하며 간청했다.

그리고 앉음새를 다시 고치며,

“선생님께선 철학 전공이시니까 더구나 저 같은 이런 심경을 잘 이해해주실 줄 믿습니다.”

하는 것이 아닌가. 유 교수는 역시 수표를 돌리는 것이 현명한 처사라고 생각하고 아직도 안주머니에 있는 김상규의 편지봉투에서 수표 두 장을 꺼내어 김형진에게 주었다.

“자 여기 있네. 모쪼록 잘 이용해서 성공하기 바라네.”

“감사합니다. 선생님! 오늘이 이월 십사일인데 삼월 십사일에는 반드시 이자가 도착할 것입니다. 믿어주십시오.”

김형진은 수표를 받들어 보이며 그런 말을 했다. 말투에는 진실과 힘이 있다고도 느껴졌다.

김형진이 돌아간 후에 아내가 서재로 나왔다.

“나 다 들었어요. 당신은 정말 부처님이 되다가 말았나 봐요. 원 그런 다구 모처럼 들어온 돈을 몽땅 다 내주세요 그래?”

“그럼 어쩌겠소? 오늘의 이 일이 없었던 걸루만 돌리면 되지 않겠소? 십칠 년 만의 청산도 있는데 삼 개월이라고 시퍼런 장담을 했으니 어디 기다려봅시다그려.”

“흥 자알 기다려보시구려. 또 한 십 년만 기다림 되겠군요.”

“여보, 이왕 저질러놓은 일 너무 그러지 말아요. 상규의 광산과 형진의 공장은 성격이 다르지 않소? 덮어놓고 들여박는 광산의 자금과 숫자상으로 빠안히 결과가 나오는 공장 증설의 자금은 천양의 차이가 있단 말이오.”

아내는 수긍하는 듯도 하고 부정하는 듯도 한 기묘한 표정을 하더니,

“모르겠소. 당신은 이십 년쯤 내다보는 선견지명이 있는가 보죠? 그저 오래오래만 살으시구려.”

하고 도어를 왈칵 열고 나가버렸다.

　유 교수는 뒷짐을 지고 서서히 방 안을 왔다갔다 하다가 형진이 가져
온 귤상자가 발에 걸려서 하마터면 엎으러질 뻔하였다.

—1969년

하수도 공사

격분된 삼백 명의 노동자들은 중정 대리(中井代理)를 끌고 경찰서에 쇄도하였다.

보안계, 위생계의 넓고 사무실 안에 있는 사람이란 사람들은 급사들까지 모조리 나와서 눈들을 동그래가지고 마당에 겹겹이 들어서서 살기가 등등하여 날뛰는 군중을 둘러본다.

"자, 서장에게 면회시켜주시오."

"중정 대리란 놈을 끌고 들어가자."

낭하로 우르르 몰려 들어가는 군중을 밖에 섰던 자들이 두 손을 벌리고 막는다. 사법계실에서도 뛰어나오고, 고등계 주임까지 층계에서 굴러 내려오는 듯이 뚱그적이고 내려왔다.

서장은 체면을 유지하노라고 나오지는 않으나 서장실에서 섰다 앉았다 하며 좌우를 시켜서 무슨 일인가를 알아오라고 하였다.

보안계 주임의 뚱뚱한 얼굴이 나타났다. 금테안경 너머로 마당에 빽빽하게 박혀 선 군중을 둘러보며,

"무슨 일이 있으면 조용히 말해라! 시끄럽게 하면 안 된다."

하고 위엄을 내어 말했다.

"조용히 할 말이 못 되오. 두말 말고 서장에게 면회시켜주시오!"

경찰서가 떠나갈 듯이 삼백 명의 소리는 외쳤다.

"서장에게 면회시켜라!"

"서장 나오라!"

고등계 주임과 형사들이 한편에서 수군수군하더니 보안계 주임을 불러 가지고 다시 머리를 맞대고 수군거린다.

"당신들 의논은 나중에 하고 어서 우리들 청이나 들어줘요!"

한쪽에서 주먹들이 높직이 오르내리며 또 소리친다. 보안계 주임이 이쪽으로 오더니,

"그러면 대표를 내라. 이 따위로 떠들어선 서장께 면회시키지 않는다."

하며 눈망울을 불량하게 굴려 군중을 좌우로 훑어본다.

"자, 그럼 대표를 내세우자."

군중은 흩어져 무더기 무더기로 둘러선다.

"장덕삼이 자네 하소."

"김병수, 이재표."

소리가 끝나지 않아 키가 호리호리한 사법계 주임이 점잖게 걸어와서, 손가락으로 이 사람 저 사람 가리키며 대표를 뽑기에 신이 나서 소리치는 장덕삼의 어깨를 손가락으로 톡톡 쳤다.

"여보, 대표를 네 사람만 뽑으시오. 너무 많아도 재미없으니……."

말소리가 부드럽고 조용하다.

"서동권이 뽑게."

"서동권이가 빠져서 되겠는가!"

각 다른 음성이 여기저기서 났다.

"자 그럼, 네 사람 다 되었네. 서동권, 이재표, 김병수, 다 이리 나오소."

장덕삼은 자기가 먼저 한편으로 따로 서며 세 사람을 부른다. 보안계 주임이 앞장을 서고 중정대리와 네 사람이 뒤따라 서장실로 들어가는 것을 바라보며 제각기 한 마디씩 한다.

"이 사람들! 하나도 빼지 말고 자세히 이야기하소!"

"그 도적놈에게서 단단히 다짐 받아가지고 나오게!"

"어떻게든지 오늘은 끝나도록 해가지고 나오게!"

이러한 격려의 소리를 들으며 대표들은 보안계 주임의 안내로 서장과

마주앉게 되었다.

사십여 세나 되어보이는 서장은 몸을 약간 들어 의자를 다가놓고는 무겁게 덜퍽 주저앉았다. 그는 무테 안경을 한 손으로 고쳐 쓰면서 헛기침을 두어 번 하였다.

"자네들 국어(일어) 할 줄 아는가?"

그는 네 사람을 번갈아보며 물었다. 제일 나이 적은 서동권이가 머리를 굽실했다.

"네, 난 좀 알아듣습니다마는 다른 세 사람은 잘 못 알아듣습니다. 통역을 한 분 세워주십시오."

그의 일어가 너무나 유창하여서 서장은 의외라는 듯이 동권을 주의하여 보며 보안계 주임에게 무어라고 하니까 그가 나가더니 키가 작고 얼굴이 넓적한 형사 비슷한 자를 데리고 왔다.

서장은 그 자를 통하여 이들의 용건을 물었다.

"네, 우리는 아시는 바와 같이 하수도 공사 일하는 노동자들이올시다."

제일 나이 지긋한 장덕삼이가 말을 꺼내었다.

"작년 십이월부터 일을 하기 시작하여 지금까지 넉 달이 되도록 돈이라고는 삼십 전 한 번 받고, 쌀 두 되 받아 먹은 것밖에는 삯이라고는 받은 일이 없으니 이런 노릇이 어디 있단 말이오?"

손바닥을 뒤집어보이면서 말소리가 차차 거칠어진다.

"그럴 리가 있는가?"

서장은 가볍게 말마디를 무찔렀다. 성질이 급한 이재표가 불쑥 나섰다.

"그럴 리가 있다니요? 그러니까 중정이란 놈이 도적놈이란 말이오."

그는 소리를 버럭 지르며 중정 대리를 노려보더니, 다시 말을 계속한다.

"처음에는 삯이 하루에 칠십 전이니 얼마니 하던 것들이 칠십 전은 고사하고 삼십 전 받은 사람, 삼십오 전 받은 사람, 제일 많이 받은 사람이 오십 전 받았는데, 이것도 꼭 한 번밖에 받은 일이 없고, 삯전 대신으로 쌀을 받아 먹었다 해도 그게 어디 쌀이랍데야? 흉악한 싸래기 두 되 받은 일밖에 없으니 그래 죽도록 일하는 놈은 죽어가며 외상 일만 하라는 법이 어디 있단 말이오.”

그는 서장이 상대자인 청부업자(請負業者)나 되는 듯이 눈을 부릅뜨며 얼굴에 핏대를 올렸다.

“그것이 정말이오?”

서장은 한풀 죽어 앉았는 중정 대리에게 물었다.

“네, 어찌 그렇게 되어버려서…….”

그는 머리를 득득 긁으며 말 끝을 흐려버린다.

“이놈! 너도 속은 있어서 말을 우물쭈물하는구나. 넉 달 동안에 돈 한 푼 안 주는 벼락맞을 놈이 어디 있단 말이냐.”

이번에는 김병수가 그 우렁찬 목소리로 대들었다.

“싸움하듯이 그런 욕하면 안 돼!”

서장은 점잖게 병수를 제재한다. 저편 유리창 밖에는 동료들이 왔다갔다하며 방 안을 들여다보기도 하고 말소리를 들으려는 듯이 귀를 기울이기도 하였다.

“그러니까 말이오. 서장 영감, 제 말을 좀 들어봅시다. 그래 넉 달 동안 일은 시키고, 삯은 안 주니 누가 그놈의 일만 할 수 있겠느냐 말이지요. 전표만 날마다 주면 종이를 씹어 먹고 살 수 없고, 그 전표를 팔든지 잡히든지 해먹었자 결국은 손해뿐이지 입에 들어오는 것이 없이 공짜 일만 하면서도 감독과 십장들에게 까딱하면 두들겨맞고 잔소리만 듣고 거뭐 압제라니 말할 수가 없소. 우리 같은 사람은 객지라 싸래기 밥이나마 한바[飯場]에서 얻어먹고 일했지마는, 덕삼이, 재표 같은 처자 있는 사람들은 거 참 굶기가 일쑤지라우. 인제는 일도 더 할 수 없고 속기도 그만 속아 넘어갈 테니 이 도적놈에게서 이때까지 일한 우리 삯이나 받게 해 주시라고 이렇게 밝고밝은 법 밑으로 원정 온 것이올시다.”

합장하듯이 손을 합하여 능청맞게 허리를 구부리며 병수는 말을 마쳤다. 간간이 밖에서 떠드는 소리가 들린다.

서장은 빨아들였던 담배 연기를 천천히 뿜으며 기침 한 번을 크게 하

더니 두 손을 깍지끼어 테이블 위에 놓으며 중정 대리를 돌아보면서,

"그것이 정말이라니 그러면 어째서 그렇게 되었단 말이오?"

하고 물었다.

중정 대리는 휘청휘청하도록 큰 키와 몸에 어울리지도 않을 만큼 방정맞게 고개를 연방 죄며,

"네, 네. 저 역시 남의 밑에 있으니까 시키는 대로 할 뿐이지 어찌 제 맘대로 할 수가 있겠습니까? 일이 이렇게 된 이면에는 내용이 있습니다."

하고 손수건으로 이마의 땀을 씻는다. 삼월 하순이라 서장실 한쪽 난로에는 아직도 불이 피어 있는 일기이었건만 그는 속이 쪼들려서인지 이마와 콧마루에 땀방울이 솟아 올랐다.

"그러면 그 내용이라는 것은?"

서장이 묻는 보람도 없이 중정 대리는 말하기를 꺼리는 듯이 입맛만 다시고 있다.

"자, 그 내용을 말해보시오."

서장이 다시 재촉하여도 그는 주저하기만 하다가 마지못하여,

"처음에 중정이가…….”

하고 말을 시작하였다.

"중정이가 부청과 계약하기는 칠만 팔천 원에 청부하기로 하여서 금년 오월 말일까지 준공하기로 계약이 되었습니다."

통역을 통하여 말을 교환하게 되는 자리인지라 서동권은 속으로 마땅치 않게 생각하고 있었다.

서장이 자기의 동료들에게는 하대로 하고 중정 대리에게는 경어를 쓰는 것이 대단히 비위에 거슬렸다. 더구나 통역이 서툴러 일어로 듣고 나서 통역을 듣게 되면 시간도 지루할 뿐 아니라 긴장미가 몇 배나 감하여 마음대로만 한다면 동권이 자기가 나서서 통역도 하고 말대꾸도 하고 싶었지마는 말할 기회가 오기까지를 참을 수밖에 없었다.

동권은 서장의 무표정하게 뚱뚱한 얼굴을 건너다보다가 세 동료의 긴장한 눈들을 둘러보기도 하고 중정 대리의 통실거리는 입을 노려보다가

잔뜩 거드름을 부리면서 통역하는 자를 눈 흘겨보기도 하였다. 마음에 합당치 못한 말마디에가서는 헛기침도 하고 손도 비비며 앉았노라니 열아홉 살밖에 되지 않은 동권으로는 이 자리에 차분히 앉아 있는 것이 안타깝기만 했다.

유리창 밖에서는 동료들이 추운 듯이 팔짱을 끼고 여전히 왔다갔다 하며 혹은 주먹을 휘둘러보이기도 한다. 날이 갑자기 흐려지면서 바람이 일어나는 모양이다.

삼백 명의 노동자들이 동맹파업을 단행하고 이처럼 격분하여 경찰서에 쇄도하게까지 된 하수도 공사의 내막은 이러하였다.

실업(失業) 노동자들을 구제하기로 목적한 하수도 공사가 근년에 유행과 같이 각처에서 일어났다.

목포부에서도 실업 구제의 하수도 공사를 시작하게 되어, 중정이라는 자와 칠만 팔천 원의 경비로 육 개월 안으로 공사를 준공시키기로 청부 계약이 성립되었다.

중정이는 칠만 팔천 원의 사할(四割)을 제 주머니 속에 따로 떼어놓고 나머지 사만 칠천팔백 원으로 공사를 끝마칠 예산을 세웠다.

그러나 그는 현금이 없는지라 산본(山本)이라고 하는 자를 전주(錢主)로 하여 우선 일만 팔천 원을 얻어 가지고 보증금으로 청부 경비의 십분의 일 즉, 칠천팔백 원을 목포 부청에 납입하고 나머지로 목포 등지에서와 나주(羅州) 등지에서 삼백 명의 노동자를 모집하였다.

그리하여 공사를 시작하되 삼부로 나누어 판구(坂口), 복부(腹部), 영정(永井) 세 사람에게 삼조 감독(三組監督)을 시켜 각각 십장과 노동자들을 두어 일을 하게 하였다.

부청과의 계약에 노동자의 임금(賃金)은 기술노동자와 십장은 매일 일 원 이상이요, 보통 노동자는 최하 칠십 전으로 정한 것이나, 중정의 비밀 주머니 속으로 들어간 삼만 일천이백 원의 큰 구멍을 감쪽같이 때우는 오직 한 가지의 길은 노동자의 피땀의 삯전에서 착취하는 수단밖에 없었다.

그리하여 노동자들은 오십 전 이하 삼십 전까지의 적은 삯에 목을 매고 유달산에서 사정없이 내리닥치는 찬 바람과, 뒷개펄판에서 몰려오는 눈보라를 맞으며 꽁꽁 얼어 붙은 땅을 파기 위하여 종일 곡괭이질과 남포질로 돌을 뜨기 시작한 것이다.

그러나 그들은 일을 시작한 지 석 달 동안에 삯이라고는 돈으로 한 번 받고 십이 전짜리(보통 쌀 십칠 전 할 때) 싸라기로 한 번 탄 일밖에 없었다.

중정이는 목포 공사 외에 보성(寶城), 벌교(筏橋)에 다시 하수도 공사 청부를 맡아 그곳에 현금을 쓰느라고 노동자들의 임금 지불의 기한을 내일이니, 모레니 미루어 속여오는 한편, 전주인 산본이가 중정을 의심하여 출자(出資)를 하지 않는 까닭에 중정의 돈길이 끊어진 것이다.

죄없는 노동자들은 삯은 받지 못하고 전표만 매일 받으며 고픈 배를 움켜 쥐고 뼈가 닳아지도록 외상 일을 하되, 걸핏하면 십장과 감독에게 두들겨 맞으면서 압제만 당할 뿐이었다.

"아니 우릴 허수아비로 아는 것이냐?"

"우릴 피가 없는 기계인 줄만 알고 있는 모양이지."

영구한 허수아비인 줄만 알았던 그들도 마침내는 불평을 터뜨려 삼 개월로 접어들면서부터는 태업(怠業)하기를 시작하다가 사 개월이 되는 삼월 하순에는 삼조의 동맹파업 기분이 농후하여졌다.

부청에서 이 소식을 듣고 현장 시찰을 하기 위하여, 북천(北川) 토목과 주임이 출장하여 보니 오 월말에 준공한다는 공사가 아직 '호리가다'도 끝나지 못하고 있으며 게다가 좋지 못한 말까지 있어서 중정의 청부 계약을 해약시켜버렸다.

이러한 내막을 자세히 알게 된 노동자들은 이 돌연히 해약된 소문을 듣자 일제히 동맹파업을 단행하고 중정조 사무실에 몰려가 중정 대리를 붙잡고 이때까지의 임금을 지불하라고 격렬히 육박하다가 결국 경찰서에까지 이르게 된 것이었다.

서장에게 그 간의 내용을 말하는 중정 대리는 비밀한 사이 행동의 말은 물론 하지 않고 다만 전주인 사본의 말과 청부계약의 해약만을 대강 얘기하여 동맹파업의 동기를 말하였다.

참을 수 있을 때까지 참노라고 애쓰던 동권이는 더 참을 수 없을 만큼 감정이 폭발되었다.

"거짓말 말아라! 너도 중정이와 한 배짱이 아니냐? 왜 더 비밀한 말까지 하지 않느냐? 너도 양심이란 것은 있어서 옳고 그른 것은 아는 모양이지? 그러면서도 우리 노동자들에게는 사기 수단을 쓰지 않았느냐?"

주먹을 쥐어 중정 대리를 겨누면서 유창한 일본말로 직접 대어들었다. 통역자가 깜짝 놀란 듯이 눈을 크게 떠서 동권을 훑어본다.

"하여간 그만큼 들으셨으니 부윤을 불러다주십시오. 오늘 우리가 서장께 면회한 목적도 부윤과 직접 담판하여 그 책임을 물으려고 온 것입니다."

처음에는 동료들이 알아듣게 하려고 우리말로 하고 다시 일본말로 서장에게 청하였다. 덕삼이와 재표, 병수도 말 끝을 달아 부윤 불러주기를 청하였다.

서장은 통약자를 쳐다보며 의견을 말했다.

"좌우간 한 번 쌍방의 말을 잘 들어보아야 알겠으니 부청에 전화를 걸어 토목과 주임을 오도록 하여 주게나."

통역자는 나갔다가 들어오더니 허리를 굽실하며,

"북천 주임이 곧 오시겠다고 합니다."

하고 여쭈었다.

십분쯤 지난 후, 밖이 갑자기 와자해지면서 중정 대리와 거의 비슷한 키의 몸 부피를 가진 북천 주임이 서장실에 나타났다.

서장은 그와 마주앉아서 노동자 측의 요구와 중정 대리의 내용을 말한 후에,

"중정과의 정식 해약이 되었습니까?"

하고 물으니까 북천이는 큰 눈을 황당하게 더 크게 뜨며,

"아닙니다. 아직 정식 해약의 선언은 하지 않았습니다."

하였다.

"그렇다면 해약 송달을 하기 전에 노동자들의 임금을 먼저 지불해야 되지 않겠소?"

"그렇지만 어디 그렇게 할 수가 있겠습니까?"

"아니, 그러나 이때까지 한 번밖에 받지 않았다는 것은 너무나 지독하지 않소? 중정의 보증금에서라도 임금 지불을 하도록 하시구려."

"그러나 해약하게 된다면 중정의 보증금은 몰수하는 것이니까 그럴 수도 없게 되지요."

동권 이외의 세 사람도 말을 약간 알아듣기는 하는지라 북천과 서장의 입만 바라보고 있던 네 사람이 주임의 성의 없는 말을 듣자,

"그것은 안 될 말이오."

하고 소리쳤다. 동권은 자리에서 벌떡 일어났다.

"여보! 주임, 참 당신은 너무 책임없는 말을 하오그려. 그래 그것이 실업자 구제라는 이름 좋은 하수도 공사의 내막입니까? 중정이는 칠만 팔천 원의 사할을 혼자 떼어 먹고 나머지로 역사하느라고 칠십 전 이상의 임금을 삼사십 전으로 감하여놓았답니다. 그나마 매일 지불도 하지 않고 전표만 줄 뿐이었고, 받은 것은 돈으로 한 번 두 번뿐이었소. 그뿐인가, 삼십이 전짜리 전표를 가지고 쌀을 받을 때는 한 되 십이 전짜리 싸라기를 십오 전에 주면서도 두 되에 삼십 전이면 이 전이 남는데 그 이 전까지 집어 먹어버리는구려. 전표가 많거나 적거나 다 그렇게 당하였소. 그래 하루 종일 굶어가며 죽도록 당신네 일만 하는 것이 노동자의 실업 구제 목적인 하수도 공사이오?"

동권의 목소리는 흥분으로 떨리기까지 하였다. 서장이 무슨 말을 하려 할 때 동권은 얼른 다시 말을 계속한다.

"그래, 그놈의 돈도 못 받는 전표는 무엇에 쓰란 말요. 저엉 군색할 때는 삼십오 전이면 삼십 전에 잡혀먹고 사십칠 전이면 사십 전에 팔아도 먹어보았소. 그래 한 사람 앞에 수십 장씩 다 가지고 있는 전표를 감쪽같이 살라버려주었으면 아주 고맙겠지요? 당신네가 중정이를 해약시킬 터이면 우리의 임금 지불을 끝내놓고 해야만 정당한 처리가 아니오? 당신네 손해보지 않을 일만 생각하고 수백 명이 굶는 일은 생각지 못하나요? 보증금에서 주라니까 뭐 그것은 압수니까 안 되어? 그래 당신네 먹을 것은 칠천팔백 원 딱 떼놓고 삼백 명의 임금은 모른 척하려고 드니 정작 책

임자인 부청 당국자는 중정이와 합동하여 삼백 명의 목을 졸라매어도 관계없단 말입니까? 서장! 이런 불법자들도 가만두어야 옳습니까?”

그는 주먹으로 책상을 치며 입으로 불을 뿜는 듯이 북천이와 서장을 힐책하였다.

북천이가 오면서부터 밖에 있는 노동자 측의 태도가 불온해지는 것을 보고 서장실에는 보안계 외의 각계 주임과 형사들이 들어왔다가 동권이가 책상을 치며 힘있는 말소리를 계속할 때 방 안은 잠잠하였고, 군중은 유리창으로 몰려와 들여다보다가 동권이가 말을 마치자,

“옳다! 그렇고 말고! 어서 삯을 내놓아라! 안 준다는 법이 어디 있느냐?”

“버러지같이 보이는 우리라도 너희가 와락 그렇게만은 못 할 것이다.”
하며 떠들어대는 것을 형사들이 밖으로 나가서 제재하였다.

북천이는 동권을 건방지다는 듯이 노려보았다.

“나 역시 한 사람의 결정으로 못 하는 것이니까, 딱합니다마는 대관절 임금은 전부 얼마나 된다 합디까?”

정작 상대자에게는 외면하면서 북천은 서장에게 물었다.

네 사람은 삼백 명의 전표 계산서를 내놓았다. 북천이가 계산서를 앞으로 다가본다.

“일천사백 원…….”

그는 한 번 뇌어보고 잠잠히 앉았다가 서장과 대표들을 둘러보며,

“낫새 이내로 중정이로 하여금 임금을 전부 지불하게 하되 만일 중정이가 할 수 없을 경우에는 부청에서라도 책임지기로 하겠소.”
하는 선언을 하였다.

삼백 명의 노동자들은 북천의 그 언약을 듣고서야 경찰서에서 물러났다.

삼부 노동조합 사무소를 나온 동권은 심한 피로를 느꼈다. 계모의 야단치는 서슬에 아침밥도 받았다가 그냥 내놓고 점심도 굶은 데다가 저녁

때도 지난 **황혼**이 되고보니 시장기가 몹시 들 뿐 아니라 경찰서에서 너무 흥분하였던 탓인지 열까지 오르는 듯하여 오늘밤에는 집에 가는 길이 더 험하고 돌멩이도 많은 것같이 느껴졌다. 사립문을 힘없이 젖히고 들어서는 동권을 보자 계모는,

"오늘은 돈푼이나 생겼는갑다. 인자사 어슬렁어슬렁 기어오게……."

하면서 밥상을 마루 밑 부엌에 서 있는 딸에게 내어주더니 또 트집이다.

"오늘은 돈을 꼭 탄다고 하더니 그래 얼마나 가지고 왔냐?"

"흥, 돈?"

어느 결엔지 동권의 입에서 탄식같이 새어나왔다.

"뭐? 어째? 흥, 돈? 아따 이놈 봐라. 이놈이 인자 조소까지 하는구나. 그래 돈돈 하니게 돈에 미쳤다고 조소하는 셈이냐?"

계모는 납죽한 입을 악물고 딱부리 눈을 똑바로 떠서 동권을 보며 채머리를 살살 흔든다.

"누가 조소했소? 돈도 못 탔는데 돈말 하니까 얼척없어 그랬지."

"옳다. 말대답 자알 한다! 돈을 타서 까먹어버리고 조소를 하는지 참말로 못 탔는지 뉘 아들놈이 네 말을 곧이 들어?"

말을 할 기운도 없거니와 조석으로 얼굴만 대하면서 언제나 당하는 노릇이라 동권은 시들한 듯싶게 잠자코 앉아 있다.

"돈도 못 타고 일도 안 하면서 진작 와서 밥이나 처먹을 것이지 어디가 자빠져서 놀다가 인자사 깔대와? 딴상 차리기는 좋은 사람은 어디가 있는가? 종년이나 하나 데려다 놨는가 보구만. 으응! 아니꼽게……."

계모는 방정맞게 작은 제 키만한 담뱃대를 들고 발딱 일어나서 부엌으로 불을 붙이러 들어간다.

"어머니, 무슨 그런 말을 다 하시오? 그만해두시오. 오빠는 어서 방으로 들어가서 밥 먹어요."

계모가 데리고 온 딸인지라 어머니의 하는 말이 온당치 못하다고 생각된 희순은 자기 어머니에게 가만히 핀잔을 주며 밥상을 들고 섬돌로 올라온다.

"뭣이 어째? 주제넘은 년. 넌 가만히 자빠졌어. 편들어주면 고마운 줄

알께비?"

그는 담배를 뻑뻑 빨다가 다시 고개를 돌며 동권을 흘겨보며,

"이때까지 키워놓은 공갚음 하노라고 흥, 돈? 함서 코웃음치는 것 봐! 이놈아, 뭐 공으로 큰 줄 알고 인자는 조소까지 해? 되지 못한 건방진 놈의 자식 같으니."

하고 또 담뱃대를 든 채 발딱 일어선다.

"그만저만 해두소. 종일 굶은 놈 저녁이나 먹으라고……."

방에 들어앉았던 동권의 아버지가 듣다 못 하여 말했다.

"뭐? 종일 굶은 놈? 누구는 배 터지는 사람 보는가? 이녁 아들이라고 편짜놓는구만, 그만저만 해두제. 누가 제 아들 뜯어먹는다고?"

"어머니, 그만두시란 말이오. 큰방 아주머니 부끄럽소. 오빠는 들어가 밥 먹으라니께야."

"이 가스낭년이 왜 이렇게 볼게진다냐? 늙은것 젊은것 나 하나 가지고 지랄들을 하네. 엥 내가 죽어사 요런 놈의 꼴을 안 보제."

동권의 아버지는 동창으로 고개를 내밀어 마루에 걸터앉아 있는 아들에게,

"이놈아, 들어와서 밥 먹으라는 말이다. 배가 안 고픈 것이로구나. 그렇게 넋 빠지고 앉았게……."

한다. 고개를 푹 숙이고 있던 동권은 그제야 일어나서 방으로 들어와 밥상을 받아 막 한 숟가락을 떠서 입에 넣으려니까 계모가 또 종알댄다.

"어멈보고 비웃던 아가리로 그래도 밥은 잘 들어가는구나."

동시에 아버지에게서 재떨이가 날아와 앙알대는 계모의 어깨를 툭 치고 떨어진다.

"빌어먹을 년. 그만두라고 해도 너무 지랄한다. 요망스럽게 계집년이 왜 그리 방정이냐?"

계모는 악이 나서 파랗게 질린 입술을 악물고 재떨이를 집어 영감에게 도로 던진다는 것이 동권의 밥상에 떨어져 김치 그릇이 와자지근하고 깨어지며 김칫국물이 쏟아진다. 동권은 벌떡 일어났다.

"에이 참, 해도 너무한다. 원 사람을 볶아도 분수가 있어야지."

그가 중얼대며 밖으로 나가니까 계모는 문께까지 쫓아 나오면서,

"뭐, 너무해? 사람을 볶아? 저 사람 잡아먹을 놈이 제 에미 잡아먹고도 못마땅해서 생사람 잡아먹을라고 볶는다는 것 봐! 엥이 못된 놈! 이놈!"

하고 깨어진 쇠그릇 소리 같은 목소리를 힘껏 높여서 악을 썼다.

"이년 요망스럽게!"

동권의 아버지가 쫓아 나와서 발길로 차니까 딸이 뛰어오고 큰방 사람이 달려온다. 계모는 영감에게 덤비어 물어뜯으며 치고 받고 말리고 하는 소란스러운 시간이 잠깐 계속됐다.

동권은 포악스러운 계모의 울음소리를 뒤로 하고 사립문을 벗어나 불만 반짝이는 기왓가마 동리를 내려다보며 한숨을 후우 내뿜는데 희순이가 따라와서 동권의 소매를 잡아당겼다.

"오빠! 어디 가지 말고 거기 좀 섰다가 밥이나 먹고 나가요. 종일 굶고 저녁까지 안 먹어선 안 되지 않아요."

희순은 고개를 숙이고 손등으로 눈물을 씻는다. 약혼한 처녀인지라 치렁치렁한 검은 머리채며 발육이 좋은 등어리와 어깨에는 처녀의 황금시대의 아름다움이 서려 있었다.

"항상 하는 말이지만 어머니가 그러시는 것은 도무지 대꾸를 말고 그저 지나가는 사람의 짓이거니만 하란 말예요. 그러니깐 너무 속상하지 말고 밥이나 먹고 나가요."

그는 오늘 저녁에 분투하고 온 오빠를 먹이려고 바느질 품을 팔아 모아둔 귀한 돈에서 그의 좋아하는 제육을 사서 찌개를 해놓았던 것이다.

모처럼 들여놓은 정성이 깨어지게 될 때 처녀의 마음에는 애닯게 생각되었다.

동권 역시 밥상에서 잠깐 본 제육으로 보든지, 몸을 지탱하지 못하도록 시장함이라든지, 사실 그렇게 할까도 생각하여 망설이는 차에 안에서 들리던 울음소리가 뚝 그치며,

"희순아! 이년 어디 갔냐?"

하고 악쓰는 소리가 들린다.

"오빠! 꼭 그래요? 조금만 있으면 조용해질 것이니깐 큰방으로 들어와 밥 먹고 나가요."

희순이 신신당부하고 안으로 들어갔다.

"무엇하러 깔대다녀? 서방 찾아 다니냐?"

계모의 소리가 총알같이 날아와 박혔다.

"에이, 더러운 여편네!"

기침을 한번 캭 토하여 더럽다는 듯이 침을 탁 뱉고 동권은 발을 옮겼다.

동권은 윗길로 사무소에를 갈까, 용희의 집 앞으로나 지나보게 아랫길로 갈까 하고 망설이다가 아랫길로 발길을 돌려서 두어 걸음 내려오는데, 용희의 집 대문 처마 밑에서 검은 그림자 하나가 나오더니 마주 올라온다.

동권이가 그냥 지나치려는데 그림자가 가까이 왔다.

"동권 오빠 아니야?"

용희의 음성이다. 동권은 지극한 반가움에서 와락 용희에게로 대들다가 스스로 놀라 조금 물러섰다.

"용희가 웬일이지? 어디 가는 길이여?"

그는 처녀의 동그스름하고 하얀 얼굴을 내려다보았다.

"하도 희순네 집에서 야단이 나길래 여기까지 와봤어. 그런데 밥도 안 먹고 어디 가는 거야?"

그윽이 쳐다보는 용희의 눈은 캄캄한 속에서도 반짝인다.

"밥을 먹었는지 안 먹었는지 어떻게 알아?"

두 사람의 발길은 용희네 대문 앞으로 향한다.

"내가 그 집 문 앞까지 가서 다 들어봤지 뭐."

용희는 한 손을 입으로 가져가며 웃는 모양이다.

자기의 집 대문까지 와서 용희는 빗장을 달각달각 밀었다.

"우리 집에 좀 들어가."

"뭐? 다들 어디 가셨길래?"

"할머니랑 어머니는 오늘이 큰댁 제사라고 아침부터 기집에 데리고 가셔서 종일 가 혼자 있었는데……다들 내일 오시니깐 오늘밤엔 용기랑 나밖에 없어.”

동권은 망설이고 있었다. 용희는 대문 안에서 또 재촉하였다.

“용기도 아까 큰댁에 보내면서 놀다오라고 했어. 어서 들어와! 남들 지나가다가 보겠구만그래.”

동권은 마지못해 들어가면서도 어쩐지 서먹서먹해 하였다. 용희는 대청마루를 지나 자기 방인 뜰아랫방으로 들어갔다. 걸을 때마다 그의 머리채가 발꿈치에서 치렁거리는 것이 안방에서 새어 나오는 불빛에 보였다.

전등불이 화안한 방 안에 들어선 동권은 먼저 이상한 향기에 취하는 듯하였다. 용희는 아랫목을 가리켰다.

“저기 앉어요.”

부끄러운 듯이 손으로 입을 가린다. ‘앉어요’란 말이 서투른 탓이었다. 동권이 용희의 말대로 아랫목에 앉으니까,

“잠깐만 혼자 앉았어. 나 얼른 밖에 갔다올게.”

하고 옥색 저고리의 소매를 걷으며 분홍 치맛자락을 걷어 찌르면서 밖으로 나갔다.

동권은 방 안을 둘러보았다. 이 집에 오기는 여러 번이었으나 방은 처음이다. 처녀의 방인 만큼 놓여 있는 것이 고운 것뿐이었으나, 제일 눈에 띄는 것이 불란서 자수 바탕으로 만든 책상보와 그 위에 모양 있게 책꽂이에 꽂아놓은 많은 책들이다.

‘언제 어떻게 저 많은 책들을 구했나.’

동권은 속으로 놀랐다. 벽에는 사진틀이 걸려 있고 저쪽으로는 남치마 노란 저고리 들이 걸려 있었다. 나무 꺾는 소리가 들리면서 어느 틈으로인지 연기가 새어 들어온다. 책상 위에 놓인 시계는 여덟시다.

동권은 일어나 책을 검사하여 보니 한쪽으로 독본과 일본말 부인잡지 몇 권 있는 외에 모두가 높은 정도의 문학 서적이었다.

‘아무래도 전문 정도의 누구가 배경에 있구나.’

생각하니 어쩐지 마음이 슬퍼지려고 하였다.

　문이 열리고 용희가 밥상을 무거운듯이 들어다가 그의 앞에 놓고,
　"어서 밥 먹어요. 희순이가 그러는데 아침도 안 먹었다니 얼마나 배가
……."
하면서 밥그릇 뚜껑을 벗겨놓았다.
　"밥은 무슨? 조금만 놀다가 갈 텐데."
　그러면서 김이 무럭무럭 나는 밥과 국이며 상으로 가득한 반찬을 볼
때 절로 손이 숟가락으로 가려고 했다.
　"어서, 국이랑 식는구만그래."
　용희는 수저를 그에게 들려주며 알뜰하게 권하였다.
　"반찬이 참 걸다. 용희는 늘 이렇게 먹는가?"
　동권은 용희를 보고 빙그레 웃으며 우선 곱게 썰어놓은 제육을 집어다
가 맛난 듯이 먹었다.
　"다른 반찬들은 어머니가 나 먹으라고 우선 보낸 것이고, 그것 말야."
　용희는 손가락으로 동권이 집어가는 제육을 가리키며,
　"그것은 희순이가 오빠가 제일 좋아한다고 사길래 나도 샀지."
하고 상끗 웃는다.
　"뭐? 나 줄려고 샀어?"
　"그럼. 아까부터 희순이 어머니가 막 욕을 하고 오면서 죽이니 어쩌니
벼르길래 또 야단이 나서 저녁도 못 먹을 줄 알고 내가 맘먹고 샀는데.
따로 불러다가 차려줄려고……."
　"저런, 참 용하네. 어찌 미리 알까."
　농담과 같이 말은 던졌으나 아닌게아니라 정성을 다하여 미리 준비하
였던 밥상인 것만은 알 수 있었다.

　"하여간 고마워. 용희가 아니면 누가 나를 그렇게 생각하겠어?"
　가슴이 찌르르 하도록 감격하여 용희를 보니까 용희도 마주 바라보다
가 부끄러운 듯이 눈을 주전자로 떨어뜨리며 손으로 주전자 몸뚱이를 만
져본다.
　밝은 불빛에 가까이 보니 열일곱 살의 처녀로는 한 살 위인 회순보다

도 더 처녀답게 예쁘고 의젓했다. 작년 추석에 일본에서 막 나와서 얼마 되지 않아 동권의 아버지는 섬으로 일하러 가고 계모는 동권의 누님의 아기 받으러가서 희순이와 둘이만 있을 때, 보름 동안을 날마다 두 처녀에게 가르치느라고 한방에 있어보았고, 그 후로도 가끔 만나기는 하였으나, 말조차 변변히 건네지 못하다가 일 시작 이후로는 새벽에 나가고 밤에야 들어오게 되어서 맘으로만 간절히 사모하였을 뿐이었다.

그러다가 우연히 이렇게 다정하게 앉아 오순도순 말을 하게 되니 동권이나 용희는 꿈과도 같이 생각되었다. 용희는 동권의 밥 먹는 모양을 바라보면서 가슴이 쓰렸다. 동권의 얼굴이 작년보다 말 못 하게 수척해진 것이다.

과연 동권은 몰라보도록 파리해졌다. 나가면 힘에 겨운 노동이요, 들어오면 계모에게 달달 볶이는 것이다. 놀면 논다고 잔소리요, 일하니 돈 타오지 않는다고 성화였다. 그에게 위안을 주는 희순이 없었던들 가정의 매일을 견디지 못했을 것이요, 마음으로 생각하는 용희가 없었던들 그의 생활이란 너무도 황량했을 것이다.

이 두 처녀의 숨은 위안과 동정으로 그의 정신만은 윤택하였을망정 심한 고역에 얼굴과 손은 터지고 거칠어져서 어려서의 귀엽던 모습과 상업학교 시절의 활발하던 기상이며, 일본서 막 나왔을 때와 같은 청년미는 사라지고 빛나는 눈만은 그대로 있으나, 이제는 검은 얼굴에 광대뼈까지 보이게 되는 한 건강한 노동자에 지나지 못한 것을 볼 때, 용희의 가슴은 찢기는 듯이 아프면서 눈물마저 돌았다. 그릇 밥을 다 먹고 난 동권이가 물을 달래려고 용희를 건너다보니 그의 맑은 눈에 눈물이 괴어 있지 않은가.

"용희, 웬일이여 응?"

용희는 얼른 주전자를 들어 그릇에 물을 따르며 딴전을 쳤다.

"아니, 물이 다 식었네."

동권의 가슴이 후끈 더워지면서 목구멍이 콱 막히는 것 같아 헛기침을 한 번 하였다.

"용희!"

동권의 목소리가 가늘게 떨리는 듯하였다. 용희는 '응?' 할 수도 없고 '네?' 할 수도 없고 잠잠히 치맛자락만 만지고 있었다.

"용희!"

"왜 그래요?"

그제야 용희는 눈살을 찡그리는 듯이 하고 고개를 들며 대답하였다.

"무슨 속상하는 일이라도 있어?"

"아니."

"그럼?"

"어릴 때 지나던 일을 생각하니간 괜시리 눈물이 나서…….."

"으음!"

동권은 신음과 같이 용희의 말을 긍정하였으나 가슴만은 여전히 아팠다. 동권과 용희는 죽동(竹洞)에서 위아래 집에 살았다. 여덟 살 때 동권의 어머니가 죽고 다음 해에 희순의 어머니가 동권보다 한 살 아래인 딸을 데리고 계모로 들어왔다. 그때는 가세도 넉넉해서 희순과 용희가 함께 보통학교에 다녔는데도 얼굴도 쌍둥이같이 예쁘거니와 재주까지도 비슷해서 서로 석차를 다투었다.

동권은 누님이 시집가던 해에 상업학교에 입학하였으나 집안 형편은 차차 기울어져서 목수인 그 아버지의 날품팔이만으로 네 식구의 호구를 계속하게 되었다.

동권이 삼학년 되는 해에 용희와 희순은 보통학교를 졸업했다. 용희는 객지에 보낼 수 없다는 부모의 사정으로 B여학교에 입학을 시켜 동권과 용희가 아침마다 나란히 한방향으로 등교할 때마다 희순은 못 견디게 부러워하였다.

그러나 이학기가 될 때 의외의 사건이 일어나 존경하던 상급생들이 모조리 잡혔다. 그러지 않아도 가정 상태로는 도저히 더 학업을 계속할 수 없는 형편이라 동권은 친한 상급생의 원조로 그 해 겨울에 말썽 많은 가정을 떠나 동경으로 갔다.

그는 신문배달을 하면서 고학하던 중 어떤 기회에서 정(鄭)이라는 지도자를 만나게 되었다. 그는 동권의 동향인이요 학교의 선배로서, 일찍부터 머리가 명석한 뛰어난 수재라는 소문을 들었던 터라, 그를 매일 방문하고 가르침을 받았다.

그들은 부부가 함께 고학으로 대학생활을 하고 있었다. 동권은 정의 학문과 인격을 깊이 흠모하여 부지런히 어학과 사회과학을 배우면서 정신을 연마하다가 그들이 귀국하자 동권도 뒤따라와서 셋방살이를 하고 있는 집안을 도우려고 노동자의 한 사람이 되었던 것이다.

용희의 아버지는 여전히 번화가에서 큰 포목상을 하면서 가족들은 죽교리에 새집을 지어 있게 하엿고, 동권의 부모는 용희 어머니의 소개로 이웃집의 방 한 칸을 새들었던 것이다.

"용희!"

동권은 긴 추억에서 깨어나 눈을 뜨며 다시금 용희를 불렀다. 용희는 동권을 보았다.

"용희는 날 좋아하나?"

용희는 새삼스럽다는 듯이 동권을 흘겨보았다.

"용희가 날 사랑하느냔 말야?"

"어쩜! 번연히 알면서도……."

용희는 원망스럽다는 듯이 동권을 강하게 흘겼다.

순간 용희의 뺨이 확 붉어졌다. 동권은 용희의 팔을 끌었다. 용희의 중량이 동권의 가슴에 실렸다.

"난 정말 용희를 사랑해. 그렇지만……."

"그렇지만?"

용희가 동권의 가슴에 머리를 묻은 채로 반문하였다.

"우리의 사랑은 현재 우리의 정세에 합당하지 못하단 말야."

"그런 말이 어디 있어."

"그것쯤이야 용희가 생각해보면 알겠지만 지금 우리는……."

그러다가 동권은 귀를 기울였다. 대문 흔드는 소리와 함께,

"누님! 누님!"

하고 아우의 소리가 크게 들려왔다.

"그럼 그 말은 숙제로 두어요."

용희는 바쁘게 방문을 열고 나가며 말했다.

삼월 이십오일. 이날은 북천 주임이 삼백 명 노동자의 임금 전부를 책임지고 지불하겠다 하던 닷새 되는 날이다. 오전에 과연 북천 주임에게서,

"정거장 앞× 상점으로 가서 받으라."

는 엽서가 온 것이다. 그들은 일제히 ×상점으로 달려갔다. 갑자기 많은 방문객을 맞은 ×상점의 사람들은 무슨 영문인지를 몰라 당황하다가 그들의 내용을 듣고는 모두 눈들이 둥그래서 그런 일은 모른다고 하였다.

극도로 흥분한 삼백 명은 중정 대리를 끌고 부청으로 몰려갔다.

"거짓말쟁이 북천이 나오너라!"

"민중을 속이는 관청을 없이하라!"

"부윤을 끌어내라!"

과히 넓지도 않은 부청 마당에 물샐 틈 없이 박혀서서 각각 한 마디씩 소리치다가 와아하고 사무실 안으로 들어갔다. 사무직원들은 깜짝 놀라 자리에서 일어나고 이층에서도 우당퉁탕 내려왔다. 부청 앞에 있는 도서관에서 책을 읽던 사람들도 뛰어나왔다.

부윤은 이층에 죽은 듯이 앉았고 다른 계원들은 경찰서 전화를 거느니, 노동자들의 침입을 막느니 하며 요란스러웠다. 정복과 사복의 순사와 형사들이 오륙 명이나 달려와서 군중을 위협하였다.

"잔소리 말아라. 우린 정당한 방법으로 우리의 임금을 찾고자 하는 거다."

"대중을 속이는 것이 불법이지 왜 우리가 불법이냐? 오늘은 세상없어도 우리의 피땀의 값을 찾고야 말거다."

"어서 북천이를 내놓아라!"

위협도 권유도 그들에게는 효력이 없었다. 고등계 형사 한 사람이 현관 마루에 올라 서서 두 손에 입을 대고,

"대표가 나오너라! 전번날 서장께 면회한 대표 네 사람이 나와!"

하고 크게 외치니까 잠깐 조용하여지고 대표 네 사람이 나왔다.

"자네들 대표 네 사람이 들어가서 북천 주임과 직접 면대하여 처리해

야지, 이렇게 몰려 들어가면 되지도 않을 것이고 법에도 걸리네. 조용히 들 하게."

경어를 쓰지 않는 것에 비위가 틀렸으나 형사의 말대로 그들은 토목과에 갔다. 북천은 태연스럽게,

"중정이가 돈을 가지고 그 상점으로 한시까지 오마고 했으니 그때까지 기다려볼 게지 왜 야료를 하느냐?"

고 도리어 책망하듯이 말을 던지고는 다른 일만 하고 있었다. 그들은 하는 수 없이 한시까지 기다리기로 하고 나왔다.

이날은 아침부터 날이 흐리고 춥기까지 하여서 밖에서 몇 시간이나 기다리기는 어려운 일이었다.

부청 바로 위의 오포산(午砲山)에서는 깜짝 놀라도록 큰소리가 터져 나왔다. 오포는 전 시가에 울리며 각 공장의 기적도 따라 울었다. 음식점 아이들이 각각 주문 맡은 음식을 들고 자전거로 왔다갔다하며, 사무원들이 식당에 들락날락하는 동안에 점심시간도 끝난 모양이었다.

한시가 되자 군중은 다시 끓기 시작하였다. 북천 주임이 나타나 큰 눈을 짐짓 가늘게 떠서 좌우를 살피며 아첨하는 듯한 어조로 말했다.

"지금 광주에서 전화가 오기를 세시 차에 꼭 도착하마고 하였으니 미안하지만 잠깐 더 기다려주시오."

"거짓말 말아라! 오늘도 속일 테냐?"

"오냐. 또 거짓말만 하여 보아라!"

무더기로 외치는 큰소리를 뒤에 두고 북천은 다시 들어갔다. 그들은 춥기도 하려니와 배가 고파서 견딜 수 없었다.

"밥을 내라, 너희만 배부르게 먹고 우린 누구 때문에 생배를 졸이고 있는 것이냐?"

군중들은 와글와글 떠들다가 형사들의 제지로 겨우 그쳤다. 도서관에서 글을 읽던 사람들도 몇 번씩이나 나와서 내막의 얘기를 듣고 놀라기도 했다.

동권은 정이 그의 친구인 김씨와 도서관에서 나오는 것을 보고 그에게 달려갔다. 그는 반기면서 싱그레 웃었다.

"차분히들 기다리고 있네그려."

"어떻게 여기 오셨어요?"

"틈이 좀 나기에 와봤지. 그런데 언제까지 이러고들 있을 것인가?"

"글쎄요. 세시 기차로 온다니까 그때까지 기다릴 작정입니다."

"이렇게 추운 날 밥들을 굶고 밖에서……에익 참."

정은 입맛을 쩍쩍 다시며 시계를 꺼내보더니,

"벌써 세시 십분 전이 아닌가? 또 어제와 같이 슬그머니 늘어져서는 안 되네. 모쪼록 끝까지……."

하고 다음 말을 이으려 할 때 고등계 형사가 가까이 오니까 슬쩍 말을 돌렸다.

"우편국에 왔다가 부청에 누굴 만나러 왔었네. 먼저 가니 천천히 오게."

그는 친구와 천천히 오포산으로 올라가는 뒷문으로 나가면서 군중을 슬슬 둘러보았다.

거진 세시가 되었을 때 군중은 다시 움직였다. 대표들은 주임에게 갔다.

"우린 이 이상 더 기다릴 수가 없소. 목석이 아닌지라 춥기도 하려니와 배도 고플 뿐더러 당신들의 교활한 수단을 생각하니 더 참을 수 없이 감정이 폭발되오. 아직도 우리에게 변명할 말이 남았소?"

동권은 강경하게 들이댔다. 북천은 머리를 득득 긁으면서,

"오늘은 나라도 꼭 주선해서 지불하려고 했는데 지금 현재 수중에는 사백 원밖에 없으니 어떻게 하면 좋겠소?"

하고 제법 의논성스럽게 말했다.

"안 돼요. 안 돼! 다 내야 되오."

병수는 주먹을 흔들며 반대하고 동권은 다시 물었다.

"세시까지 온다던 중정이는 어찌 되었기에 또 딴 말이오?"

주임은 한 계원을 시켜서 다시 전화를 걸게 하였더니, 중정의 대답은 지금 대리가 돈을 가지고 자동차로 떠났다는 것이었다. 대표들은 나와서 동료들에게 다시 그 뜻을 전하였다.

위아래층 직원들도 각각 돌아가고 어느덧 전등도 켜졌으나 북천은 군

중의 눈이 무서워 그대로 앉아 있었다. 군중들은 또 떠들기 시작하였다.

자동차 소리가 길게 나면서 정문으로부터 악마의 두 눈 같은 큰 불을 가진 자동차 한 대가 올라오다가 소리치며 마주 달려가는 군중을 보자 딱 멈췄다. 키가 작은 자가 한 손에 가방을 들고 안으로 들어가더니 북천과 함께 나와서 그들 앞에 섰다. 대리의 말은,

'오늘 불가피한 사정으로 현금 육백 원만 가지고 왔으니 먼저 받으라'는 것이다. 군중은 다시 버글거렸다. 북천은 소리를 높였다.

"하여간 오늘 안으로 얼마가 되든 지불하겠다는데, 왜 떠드느냐?"

"뭐라구? 네가 말하기를 오늘 안으로는 책임지고 전부 지불한다고 하였다. 우리는 전부의 지불을 승진한 것이지 일부의 지불을 언약한 것은 아니다. 안 된다! 대중을 속이려고만 하는 너희들의 수단을 모르는 바는 아니지만, 이렇게까지 속인다는 것은 너무나 비열하지 않으냐? 전부 지불을 하지 않으면 우리는 여기서 야경할지언정 부청과 너희들을 떠나지 않겠다!"

우렁찬 소리로 힘차게 부르짖는 것이 동권의 소리인 것을 알자,

"옳다! 전부 지불이다! 사람을 밤중까지 기다리게 하고 이게 무슨 개소리냐? 차라리 내놓고 도적놈처럼 떼어 처먹어라!"
하고 일제히 소리소리 외쳤다. 의외의 강경한 노동자 측의 태도를 보고 키 큰 먼저의 대리가 허리를 굽실거렸다.

"여러분, 참 면목이 없소이다. 오늘 전부를 지불한다는 것이 불가피한 사정으로 이렇게 되었으니 먼저 전표를 많이 가진 사람부터 받으면 삼일 이내로 꼭 전부를 지불하겠습니다."

그는 연방 머리를 굽히며 달래듯이 말했다.

"안 된다! 너희가 어떠한 말로 달랠지라도 곧이 들을 우리는 아니다. 우리는 넉 달 동안 굶어가며 외상 일을 해왔고 서약 이후 닷새 동안, 또한 오늘 종일을 이렇게 추운 밖에서 떨며 이 시간까지 몇 번이나 양보해 가며 기다린 것이 아니냐? 아무리 철면피인 너희이기로 너무도 지독한 사기 수단이다. 어떠한 방법으로라도 전부를 지불하여라."

동권의 소리는 다시 외쳤다. 군중도 따라 소리쳤다. 한동안 강경히 반

항하다가 너무도 돈에 주리고 시달린 그들은 전표 적은 사람부터 받겠다는 조건하에서 두 사람이 중정대리를 데리고 그들의 삼조 노동조합 사무실로 향했다. 동권은 양보하게 된 것을 눈물이 나도록 분해하였다. 이를 갈고 주먹을 쥐어 맹세한들 어쩌는 수가 없었다.

그날밤 육백 원의 지불을 받기 위한 삼백 명의 노동자들은 혈안이 되어 날뛰었다. 대리며 감독과 십장들이 아무리 권력을 쓰려 하였으되, 그들은 선후를 다투느라고 몇 사람의 머리가 깨어지고 옷이 찢어지며 서기가 얻어맞고 바뀌는 등 돈 때문에 일어나는 비절처참한 광경이 현출될 때, 동권은 몇 번이나 주먹을 부르쥐고 치를 떨었던 것이다.

삼 일 이내에 전부 지불하겠다는 것은 그들의 무기인대중 기만의 한때 수단이었고, 근 보름 동안이나 걸리어서 나머지 팔백 원의 임금을 받게 되었는데, 중정이와의 청부계약은 표면 해약이 되고 이견(二見)이란 자가 그 뒤를 이었다.

이 자는 더욱 수단이 교묘하여 밀가루 몇 부대만 주면 말없이 일을 잘하는 청국 노동자를 칠십 명이나 사용하였다.

공사는 다시 시작되었다. 남포와 곡괭이질로 파내는 돌과 흙으로 정거장 앞 바다를 메우노라고 삼부의 철로는 바다로 향하여 놓이었다.

동권은 보통학교 후면 공사지에서부터 학교 앞을 지나 고무공장과 시장 등지를 뚫고 지나는 구루마에 철로 타는 일을 하는 동안 꽃이 지는 봄과 잎이 피는 첫여름도 지나 칠월이 되었다.

그 동안 남포에 몸을 다친 사람들과 해를 입은 집들이 많고 구루마에 친 사람들의 수효도 헤아릴 수 없었다. 중에는 과부 떡장수가 막 떡판을 이고 팔러 나가려는데 지붕 위로 넘어오는 돌에 치어 떡판은 개천에 빠지고 그는 종신 발병신이 되었고, 여덟 살 된 삼대 독자자 구루마에 치어 두개골이 깨어진 일까지 있었다.

그들 피해자의 치료비에 대하여 동권이 감독에게 격렬하게 언쟁한 일이 있은 후로부터 감독은 동권을 미워하였다. 폭양이 미련스럽게 내리쬐는 한낮에 하루에 몇 번씩 왕래하는 구루마 일을 하는 것은 괴로운 일에 틀림없었다. 그러나 돌과 흙을 가득히 싣고 손잡이를 턱 잡은 후 주욱 내려가다가 커브를 슬쩍 돌아갈 때에는 여름인 만큼 시원하고 유쾌한 맛이 그럴 듯하나 빈 구루마를 둘이서 밀고 팔정이나 되는 쇠길을 걸어 올라올 때에는 내려갈 때의 시원한 맛 몇 배의 심한 고역이 되는 것이다.

동권은 구루마 위에서 아는 사람을 만나면 언제나 쾌활하게 웃고 목례하며 지나쳤다. 정씨의 아내를 세 번 보았고, 용희도 두 번이나 만났다. 흙땀에 착 달라 붙은 잠방이를 입고 밀대모자를 쓴 흙빛같이 검은 동권이 청국 노동자와 함께 구루마를 밀고 오는 것을 보고 용희는 그날 밤에 잠을 못 자고 울었다는 말을 희순에게서 들었다. 희순도 계모의 눈을 속여 흙 싣고 내려가는 오빠를 보러 갔다와서는 동권이 갈 때까지 울고 있는 것을 보고 동권은 두 처녀에게 준열한 계몽을 시키기도 했던 것이다.

며칠 동안 장마가 계속되어 동권은 일터에 나갈 수 없었다. 이런 날은 집에서 읽고 싶은 책을 읽었으면 좋으련만 아버지조차 놀게 되니 계모의 잔소리가 더 심할 뿐 아니라 무덥기는 한데 좁은 방 안에 네 식구나 들어앉아 있을 수도 없어 그는 책을 들고 병수의 한바(飯場＝노동자 합숙소)로 갔다.

한바에는 고역에 지친 그들이 낮잠을 자느라고 좁은 방 속에서 발을 맞춰 누워서 코를 골고 있고, 다른 방에서는 잡담이나 육자배기 가락이 튀어나오기도 하였다.

그들은 동권을 반갑게 웃으며 맞았다.

"우리 선생님 오시는가. 어서 들어오게."

그들은 다투어 자리를 내주었다. 동맹파업 이래로 그들은 동권을 유일의 지도자로 알고 작은 일에라도 동권의 의견을 물으며 그를 무조건 신임하고 존경하는 것이다.

"자네는 비오는 날이면 꼭 책을 가지고 다니니 제갈양의 호풍환우하는 비결책이나 되는가?"

서당 훈장을 하였다는 나이 지긋한 나주 사람이 농담 비슷이 말했다.

"참 난 자네가 책 가지고 다니는 게 제일 부럽데. 저렇게 책이라도 맘대로 보면 얼마나 행복할까?"

보통학교 삼학년에서 퇴학당하였다는 병수는 부러운 듯이 말했다.

“책 보다도 여러분과 같은 실제의 체험이 우리에겐 더 귀중한 것입니다.”

동권은 이번의 동맹파업의 내막 이야기를 알아듣기 쉽게 하여서 그들에게 어느 정도의 지식을 넣어주었다.

점심밥이 되었다고 하니까 세상 모르고 자던 사람들도 어느 틈에 일어났는지 겁고 누르스럼한 밥 한 사발과 소금에만 절인 무 몇 쪽을 담은 접시 하나씩을 들고 온다.

“동권이 좀 떠먹어보려는가?”

병수가 자기의 밥을 동권의 앞에 놓으며 하는 말이다.

“별소릴 다, 난 먹고 왔어요. 어서들 잡수시오.”

동권은 좌우를 돌아보며 권했다. 나주 양반이 얼굴을 찡그린다.

“그것도 일할 때는 모르겠더니 자고 난 입에라 그런지 밥이나 반찬이나 너무 하찮네.”

“이것도 십 전씩이니 놀면서도 삼십 전씩 까먹는 생각해서 참아두시오. 김치나 좀 줘봤으면……밤낮 이놈의 것만…….”

한 사람이 무쪽을 집어가며 불평이었다.

“참 말이 났으니 말이지 너무 비싸다니께. 종일 벌었자 잘난 이 밥값밖에 못 하고 게다가 이렇게 비오는 날은 외상까지 지게 되니 참 소위 생불여사로군.”

또다시 나주 사등의 탄식이다. 그는 옥편이라는 별명을 들을 만큼 문자를 애용하는 것이다.

“그러기에 한탄들만 하고 있을 게 아니란 말입니다.”

동권은 뜻모를 소리를 한마디 남기고 한바를 떠났다. 아까보다도 비가 더 쏟아지며 공사하다가 둔 하수도에 누른 물이 폭포같이 기운 좋게 몰려간다.

동권은 정씨의 집에 또 물난리가 났겠구나 생각하며 발길을 그의 집으로 돌렸다. 파란 칠을 한 유리창을 열려니까 문이 안으로 걸려 있었다. 그는 문을 똑똑 두드렸다. 그제야 안에서 미닫이 소리가 났다.

“누구?”

하면서도 한동안 지체하다가 문이 열렸다.

"아 동권인가? 이 빗 속에 웬일인가?"

"너무 비가 퍼붓길래……오늘은 안 가셨습니까?"

"응, 몸이 좀 불편해서, 들어오게."

그는 깔아놓은 요 위에 앉으라고 동권에게 권했다. 미닫이를 모조리 닫고 한편 구석에 책상을 놓았다.

'아마 무엇을 쓰셨나 보다.'

"정혜는 할머니댁에 갔습니까?"

말이 끝나자마자 온돌과의 사잇문이 가만히 열리며 정혜의 작은 고개가 내다본다.

"아빠가 이놈 해, 가면 못써."

샛별 같은 눈을 동그랗게 뜨고 납작스런 작은 머리통을 좌우로 흔들면서 누구에게인지 모르게 종알댔다. 정혜의 머리 위로 정씨의 아내의 화안한 얼굴이 나타났다.

"서 군 오셨소? 이리로 들어오지요."

그는 남편의 눈치를 살폈다. 남편은 동권을 데리고 안방에 들어왔다. 아기가 색색 잠들어 있었다.

"비가 하도 오길래 또 물이나 들지 않았나 하고 와보았습니다."

"글쎄 퍽 걱정돼요. 저 봐! 곧 넘치겠는데."

그의 아내는 뒷미닫이를 열고 개골창을 가리킨다. 동권과 정도 일어서서 보았다. 과연 굼틀대는 황토물이 넘칠 듯 넘칠 듯 사납게 흘러간다.

"물이 들면 무슨 걱정이오? 내가 다 퍼내주는데 자긴 까딱않고 화풀이나 하고 있으면서……."

정은 아내를 보고 빙긋이 웃으며 말했다.

"말은 좋지. 누가 할 말이오. 내가 죽어가며 혼자하면 마지못해 하는 척하면서……."

아내는 남편에게 애교 섞인 웃음을 보이며 눈을 흘긴다.

"엄마, 아빠 밉다 응."

엄마의 눈치를 챈 정혜는 엄마를 쳐다보며 엄마의 편을 든다. 아기가 깨었다.

　가난한 살림에서도 항상 화기가 넘치는 이 가정에 동권은 오기만 하면 떠날 맘이 없으나, 오늘은 어째 자기의 존재가 방해나 되는 듯하여 만류도 듣지 않고 그의 집을 나왔다.

　각색 과실과 참외 수박이 밤과 낮으로 길거리에서 썩어나는 듯싶게 한창이었으나, 제법 수박 한 통을 온전히 먹은 일이 없는 노동자들의 여름은 지나가고 추석도 멀지 않은 구월 십팔일이 되었다.

　동권이 아침 여섯시에 시작하는 일터에서 흙과 돌을 가득 싣고 첫 구루마를 타고 내려갈 때 보통학교 앞길에서 구루마 통행을 기다리고 섰는 정씨를 보았다.

　온 여름을 줄곧 겨울 양복과 겨울 모자로 지내온 그가 오늘도 그 양복 그 모자에 넥타이까지 매고 나선 것을 보면 어디 급한 출입이나 하지 않는가 하고 다시 돌아다보다가 깜짝 놀란 동권은 하마터면 구루마에서 떨어질뻔 했다. 고등계 형사 한 사람이 그의 뒤에 서 있는 것이다.

　'무슨 일로 이렇게 일찍 경찰서에서 데려가는 것일까?'

　구루마가 고무공장의 모퉁이를 돌 때 저편 길로 형사 네 사람이 정씨의 집으로 몰려가는 것을 보았다. 동권의 다리에서 갑자기 힘이 빠지며 가슴이 두근거리면서 몸이 떨리기까지 하였다. 심술궂은 일본 형사 둘과 조선 형사 둘이 무슨 수나 난 듯이 달려가는 것을 본 동권은 정씨의 아내가 어린깃들과 얼마나 놀릴까를 생긱하고 구루마에시 곧 뛰어내리고만 싶었다.

　두 번째의 구루마가 내려갈 때 정씨의 아내가 옥색 양산을 높이 들고 책을 많이 묶어 들고 섰는 형사들과 차가 지나가기를 기다리고 섰다가 동권을 보자 반가운 듯이 눈짓하는 것을 보고 동권은 더욱 놀라 가슴을 태우다가 점심시간을 타서 정의 집으로 달려갔다.

　정혜의 외조모가 아기를 업고 있다가 동권을 보고 눈물을 흘리며 보고 했다.

　아침에 형사가 와서 딸을 데려갈 테니 아기를 보라고 해서 덜덜 떨리는 다리로 겨우 왔다는 것이다.

"그래 애어멈이 그제야 세수를 하고 애기 젖만 좀 주고 그놈들과 갔는데 이때까지 안 오니 애기는 보채고 어멈도 굶고 가고……아이구 저놈들이 어쩔려고 저러는지 어서 내가 죽어야 이런 꼴을 안 볼 텐데……."

노인이 흐느껴 우니까 정혜도 따라서 소리치며 울었다.

동권은 난리난 뒤같이 함부로 뒤적이고 흐트러놓은 고리짝들이며, 문짝까지 떼어놓은 일본식 벽장을 둘러보면서 그를 위로할 말을 찾지 못하다가,

"너무 근심 마십시오. 정 선생님은 모르겠습니다마는 김 선생님은 꼭 나오실 것입니다. 이따가 밤에 또 오지요."

하는 말을 남기고 일터로 돌아왔다.

지루하게 기다리던 오후 일곱시가 되자, 동권은 빨리 집으로 돌아가 옷을 바꾸어 입은 후 저녁을 먹는 둥 마는 둥 하고 정씨의 집으로 달려가서 유리문을 드르륵 밀자,

"누구?"

하고, 바삐 나오는 사람은 행여나 자기의 남편아 아닌가 하고 바라는 정의 아내였다.

"아이구, 김 선생님 나오셨습니다그려."

"인제 곧 나왔지. 어서 올라오시오."

그는 아기를 안은 채 앞서 들어가며 일변 말을 했다.

"싱거운 자식들, 공연히 종일 앉혀놓고 말 몇 마디 물으면서 내 아들 배만 곯렸지."

"정 선생님은 못 보셨어요?"

"글쎄 분해 죽겠소. 점심때가 지나기에 애기 젖은 어떻게 하느냐고 막 대들었더니, 고등계 주임이 그제야 전화를 걸어서 어머니가 정혜 데리고 아일 업고 오셨구려. 그래 어머니랑 정혜 먼저 오고 난 애기를 데리고 있는데 일곱시가 되니까 내일 또 오라고 슬그머니 내보내지 않겠소?"

"그래서요?"

"그래 고등계실에서 애길 업고 뚜걱뚜걱 내려오는데 그 이가 보안계

실 한가운데 의자에 와이셔츠만 입고 얼굴이 벌개서 앉았는데 머리까지 헝클헝클합디다. 그런데 밥집 아이가 담배 재털이 같은 데다가 밥하고 무쭉하고 툭사발에 멀건 물 좀 떠서 그 앞에다 놓아주겠지. 그 이는 나를 보자 깜짝 놀라서 서로 쳐다보고 망설이다가 그냥 나오는데 내가 돌아보니까 자기도 가만히 돌아봅디다. 말이나 몇 마디 하고 나올 텐데 그냥 나와서 생각할수록 분해 죽겠소.”

그는 남편의 그때의 모습을 그리는 듯이 멍하니 천장을 쳐다보았다.

그 동안 목포에는 세 번이나 격문사건이 있었다. 시내 각 학교 공장과 각 요처에 선동 격문이 산포되었다. 그 내용의 심각한 것이나 산포 방법의 교묘한 것이 재래 운동자의 소위가 아니고 타처에서 들어왔다는 소문이 돌았다.

고등계에서는 혈안이 되어 표면 운동자를 모조리 잡아다가 오랫동안 검속 취조했으나 결국 헛일밖에 되지 않았던 것인데, 세 번째는 더 광범한 범위 내에서 구속하여 정의 친구인 김이 체포되더니 끝내 정마저 잡힌 것이다.

정이 검거된 몇 날 후에 검속된 자들이 하나씩 나오기 시작하고 김과 정만이 남게 되었다.

그들은 끝내 시월 구일에 정을 주범으로 한 격문사건의 혐의자 육 명을 송국하고 말았었는데, 발각된 동기는 김이라는 사람의 애인에게 있었다는 신문의 보도가 있었다.

동권은 정을 잃어버린 후로는 자기의 온봄을 의지하고 있넌 골격이 부서진 듯이 마음을 지탱할 수가 없었다. 자기의 매일의 노동은 무의미한 호구의 수단으로밖에 생각되지 않았다.

밤이면 가끔 정의 가정을 방문하기도 하나 돌연한 정의 입옥으로 그의 아내가 어린것들과 생활난에서 허덕이는 것을 볼 때에는 항상 자기의 무능력한 것을 한탄하지 않을 수 없을 만큼 언제나 무거운 가슴을 안고 돌아오는 것이다.

십이월 하순!

만 일년만에 하수도 공사는 완전히 끝을 마쳤다. 뒷개에서부터 보통학교 뒤로 김장자의 대궐 같은 뒷담을 감돌아 유달산록의 허리띠와 같이 흐르고 있는 목포의 하수도는 굉장한 장관이었다.

최후까지 일을 계속한 이백 명의 노동자들이 흩어질 때는 그립던 처자를 만난다는 기쁨보다도 눈 날리고, 꽃 피며, 푸른 그늘, 가을 달이 번갈아가고 오는 일년 동안 공동의 이해(利害)에서 같이 일하고 함께 싸우며 동고동락하던 동료들의 우정과 떠나기를 더 어려워하였다.

혹독한 추위와 폭염에 배를 주리며 뼈가 닳아지고, 살이 깎이도록 일한 것은 누구를 위함이었던가, 그들이 돌아오기를 기다리는 처자들에게 가지고 갈 것은 빈주먹밖에 없었다. 그러나 그들에게서는 동권이에게서 받은 선물이 있었다. 떠나는 그들 중에는 동권이와 장래의 상봉을 언약하는 뜻있는 굳은 악수를 교환한 사람도 있었다.

희순의 결혼 날이 십이월 오일이라고 희순의 모녀는 빨래와 다듬이질로 한동안 일삼다가 이제는 밤낮으로 바느질하기에 눈뜰 사이도 없이 바빴다.

희순의 남편될 사람의 선물인 장롱과 경대가 윗목으로 자리를 차지한 것이 눈에 띄면 어쩐지 동권은 섭섭한 맘이 들었다.

공사가 끝난 후부터는 편들편들 놀며 공밥을 먹는다고 계모의 잔소리는 몇 배가 늘었다. 동권은 한시도 집에 있을 수가 없어 하루 바삐 떠나고 싶었으나 그 역시 맘대로 되지 않았다. 밤에는 남의 집에 가서 자고 조석이면 밥을 얻어먹으러 다닌다는 것이 얼마나 무의미하고 추근추근한 짓이냐?

현재 그에게는 정의 아내 이외의 절친한 사이도 없고 밤이면 몸을 붙여 자는 그 동무도 맘에 싫은 자였다. 더구나 며칠만이면 희순이가 집에서 없어진다는 것, 이것은 그의 유일의 위안을 뺏아버리는 것이다.

거기다가 용희 역시 어려운 문제에서 고통을 받고 있는 것이다. 동권은 계모에게서,

"용희를 욕심내는 당시 권력가의 대학생 아들이 용희 부모에게 청혼

했더니 부모는 허락하고자 하나 용희가 저사하고 듣지 않는다.”
는 말을 들었다. 그리고 그 말끝에,

“언젠가 용기가 보니께 저 자식이 용희네 집에서 용희랑 둘이만 놀더라고 용기 어머니가 저놈을 의심한단 말여. 창자 빠진 놈, 그래도 사내자식이라고 계집애는 욕심나던가 부구만. 정신 차려! 남 못 할 짓 하지 말고……네까짓 게 가당이나 하냐?”
하고 소리지르니까 희순이가 방 속에서 자기 어머니에게 핀잔주다가 계모에게 머리채를 잡히고 얻어맞은 일까지 있었다.

그래서 동권은 사실을 알기 위하여 희순의 혼인 날 그 집에 사람없는 틈을 타서 겨우 용희에게 만나자는 뜻만을 통하니까 용희는 닷새 후면 자기집에 아무도 없을 터이니 그날 만나자는 대답이었다.

닷새 후에 그는 용희의 방에서 용희와 마주 앉게 되었다. 삼월에 이 방에서 만날 때는 까닭 모르게 기쁘기만 하더니 웬일인지 오늘밤은 그날과는 별다른 감정과 기분이 두 사람을 지배했다.

동권은 계모에게서 들은 말을 하고 그것이 사실이냐 물었다. 용희는 고개만을 까딱하여 보였다.

“그렇다면 용흰 왜 반대하나? 당사가 그만하니 용희도 행복할 텐데…….”

“사랑없는 결혼이라도?”

“교제하노라면 사랑도 생기겠지?”

“교제라구? 하고난 나머지인데. 저 책은 누가 보냈기에? 저 혼자 미쳐서 사보낸 것들이지.”

“뭣? 교제랑 해봤다구. 이것 봐라. 책까지 사보냈다구? 용희도 무던하군. 어쩐지 내 짐작이 맞긴 했어. 편지 내왕도 물론 있었겠구만.”

용희는 숙였던 고개를 들어 동권을 원망스럽다는 듯이 빠안히 바라보다가,

“그렇게 비웃을 것까지 없잖아요? 어려서부터 알고 있었단 말이지, 편진 다 뭐야? 저 혼자 용기 이름으로 책만 보냈지.”
하고 변명 비슷이 말했다.

"그만둬요. 그 입에서 그런 말이 나올 줄은 정말 몰랐어. 누구의 입으로 사랑이니 뭐니 해놓고 이젠 나더러 어떻게 하라는 거지?"

홀겨보는 눈에는 눈물이 괴었다. 동권의 가슴이 울렁울렁 흔들렸다. 그는 용희의 손을 잡았다.

"용희! 그럼 어쩌겠다는 말야?"

"그런 걸 다 물어요?"

용희는 잡힌 손을 살그머니 빼내면서 새침해졌다.

"용희, 전에도 한 말이지만 우리의 사랑은 현재 우리의 환경에 합당치 못하지 않아?"

"참 그것은 숙제로 두었지. 왜 불합당해요?"

"생각해보면 알지 않아. 결혼할 수 없는 사랑이 아닌가베. 내 몸 하나도 변변히 처리 못 하는 위인이 어떻게……난 아무리 생각했자 열의 하나도 좋은 조건이 없으니……."

"결혼만 해야 좋은가? 사랑만 하면 되지."

"그런 막연한 말이 어디 있어? 결혼은 아니해도 사랑만 하면 그만이라는 사고방식은 아예 하지 말아야 해. 늘 하는 말이지만……."

"그럼 어떻게 하면 좋아? 어머닌 이번 동기방학에 그 자가 나오면 혼인해버리겠다고 야단들인데."

"하하, 그렇게 급하게 되었던가? 단단히 욕심이 나시는 모양이군."

"참 기막혀 죽겠네. 난 죽으면 죽었지 그 자와 결혼할 수는 없어."

"그렇지만 용희! 난 여기 있을 사람이 못 되."

"뭐요? 그럼 어디로 가요?"

용희는 깜짝 놀라 동권을 쏘는 듯 쳐다보았다.

"글쎄 나야 어딜 가든지."

"그럼 나도 가지."

용희의 샛별같이 맑은 눈이 반짝 빛난다.

"될 말인가. 난 내 일이 따로 있어서 가는 거야."

"나도 같이 일하러 가지. 희순이도 시집으로 가면서 우린 언제든지 오빠가 하는 일에는 무조건 협력하자고 내 손을 잡고 그러던데."

"그렇게 일이란 쉽게 되는 게 아니야. 지금 내게는 한가한 결혼 문제보다도 더 절박한 문제가 있거든."

동권은 다시 용희의 손을 잡았다. 그리고 그에게 좀더 다가앉았다.

"난 용횔 애인보다도 한동지로 생각하기 때문에 조금도 서로 떨어져 있고 싶지 않아. 그렇지만 정세가 허락하지 않은 데야 어쩌겠어. 만일 용희가 날 끝까지 사랑한다면 용희 스스로 자신을 개척할 수 있으리라고 생각하는데. 그렇지 않아? 용희!"

동권은 용희를 안아보았다. 용희는 사르르 끌려왔다.

'내 일평생 사랑하는 용희! 이럴수록 난 어서 빨리 떠나야한다.'

내일 떠나기로 결심한 동권들은 금년의 처음 추위인 쇠끝 바람에도 겁내지 않고 삼백 명 동료들의 노력으로 이루어진 하수도를 굽어보며 그 언덕을 걸었다.

초생달이 유달산 봉우리에 걸려 고향의 마지막 밤을 지내는 그의 가슴을 홀로 알아주는 듯이 내려다본다. 그는 팔짱을 끼고 천천히 뒷개로 향하여 걸어온다. 이 굉장한 하수도를 보는 자 돈과 문명의 힘을 탄복하는 외에 누가 삼백 명 노동자의 숨은 피땀의 값을 생각할 것이며, 죽교동의 높은 이 다리를 건너는 자 부청의 선정을 감사하는 외에 누구라 이면의 숨은 흑막의 내용을 짐작이나 하랴.

동권은 이런 생각으로 흥분하여서 못 한낱에서 불어오는 바람이 찬 줄도 모르고 발을 돌려 정씨의 아내가 살고 있는 셋방 동창 앞에까지 왔다. 방 안에서는 정혜의 창가 소리가 들려왔다.

그의 아빠가 가르치던 메이데이의 노래였다.

동권은 이윽히 그 자리에 섰다가 발을 뗐다. 어린 정혜의 목소리를 모진 바람이 휩싸 지나간다. 그는 집 뒤 잔등에 올라 멀리 바라보았다. 검은 벌판은 가없이 열렸는데 정미장에 조는 듯이 서 있는 전등불조차 바람에 깜빡이는 듯하다.

그는 더 멀리 감옥 편을 바라보았다. 크고 두려운 함굴이 있는 곳이나

같이 컴컴하고 음침한 기운이 떠돌았다.

"저 속에는 나의 오직 믿을 수 있는 지도자가 그의 모든 자유를 잃고 갇히어 있구나. 당신은 아내와의 면회 때도 내 안부를 물었다구요. 전 이제 떠나갑니다. 그러나 당신이 출옥할 때쯤은 꼭 즐겁게 맞으러 돌아오겠습니다. 그 동안 부디 안녕하십시오."

그는 암흑에서 주먹을 들고 약속했다. 눈발이 펄펄 날리기 시작했다.

그 이튿날 첫눈은 거리와 산과 들에 고르게 내리며 쌓이는데 용희는 한 장의 편지를 받았다.

'모든 객관적인 정세가 나를 이곳에 머무르게 하지 않으므로 나는 이곳을 떠나고야 만다. 사랑하는 사람을 두고 떠나는 나도 종시 사람인지라 어찌 한 줄기의 눈물이 없을까마는 나는 보다 뜻있는 상봉을 위하여 떠나는 것이다. 용희가 참으로 나의 뜻을 알고 나를 사랑한다면 자기 스스로 모든 장애를 돌파하고 자체를 개척하여 나아갈 수 있는 용기를 가진 여성이라고 나는 믿고 있는 것이다.

부디부디 굳세게 살아다오.

1931. 12. 13. 떠나는 동권'

용희는 영창의 미닫이를 열었다. 나비 같은 눈송이가 펄펄 춤추는 듯이 날린다. 그는 반짝이는 눈으로 눈발을 쳐다보며 애인의 주고간 교훈을 생각한다. 눈은 말없이 쌓이고 쌓인다.

―1932년

휴화산(休火山)

모두들 나를 신자(神子)라고 부릅니다. 한자로 써놓으면 제법 그럴싸하지요. 신의 아들이라니 얼핏 업수이 여길 수 없는 위엄마저 풍기거든요. 그렇지만 정직하게 풀이하여 귀신의 아들이라 그 말씀입니다. 귀신의 아들이라니 얼마나 섬뜩한 호칭입니까? 신재식이라는 아버지가 있었고 버젓하게 현재까지 생존해 있는 고정애라는 어머니가 계신데도 강보에서부터 나는 귀신의 아들로 죽 통해오는 것입니다.

다시 말해서 출신이 귀신의 소생이었다는 것입니다. 가령 아버지가 끼쳐놓고 요사(妖死)를 했거나 횡사(橫死)를 했다고 합시다. 그런 불행한 씨라도 열달 동안 어머니의 뱃속에서 조용히 자라나 뭇 사람의 주시와 동정을 받으면서 세상 밖에 나오면 이내 축복이 따르는 유복자가 되는 게 아니겠습니까? 이를테면 아니 이를테면이 아니라 정작 나도 당당한 유복자이건만 아무도 나를 유복자라고 인정해주지 않고 노리어 귀신의 아들이라고 딱지 붙이듯 했단 말씀입니다.

게다가 내가 태어난 곳이 형무소의 감방이라는 데서 그 섬찍한 호칭이 더욱 튼튼한 밑받침을 달게 되었음에 틀림없을 것입니다. 감옥소에서 출생한 귀신의 아들. 썩 어울리는 출신과 출신이라고 생각하시지 않습니까?

이러기 때문에 나는 외가집 식구들에게서 따돌림과 멸시를 받았습니다. 자주 접촉한 일도 없지만 어쩌다가 한 번쯤 내가 심술이나 고집을 부리는 장면을 목도한 외할머니는 이내,

"앵이 감옥소 귀신이 씨운 새끼라 저리 못돼먹었어."
하는 악담을 퍼부었어요. 귀신의 아들을 떼고, 감옥소 출생의 출신을 떼어버린 감옥소 귀신이라는 약어(略語)로 말씀입니다.

혼히들 친할머니보다도 외할머니가 더 만만하고 흉허물없이 정답다는데 내 경우만은 두 분의 사이에 하늘과 땅의 차이가 있었습니다. 친할머니는 무조건 어머니와 내 편이었고 맹목적으로 우리 모자를 사랑하셨지만 외할머니는 언제나 우리와 맞서서 원수처럼 대하셨고 따라서 외가집 언저리의 사람들마저 우리를 달갑게 여겨주지 않았습니다. 내가 강보의 유아로 있을 때부터 이십사 세가 된 지금까지 말씀입니다.

참 제 이름을 소개하겠습니다. 저는 신현구라고 합니다. 감옥소 태생인 신자(神子)이니까 미천한 신분이라고 외가집 어른들은 깔보았지만 교육자 가문인 친가의 백부님들이 돌보시고 현숙하고도 씩씩한 어머니의 분투하신 덕분으로 만난을 돌파하고 현재 일류 대학교 정치과 삼학년 학생이 되기까지에 이른 것입니다. 물론 군복무도 재학 중에 깨끗이 치르었구요. 하필이면 요새 잘 팔리는 공과계통이 아니고 왜 말썽스러운 정치과를 택했느냐고 주위에서들 염려해주지만 아버지이셨다는 신재식씨가 정치과 이학년에서 아깝게도 요절했기 때문에 어머니의 은근한 배려가 나를 정치과로 보낸 것 같습니다.

대학의 최고 학년생인 이십사 세나 되는 현대의 청년이 이제 새삼스럽게 귀신의 아들 어쩌구 한다면 누구나가 다 망발이라고 웃어넘기겠지만 내가 여지껏 살아온 사실이 엄연히 그러하였을 뿐 아니라 맘속 깊이에 풀지 못할 수수께끼가 있는 까닭에 이렇게 나를 노출시킴으로 귀신의 아들이라는 딱지를 떼어버리고 사람의 아들이라는 당당한 명칭을 가지려는 데에 고백의 의의가 있는 것입니다.

그리스도는 인자(人子)로 태어났어도 결국 하나님의 아들 즉 신자(神의 子)로 후세에 이름을 남겼지만 나는 귀신의 아들이라는 신자로 태어났기 때문에 후세가 아닌 현세에서 인간의 아들로 참다운 인생을 살고자 이렇게 인자(人子)를 갈망하는 것입니다.

그러면 어찌하여 내가 그런 섬뜩한 호칭을 갖게 되었는지 다음에 나타나는 장면에서 짐작하시리라 생각됩니다.

1948년 4월 24일 밤 여덟시. 제주 성내리에서도 가장 끝동네 귀퉁이에 초연하게 서 있는 신재식의 집에는 고요하고 엄숙한 분위기 속에서 말없이 움직이는 여인들의 치맛자락만이 가끔씩 무겁게 펄럭이었다. 자정(子正)에 있을 혼례식에 소용되는 약간의 음식을 준비하고 있는 것이다.

혼례식이라면 그래도 경사(慶事)일 테고 경사일진대 웃음도 있을 법하건만 그들의 입은 굳게 닫겨져 손과 몸만이 기계처럼 놀려지고 웃음은커녕 어쩌다가 동작에 필요한 문답도 소리없는 극히 짧은 대화로 끝나곤했다.

다만 삼월 보름 달빛이 넘칠 듯 가득히 찰랑대는 줍지 않은 뜰과 새하얀 꽃이 만개하여 환한 달빛에 더욱 화사하게 보이는 두 그루의 배나무가 귀기(鬼氣)마저 도는 듯한 이 집의 분위기를 겨우 낭만적인 정경으로 끌어올리듯 했다.

건넌방 문이 열리고 재식의 누이 재희가 침묵을 깨며 마루로 나왔다.

"큰아버지랑 오빠가 왜 입때 안 오실까?"

아무도 대답을 해주지 않으니까 재희는 아랫방 툇마루에 걸터앉아 달을 쳐다보고 있는 어머니에게로 가서 그 곁에 살포시 내려앉았다.

"엄마. 언니는 또 웬일일까? 낮에 올 줄 알았는데."

"이 난리통에 어찌 시간을 대 오겠니? 늦게라도 와만 주면 좋겠지만, 한림 길이 아직도 안 터지진 않았을 텐데."

속삭이듯 탄식하듯 가만가만 말하는데도 여인들 틈에서 역시 소곤대는 듯한 대답이 들려왔다.

"한림 길이사 버얼써 터졌지요. 어제도 우리 집에 한림 사람이 왔다갔는데."

"거봐요 엄마. 안 오실지도 모르지 않우?"

"아니다. 큰아버지 꼭 오신다."

어머니의 신념을 증명하듯 일각때문이 삐걱 열리고 큰아버지의 부자(父子)가 들어섰다. 오십 고개를 넘을까 말까 한 풍채 좋은 신사와 이십여 세쯤 되어보이는 청년이다.

모녀는 퉁기듯 일어나 그들의 앞으로 갔다. 손님들의 손에는 손가방이 들어 있어서 재희는 가방 두 개를 양손에 받아들고 안방으로 앞서 들어갔다.

"오시며 고생은 안 하셨는가요?"

어머니가 시아주버님인 영진 씨에게 은근히 물었다. 그는 걸으며 대답했다. 달빛을 등진 그의 그림자가 마루 위로 쑥 올라갈 만큼 큰 키였다.

"왜요? 좀 말썽은 부리지만 그런 대로 버티고 왔습니다."

"아무튼 잘 오셨어요. 어서 들어가셔요. 윤식아, 안방에 모시고 들어가라. 어서 저녁 드셔야지."

"저녁은 먹구왔습니다."

윤식의 대답이다. 굵직하고 무게가 있는 음성에 어머니는 문득 재식의 것인 듯 착각하고 사촌끼리 너무나도 흡사하다는 한탄을 하였다.

"이 소란통에 어디서?"

"다 통하는 재주가 있으니까요."

"그럼 감주들이나 좀 드시지."

어머니는 부엌에 지시를 하고 재희에게 가까이 오라 하여 귓속말로 물었다.

"언니는 뭘하고 있니?"

"뭔가 쓰고 있더군요."

역시 재희의 귓속 대답이다. 어머니는 가볍게 고개를 끄덕이고 쓰라린 듯한 긴 숨을 내쉬며 달을 쳐다보았다.

일각 대문짝이 부서질 듯이 쫙 열리고 보퉁이를 머리에 인 재순이 허둥대며 들어오는 것을 보고 여인들 중에서 한 사람이 우르르 마주 나가 보퉁이를 안아내렸다.

"인제야 오는군. 우린 못 오는 줄 알았지."

여인들은 웅성대며 반가워했다. 안방에서 영진 씨 부자가 내다보다가 윤식은 마루에서 내려갔다.

"누님 요용케 빠져오셨소그려."

"누가 아니래? 보퉁일 가져다가 저희네 신주 삼으려는지 그것만 달라지 않아?"

"거기 뭐가 들었기에요?"

"뭐는 뭐야? 괜시리 트집 잡느라고 그러지. 잡동사니 가져다가 잡화점 벌 테냐고 마구 악지를 쓰며 대들었지. 어떻게 해? 와야는 해야겠고 시간은 자꾸만 가고. 아이 땀이 다 흥건하게 났네그랴. 못된 새끼들 같으니라구. 인제 그만저만 날뛰잖고……."

재순은 푸더분하게 지껄이면서도 실심하고 서 있는 어머니의 표정을 훔쳐보기에 신경을 썼다.

"그럼 저녁도 못 먹었겠구나?"

"엄마두 참. 그것들하고 쌈할려기에 저녁 먹을 틈이 어디 있어요?"

"언니 일루와. 내 밥 차려줄게. 언니 줄 거 따로 아껴두었거든."

"아이그 그저 내 동생이 제일이지. 애 재희야, 갠 어디 있니 지금."

재순은 수선스럽게 말하면서 눈을 꺼벅댔다. 재희는 말없이 건넌방을 고갯짓으로 가리켰다. 재순은 이내 심각한 표정이 되어 물끄러미 건넌방을 바라보다가 재희를 따라 부엌방으로 들어갔다.

영진 씨 부자는 대청에 초례청을 꾸몄다. 병풍을 치고 탁자를 놓고 화병에는 뜰에서 꺾어온 배꽃을 꽂아 테이블 위에 놓았다.

"제 소원이 그렇다니 그대로 하긴 그대로 합니다마는 아무래도 썩 내키진 않는군요."

"끝끝내 제 소원을 고집하니 별수 있어요? 제 집에서는 완전히 떨어져 나온걸요. 부모 형제 다버리고……."

"애기가 나온 게 아니라 그 집에서 걔를 쫓아낸 셈이지요. 자기네 자식 아니니 너 갈 데로 가라 했다며요?"

"글쎄 그렇긴 했다지만……."

어머니는 말끝을 맺지 못하고 또 울먹였다. 영진 씨는 입을 다물고 윤식은 대문께를 바라보며 초조해하였다.

"열한시가 넘었는데 이 사람들이 왜 아니 올까? 또 무슨 일이 생겼나?"

"세상이 하두 소란하니 안심할 수가 있어? 와야 오나 부다 하지."

재순이 향로를 가져다가 화병 반대쪽에 놓으며 말하는데 대문이 조용히 열리고 두 사람이 들어섰다. 검은 양복의 청년과 흰 두루마기에 큰 액자 같은 것을 옆구리에 낀 청년이었다.

윤식과 재순, 재희는 마당까지 달려내려가 그들을 붙잡고 반가워 어쩔 줄 몰라하고 그들을 마루 끝에서 기다리던 어머니는 두 청년을 한아름에 얼싸안으며 비로소 울음을 터뜨렸다.

"너희들은 살았는데……아이구우 너희들은 살아왔는데에…….."

참고 있던 울음이 분출구를 얻은 듯 아픈 넋두리를 섞어가며 몸부림쳤다.

"제수님! 고정하십시오. 지금 이러시면 어떻게 합니까? 어서 진정하시고 일을 치르셔야지. 참 자네들도 어서 저쪽에 가서 잠깐 쉬도록 하게."

영진 씨는 우는 사람을 달래고 손님들에게 앉을 자리를 분별해주었다. 재순은 그들에게 감주로 목을 축이도록 권하면서 쉬지 않고 그들에게 무엇인가를 열심히 묻고 있었다.

"재희야! 건넌방의 준비는 다 되었더냐?"

영진 씨가 물었다. 향을 갉아내고 있는 재희 대신 재순이 건넌방으로 들어가더니 이윽해서야 도로 나왔다.

"큰아버님, 시작하시면 어떨까요?"

"오냐 알았다. 마당에 계신 분들도 다 올라와서 참례하시게 해라."

마침 괘종이 열두 번을 뎅뎅 울렸다. 영진 씨의 지시로 사람들은 각각 제자리를 찾고 영진 씨가 주례석에 섰다. 검은 양복의 청년이 사회역을 맡았다.

"지금 신랑 신재석 군과 신부 고정애 양의 결혼식을 올리겠습니다."

나지막하고 폭넓은 음성이었다. 그러지 않아도 숙연하기만 하던 좌석이 더욱 고요해졌다.

"신랑 입장!"

흰 두루마기의 청년이 액자를 안고 천천히 걸어와 미리 시설해놓은 자리에 기대어놓았다. 신재식의 사진이었다. 갸름한 윤곽에 곱슬머리칼이 매력 있고 크지 않은 눈은 날카로웠다.

"신부 입장!"

흰 두루마기가 사라지자 사회가 더 낮은 목소리로 신부의 입장을 알렸다. 배꽃같이 새하얀 치마저고리를 입은 신부 고정애가 흰꽃을 안고 고요히 걸어와 주례의 왼편, 사진의 우측으로 신랑과 나란히 섰다. 배꽃처럼 하얀 면사포 아래 신부의 얼굴도 배꽃같이 청순하다.

누구에게선가 가느다란 오열이 새어나왔으나 이내 조용해지고 향로에서는 실오라기 같은 향연이 피어올라 은은하게 번져든다.

"이제 신랑 신부가 상견례를 하겠습니다."

주례가 자기를 향해 있던 사진을 신부에게로 돌리고 신부 고정애는 신랑 신재식에게 신부로서의 첫 번째의 절을 올렸다.

"지금은 신랑 신부의 예물 교환이 있겠습니다."

주례인 영진 씨가 재순이 드리는 반지갑을 받아 그 속에서 둥근 백금 반지를 집어내고 조용히 신부에게로 다가와서 그의 왼편 무명지에 신랑의 선물인 결혼반지를 끼워주었다.

신부인 고정애는 품에 안았던 흰 꽃묶음 속에서 끝에 별이 달린 백금 목걸이를 내어 신랑의 사진에 걸어주었다. 오열 대신으로 이쪽저쪽에서 콧물 훌쩍이는 소리가 들렸다.

"이제는 주례 선생님의 주례사가 있겠습니다."

주례인 신영진 씨는 잠깐 묵도에 잠긴 듯 눈을 지그시 감았다가 뜨고 이어 입을 열었다.

"이제 전에도 없었고 후에도 있을 성싶지 않은 혼령과의 결혼식은 끝났습니다. 이로써 신재식은 고정애의 영원한 남편이요 고정애는 신재식의 영원한 아내임을 여러분에게 선포합니다."

주례의 침통한 선언에 사회까지도 손을 모으고 고개를 숙였다. 어머니는 넋을 잃은 사람처럼 멀거니 신부만을 주시하고 앉았는데, 그러한 숙모를 윤식이 제 팔로 받쳐주고 있었다.

"재식 군은 여러분이 알고 계시다시피 정치학을 전문하는 유망한 학도로서 뭇 사람의 촉망과 기대를 한몸에 지니고 있었습니다. 그러나 불행히도 제 결혼식인 오늘 이 자리에 있지 못하고 이 세상에서 사라지고만 것입니다."

목이 메는 듯 영진 씨는 말을 끊고 밭은 기침을 두어 번 하여 목을 트인 후에 다시 계속했다.

"재식 군의 육신은 비록 이곳에 없을지라도 그의 혼령은 엄연히 이 자리에 참석하여 그의 아내가 되기를 갈망하는 신부 고정애와의 결혼식을 이룬 것입니다. 신부 고정애는 남편인 재식 군의 보호로써 많은 세월에서 신재식의 훌륭한 아내로 두 사람의 인생을 빛낼 것입니다. 그러므로 우리는 이 두 사람의 결합을 충심으로 축복하며 오늘밤 이 결혼식에서 뜻깊은 감동을 받은 것입니다. 여러분께서도 음으로 양으로 두 사람의 앞길을 열어주시고 도와주시기 바랍니다. 감사합니다."

간곡하고 호소하는 듯한 주례사가 끝난 후에 사회가 다시 알렸다.

"지금은 신랑 신부가 인사를 드리겠습니다."

주례가 신랑의 사진을 신부에게 들려서 돌아서게 하고 신랑의 사진을 안은 신부가 허리를 깊숙이 굽혀 공손한 절을 올리자 숙연한 분위기와는 대조적인 박수 소리가 우레처럼 터졌다.

그렇게 하여서 혼령의 아내가 된 고정애 신부는 그날부터 눌러 할머니의 새며느리가 되었고, 따님이 혼백결혼을 했다는 소문에 외가댁에서는 외할머니가 기절까지 하는 소동이 일어났던 것이다.

원래 서울 유학생이던 신재식 씨와 목포 유학생이던 고정애 씨는 본도에서도 서로 잘 알고 지내는 사이지만 제주까지 왕복하는 여로(旅路)에서 더욱 절친하게 되었고 그러는 동안 의지가 통하는 청춘 남녀는 물불이라도 가리지 못할 만큼 열렬한 사랑에 빠져 있었던 것입니다.

목포의 일녀(日女)들 학교에서 배우고 있던 고씨는 해방이 되던 다음다음해(1947년)에 여중을 졸업하였으나 완고한 부모의 반대로 상급학교에 취학하지 못하고 직장생활을 하게 되었고, 신씨는 세칭(世稱) 일류대학에 입학하여 사람들의 선망을 받았으나 고씨의 가문에서는 외면을 당하고 있었습니다. 이유야 뻔하지요. 대대로 부(富)를 이어오는 고씨 집안의 남자들은 관계(官界)와 군문(軍門)에서 국록(國祿)을 타먹으며 떵떵거리고 살고 있는 반면에 육지에서 떠돌이 교사로 들어와 뿌리를 박고 겨우 연명이나 하고 살아가는 신씨네인 까닭에 도시가 자기들의 상대가 되지 않는다는 것입니다.

그래서 자기네의 귀한 고명딸이 하찮은 신재식과 죽을 둥 살 둥 모르게 어울려 있는 것을 누차에 걸쳐 강경하게 타일렀건만 결국은 결혼까지 하겠다고 맹렬하게 주장하고 나서는 딸에게 차차 증오와 환멸을 느끼게 되었습니다.

그러던 차에 1948년 4월 3일에 폭동 사건이 일어나 고씨 가문은 피해자의 입장에서 다소 괴로움을 당하였고 그때는 구월이 신학년이어서 학기시험을 끝내고 봄방학에 고향에 돌아와 있던 신재식 씨는 행방불명이 되었다가 결국 죽음이 확인되었던 것입니다.

내용이야 어찌 되었건 일방적으로 신씨를 원수로 치부하고 있던 고씨 집안에서 딸이 기어코 신씨의 집으로만 들어가 살겠다고 버티는 까닭에 그들은 별수없이 고정애를 포기하였고, 딸은 좋아라고 집을 뛰쳐나와 애인끼리가 언약하여 정해놓은 4월 24일에 기어코 혼백 결혼을 감행하였던 것이다.

그래도 한가닥의 정은 남아 있었던지 고정애 씨는 어머니가 기색하였다가 오랜만에 소생하여 겨우 의식을 회복하였다는 소식을 듣고 어느 날 밤에 조용히 친가를 찾아왔었딥니다. 들이시자 올게들의 눈초리가 씨늘하게 모가 서는 것을 알아차렸지만 어머니야 설마 어쩌랴 하고 딸은 어머니의 발치에 내려 앉아 어머니를 조용히 불러 병세가 어떠시냐고 물었더니 딸을 본 어머니는 다 죽어가는 시늉은 간데없이 어디에서 그런 힘이 솟구쳤는지 자리를 차고 벌떡 일어나 앉으며,

"이 귀신의 기집년이 어디라고 감히 내 집에 발을 댔느냐? 썩 나가지 못할까?"

하는 고함을 치고 눈을 부릅뜨며 이를 드득 갈아붙이더랍니다. 졸지에 그 꼴을 본 딸은 어안이 벙벙해 멀거니 앉아 있었더니 두 번째의 욕설이

떨어졌습니다.

"귀신의 기집이 됐으니 너도 인젠 귀신이다. 이년! 이 더러운 귀신년 같으니라고. 얘들아! 이 귀신 쫓아내라! 어서 썩 쫓아내라!"

게거품을 물고 발악하던 병자는 자기의 독을 못 이겨 다시 쓰러지고 아니나다를까 올케 두 사람이 들어오더니,

"빨리 나가요! 어머니가 겨우 진정되셨는데 왜 와서 더쳐드려요?" 하고 시누이의 팔을 잡아 일으키더래요.

굼벵이도 밟으면 꿈틀한다는데 벌레가 아닌 고정애 씨의 감정인들 그런 모욕을 당하고 폭발하지 않을 수 있겠어요? 아무리 모녀간이지만 말씀입니다. 더구나 올케들의 그 말본새라니 자기네가 언제적 효부이었다고. 불효막심한 며느리들인 줄 너무나 잘 알고 있는 시누이에게다가……

"손 놔요! 귀신의 손 잡았다가 모진 귀신 붙으면 재미있는 세상들도 못 살 텐데 썩 놓지 못해요?"

혼령과의 결혼을 고집하여 성공한 만큼 고정애 씨의 성격이 어떻다는 것쯤은 누구나가 다 짐작할 만하지 않습니까? 그 수려한 눈을 모질게 홉 쳐뜨고 날카롭고 쟁하게 울리는 음성으로 올케들에게 대들었습니다. 위엄이 서릿발처럼 돋아난 얼굴을 내려다보던 올케들은 부지중에 손을 떼고 머쓱해 서 있는데, 이번엔 어머니를 향하여,

"갑니다 가요. 귀신 물러가니 사람들끼리 행복스럽게 잘들 살아보세요."

던지듯 뱉듯 무겁게 쏘아붙인 딸은 엄연하게 일어서서 밖으로 나왔습니다.

마침 집으로 돌아오던 대령의 계급장이 달린 군복 차림의 둘째 오빠와 대문간에서 맞닥뜨렸습니다.

그는 상큼하게 얼어붙은 누이의 표정에 우선은 멈칫했으나 그 역시 속속들이 쟁여진 울화가 터지는 듯 발을 탁 구르며 군대식 호령을 터뜨렸습니다.

"야! 짜식 너 여기 왜 왔어?"

물끄러미 그를 쳐다보던 고정애 씨는,

"못 올 델 왔기에 그냥 가는 거예요."

하는 대답을 획 던지고 대문 밖으로 유유히 걸어나왔더랍니다.

그 후로 외가댁과의 인연은 완전히 끊어지고 고정애 씨는 자애로운 시어머님과 상냥스럽고 영민한 시뉘와의 평화스러운 나날을 보내면서 손위 시뉘인 재순 씨의 세심한 배려와 한림 중학교의 교장이신 백부님의 지독한 사랑을 독점하고 있었습니다.

한림 중학교의 말이 났으니 잠깐 그 이력을 알려드리겠습니다. 원래 그 학교는 백부님인 영진 씨와 내게로는 조부님이 되시는 즉 재식 씨의 아버님이시고 영진 씨의 친아우가 되시는 영태 씨가 설립한 학원이었는데 해방이 되자 중학교로서의 자격을 얻게 된 것입니다. 일제 치하에서는 좀처럼 학교의 허가를 내주지 않고 학원으로서만 묶어두었기 때문에 학원을 그만큼 키워오기에 두 분의 고충은 여간 크고 심각하지 않았다 합니다.

그러나 영태 씨는 학교의 인가를 받은 그 기쁨도 미처 사라지지 않은 1946년 1월에 별세하셔서 영진 씨가 초대 교장이 되셨고, 그의 둘째 아드님인 윤식 씨가 교무주임이 되어 있는 것입니다.

소란스럽던 제주도의 치안도 평정이 되고 파란만장한 초여름과 영주선경의 극치를 나타내는 녹음과 단풍의 계절이 뒷걸음침에 따라 고정애 씨에게는 점차로 이상(異常)이 생겨났습니다.

고씨 자신이야 자기 봄에 일어나는 자초시종의 증세를 잘 알고 있겠지만 오직 자기 혼자만의 비밀로 간직할 뿐이었겠지요. 그러나 밖으로 나타나는 이상이야 어찌 남의 눈을 가릴 수 있겠습니까?

11월이 되자 고씨의 배는 완연하게 둥실 두드러졌습니다. 초산이어서 그때까지는 몸매의 이변(異變)이 없었으나 날로 커가는 태아(胎兒)의 성장을 막을 길이 없으니 임신이라는 것을 숨길 도리가 없지 않겠습니까? 주위의 쑥덕임이 여러 가지로 변질도 되고 진화(進化)도 되었습니다.

"분명 혼백결혼이 아니었소?"

"누가 아니래요? 우리도 가서 도와주며 참례하지 않았나베요."

"거 참 이상하지? 혹시 죽기 전에 만들어놓은 것이나 아닐까?"

"그럴 수도 있지만……이봐요. 혹시 살아 있는 거나 아닐까?"

"에끼 죽은 건 확실하지 않아?"

"누가 시체를 확인했어? 재식이가 죽어 넘어졌는데 어떤 작자가 끌고 가는 것을 목도하고 도망쳐온 방앗간 아들의 말을 그대로 믿은 거래요."

"그러니 틀림없이 죽은 거 아니요? 예수라고 다시 살아나겠소?"

"그렇다면 그 애는 뉘 애란 말요? 설마 혼령이 씌어서 아이가 된 건 아니겠지. 혼령이 어떻게 애를 만들어?"

"아유 머릿살 아파. 어미 자신이야 알고 있겠지. 우린 그만두자구. 결말도 없는 말 밤낮 해 뭘 하오?"

그런 대화는 그 사실을 아는 집집마다에서 계속되어 나중에는 재식이가 꼭 살아 있을 것이라느니, 정애에게 딴 애인이 있어 임신이 되었다느니, 두 가지의 결말로 일대 도약(一大跳躍)을 했었더랍니다.

고정애 씨는 가끔 수사의 대상이 되기도 했습니다. 결혼 직후에도 몇 번인가 불려가서 신재식 씨의 행방불명이 된 그 현장과 성격에 대한 질문을 받은 적이 있었으나 아무런 혐의가 없으므로 늘 무사하였고, 생활비도 한림 백부님에게서 영태 씨의 은급이랄까 영구 봉급이랄까의 명목으로 보내오기 때문에 군색하지 않은 살림을 해왔던 터이었지요.

그러나 임신이라는 새로운 사실에서 문제는 좀 달라졌습니다. 파다하게 소문이 돌아 있는 재식 생존설과 딴 애인이 있다는 풍설이 도화선이 되어 고정애 씨는 수없이 수난을 당하는 처지가 되었으니까 말씀입니다. 애인이 있다는 말은 당초에 무근한 낭설이니까 곧 바로잡아졌지만 생존설까지 부인하는 데 대해서는 모두가 잘 납득을 하지 않았습니다.

왜냐하면 재식 씨가 생존해 있을 때에 임신된 것이라면 흰눈이 펄펄 날리는 십이 월쯤에 반드시 아이가 출생되어야 할 게 아니냐는 것입니다. 그런데도 십이 월 중순이 지나 하순에 접어들었건만 출산 소식은 감감하고 오히려 엉뚱한 큰 사건이 벌어졌습니다.

1949년 1월 17일 여수 형무소의 여자 감방에는 만삭의 고정애가 새우

잠이나마 이루지 못하고 전전반측하였다. 이쪽저쪽으로 바꾸어 누워보
아도 태아의 압박과 동요에 잠시도 편한 위치가 되지 않는 까닭만이 아
니다.

오늘은 음력 섣달 보름날. 시어머니의 생신이다. 시집 와서 처음 맞이
하는 어머니의 생일을 외며느리로서 한 번 푸짐하게 잘 차려드리려고 몇
달 전부터 은근히 별러왔었는데 생일차림은커녕 이런 돌발 사고로 어머
님은 얼마나 애통하고 계실까. 더구나 만삭의 임신부를 감옥에 보내놓고
…….

고정애는 무거운 몸을 겨우 뒤채며 피가 맺히는 한숨을 내뿜었다. 곁
자리에 끼여 있던 여인도 덩달아 긴 숨을 내쉬었다. 달빛은 짧고 좁은 창
문에라도 새어들어 여인의 어깨 언저리에 창살 그림자를 길쭉하게 폈다.
고정애는 또 한 번 피가 듣는 듯한 한숨을 불어냈다.

고정애가 이곳으로 끌려온 것은 크리스마스의 열기가 돌기 시작하는
12월 22일, 이 해 들어 제일 혹한이던 동지날이었다. 동지팥죽을 한솥
가득히 쒀놓고 붙들려온 것이다.

여수 순천 사건이 발생된 본거지인데다가 그로부터 두 달밖에 경과되
지 않은 시가의 분위기는 역시 제주 사건 이후의 제주성내의 그것과 흡
사하였다. 다만 경찰보다도 군인들의 활약이 주도적인 것 같은 것만이
달라 보였다.

고정애가 연행된 곳도 군의 기관이었다. 그들은 대뜸 신재식이 어디에
숨어 있느냐고 물었고, 고정애 네가 이 반란사건에 관련된 어떤 군인을
하룻밤 재워준 일이 있지 않느냐는 허무맹랑한 심문을 했다.

영리한 고정애는 이런 허무맹랑한 신문을 받게 된 그 이면에 반드시
음험한 음모가 도사리고 있었음을 직감하고 곧 그런 헛소문을 발설한 장
본인을 대달라고 맹렬히 추궁하였더니 며칠 후에야 관련자를 재웠다는
혐의는 풀렸으나 신재식을 왜 죽은 사람으로 가장하여 결혼식까지 올렸
느냐는 꽤 구체적인 질문만은 좀처럼 늦추지 않았다.

그들이 내세우는 이유는 고정애의 임신한 사실이었다. 혼령이 아이를
만들 수는 절대로 없는데 너의 엄연한 현실은 남편이라는 신재식의 생존

을 훌륭하게 증명하고 있다는 결론에서 맴돌고 있는 것이었다.

그러기 때문에 차일피일 미뤄온 것이 새해를 훨씬 넘어 반달이나 지난 이날까지 이르른 것이다. 그 동안 재순과 재희가 함께 다녀가고 백부님 부자는 번갈아와서 차입과 면회를 해주었다. 그럴 때마다 백부님은 곧 나오게 될 테니 안심하라고 위로를 하셨으나 재순 자매는 올케의 덩실한 배와 기미투성이가 되어 있는 수척한 얼굴을 바라보며 울기만 하다가 돌아간 것이다.

'아이 가엾으신 어머님!'

정애는 집에 혼자 남아 있을 어머니를 생각하면 언제나 구곡간장이 녹아나는 아픔을 느낀다. 딸의 임신 소식을 듣고는 더더구나 만장같이 펄펄 뛰며 갖은 악담을 퍼부었다는 친어머니는 꿈에 보인대도 섬뜩할 것 같다. 더욱이 어떻게든지 자기를 궁지로만 몰아넣으려고 하는 친가 오빠들과 그 언저리에 생각이 미칠 때는 소름마저 오스스 돋아나는 것이다.

아득히 닭 우는 소리가 들려왔다. 곁에 낀 여인이 그 통에서도 잠꼬대를 하느라고 배퉁이를 어깨로 치며 중얼대어서 정애는 깜짝 놀라 두 손바닥으로 배를 감쌌다. 문득 그제 심문관에게 항변하던 말이 되살아났다.

"당신네는 눈에 보이는 내 배만을 문제삼는 겁니다. 분명히 말해두지만 임신이란 아니 출산이란 지정일보다 훨씬 빨라질 수도 있어요. 팔 개월이나 구 개월 만에 출산할 수 있는 반면에 훨씬 늦어질 수도 있단 말입니다. 만 십 개월을 잡을 만큼요. 그런데도 자꾸만 없는 사람의 종적을 추궁하면 난들 어떻게 할 도리가 없지 않아요? 당신들이 말하는 대로 그이가 살아 있기만 하다면 난 그 이가 어떤 중대한 죄인이어서 함께 갈산지옥엘 가는 한이 있더라도 절대로 놓치지 않을 겁니다. 정말입니다."

그들은 눈을 반짝대면서 들을 만하고 있었으나 아무런 결말도 없이 또 이대로 방치해두는 것이다.

다음날은 아침부터 고정애에게 진통 비슷한 아픔이 와서 종일 고통을 겪다가 다음날 아침에야 곁에 있는 여인의 보고로 정애는 병감에 불려가 의사의 진단을 받았다. 오일 이내에 해산하리라는 것이다. 정애는 미리

해산에 필요한 것들을 나이 지긋하고 비교적 친절한 여간수에게 부탁하여 약간 준비한 것이 있었지만 종시 이십이 세의 어린 산모에다가 아무런 경험이 없는 초산에 장소마저 지극히 자유롭지 못한 감방이고 보니 불안과 공포가 겹쳐 날마다가 두렵고 괴롭고 지루하기만 하였다.

드디어 닷새 후인 1월 24일 오전 열시에 고정애는 병감 한구석에서 남아를 분만하였고 산모와 출생아가 함께 건강하다는 것에 겨우 맘을 놓았던 것이다.

나 신현구는 음산한 감방 한구석에서 그렇게 인생으로의 첫 순간을 맞이한 것입니다. 여러 갈래의 의문점을 안고 말씀이지요. 아버지가 죽었다 살았다, 있다 없다, 혼령이다 아니다, 잡다한 소음도 소음이려니와 하필이면 감옥 출생이라니 참 기구한 운명을 타고난 비상(非常)한 존재임에 틀림없습니다. 그러니 누가 이 신현구를 결혼의 대상은커녕 애인으로라도 택할 용기를 내리겠습니까? 재수없다는 타박 맞기 안성맞춤이지요.

그건 그렇고. 어쨌든 나의 젊은 어머니는 생후 일주일밖에 되지 않은 강보 영아를 안고 일월 삼십일 이른 아침 여덟시에 형무소의 문을 나왔습니다. 겨울의 여덟시면 바람도 맵고 한기도 제일 날카로울 시각인데 이 가련한 모자를 마중해줄 사람은 아무도 없었습니다.

더구나 제대로 조리도 섭양도 못 해본 산모는 일주일에도 몸을 잘 가누시 못할 만큼 쇠약해 있었는데 말씀입니다. 애기의 출생과 출옥 날짜는 전보로 본가에 알렸지만 풍랑이 심하여서 배가 결항하였는지 옥문 밖에는 낯익은 얼굴이 보이지 않았습니다.

어머니가 잠깐 두리번거리는데 저쪽에서 신사 내외분이 달려와서 우리를 얼싸안았습니다. 목포 사범학교의 교유로 계시는 백부님의 큰아드님 즉 윤식 씨의 형님 형식 씨 내외분이 무전으로 연락한 아버님의 통고를 받고 밤차로 달려오신 것입니다. 진실로 절처봉생이란 이런 경우에 꼭 적용되는 말이었습니다.

두 분은 추위와 주림과 희열로 발발 떨고 있는 어린 산모를 가까운 주막에라도 들어가 어한을 시켜야 한다면서 제일 가까운 음식점으로 들어 갔습니다.

다행히도 뜨뜻한 방을 안주인이 선뜻 내주어서 모자를 눕히고 부인이 분주하게 드나들며 우리를 먹이고 재우고 하는 시중을 들어주셨습니다.

그분들의 주장은 우선 목포로 내려가 자기의 집에서 3·7일 즉 이십 일간의 산모 후산을 깨끗이 치르어 본가로 보내겠다면서 오후의 급행으 로 떠나자는 것이었습니다.

그런데 외가댁과 어머니와의 관계를 정확히 모르고 있는 형식 씨의 내 외분은 자기와의 중학교 동창인 고광석 대령 즉 어머니의 둘째 오빠인 그분이 바로 여수역 앞에서 살고 있다는 소식을 전하고 여수의 치안 확 보를 위하여 수완과 능력이 비상한 고 대령이 임시로 출장하였다는 자랑 비슷한 말까지 덧붙였습니다.

굳이 반박할 필요도 없다고 생각한 어머니는 잠자코 있을 따름이었는 데 이분들은 여수역에 이르는 도중에서 기어코 그 고씨의 집에 들르고 말았습니다.

"광석이! 광석이 있나?"

퍽 소탈한 성격인 듯 형식 씨는 문간에서 거침없이 옛친구를 부르고 이 시간에 어떻게 마침 집에 나와 있었던지 광석 씨는 어김없이 현관에 나왔습니다. 역시 늠름한 군복 차림이지요.

"고 대령 무고하신가?"

"어 형식이. 자네 웬일인가?"

외가댁에서는 신씨 가문을 탐탁하게 여기지 않았다는데도 이 두분의 우정만은 그런 사이가 아닌 듯 퍽 정다웠습니다.

"어서 올라오게. 나 마침 또 나가려던 참이었네마는. 웬일인가? 자 네."

반갑게 악수를 교환한 후에 고 대령이 형식 씨에 그렇게 말했습니다.

"응 나 우리 질부 마중왔네."

"질부라니?"

"아 정애 말여. 일주일 전에 아들 낳아서 오늘 출감했지 않나? 지금

저기 있네. 얘 아가!"

형식 씨가 아기를 안은 자기의 아내 곁에 다소곳이 서 있는 어머니를 가리키며 의기양양하게 불렀습니다. 어머니에게 힐끗 눈길을 보내던 고 대령의 낯빛이 새파랗게 질리더니 그 눈살에 독기를 잔뜩 올렸습니다. 그러는데 이들의 대화를 들은 듯 안에서 올케의 모습이 나타나 문 밖의 광경을 일별하고는 이내 남편의 팔을 이끌고 안으로 가더니 고 대령이 다시 나와서 격한 음성으로,

"자네만은 반갑네마는 저 귀신의 기집이나 귀신의 자식만은 집에 들일 수 없네. 다음에 자네나 만나세."

하는 게 아니겠습니까? 내가 생후 맨처음으로 귀신의 자식이라는 호칭을 얻은 것이 바로 이때였습니다. 이번에는 형식 씨의 낯빛이 새파랗게 질렸습니다.

"뭐라구? 귀신의 기집? 귀신의 자식? 누가 귀신이란 말이냐? 응."

형식 씨는 대뜸 고 대령의 멱살을 잡으려다가 군복임을 깨닫고 손을 내렸습니다. 그러나 입으로는 총알처럼 퍼부었습니다.

"네 눈엔 아무도 안 보이냐? 다 귀신으로 보인단 말이지? 누가 진짜 귀신인지 두고보자!"

형식 씨는 뒤도 돌아보지 않고 밖으로 나와서 벌써 얼마큼이나 앞서가는 우리를 따라오셨습니다.

나중에 들은 말이지만 고 대령의 아내는 불길한 사람들 즉 감옥소에서 낳은 귀신의 자식과 그 어미가 다녀갔다 하여서 귀신을 쫓는 무낭의 푸닥거리까지 하였다는 것입니다.

세월은 흐르는 물같이 빠르다고들 하지만 우리 모자에게는 가시밭을 걷는 듯한 괴로운 나날이 더디게 지나가는 것만 같았습니다. 그래도 내가 중학생이 되던 첫날 중학교의 교복을 입히시면서 기뻐하는 듯 슬퍼하는 듯 복잡한 표정을 하시던 어머니와 두말 없이 나를 붙들고 쫙쫙 울어대는 할머니 두 분의 영상은 늘 가슴에서 지워지지 않았습니다.

1961년에 우리는 한림에서 살고 있었습니다. 내 중학 진학 때문에 전해에 이사온 거지요. 6·25동란에는 다행히 제주도가 피난처로 되어 있

128

어서 별다른 고생은 없었지만 내 출신이 언제나 말썽을 빚어서 할머니와 어머니의 심정을 괴롭게 하였던 것입니다.

나는 잊혀지지 않습니다. 국민하교 사학년 때에 외가댁의 아이들과 동급이어서 자주 싸웠는데 한 번은 그 집에까지 붙들려가서 외숙모란 여인에게 따귀를 맞으며 주문처럼 뇌까리던 귀신의 자식이란 언어하며, 외할머니란 노인의 감옥소 귀신이 씌어서 못돼먹었다는 저주의 욕설하며를 내 생명이 다하는 날까지에는 절대로 절대로 잊어먹지 않을 것이니까요.

한림으로 이사오면서 제일 시원한 것이 외가댁 아이들과 헤어지는 일이었습니다. 그리고 제일 자랑스러운 것은 우리 할아버님들이 세우신 학교에서 당당한 중학생이 되어 있는 일이구요.

나는 일학년 일학기에서도 우리 반에서 최고점을 땄습니다. 좀 쑥스러운 자랑 같지만 국민학교에서도 줄곧 최우등의 자리를 빼앗긴 적이 없었으니까요.

그래서 외가집 아이들이 제 집의 어른들이 지껄이는 말을 들은 대로,

"귀신의 아들이라 귀신같이 공부를 잘하는 거지? 그렇지 넌?"

어쩌구 하다가 내게서 대판 얻어터지기도 하였던 것입니다.

여름방학에는 애월(涯月)에서 큰 상점을 하고 있는 재순 고모댁에 가서 거기의 사촌 형제들과 얼마나 재미나게 잘 놀고 왔는지요. 할머니와 어머니께 드릴 선물을 잔뜩 가지고 온 것은 물론, 학과의 숙제도 빠짐없이 완벽하게 해왔기 때문에 가을 학기를 신나게 기다리고 있었습니다.

그러나 호사다마라더니 우리에게도 슬픈 날이 닥쳐왔습니다. 큰할아버지께서 교장의 직을 그만두게 되신 것입니다. 육십일 세 이상의 노인들은 모두 현역에서 물러나라는 문교부의 새 학령에 따라 작년에 회갑을 지내신 조부님이 현직에서 떠나게 되셨는데, 아직도 학교에 대한 기획과 포부가 많은 터에 갑자기 그 모든 애착을 버리고 돌아서시기란 너무나 한스러우신 듯 무한히 슬퍼하시고 애달파하셔서 주위의 우리들 역시 서운한 심정을 달래기 어려웠습니다.

"아직도 십 년은 끄떡없겠는데, 어허 인제 나도 퇴물이 되었단 말인가?"

조부님의 탄식 소리를 들으면서 어머니도 퍽 서글퍼하셨습니다.

구월말에 교감이던 분이 교장이되고 조부님이 이사장이 되셨으나 웬일인지 옛날에 그 벌벌 타오르는 듯하던 정열적인 활동적인 패기는 보이지 않고 풀기가 없이 축 늘어진 듯한 인상을 풍기시어 우리를 슬프게 하였습니다마는 윤식 백부님이 교감이 되셔서 불행 중 다행이기도 했습니다.

그런 대로 나는 할머님과 어머니와 고모들, 참 재희 고모도 이제는 어엿한 사모님이 되었어요. 우리 학교 교무주임 선생의 부인이신 것입니다. 그리고 백부님들의 보호와 사랑을 맘껏 받으면서 중학의 과정을 최우등생으로 마쳤습니다.

가시밭길을 걷는 듯이 더디게만 느껴지던 세월이었는데 돌아보니 어느덧 십여 년이 살같이 달아나고 만 듯한 놀라움도 곁들여 한편 흐뭇한 맘도 들었습니다. 더구나 내가 변성이 된 음성으로 소년답지 않게 엉뚱한 말을 지껄일 때에 대견해하시는 할머니와 어머니를 보면서는 누구의 자식이 되었든 감방이 아닌 마굿간에서 태어났더라도 이 세상에 존재하게 된 것만을 다행하게 생각하였습니다.

다만 할머니의 머리에 백발이 늘어나고 그 고운 어머니의 눈가에도 실주름이 잡혀지는 것을 볼 때에는 가끔씩 너무나도 기구했던 모자의 운명을 되새기곤 했습니다.

1967년 사월에 나는 당당히 S대학의 정문을 드나들었습니다. 정치과 일학년생으로 말씀입니다. 사실 내 진학에 대해서 할아버님과 백부님들과 어머니와의 논란이 여러 번 있었습니다. 할아버님은 사랑스러운 손자, 더구나 창립 이래 언제나 최고점만을 유지하고 있는 나를 끝내 자기네 학교에 두고 싶으셨지만 어머니가 타교에 진학을 극히 주장하고 백부님들이 여기 동조하셔서 서울에서도 일류라는 K고교에도 시험을 치른 결과 수석은 못 되었어도 다섯째 안에 드는 좋은 성적으로 K고교의 학생이 되었던 것입니다.

어머니는 내 학비의 조달을 위하여 학교에 가까운 동네에 구멍가게를 내고 밤낮으로 노동을 하셨습니다. 전날의 수입은 할머님의 생활비로 충

당해드리고 두 목숨과 자식의 학비를 이어가느라고 하루 종일 허리를 펴고 앉아볼 사이가 없었습니다.

조석밥을 지으실라, 매상고는 적으면서도 허다한 종류의 물품을 하나둘씩 사러오는 많은 손님들에게 물건을 팔으실라, 새로운 물자를 구입하실라, 빨래하실라, 머리엔 언제나 먼지가 끼고 손은 엉망으로 거칠어져서 옛날의 모습은 언뜻 찾을 수 없이 되어갔습니다. 밤이면 그것도 장사라고 주판을 들고 계산을 하시는데, 내 공부방만은 밝고넓은 데다 정해주시고 자기는 점방에 달린 쬐그만 방에서 행여나 내 공부에 방해나 되지 않을까 신경을 쓰면서 가만가만히 주판알을 굴리시는 것에 밤마다 내 가슴은 미어지는 듯했습니다. 그러면서도 사흘에 한 번씩 불효막심한 자기를 용서해주시라는 상서를 할머님께 올리시는 것입니다.

이러한 어머니의 노력과 정성이 헛될 이치가 있겠습니까? 고된 나날이면서도 크나큰 보람으로 잔잔하게 살아가는 우리에게 또 하나의 충격이 있었더랬습니다. 물론 외가댁과의 충돌이지요. 우리가 살아오는 동안에 그 댁에는 수차에 걸쳐 경사가 많았습니다. 즉 외삼촌들이 관계에서나 군문에서 빛나는 승진을 거듭하였던 것입니다.

그런데 원수는 외나무다리에서 만난다더니 하필이면 대학의 합격자 발표라는 자리에서 만날 게 뭐겠습니까? 가끔씩 우리에게 꾸준한 욕설을 계속한다는 소문만 듣고 대면한 일은 도무지 없었는데 말씀입니다.

그 자리에는 수많은 학부형 모자매들이 구름같이 모여들었는데 그 복판에 우리 모자와 윤식 백부님도 섞여 있었어요. 관중의 가슴을 지지리도 태우던 방이 나붙자 여기저기서 환성과 비명이 교차로 들리기 시작했습니다. 드디어 내 수험번호가 먹물로 뚜렷하게 나타나지 않겠습니까?

"장하다! 우리 현구!"

윤식 씨는 내 팔을 번쩍 들어올리시며 큰소리로 외치시고 어머니는 한 팔로 내 등을 감싸며 감격적인 흐느낌을 하셨습니다. 바로 이때입니다.

"흥 장하면 뭘해? 귀신의 자식이……."

하는 비웃음이 등 뒤에서 나지막하나 날카롭게 들려오지 않겠습니까? 우리 셋은 똑같이 획 머리를 돌렸습니다. 광현 씨의 둘째 아들, 나하고 국민학교 때 늘 싸움하던 그 애는 죽을상이 되어 머리칼만 쥐어뜯고 있는데 그의 어머니란 여인이 독살스러운 눈초리로 우리를 노려보고 있었습니다.

"그 말 지금 누가 했소?"

윤식 씨가 여인의 앞으로 바싹 대들며 따졌습니다. 여인은 태연했습니다.

"내가 했소."

"그 말 다시 한 번 해봐요! 냉큼 다시 한 번 해봐요!"

"당신 무슨 자유가 있어서 내게 호령하는 거요?"

적반하장도 유분수지 얼마나 반석같이 단단하게 믿는 구석이 있고 얼마나 호화로운 배경이 있으면 인간이 저렇게 당돌하게 되는 것일까요?

"자유?"

"그래요. 무슨 권력이 있어서 덤비느냔 말요."

"권력?"

이때에 어머니가 나섰습니다.

"너무 그렇게 잘난 체하지 말아요. 아무리 귀신의 자식이라도 당신네의 그 자유 권력 조금도 부럽지 않으니 그 자유 그 권력 그늘에서 당신네나 영원히 잘 살아요, 가세요. 아주버님! 상대가 돼야 말하지요. 가자 현구야! 어서 가서 수속이나 해야지."

우리는 서로 손을 잡고 새파랗게 질려서 저게 저게 하며 발을 동동 구르는 여인을 무시하고 군중의 틈으로 섞여늘었습니다.

그 일이 있은 후로 어머니의 얼굴에는 가다가 혹 침울해하는 빛이 어리곤 했습니다마는 내가 육군의 졸병으로 입대하게 될 때까지의 생활에서는 그 나름대로의 행복감을 느끼시는 듯하였습니다.

드디어 1973년 오월입니다. 할머님과 어머니를 여러 번 울려드리던 군복무도 완전히 끝나고 다시 배움의 보금자리로 되돌아온 것입니다. 군복무기간 중에서도 모범 군인으로 웃어른들과 동료들의 사랑을 많이 받아 비교적 맘 편한 날마다를 보낸 셈입니다마는 함께 군에 입대하여 복

무과정에서 간간이 맞닥뜨리게 되는 외가댁의 아이들 때문에 늘 울화가 터졌더랬습니다.

이를테면 외사촌 형제끼리가 아닙니까마는 미천한 출신이요 출생이라고 마구 터놓고 내 주위의 동료들에게 상세한 내용까지를 퍼뜨려 나를 괴롭히는 것을 낙으로 삼았습니다. 그러는 중에 차차로 내 가슴에는 어떤 결심이 굳어가고 있었습니다.

돌아와보니 어머니는 구멍가게를 청산하고 서울에 집을 사서 하숙을 경영하며 아직도 정정하신 할머님을 모시고 계셨는데, 나의 통학을 배려하여서 집도 도보로 삼분쯤 걸리는 D동에 마련하셨더군요.

그런데 가장 슬픈 일이 있었습니다. 할아버지께서 돌아가신 겁니다. 교장직을 물러나 이사장직에 계시면서부터는 스스로 노쇠하다는 것에 신경을 쓰셔서 기운을 저상하셨는데, 그 증상이 그대로 계속되어 패기를 잃으시고 따라서 건강마저 후퇴하였던 것입니다. 후에 다시 육십사 세까지의 연한의 되어 복직하시기를 주위에서는 권하셨지만 한 번 물러선 자리라고 굳이 사퇴하시고 학교행정의 뒷받침에 꾸준히 전력하셨으나 끝내 별세하셔서 목포 사범대학에 계시던 형식 백부님이 할아버님의 유지를 받들어 삼대 교장이 되셨던 것입니다.

그러나 아깝게도 형식 백부님마저 육십오 세의 정년으로 금년에 은퇴하시게 되어 윤식 씨가 사대 교장이 되셨습니다.

할아버지께서 한창 정열적으로 일하시다가 중등을 잘려 봇물이 막히듯 갑자기 쇠퇴해지신 전례로, 형식 백부님 역시 대단히 서글퍼하는 모양이시라 그분도 스스로 의기를 상실하셔서 상서롭지 못한 결과가 될까 우리 후손들은 퍽이나 심각한 염려를 하고 있는 것입니다. 그리고 나이에 구애하지 말고 그들의 인격이나 실력에 맡겨 언제까지나 자유로 활동하시게 하는 제도가 다시 나타났으면 하고 은근히 바라보기도 하는 것입니다.

신록이 아름다워 우리 집에서 내려다보이는 학교의 정원이 연연한 연두빛 장막을 두른 듯 싱싱한 단 공기를 발산하는 듯 상쾌하게 개인 어느 일요일에 하숙생들이 다 외출하기를 기다려서 나는 어머니께 여쭐 말씀이 있다고 나와 마주 앉으시도록 하였습니다.

"어머니 전 이민 가기로 작정했습니다."

나는 단도직입적으로 나의 결심을 토로했습니다.

돌연한, 그리고 총알처럼 무게가 있는 내 발언에 어머니는 아연히 나를 바라보다가,

"그게 무슨 말이지?"

하며 애써 침착하려고 하셨습니다.

"전 이민을 가기로……."

미처 끝나기도 전에 어머니가 내 말을 끊으셨습니다.

"뭐라구? 누구와 의논한 거냐?"

"저 혼자의 결심입니다. 제가 아무리 여기서 버티어보았대야 귀신의 자식이라는 명칭이 끝내 따라다닐 테니까요. 차라리 깨끗하게 여기를 떠나서 자유롭고 활발하게 살고 싶어요."

"어미와 나라를 버리고 너 혼자의 생존을 위하여 이민 가겠단 말이지?"

"그럼 어쩌란 말입니까? 언제 어머니께서 아버지에 대한 무슨 말씀을 내게 들려주셨단 말입니까? 돌아가셨는지 아닌지 항간의 소문만으로 결정지을 수도 없지 않아요? 어머니께서 나를 어떻게 낳으셨는지 즉 몇 달 만에 낳게 되셨는지 상상으로도 주위의 알림만으로도 극히 모호하고 석연찮기만 하거든요. 그런데도 귀신의 아들이라는 딱지는 끝내 떨어지지 않고 말입니다. 그러니까 말썽 많은 이 자식만 훌쩍 떠나버리면 영구한 망각이 있을 뿐 아니겠습니까?"

어머니는 홍분을 이기시려는 듯이 눈을 지그시 감고 있다가 이윽하여 다시 눈을 떴습니다.

그리고 천천히 말했습니다.

"인간이 생존하는 가치도 조국이 있으므로이요 외국에서나 국내에서 열심히 배워 학위를 따고 성공하려는 것도 나라에 봉사함으로써 보람과 영광이 있는 것이지 외국에 이민으로 나가서 제 일신의 호구에만 일생을 바친다면 그건 국민으로서의 긍지를 잃는 것이 아니냐? 난 차라리 내 나

라에서 거지가 될지언정 딴 나라에 가서 부자 되기를 원치 않는 주의다. 어미의 뜻이 이런데 자식인 네가 어떻게?……."

"그럼 나는 어쩌란 말입니까?"

이번에는 내가 어머니께 아프게 반문했습니다.

"귀신의 자식으로 살아가란 말인가요?"

"네가 왜 귀신의 자식이란 말이냐? 엄연히 훌륭한 아버지가 계신데……."

"어머니! 툭 털어놓고 말씀해주십시오. 내가 알고 싶어하는 모든 사실을요. 네? 어머니!"

"그래."

어머니는 한마디를 침통하게 토하셨습니다. 정말 토하시는 듯한 어조였습니다.

"인제야 내가 말해줄 시기가 닥쳐온 것 같다."

"어머니! 오늘에야말로 모든 것을 말씀해주십시오. 어머니의 말씀에 따라 제 인생의 행로를 결정하겠습니다."

중요한 대화를 앞에 둔 이 집의 뜰에는 오월의 미풍이 한가롭게 넘나들고 있었습니다.

—1973년

홍수 전후

1

어제 한나절과 지난 밤새도록 작대기처럼 쏟아지던 비도 날이 새면서부터는 미친 듯이 날뛰던 빗발들을 잠깐 걷고 검은 구름장 속에서 무슨 의논을 하였는지 떨어지지 않을 듯이 굳게 엉겨붙었던 구름 덩어리들이 이쪽저쪽으로 슬슬 헤어지기 시작한다.

그러나 몇 겹으로든지 첩첩이 덮여 있는 구름장인지라 검은 구름장이 슬그머니 찢어지자 그 속에서 검회색과 회색의 구름덩이가 몰려나와서 앞서간 구름의 뒤를 가는 듯 마는 듯 따라간다.

포플러나무들도 겨우 숨을 내쉬고 온갖 풀잎도 가만히 고개를 들고 지난 밤의 무서운 광경을 그리며 몸을 떨면서 물빙울을 딜었다.

어디 가서 숨었던지 킹킹대는 소리 한 마디 없었던 검둥이가 어슬렁어슬렁 진흙투성이가 된 꼬리를 축 늘이고 마당으로 나오고, 죽은 듯이 자빠져 있는 듯한 돼지조차 꿀꿀거리는 소리를 내면서 울창 틈으로 주둥이를 내놓고 코를 벌룸거린다. 닭들도 영계들까지 몰려와서 윗퇴 위에 놓여 있는 보리 가마니 위에 올랐다 내렸다 하며 놀고 있다.

명칠이는 담배 한 대를 피워 물고 방문 앞에 쭈그리고 앉아서,

"인제는 비도 그만 와야지, 오늘 종일 퍼부었다가는 또 무슨 일이 날 것인데. 원 하늘이 하시는 노릇이라 알 수가 있어야제……."

하고 하늘을 쳐다본다. 움직이고 있는 큰 하늘은 무서운 비밀이나 꾸미고 있는 듯이 명칠의 눈에 두렵게 보였다.

그는 천문학을 배우지는 않았다. 그러나 십사 년 동안 영산리(榮山里) 이 깊은 곳에 살면서 해마다 당해오는 물난리를 좋이 겪어오는 만큼 하늘의 모양과 구름덩이의 가고 오는 방향을 따라 대개 날씨는 어떻게 변하며 비오는 낌새를 보아 비가 얼마만큼이나 올 모양인지 짐작할 수 있는 지식을 가지게 되었다. 이만한 것쯤은 산간 농부나 어항 어부나, 아니 도회지의 유복하다는 노인들까지도 잘 알고 있는 것이다. 그러나 소작인의 아들로 태어나서 다시 소작인의 아들을 가지고 있는 명칠이, 더구나 한편으로 조그마한 배 두 개를 가지고 영산강의 어부 노릇을 하며 살아가는 이 송 서방은 나이는 지금 마흔다섯이건만 다른 육십 노인보다도 더 많은 천기에 대한 경험 지식과 선견의 밝음을 가지고 있었다.

송 서방의 천후에 대한 지식이 노숙한 만큼 그의 얼굴도 나이에 비하여 몹시 늙은 축이었다. 기름한 얼굴이었다. 광대뼈가 솟았고 아래 볼까지 쪽 빨아버려서 언뜻 보면 환갑을 지난 노인처럼 보였다. 육지와 강으로 쏘다니며 당하는 육체적 노동과 농부와 어부의 특수한 고통 ── 날씨에 매여 살아가는 만큼 천후로 인하여 당하는 심리적 고통 ── 이 하루도 그의 얼굴에서 주름을 펴준 날이 없었으매 영양 좋은 사람의 얼굴에서는 기름이 흐르고 혈색이 좋은 장년 시기의 한창 때를 가신 명칠의 얼굴에는 그의 손등에서 볼 수 있는 고로(苦勞)의 주름살이 이마와 두 볼에 잔 줄을 그었고 검고 누른 얼굴빛은 항상 영양이 적음을 탓하는 듯이 뜨거운 여름 볕에나마 붉어지지는 않고 검어가기만 하였다.

"논에 나가보니까 어쩝덩겨? 인자는 그만오면 풍년이것지라우?"

송 서방의 마누라는 부엌문 앞에 앉아서 보리를 갈면서 남편을 쳐다보고 물었다.

"암은, 비만 그만오면 금년은 대풍년이것데마는……."

그는 다시 하늘을 쳐다본다. 그의 마누라는 보리 뜨물을 돼지 밥통에 주르르 부어주면서,

"아이고 돼지막에 물이 흥건하게 괴 있소. 그래서 비가 올라는가베."

하고는 하늘을 쳐다본다. 가랑비가 뿌린다.

"엄마!"

두 살쟁이 계집애가 송 서방 무릎에 더럭 기어올라서 담뱃대를 잡으려고 손을 내밀었다.

"나님아! 이리 온!"

열한 살 먹은 쌀례가 아기를 데려가며 아버지의 눈치를 살피면서 무슨 말을 할듯 말듯 망설이다가,

"아부지!"

하고 용기를 내어 아버지를 불렀다.

"왜 그래."

송 서방이 고개를 쌀례 쪽으로 돌리며 퉁명스럽게 대답한다.

"참외하고 수박하고 안 따오시오?"

쌀례는 부끄러운 듯이 고개를 숙이고 나님이를 안아 올리면서,

"또 비가 떨어지면 어디 따러 가겠소? 작년마냥 물이나 쩌버리면 한나 맛도 못 보고 말어버리게라우? 비 쏟아지기 전에 따왔으면 좋겠구만."

하고 성날 때에 하듯이 입을 내민다.

"저런 년 처먹을 일이나 밤낮 궁리해라. 애기나 업어줘. 그저 참외 수박 노래만 부르고 있다니께, 저년은 허천병이 들었는 것이여."

어머니가 부엌 속에서 소리를 지르며 야단친다. 쌀례는 아기를 안고 돌아서면서 눈물을 씻다가 훌쩍훌쩍 울기 시작한다.

"밥 먹고 나서 따다가 주마."

송 서방은 점잖게 말하였다.

"나도 아부지 따라서 수박밭에 갈 테여."

장독 머리에 있는 손바닥만한 꽃밭에서 쓰러진 복사꽃나무를 다시 심고 있던 꽃례가 말하자,

"나도 따러가야."

하고 검둥이를 데리고 툇마루 끝에서 놀던 여덟 살 되는 귀성이가 한 자리 잡고 나섰다.

"저년은 열네 살이나 되는 년이 어린 동생 듣는 데서 못 할 소리가 없

다니께. 이년아 어서 밥솥에 불이나 때.”

어머니의 둘째번 쏜 총알은 꽃례에게로 향하였다. 꽃례는 귀성이를 보고 혀를 날름하면서 고개를 숙였다.

“아니 윤성이는 어디 갔는가?”

“언제 어지께 밤에 들어왔더라우? 또 대홍이네 집이 가서 그놈들하고 쑥덕공론이나 하고 자빠졌는가 부오그랴.”

송 서방의 진중한 말소리의 정반대로 그 마누라의 소리는 콩알처럼 대굴대굴 부엌 속에서 굴러나오는 듯이 쫑알거렸다.

“앵, 참.”

송 서방은 안간힘을 끙 쓰면서 담배를 탁탁 털었다.

귀성의 손에서 검둥이가 주르르 빠져나가더니 휙휙 내두르는 꼬리 뒤에는 윤성이가 따라 들어왔다.

그 아버지의 골격을 닮은 건장한 체격을 가진 윤성이는 스무 살밖에 아니 되는 청년이건만 늠름한 장부의 태가 보였다. 그러나 소작인의 혈통을 가진 그의 얼굴빛은 역시 빈약하였다. 대대로 물려 나오는 오직 하나의 유산은 영양 부족이라는 것이기 때문에 그의 후손인 윤성이도 이 유산을 물려 가질 수밖에 없었던 것이다. 다만 그의 큼직한 눈이 불평을 가득히 담고서 항상 빛나는 시선을 이리저리 쏘아보기 때문에, 사람들은 그의 눈을 열기 있는 눈이라 샛별 같은 눈이라 칭찬하였으나, 톳게리 허 부자 그들의 지주 양반은 그의 눈을 불량한 목자라고 비난하였다.

2

윤성이가 툇마루에 걸터앉으며,

“간밤 비에 어디 상한 데나 없었소?”

하고 물었으나 송 서방은 아무 말대답이 없었다.

“어째에 상한 데가 없어야? 앞 개울물이 정제까지 들어왔더란다. 집 안 사람 누가 잠이나 잔 줄 아냐? 해마다 당하는 노릇인데 번히 물들 줄 알면서도 다른 집에 가서 퍼자고 온 것 봐. 언제나 철이 들는고 몰라.”

그 어머니는 부엌문 앞에 서서 아들을 흘겨보며 치맛귀에 손을 씻고 있다.

"어쩔 것이오? 이런 데서 살면서야 으레히 그런 일을 당할 줄 알어야지. 그러니께 어서 여기서 떠버리자고 안합디까?"

윤성이는 두 손으로 턱을 괴고 내리는 빗발을 바라다보고 있다. 윤성이가 들어올 때부터 굵은 빗방울이 떨어지다가 이제는 기운차게 쏟아진다.

송 서방은 아들을 물끄러미 바라보다가,

"윤성아 너 지금 무엇이라 했나?"

하고 곰방대에 새로 담배를 담으면서,

"나이 이십이면 한 집안을 거느릴 자식이 거 무슨 철없는 소리여. 아니 누가 이런 데서 살고 싶어서 사는 것인가. 여름이 돼서 장마철만 들면 그저 마음이 조마하고 밤에 잠을 맘놓고 못 자면서도 열네 해 동안 해마다 집구석이 물에 잠겨서 온갖 고생 당하고 살기가 그리 좋아서 여기서 살고 있는 줄 아냐? 앵? 철없는 자식."

하고 송 서방은 담뱃불을 붙인다.

"글쎄 말이오. 오직해야 이런 데서 해마다 그 노릇을 당하고 살고 있겠소마는 그래도 어떡허든지 떠날 도리를 해봐야지 이런 데서 항상 살다가는 큰일이 한 번 나고 말것이오. 그러니께 일찍어니……."

"옳지, 네 말대로 일찍어니 허 부자네 집이 가서 떼장이나 써서 새집 하나 얻으란 말이지야? 염치없는 자식."

송 서방은 윤성의 말이 끝나기도 전에 성을 내어 그의 말을 무질러버렸다.

"이 집도 허 부자네 집이던 것을 해마다 벌어서 집값을 갚었더랍서라우. 그러니께 말이오. 이왕 그 집 논을 벌면서 또 집 하나쯤 높직한 데 있는 것을 얻어보란 말이지, 누가 뺏어오라고 했소? 안 주면 떼장도 놓지 어째라우?"

윤성이의 말소리가 거칠어졌다. 비는 죽죽 무서운 기세로 쏟아진다. 아이들도 아무 소리 없이 비오는 것만 바라보고 있다.

"홍 또 불한당 같은 소리가 나오는구나. 사람의 운수 복력이 다 팔자에 타고난 것인데 새파란 어린놈들이 손발 떨어지도록 벌어 먹을 생각은 않고 그저 잘 사는 사람 시기할 줄만 안단 말이여. 자 그 사람들이 땅을 안 주더냐? 집을 안 주더냐? 그 사람들이 없으면 우리 같은 작인은 굶어 죽어야 옳게? 아니 그런데 저번 한창 가물 때 논이 갈라지니께 너그들이 허 부자네 집이 가서 소작료를 감해달라고 떠들어댔담서야? 그 대흥이, 유동이, 만성이 이런 놈들하고 몰려다니면서……앵 못된 놈들 같으니, 경찰서에나 잡혀가고 지주집에나 몰려가서 심술이나 부리고 하는 놈들하고 이놈 다시 또 붙어댕겨만 봐라. 다리뼈를 분질러놀 테니께……."

송 서방은 다시 담뱃대를 힘있게 빨면서 불을 댄다.

"천리란 것은 어기지 못하는 것이라, 그렇게 몹시 가물다가도 기우제 몇 번에 비가 이렇게 많이 와서 물이 불어 모를 심어, 곡식이 자라나, 무엇 다 사람 살 대로만 되어간단 말이여. 다만 근본 복을 사주팔자에 못 타고 나서 죽게 일하고도 평생을 이리 가난하게 사는 이것이 한탄이지. 남들 잘 사는 것 보고 욕할 것이 무엇이란 말이냐? 그저 가난이 원수니라 가난이 원수여. 이놈의 데를 못 떠난 것도 가난하기 땜세 붙어 사는 것이 아니여?"

송 서방은 꺼진 담뱃대에 다시 성냥을 그어댄다. 윤성의 입가에는 비웃음의 미소가 떠올랐다. 천리를 말하고 운수에 맡기면서 다시 가난이 원수라는 것을 역설하는 그 아버지의 모순된 말소리에 하염없는 쓴 탄식이 나왔다.

'우리 아버지도 멀지 않아서 모순을 깨달을 때가 올 것이다. 모르기 때문에.'

그는 속으로 부르짖었다.

'아버지뿐이 아니라 농민의 전부가 다 저 같은 생각에 굳이 잡혀 있는 것이 아니냐?'

그는 기침을 콱 하면서 한숨을 내쉬었다.

"아부지! 참말로 우리 여기서 살지 말고 다른 데로 이사갑시다. 예? 나는 어저께 밤에도 무서워서 꼭 죽겠습디다."

하고 쌀례가 말참견을 한다. 보리밥 냄새가 물큰 끼치자 귀성이가,

"어무니 어서 밥 줘."

하고 큰방 샛문에 붙어 서고, 검둥이도 고개를 갸웃하고 부엌 속을 들여다보고 서 있다.

비가 다시 줄기차게 쏟아진다.

"아버지 말씀대로 세상 일이 다 사람 살 대로 되어가면 좋지마는 만일 이 비가 오늘 종일 내일 모레까지 쏟아져서 영산 물이 넘고 우리 집이 떠내려가고 사람들이 죽고 동네 집이 무너지고 그렇게 되면 어쩔 것이오? 그때도 천리라고 앉아서 죽기를 바랄 것이오?"

윤성의 말소리는 몹시 뻣뻣하게 들렸다.

송 서방이 화를 벌컥 내며,

"이 버릇없는 자식 같으니, 뉘 말대답을 그렇게 하냐? 꼭 네 말대로 고렇게 되어버렸으면 좋겠지야? 액 이놈 썩 나가거라. 그런 자식은 없어도 좋다. 당장 나가……."

하고 소리를 버럭버럭 질렀다. 윤성이가 벌떡 일어나서 나가려고 할 때 그 어머니는 밥상을 가져다 툇마루에 놓으며,

"아나 나가더래도 밥이나 먹고 나가거라."

하였으나 윤성은 머뭇거리지도 않고 나가버리고 말았다. 비는 점점 더 억세게 쏟아져서 이 식구들이 곱살 보리밥을 다 먹고 났을 때는 앞 개울물이 넘쳐서 남실남실 마당에까지 들이밀렸다. 송 서방은 벌떡 일어났다.

"명칠이! 명칠이!"

요란스러운 빗소리를 뚫고 황급히 송 서방을 부르는 소리가 들렸다.

"명칠이! 어이 명칠이!"

여러 사람의 부르는 소리가 앞내 저쪽 언덕에서 들려왔다. 송 서방은 마주 소리쳤다.

"어이 덕성인가? 이 우중에 어찌 나왔는가?"

"어서 나오소. 자네 식구들만 데리고 어서 높은 데로 나와야지 큰일날 것이네."

덕성이의 외치는 소리가 빗소리에 꺾이어 도막도막 들렸다.

"내 걱정 말고 자네들이나 어서 가서 손볼 데 손보고 그러소. 해마다 당하는 노릇인데 설마 어쩔라던가?"

송 서방은 어서 가라는 뜻으로 손을 치며 소리쳤다.

"작년에도 자네가 고집부리고 끄니 안 나오고 말았다고 본 사람들이 모두 욕하데. 그만 고집부리고 어서 나오라니께. 저 봐, 개울물도 넘어들지 않는가? 그런데 영산강 물이 넘어들게 되면 어쩔라고 그러는가? 어서 지금 나오소 어이."

이번에는 윤삼이가 소리쳤다. 우장을 쓴 그들의 모양은 빗발에 묻혀 안개 속으로 보이는 듯이 가물가물하였다.

한 지주의 전답을 함께 벌어먹고 산다는 야릇한 인연이 맺어준 우정과 오랫동안 이웃 동리에서 산다는 정리가 그들로 하여금 명칠이를 위하여 힘껏 소리치고 열심으로 권고하게 하였으나 송 서방은 끝끝내 그들만을 보내고 말았다.

십사 년을 지내는 동안 그는 죽음이란 것은 쉽사리 사람의 목숨을 빼앗지 못하는 것이라고 단정해버릴 만한 죽음에 대한 경험철학의 고질적 신념을 가지게 된 것과 또 그에게는 배 두 척이 있어 비록 그 하나가 극히 작은 거룻배일망정 일곱 식구의 생명쯤이야 언제든지 구원해줄 것이라는 굳은 신념을 가지고 있기 때문에 해마다 장마철이면 집이 물에 잠겨서 위험한 고비를 당할지라도 친구들의 권고도 물리쳐버리고 식구들을 배에 태워서 물 빠지기를 기다리며 살아갔던 것이었다.

3

비는 잠시도 그치지 않고 퍼붓기만 하였다.

금성산맥으로부터 멀리 나주 영산포의 넓은 평야를 둘러싸고 있는 산들을 경계로 컴컴한 하늘은 물에 싸여 허덕이고 있는 대지를 무섭게 누르고 비를 쏟고만 있었다.

하늘과 땅은 빗줄기로 연하여졌고 내리는 빗발마다에서 튀어나는 물방울이 보오얗게 물연기를 내고 있다.

점점 험악해가는 검은 하늘은 더욱 악착스럽게 폭우를 내려쏟는다. 하늘도 내려앉을 듯하고 땅도 푹 꺼질 듯하게 오직 두려운 빗소리만이 천지에 가득하였다. 남에서 북으로, 북에서 남으로 가는 평시에 재주와 용기를 자랑하던 급행열차들도 이 위대한 대자연의 무서운 기세와 위엄 아래에서는 물 위에 기어가는 작은 벌레에 지나지 못하였다.

종일을 한결 같은 위세로 쏟아지던 비는 기어이 남부지방 각처에 있는 크고 작은 강물을 붇게 하고 개천을 넘치게 하고 수리조합의 제방을 헐고 방죽과 원둑을 터쳐버리고 말았다.

강 연안과 낮은 지대에 있는 동리는 물에 잠기고 지붕까지 잠긴 집은 둥우리가 떠내려가고 헐어지고 사람들은 높은 곳으로 물을 피하여 올라가며 목을 놓고 울었다.

장성(長城), 능주(綾州), 남평(南平), 화순(和順), 옥과(玉果), 곡성(谷城), 순창(淳昌), 담양(潭陽), 창평(昌平), 나주(羅州), 송정리(松汀里), 광주(光州)등 열두 골 물이 한데로 합하여 내려가는 길이 되어 있는 영산강의 물은 시시 각각으로 붇어만 갔다.

각처에서 들이밀리는 물이 영산강으로 몰려들어가서 영산강 물은 불완전한 연안을 쿵쿵 헐어가며 철철 넘쳐 흘렀다. 논을 삼키고 들을 삼키고 집을 삼키며 내려가다가 영산포 물길의 길 어귀인 개산(犬山)의 굽이에 닥치어 많고많은 물이 좁은 어귀로 빠져나갈 길이 없으매 용감한 기세로 앞을 향하여 전진하던 영산강 물의 연합진군은 갑자기 뒤로 퇴국할 수밖에 없었다.

무서운 힘의 기세로 몰려갔던 붉고 누른 물결이 다시 맹렬히 돌쳐서며 내려오는 물의 세력과 물러나는 반동적인 수력이 한데 합하여 두렵게 큰 위력을 가지고 불행한 운명에서 떨고 있는 영산포 시내를 휩싸버렸다. 내려갈 때 겨우 물결의 험한 손길을 면하였던 조금 높은 곳에 있는 전답과 인가들도 퇴군한 수군의 최후 발악적 습격에는 드디어 전멸하고 말았다.

언덕이 무너지며 집들도 함께 헐어지고 떠내려가지 못한 집들은 팍팍

찌그러졌다.

개산, 시령산이며 운곡리 뒷산 등 높은 곳에는 아기들을 업고 안고 울며 부르짖는 사람들의 흰옷 그림자가 사납게 쏟아지는 빗발 속에서 처참한 광경을 곳곳에 나타내고 있었다. 나주 정거장은 물에 잠기고 기차 선로는 끊어져 문명의 빛난 무기도 누르고 붉은 물결만은 이겨낼 수가 없었다.

삼도리, 길옥구, 옥정, 신기촌, 광볼, 덕치, 강경골, 가마테, 영산리, 새올, 톳게리, 도충, 돌고개, 원촌이며 금천면 신가리 등의 이재민들은 전부가 다 농민인 중에 가난한 상인들도 끼여 있었다.

왕곡면 옥곡리와 다시면 죽산리는 아주 전멸하여버리고 말았다.

물에 잠긴 영산포 시가를 경계하느라고 경종은 밤새도록 울고 울었으나 그릇 몇 개와 옷보퉁이 하나씩을 들고 어린애들을 업고 안고서 높은 곳에서 물결에 삼켜진 집터들을 내려다보며 비에 푹 젖은 옷을 입고 울고 떨고 섰는 이재민들과, 한 집 속에 칠팔 가족의 식구들이 웅기중기 모여 비 맞은 병아리처럼 오들오들 떨며 있는 그들에게는 아무런 구원도 되지 못하는 차디찬 시끄러운 고동 소리로밖에 들리지 않았다. 영산교 높은 다리 밑에는 탁랑(濁浪)이 석자의 거리를 남기고 흉녕한 손길을 넘실거리고 있고 시가 중에 있는 이층 지붕에는 발동선이 닿아 있으며 삼십사 년 전 신축년 대홍수 이래로 처음 당하는 그때보다 석자가 더 자라는 대홍수였다. 보통 장마 때에도 홍수의 재난을 받지 않으면 아니 되었던 우리 주인공 송 서방은 이 적파(赤波) 속에서 어찌 되었는가?

4

악수로 퍼붓는 빗속에서 영산리의 밤은 깊어갔다. 송 서방 내외는 집 안에 들어온 물을 빼낸다, 개울둑을 쳐낸다 하느라고 종일 비를 맞으며 돌아다녔기 때문에 밤이 되어 몸이 노곤해지며 졸음이 폭폭 왔다. 전에 해본 경험대로 대낀 보리를 있는 대로 다 털어서 밥을 한솥 가득히 짓고 된장과 무짠지를 곁들여서 큰 바구니에 담아놓고 물 한 병을 담았다.

  그리고 식구대로의 의복을 풀도 못 한 채로 보퉁이에 싸고 그릇 몇 개를 넣어 묶어서 배 속에다 넣어두었다.

  이제 물이 집 속에 가득히 들어 기둥에 매어둔 배 두 척이 둥둥 뜨면 식구들은 그 배 속에 들어가 물이 빠질 동안 그 밥과 물을 먹으면서 기다릴 심산이었다.

  만단의 예비를 해두고서 물 들어오는 것을 지킬 양으로 아이들을 재우고 두 내외는 쭈그리고 앉아서 빗소리를 들어가며 밤을 새우려 했으나 스르르 감겨지는 두 눈에 마당에 괸 물빛이 희미하게 보이는 듯 마는 듯 하다가 그들은 앉은 채 쓰러져 잠깐 잠이 들었다.

  별안간 와자하는 소리에 잠이 깨어 저승에서 들리는 듯이 처참하게 들려오는 고동 소리가 들렸다. 영산강 물이 넘었다는 신호이었다.

  뒤미처 송 서방을 부르는 소리가 들렸다.

  "명칠이! 명칠이!"

  송 서방은 화다닥 뛰어일어나 대답하였다.

  "영산강 물이 넘었다네. 큰일났네. 어서 식구들을 데리고 나오소."

  덕성이와 윤삼이는 새벽빛에 물빛이 희끄무레한 속으로 두 손을 치며 소리쳤다.

  "어서 자네들이나 피하소. 사람의 생사 화복이 천리대로 되는 것이니까 내가 여기서 피해 나간다고 죽을 놈이 안 죽는 단가? 목숨만 길면 불 속에서도 살아나는 것일세. 염려 말고 어서들 가소."

  송 서방의 말소리는 극히 침착하였다.

  "에이 돌뎅이 같은 사람! 어린것들이 불쌍하지 않은가? 그래 안 나올 텐가?"

  그들은 성이 나서 부르짖었다. 강물이 넘었다는 사이렌 소리를 듣고 여러 동리에서는 몸을 피하려는 준비에 급급하여 여기저기서 마주 소리치는 소리가 들려왔다.

  "예끼 못된 작자! 죽거나 말거나 하소. 우리는 가네, 원 사람도 잉간해야지."

  성미 급한 덕성이는 악을 버럭 쓰고 휙 돌아서서 윤삼이를 데리고 가버렸다.

두 내외는 아이들을 깨우고 나서 보리 가마니를 날라다가 방 안에 쌓았다. 보리 양식도 겉보리까지 다섯 가마니밖에 남아 있지 않았다.

송 서방은 큰 동아줄을 가지고 와서 기둥을 붙들어 매고 남은 한 가닥은 집 뒤에 서 있는 포플러나무에 매었다. 그리고 쭉 둘러 서 있는 포플러나무마다 올라가서 굵은 줄을 매어 늘어놓고 장대를 한 개씩 걸쳐놓고 내려왔다.

앞뒤로 질펀하게 있는 논밭을 삼키고 밀려오는 누런 물결은 넘실넘실 뱀의 혀끝처럼 남실거리며 차례차례 몰려오기 시작하더니 염치없이 마당으로 달려들었다. 이리저리 바쁘게 왔다갔다 하는 송 서방의 걷어올린 무릎을 넘어 황토물은 넓적다리까지 올라왔다. 물결은 사정없이 닥쳐들었다. 툇마루로 방으로…….

아이들은 방 속, 찰랑거리는 물 속에서 발을 구르고 울고 송 서방 마누라는 어린애를 안고 갈팡질팡하였다.

송 서방이 물에 잠긴 마당에 들어서서 아이들을 배에 태우려고 저쪽으로 밀려가는 큰 뱃줄을 잡아 내리려고 할 때 잠깐 사이 그야말로 눈 깜짝할 사이었다. 붉은 물결이 영산강 하류 쪽에서 왈카 달려들어 자기딴은 굳게 잡아 매어논 줄 알았던 큰 배가 물결에 휩싸여 떠밀렸다. 송 서방의 식구들은 비명을 질렀다. 급한 물결에 떠밀린 큰 배는 물 가운데 밥바구니와 물병을 담은 채 한 번 빙 돌다가 하류 쪽으로 떠내려간다. 송 서방은 그 배를 잡으로 갈 듯이 허우적이며 쫓아가려 하였다.

"아이고 애기들을 어쩌라고 배 잡으러 갈라고 그래요. 윤성이는 어디 가서 안 오는고?"

마누라는 겁결에 당목 찢어지는 듯한 소리를 지르면서 남편을 불렀다. 송 서방의 큰 보배요, 유일의 재산이 되는 그 큰 배가 떠내려가고 말아 송 서방의 믿음과 희망은 아깝게 깨어지고 말았다. 그의 몸을 지탱하고 있는 뼈가 뚝 부러지는 것 같으면서 다리에 힘이 풀리고 손에는 맥이 없어지는 듯하였다.

큰 배는 쫓아가면 잡힐 듯하였다. 송 서방의 마음은 갑자기 황황하여졌다.

침착하고 진중하던 송 서방의 온갖 정신은 큰 배를 따라가고 있었다. 두 번째 부르는 마누라의 소리를 듣고서야 송 서방은,

"저기 저 떠내려가는 배는 우리 배요!"

하고 누구에겐지 모르게 향하여 소리쳤다.

윤성이가 가슴에 닿는 물결을 헤치고 달려왔다. 송 서방은 작은 배에 두 살먹이의 쌀례와 귀성이와 꽃례에게 옷보퉁이를 들려서 꽃례까지 타게 하는 동안 윤성이는 어머니를 포플러나무에 올라가게 하여 줄로 몸뚱이를 묶어놓고 다시 내려와서 아버지와 함께 물결과 싸우면서 작은 배를 끌어다가 큰 포플러나무에 매어놓았다.

"애기는 나 줘! 윤성아 애기는 이리 데려온나!"

하고 그의 어머니는 소리쳤다. 아기도 어머니의 소리를 듣고는 두 팔을 벌리고 포플러나무를 쳐다보며 킹킹거렸다. 물은 이미 포플러나무에도 얼마큼이나 올라왔다. 윤성이는 나님이를 안아다가 겨우 어머니에게로 올려보냈다. 어머니는 약한 줄에 몸을 맡겨 몸뚱이를 아래로 기울이고 두 팔을 벌려 아기를 안아다가 아기는 가운데 두고 다시 두 팔로 포플러나무를 안았다.

이 모든 비참한 광경을 모르는 체하고 비는 그대로 쏟아지고 물은 넘실넘실 급하게 늘어 윤성의 집도 절반 넘어 잠기고 영산포 시내와 이웃 동리에서 피난하는 사람들의 부르짖고 헤매는 그림자가 황황하게 덤비며 망망한 들에는 누런 물결보다도 붉은 물결이 도도하여 점점 나지막한 하늘에 접근하고 있는 듯하였다.

송 서방과 윤성이도 포플러나무에 각각 올라갔다. 작은 배에 옹기종기 모여 앉은 세 남매는 세차게 내리는 빗속에서도 그들의 부모와 오빠의 올라앉은 포플러나무를 번갈아 쳐다보느라고 얼굴 정면이 억센 빗줄기를 맞고 있었다.

"쳐다보지들 말고 가만히 엎대어 있거라. 가마니뙈기를 꽉 쓰고 꼼짝들 말어 응."

그들의 어머니는 가끔 소리쳤으나 나님이의 울음소리가 날 때마다 세

아이는 거적을 벗고 어머니를 쳐다보며 눈물을 흘렸다.

 가난한 농촌에 가뭄이라는 불을 질러 사람의 마음과 풀잎을 태우던 하늘은 이제 다시 홍수로써 사람과 집과 곡식과 가축까지를 깨끗이 씻어버리고 말았다.
 이러한 비극을 연출시키고 그침없이 쏟아지는 빗속에서 이날도 저물었다. 어두컴컴한 빗속으로 납덩이처럼 무겁게 내려앉은 하늘과 뻔뻔스럽게 넘실거리는 흐린 물결은 닿을 듯 닿을 듯하였다.
 영산강 상류로서는 집이 몇 채인지 모르게 많이 떠내려오고 마주 보이는 거대한 건물인 정미공장도 물결에 쓸려가버렸다. 오래 된 집들은 대개 물 속으로 슬그머니 가라앉았다. 윤성의 지붕에는 닭들이 옹기종기 모여 앉아 떨고 있었다. 송 서방은 배 속에 웅크리고 떨고 있는 자녀들과 지붕에 모여 있는 닭들을 내려다보고 한숨을 쉬며 두 동무의 우정을 거절한 것을 절절히 후회하였다. 끼익끽 하는 짐승의 비명이 들리며 검은 몸뚱이가 허위적이며 떠내려간다.
 "아이고 아까운 내 돼지! 아이고 아깝고 불쌍해라. 새끼조차 밴 것을 갖다가……."
 마누라의 부르짖는 소리가 들렸다. 귀성이의 소리가 갑자기 들렸다.
 "어머니 우리 검둥이는 어디로 갔소?"
 과연 그들은 검둥이의 간 곳을 모른다. 모두가 잠잠한 것을 보고,
 "나는 몰라야. 검둥이가 죽었으면 나는 몰라."
하고 귀성이가 울음을 내놓고 꽃례는 식구처럼 생각하던 닭들이 죽을 것을 생각하고 쌀례는 못 먹은 참외, 수박 생각을 하며 덩달아 울면서 같이 검둥이를 조상하였다.
 송 서방의 집은 지붕에 닭들을 인 채 어둠 속으로 흘러간다. 지붕에서 야물거리는 닭들의 그림자가 아니 보일 때까지 송 서방은 이때까지 참았던 울음을 목놓아 울었다. 마누라도 소리를 내어 울고 아이들도 울었다. 어디선지 남녀의 부르짖는 소리, 외치는 소리가 그치지 않고 들리며 가끔 소리를 지르고 있었다. 사이렌조차 목이 쉰 듯이 들렸다.

밤중에도 서로 서로 잠자지 말라는 소리를 주고받았다. 밤이 깊어갈수록 폭풍우은 점점 더 세어갔다. 일어나는 줄 모르게 일어난 바람이건만 괴롭고 두려운 지리한 이 밤이 겨우 지나고 새벽녘이 되었을 때는 붉은 물결이 바다에 일어나는 파도처럼 펄쩍 뛰어 솟아 꿈틀거렸다. 물결은 점저 더 크게 솟아올랐다.

망망한 나주 바다에는 붉은 파도가 흉흉하였다. 물결이 뛸 때마다 작은 배 속에 있는 세 남매가 악을 쓰고 서로 붙들고 울었다.

송 서방의 마누라는 그 소리를 들으며 가슴이 찢어지는 듯이 아팠다. 이틀 동안이나 온전히 굶은 연약한 기질에는 젖을 있는 대로 다 빨아 먹어버린 어린애가 붙어 있었다. 그러나 나님이는 엄마보다도 더 배가 고프다고 울었다. 가슴 속에 박혀서 젖꼭지만 입에 대고 물고 젖이 나지 않는다고 킹킹거리다가 힘대로 쭉쭉 빨 때는 전신의 피가 몰리는 듯이 젖꼭지가 몹시도 아팠다.

그뿐이랴. 가끔 구렁이가 척척 나뭇가지에 걸리고 그의 어깨에 걸려 올라올 때마다 그는 자지러지는 듯한 비명을 질렀다. 구렁이에게 한 번씩 놀랄 때마다 전신에서는 식은땀이 쭉쭉 흘렀다.

그는 나뭇가지에 걸려 있는 막대기를 겨우 한 손으로 잡아서 척척 엉키는 구렁이를 떼어 내버려도 구렁이는 얼마든지 흘러가는 물결에서 감겨들었다. 피로와 굶주림으로 기운이 저상한 송 서방과 윤성이도 뱀의 수난으로 몇 배나 더 몸이 지쳐짐을 느꼈다.

바람의 기세가 더욱 험악해가는 것에 눌렸음인시, 비는 훨씬 줄기가 가늘어지고 이따금 폭풍에 휩쓸려 굵은 빗방울이 혹 뿌렸다. 송 서방과 윤성이가 올라앉은 포플러 나뭇가지가 뚝뚝 부러졌다. 작은 배가 물결 따라 올랐다가 내려앉을 때마다 아이들은 기절하는 듯한 소리를 질렀다. 그 중에도 쌀례와 귀성이는 배가 고프다고 어머니를 쳐다보며 울었다.

몇 번이나 구제하러 오는 듯한 배가 보이기는 하였으나 미친 물결이 방향없이 날뛰는 이 근처에까지는 도저히 가까이 올 수가 없었던지 기어이 오지 못하고 말았다.

작은 배의 위험이 경각에 있는 것을 알아챈 윤성이는 자기를 묶었던

줄의 한끝으로 자기의 허리를 굳게 동이고 나무에서 뛰어내렸다. 윤성의 뛰어내리는 것을 멀리 바라보던 그의 동지인 농부들은 아우성을 치며 배를 탁랑에 띄워 다섯 사람이나 올라타고 이리로 오려고 갖은 애를 쓰는 모양이었다. 윤성이는 포플러나무와 나무의 사이를 익숙한 헤엄질로 더듬어 작은 배의 줄을 잡았다. 동아줄의 길이대로 떠밀려 있는 배는 다행히 그 옆 포플러나무 근방에서 빙빙 돌면서 뛰고 있었기 때문에 한 팔로 물 속에 들어 있는 포플러의 몸을 안고 한 손으로 필사적인 힘을 내어 줄을 당겼다.

몇 번인지 모르게 윤성의 몸은 떠밀릴 뻔하면서도,

"애들아! 나무 밑으로만 배가 가서 닿거든 누구든지 이 줄만 잡고 뛰어올라라."

하고 외치는 소리를 잊어버리지 않았다.

송 서방이 나무마다 늘여놓은 줄끝은 물에 잠겨졌다가도 바람에 따라 고기 뛰듯이 펄펄 뛰며 날렸다.

귀성이가 먼저 줄을 잡았다.

"애, 장하다."

하고 송 서방 내외와 윤성이는 감격한 소리로 귀성이를 칭찬하였다.

여덟 살 된 어린것이지만 극히 영리한 귀성이는 장난할 때부터 나무에 오르기를 다람쥐처럼 하였기 때문에 대롱대롱 매어달리며 애를 써서 줄을 타고 올라가 포플러나무를 안았다.

"아이고 꽃례도 줄을 잡았구나."

환희에 찬 어머니의 부르짖는 소리가 들리며 꽃례도 줄을 붙들고 최후의 용기와 힘을 내어 줄을 타고 올라갔다.

그 순간!

"아이고 저것!"

"아이고 어매!"

하는 부르짖음과 함께 쌀례 혼자 남은 작은 배가 팔딱 뒤집히며 쌀례는 물결에 휩쓸리고 말았다.

"아이고 어찌그나! 쌀례야! 아이고 쌀례 떠내려가네! 사람 살리소!"

　그 어머니는 쉬지 않고 울며 소리쳤다.

　윤성이는 쌀례의 가는 방향대로 헤엄쳐 나가려 하였으나, 허리를 붙들어 맨 굵은 줄이 우애와 의협심으로 가득찬 윤성의 몸을 놓아주지 않았다. 떠내려가는 쌀례는 두 손을 저으며 허위적거렸다. 작고 붉은 손이 보일 때마다 송 서방 내외는 악을 쓰며 울었다.

　"사람 떠내려가네!"

하고 외치는 소리가 여기저기서 났다. 벌써 쌀례는 가물가물 작은 손을 보이며 멀찍이 떠내려갔다.

　"어짜꼬! 쌀례야! 우리 쌀례 좀 건져주시오."

　"아이고매 쌀례야! 아이고 쌀례야!"

　그 어머니는 나무 위에서 몸을 가누지를 못하고 소리를 치며 울었다. 꽃례와 귀성이도 목을 놓고 울고 송 서방은 눈동자가 거꾸로 선 듯한 홍분을 느껴 숨을 씩씩거리며 몸을 떨고 있었다.

　윤성이는 하는 수 없이 나무에 올라 쌀례의 떠내려간 것을 바라보고 주먹으로 가슴을 치며 이를 악물고 주린 사자처럼 끙끙 앓는 소리를 내다가 다시 주먹으로 포플러나무를 힘껏 두드리며 무겁고 뜨거운 깊은 한숨을 불기운같이 내뿜었다.

　사람 떠내려간다는 소리에 사람들은 와글와글 물끓는 듯한 소리를 내며 영산교 위로 떼지어 몰려갔다.

　읍내 유지로 된 구호반과 각 신문 지국의 구호대들은 갈팡질팡하고 쫓아다녔다. 사람들은 영산교 위에서 줄을 자꾸 던졌다.

　그러나 아무리 그것들이 목숨을 살리려는 생명의 줄이라 한들 맑은 정신은 이미 없어지고 오직 탁랑에 휩쓸려 떠내려오는 어린 쌀례의 눈에 어찌 물결에 밀리는 가느다란 줄이 보일 리가 있을 것이랴!

　쌀례를 몰고 오던 험한 물결은 뭇 사람의 안타까운 외침을 모른 체하고 다리 아래로 슬쩍 지나가버렸다.

　사람들은 발을 동동 굴렀다. 읍내서 물구경 왔던 부인들 중에는 물에 희생된 작은 제물이 흘러가는 뒤를 향하여 손에 들었던 우산을 던지며 소리쳐 우는 이도 있었다. 이 광경을 목도한 윤성의 동무들의 젊은 가슴은 훨훨 달아올랐다. 다섯 사람은 사납게 펄펄 솟아오르는 붉은 물결을 눈흘기며 노를 저어 윤성에게로 향하였다. 노를 젓는 네 팔뚝에는 의분의 힘이 올라 우둘우둘 떨렸다. 그러나 거의 가까이 그것에 닿으려 하였을 때 급히 쳐내리는 물결에 노가 뚝꺽 분질러졌다. 노를 잃어버린 배는 금시에 전복되려 하였다.

그 중의 두 사람은 물결을 향하여 호통 소리를 지르며 포플러나무에 뛰어올랐다. 물결에 떠밀려 위험에 빠진 배는 가까이 떠온 배에서 던지는 줄을 잡고 겨우 안전지대에 들어갔다.

삼십오 년 만에 처음인 큰 홍수를 빚어낸 무서운 비는 내리기 시작한 지 닷새 만에야 겨우 그쳤다. 폭풍이 쌀례를 죽이는 소동을 일으키고 나서는 잠이 든 지 하루가 지난 팔월 이십이일! 송 서방의 일곱 식구가 포플러나무에 목숨을 맡기고 이 주야를 경과한 사흘째 되는 날에야 그들은 윤성의 동무들의 구원을 받아 배를 타고 관중으로 들어왔다.

사흘이나 굶고 그 위에 몸을 두 팔에만 맡겨 나무에 매어달렸던 그들은 ××일보 지국장의 안내로 여관 방 안에 들어오자 아이들은 퍽퍽 쓰러졌다. 송 서방은 정신 빠진 사람처럼 멀거니 앉았고 그의 마누라는 펄썩 주저앉으며 주먹으로 방바닥을 치면서 울기를 시작하였다.

"아이고 쌀례야! 너만 없구나! 어디 가고 없나! 아이고 쌀례야! 어린 것이 무슨 죄로 물에 빠져 죽다니 응? 이게 무슨 일이여?"

그는 소리를 버럭 지르며 또 한 번 방바닥을 두드렸다. 기운이 지쳐서 울음소리에 섞인 말소리조차 분명치 못하였다.

"아이고 세상에 이런 일이 어디 있으끄나! 누구 죄로 어린 네가 그리도 몹시 몹시 그렇게도 불쌍하게 죽었단 말이냐! 참외 수박 노래를 그렇게 불러쌓더니……아이고 쌀례야! 쌀례야!"

그는 몸부림을 탕탕 치며 쌀례를 부르면서 방바닥을 득득 할퀴었다.

"우리 쌀례는 지금 어디로 떠댕기는고? 만경 창파 바다 중에 어디로 떠댕김서 애비 에미 원망을 하고 있으끄나! 아이고……."

그의 울음소리는 목구멍 속에서 콱콱 막혔다. 여관 안팎으로 모여 섰던 사람들 중에서는 흑흑 느끼는 소리까지 들려왔다. 송 서방은 주먹으로 눈물을 씻고 윤성이는 어머니를 붙들고 위로하였다.

"아이고 몹쓸 일도 있다! 어린것이 무슨 죄로 고기밥이 된단 말이냐. 아이고 쌀례야! 내 쌀례야! 왜 쌀례 죽였소? 왜 당신은 어린 자식을 죽였소?"

그는 주먹으로 방바닥을 치며 송 서방에게로 달려들었다.

"해마다 해마다 그 꼴을 당하면서도 무엇이 못 미더워서 그렇게들 두 번이나 와서 나오라고 해도 안 나가고 뭉개드니마는 기어코 자식을 죽일랴고 고랬지라우? 아따 아따 하늘은 야속하네, 하누님도 무정하네."

그는 미친 사람처럼 부르짖으며 몸부림쳤다.

꽃례와 윤성이는 앞뒤로 어머니를 붙들고 달랬으나 그는 듣지 않았다. 귀정이와 꽃례, 나님이까지도 소리를 내어 울고 송 서방은 갑자기 '우후후' 하는 소리를 내어서 창자에서 우러나는 듯한 울음을 울었다.

"자식 잃고 집 잃고 곡식 잃고 아이고 무엇을 바라고 어떻게 살어갈 꺼나."

송 서방의 말소리는 무섭게 울려나왔다. 점심상이 들어왔으나 꽃례와 귀성이까지도 밥 한 그릇을 다 먹지 못하였다.

송 서방과 윤성이는 신문기자들이 묻는 대로 겨우 대답을 하고 있고 아이들은 구호반이 준 의복을 바꿔 입었다. 송 서방의 마누라가 지친 듯이 한쪽에 가 누워 있는 곁에 어린애는 젖꼭지를 물고 있었다.

하룻밤을 자고 이튿날 새벽에 어린 것을 데리고 여관에서 나온 송 서방은 갈 곳이 없었다. 어디로 가나? 집터는 물에 잠긴 채 흔적도 아니 보이고 몸에는 비에 젖었던 헌옷뿐이니 어린 자식들을 거느리고 장차 어디로 가서 어떻게 살아갈 것이냐? 송 서방의 눈에서는 굵은 눈물방울이 뚝뚝 흘러내렸다.

길 모퉁이를 돌아설 때 윤성의 동무들이 몰려오다가 마주쳤다. 그들은 일곱 식구를 데리고 대홍이네 집으로 갔다. 평시에 송 서방 내외가 그다지도 미워하던 유동이, 만성이, 대홍이건만 그들의 친절함은 말할 수가 없었다.

대홍이 부모는 그들에게 방 한 칸을 주고 물이 빠질 때까지 있으라 하였다. 쌀과 나무와 반찬 등은 윤성의 동무들이 번갈아가며 가지고 왔다. 며칠을 지내는 동안 송 서방 내외는 대홍이와 그 부모에게 점점 마음 깊은 온정을 느끼게 되었다. 대홍의 부친은 김 선생이라고 부르는 전에 선생까지 지낸 사람이었으므로 송 서방은 그를 딴 세계의 사람으로 대하여 왔었다. 김 선생은 대홍이와 같은 불량한 사람으로 윤성이까지 버려주는 사람이라고. 그러나 삼사 일을 지내는 동안 이 집에 모이는 윤성이의 동무들이나 이곳에 출입하는 사람들이 허 부자와는 정반대로 정답고 착하여서 송 서방 자기네와 같은 가난한 농민들을 위하여서는 목숨이나 재산이라도 바치는 과연 믿을 수 있고 고마운 사람들이라는 것을 확실히 깨달게 되었다.

또 사흘이 지났다. 나주, 영산포의 각 동리를 망쳐버린 누런 물결은 볼일 다 보았다는 듯이 완전히 빠지고 조롱하는 듯이 따갑게 비치는 햇빛에 젖은 땅들은 말라가기까지 하였다. 피난갔던 윤삼이와 덕성이가 김 선생집으로 찾아왔을 때 송 서방은 그들을 붙들고 통곡하였다. 송 서방의 식구는 영산리 그들의 집터에 왔다. 활짝 씻겨버린 붉은 땅에는 뜨물동이와 장독의 그릇 몇 개가 진흙투성이가 되어 놓여 있을 뿐이었다. 송 서방의 마누라는 참외밭 자리로 달려갔다. 참외 수박의 줄기들이 흙물에 녹아버린 것을 보고 그는 땅에 주저앉아서 쌀례를 부르며 울었다.

송 서방은 뿌리까지 녹아버린 논가로 빙빙 돌아다니며 한숨만 쉬었다. 윤성이는 아버지 곁으로 가까이 왔다.

"아버지! 이렇게 참혹한 일을 당한 것이 우리뿐만이 아닌 것은 아시지라우! 아까 오면서 보시지 않았소? 팍 짜그라진 집들, 헐어진 집들이 얼마나 많습데까? 그 사람들의 논도 다 이 모양이 되었을 것이오. 그러니 말이오, 아무리 천리로 이렇게 됐다고 하지마는 요렇게까지 가련하게 된 사람들은 다 우리 같은 가난한 사람뿐이 아니오. 저번날 김 선생 말씀같이 울고만 있을 것이 아니라 어떻게 살아갈 도리를 깊이깊이 생각해봐야 안 쓰겠소?"

윤성의 말소리는 부드러우면서도 힘이 있었다. 송 서방은 고개를 끄덕끄덕하며

"오냐, 알아들었다. 인제는 내가 그전 그 사람이 아니다. 내가 지금은 김 선생의 말이나 너그 동무들의 말이 다 옳고 우리한테 이익되는 말인 줄 안다. 그러니깐 그 사람들 말이라면 어떤 말이든지 듣고 그대로 할라고 작정했다. 참말로 울고만 있어서 쓸 것이냐? 손가락을 깨물고라도 살아갈 도리를 차려야지……."

하고 다시 논들을 죽 둘러보며 한숨을 쉬었다. 저편 참외밭에는 그의 마누라가 세 남매가 모여 앉아서 아직까지 울고 있었다.

"윤성아! 가서 그만들 울고 정신차리라고 해라 응, 어서."

"예에, 그런디 오늘밤 시령산에서 홍수에 해받은 사람들이 모여서 무슨 의논들을 한다고 하는데 아부지도 가시지요?"

윤성이가 아버지를 쳐다보고 물었다.

"암 가고말고. 다 우리 일인데……윤삼이랑 덕성이도 같이 갈 것이다."

하고 논둑길로 앞서 걸어간다.

모든 일을 천리와 팔자로만 알아버리던 명칠이는 홍수로 인하여 딸과 집과 가축과 곡식들을 잃어버린 대신 그보다도 더 크고 귀중하고 위대한 무엇을 찾게 되었다. 그의 뒤로 따라가는 윤성의 입가에는 기쁨의 미소가 돌고 눈에는 아버지를 동지로 얻었다는 승리와 자랑의 빛이 가득하였다. 오정을 알리는 사이렌 소리가 청명한 하늘에 기운차게 울렸다.

—1934년

어둠 속에서

학교에서는 정각 여섯시 반에 퇴근하였는데도 붐비는 버스에서 한 시간을 시달리다가 버스 정류장에 내렸을 때는 이미 일곱시 반이 지나 있었다.

오늘은 종일 심기가 편안하지 않아 좀 일찍 자리를 떴더니 그 보람이 있어서 근처의 주택 담장들마다 꽃구름처럼 엉긴 장미의 고운 색깔이 화려하게 죽 시야에 들어왔다.

짙은 황혼에서는 그처럼 선연하게 고움을 느낄 수는 없었고 맑고 감미로운 향기만을 들이켜면서 그 밑을 통과했는데 오늘은 붉고 희고 노랗고 연분홍색 등등 갖가지 빛깔의 크고 작은 꽃송이 송이들을 감상하면서 줄곧 은은하게 풍겨오는 향내에 싸여 천천히 걷노라니 산란하던 머리 속이 가라앉는 듯 답답하게 가슴에 몽켰던 응어리가 적이 풀리기 시작했다.

'대자연의 혜택이란 그 어느 것이나 다 고마울 뿐이다.'

이근식(李槿植)은 왼편 손아귀에 들렸던 종이 봉투를 오른편 손아귀로 바꾸어 들었다.

장미꽃 담장이 끝난 모양으로 봉투의 무게가 갑자기 불어난 듯이 느껴졌다.

다음은 집 두어 채가 들어설 만한 빈 터에 여러 가지의 채소와 자잘한 나무들이 우북하게 자라나 작은 숲속을 연상케 하는 까닭에 애착이 가는 곳이었다.

한 또래의 아이들이 술래잡기를 하다가 길 쪽으로 뛰어나왔다. 얼핏

보기에는 한 또래 같았지만 자세히 보니까 한살 터울씩이나 되는지 키나 몸짓이나가 셋이 다 다른데 모두 손에다가 모조 권총을 들고 휘저으며 뛰어다녔다.

모조리 권총을 들고 쫓기며 쫓으며 나무 새로 숨었다가 나왔다가 하는 것에 낮에부터의 잠재의식이었던지 섬뜩한 맘이 들어서 근식은 발길을 멈추고 그들의 동작을 바라보았다.

아무리 어린애들이 장난감 권총으로 어른의 흉내를 내는 것이라고는 하지만 그들은 매우 진지하게 행동했다. 칠팔구 세가 아니면 육칠팔 세쯤이나 되었을까 역시 우두머리 행세는 나이 든 쪽이 했다.

"너희들 왜 말 안 들어. 썩 일루와 서지 못해?"

우두머리의 낌새가 강하게 나오니까 두 아이가 앞에 와 나란히 섰다.

"아까 내가 가르쳐준 대루 말야, 네가 날 먼저 쏘구 그 댐에 내가 널 쏜단 말야."

"그 댐엔 네가 꼬마를 쏜다 이거지?"

"그래그래. 그러니깐 인제부턴 달아나지 않기루다. 알았지? 응? 꼬마야 너두 알았지?"

"그래 알았어."

꼬마의 음성은 당차고 폭이 넓었다.

"자 시작!"

둘째 애가 큰애에게 권총을 들이대고 악을 썼다.

"손들엇!"

큰애가 두 팔을 번쩍 위로 들어 올렸다. 그리고 재빨리 다시 내리니까 둘째 애가 두 번째 손들라는 호령을 했으나 큰애는 까딱 않고 그대로 서 있었다. 둘째 애는 미리 가르침을 받은 대로 큰애의 가슴에 권총을 대고 입으로,

"탕 탕 탕탕."

총소리를 내자 큰애는 그제야 두 팔을 엉거주춤 들고 몸을 이쪽저쪽으로 약간 뒤채는 양 하더니 뒤로 덜썩 자빠졌다.

"야 멋지다!"

두 아이는 손뼉을 딱딱 치며 재미나 했다. 큰애가 엉덩이를 툭툭 털고 일어나며 두 아이에게 말했다.

"잘 봤지? 너희두 차례루 그렇게 한다. 자 시작!"

끝말과 함께 큰애는 잽싸게 둘째 애에게 권총을 들이대며,

"손들엇!"

하고 두 번째 호령에 손을 들지 않자,

"탕 탕 탕탕."

큰 총소리를 냈다. 둘째 애는 큰애보다도 더 율동적인 몸짓으로 쓰러졌다.

"야 참 멋지게 죽는구나. 자 인제 꼬마 차례다. 시작!"

큰애가 꼬마에게 권총을 대며 손들엇 하자 꼬마는 권총을 쥔 채 두 팔을 올렸다.

"틀렸어! 누가 총을 쥐구 항복을 해? 권총 놓구 다시 한 번 손들엇!"

꼬마는 두 팔을 들었고 두 번째로는 총알에 맞아 죽는 시늉까지 한 후에,

"난 왜 안 쏴? 나두 쏴야지."

하는 항의를 했다. 두 아이는 그제야 생각난 듯이 깔깔 웃고 큰애가 꼬마의 상대를 해주었다. 꼬마는 다부지게,

"손들엇!"

외치더니 두 번째를 생략하고 이내,

"탕 탕 탕탕."

큰애의 가슴에 발사했다.

"아니 손들었는데 왜 쏴? 다시 해!"

"싫어. 총 맞았는데 왜 안 죽어? 어서 쓰러지란 말야."

꼬마는 우르르 달려가 두 손으로 큰애를 뒤로 밀쳤다. 권총이 땅에 끌리면서 꼬마를 따라갔다. 기습을 받은 큰애는 얼결에 꼬마의 뺨을 갈겨 울음을 내놓은 꼬마와의 결투가 시작되었다.

애들의 동작과 언어에 어안이 벙벙해 서 있던 근식은 이 작은 결투에 비로소 자기의 위치를 깨닫고 애들 틈에 끼였다.

"애들아, 무슨 짓들야? 조용하게 놀잖구. 자 이 팔들 놔!"

국민학교 교원의 관록이 붙은 음성을 민감하게 알아차린 큰애는 근식의 위압적인 호령에 얼른 꼬마에게서 손을 떼고 근식을 쳐다보았다. 그러나 꼬마는 다시 큰애에게로 덤벼들었다.

"왜 때렸어? 이 새끼 또 때려봐!"

"아하 꼬마! 내가 보니까 네가 첨엔 잘못했어. 잘못두 알아야 착한 애가 되는 거야."

근식은 꼬마를 안아 떼려고 했으나 의외로 꼬마의 팔 힘은 세었고, 애써 갈라놓을 때도 꼬마의 중량은 퍽 무거웠다.

"얜 권총을 달구 다닌대요."

태평스러운 얼굴의 둘째 애가 꼬마를 가리키며 히죽히죽 웃었다. 아닌 게 아니라 꼬마의 권총은 나무권총인 두 애의 것과는 달리 번쩍번쩍 윤나는 철제인데 단단한 줄에 매어 꼬마의 가죽 허리띠와 연결되어 있었다.

'비싼 것이라고 잃지 않게 잘 묶었군.'

"쟤네는 부자래요."

둘째 애가 거듭 설명했다. 부자니까 값비싼 권총을 가졌다는 자기들의 변명이 은근히 섞여 있었다.

"너희들 말야. 될 수 있는 대로 권총놀이는……."

근식은 다음 말을 잇지 못했다. 자기도 삼학년생인 맏아들에게 졸리다 못 해 제법 그럴 듯한 모조권총을 사주지 않았던가? 무슨 대유행이나처럼 권총놀이가 부쩍 심해진 까닭이었다.

"그러니까 말이다. 권총놀이는 가끔씩만 하되 착하게 조용하게들 하란 말이다."

근식은 자기도 모를 설교를 해주고 떠나오는 제 뒤통수가 부끄럽기까지 했다. 권총이란 일종의 무기다. 무기는 전쟁이나 결투에 쓴다. 싸움에서 어떻게 조용하게 착하게 하란 말인가, 아무리 놀음일망정……근식의 머리에 교무실에서의 장면이 떠올랐다.

어제 석간과 오늘 조간 신문에 대서특필로 보도된 은행 강도 체포 기사를 읽은 동료들의 표정들은 한결같이 어두웠다.

그들은 점심시간이 지난 잠시의 빈 시간에서 제각기의 의견들을 분분히 폈다.

"오리무중에 잠길 줄 알았더니 기어코 드러나서 통쾌하긴 한데……."

"누가 아니래요. 수백 명의 용의자들은 참 어이없고 허망하게 당했지 뭐요? 그 수난이 언제까지 계속될지 모르는 계제에……."

"구원의 손길이 나타났군요. 가녈핀 아동의 말소리에서……."

"어쨌거나 용하기들은 하지 않소? 끄나불들을 척척 잡아채니 말요."

"그게 전문이고 그게 천직이니까 자연히 척척 풀어나갈 게 아니겠어요?"

"만일 아동의 제보가 없었던들 어떻게 되었을까요?"

"다시 오리무중에 잠길 수밖에……."

"그렇지. 전례대로 영원한 수수께끼로 남게 될 가능성이 많지요."

"가능성이라?"

"그 가능성을 말살한 한 어린 시민의 신고!"

"그 신고자가 국민학교의 아동이라는 데서 우리가……."

"왠지 모르게 수치감과 책임감을 느끼게 되고 뿐만 아니라 준렬한 반성을 하게 되죠? 안 그래요. 선생님들!"

육학년 담임이 그렇게 말하자 모두들 동감이라고 고개를 숙였던 것이다.

그러고 나서도 거머리처럼 신경에 끈질기게 달라붙었던 한가닥의 상념을 장미꽃의 아름다움에서 겨우 잊을 뻔했는데 아이들의 권총놀이에서 되살아나 근식의 머리 속은 다시 산란해졌다.

'아들놈에게서 당장 권총을 압수해야지.'

자기의 아들도 날마다 저렇게 모조권총을 이용하여 동무들을 몇 번씩이나 죽였다가 살렸다가 하였을 일을 생각하니 모골이 송연해졌다. 아무리 어른들의 흉내를 내는 아이들의 장난이라 할지라도 그 행동이 쌓이는 대로 은연중에 아이들의 상식이 되고 습성이 되지 않을까? 더구나 어른들의 흉내란 모두가 다 위험한 것뿐이다. 무엇을, 어른들이 무엇을 아이들에게 이것이노라고 뽐내어 보여줄 수 있는가? 부디부디 내 본을 따서 흉내내보라고 버젓하게 내세울 만한 어떤 자랑거리를 어른들은 가지고 있는가?

그런데도 어쩌다가 이런 위험천만의 권총놀이가 유행 전염병같이 만연되어 있게 되었는가. 애초에 총이나 권총 같은 살벌한 장난감은 만들어내지 말았어야 할 것 같다. 반드시 겨냥물이 있어야 효과를 낼 수 있는 무기! 그 겨냥물이란 과연 어떤 종류의 것이라야 하는 것일까? 대립되어서야만 쓸 수 있는 무기다. 상대가 대적이 아닌 자신이라 할지라도 그 총이나 권총의 탄환이 비록 자신의 가슴을 겨냥하여 쏘아진다 하더라도 자기와 자기의 대립임에 틀림없지 않는가.

그 겨냥이란 크게 말하여 한 나라가 될 수 있고 작게 말하여 한 가정도 될 수 있다. 그러나 많은 사람들은 재물을 겨냥한다. 그것도 내 것이 아닌 남의 재물과 대립하여 그것을 겨냥하고 총알과 탄환을 난사하는 것이다.

매양 권총이란 의(義)에서보다 불의(不義)에서 흔히 사용된다.

이등박문의 가슴을 꿰뚫은 그 귀중한 탄환은 나라를 위한 애국심의 극치의 결정체이지만 불의를 위하여 남용되는 탄환은 우리에게 어떤 무서운 영향을 끼치고 있는가.

근식은 여기까지 생각을 끌어오다가 문득 오늘 종일 자기를 괴롭힌 번민의 초점이 이디에 있음을 정확하게 집어냈다. 그것은 국민학교의 아동이 그 제보를 그의 과외선생님의 서랍에서 얻어냈다는, 즉 그 '선생님의 집'이라는 그 사실인 것이다.

근식 자기는 현재 ××국민학교 사학년의 담임이다. 사랑스러운 제자들의 사기(邪氣)가 없는 별 같은 눈동자에 이 육 척도 못 되는 이 몸뚱이가 어떻게 비쳐 있을까? 진실하고 친절하고 헌신적인 스승으로 봐주는 것일까, 그렇지 않으면 가슴 밑바닥에 도사리고 있는 욕심까지 빤히 들여다보는 것일까?

'어쩌다가 그런 것을 아동의 눈에 띄게 함부로 방치했을까.'

　보관용이라면 남의 눈에 미치지 않는 곳에 깊숙이 감추었어야 한다. 왜 하필이면 누이의 책상서랍 속이란 말인가. 혹시 그 오빠의 침실을 그 선생은 임시의 교실로 썼을지도 모르긴 하되, 어쨌거나 보기에도 무시무시한, 즉 아이들에게뿐 아니라 누구에게나 공포심을 일으키게 하는 악용에 적당한 물건을 초콜릿 과자처럼, 크레용 색연필처럼 무관심하게 버려둘 수 있는 그들의 생리와 심리를 진정코 이해할 수가 없는 것이다.

　방치하였던 그들의 행위로 크나큰 사건이 해결되고 그로 하여 몇 사람이 특전을 얻은 것은 깊이 찬양할 일이며 통쾌하기도 이를데없으나 선생님의 집이었다는 이 사실만은 씻을 수 없는 수치임에 틀림없지 않은가.

　자신들의 어릴 때와 지금의 아동들은 그 견해부터가 근본적으로 다른 것 같다. 그렇다면 내 이면에 감추어진 모든 보이지 않는 결점까지라도 그들은 묵묵히 관찰했다가 필요할 때에 주저없이 용감하게 토로하고 비판하고 징계할 것인즉 지금부터라도 자신을 전보다 몇 배나 더 반성하고 채찍질하여 그들의 좋은 선생이 되어야 하겠다고 근식은 걸음걸음 다지며 다지며 걸어서 집 근처의 언덕길을 올라가는데 저쪽 공터에서 자글자글 끓는 듯한 아이들의 함성이 들려왔다.

　꼬마 결투의 중재인이 되었을 때도 환하게 사위의 풍경이 보였는데 느릿느릿한 보행에 얼마나 시간이 흘러갔는지 이제는 어둑어둑한 황혼이 아랫동리에 깔리고 자기 집의 언저리도 회색빛에 잠겨 있었다.

　함성이 더 크게 들리면서 칠팔 명이나 되어보이는 한패의 아동들이 구보로! 하나 둘! 하는 새띤 호령에 맞추어 이쪽으로 몰려오더니, 뒤로 돌아 구보로! 하는 호령에 다시 되돌아 공터 절반쯤 되는 지점에서 멈췄다.

　대장격의 아이가 지령을 내리는지 뭐라뭐라 재잘대더니 아이들은 일제히 쇳소리 같은 날카로운 소리를 지르면서 이쪽저쪽으로 흩어졌다. 이쪽으로 달려오는 패의 두 명이 근식의 앞을 휙휙 지나 우편으로 가고 두 명은 왼쪽 모서리에서 정지하는데 그들이 다 각각 모조권총을 쥐고 있는 것에 근식은 다시 한 번 놀라지 않을 수 없었다.

　'이게 무슨 변괴란 말인가.'

"얘들아 너희들 지금 뭐하는 거냐?"

근식은 가깝게 서 있는 아동에게 물었다. 황혼 속에서 그들은 땅에 붙은 듯 더욱 작게 보였다.

"이 속에 강도랑 간첩이 숨어 있어요."

아이는 공터를 수북하게 덮고 있는 풀숲을 가리키며 또랑또랑하게 대답했다.

"뭐라구? 다시 분명하게 말해봐!"

"이 수풀 속에 강도 한 명과 간첩 한 명이 잠복해 있어서 우리가 지금 그것들을 체포하려는 거예요. 알아들으셨어요?"

제법 조리있고 유식한 명답이 끝나기도 전에 이쪽의 아스라한 명령이다.

"돌격!"

정사각형이 아닌 장방형의 풀숲 사면에 서 있던 아동들이 일제히 숲속으로 전진해 들어갔다. 그들은 풀숲을 헤치며 뒤지다가 못 찾았는지,

"이 새끼야! 어서 나와!"

"이 새끼들이 어디로 꺼졌어?"

"야! 빨리 자수해라!"

"그래그래. 자수하면 살려준다."

제각기 지저귀는 소리가 풀풀 들려왔다. 풀숲은 여전히 요동하고 극성스러운 아동들은 노획물을 저 먼저 찾아내려고 풀숲을 난장판으로 짓밟으며 날뛰었다.

아까의 아동들과 거의 한 또래지만 꼬마는 섞이지 않은 소위 단체행동임에 틀림없었다. 아까는 산발적인 개인의 결투에서 중재인이 되었지만 이 단체적이요 구체적인 전투에서 근식은 한 방관인이 될 수밖에 없었다.

묘하게도 그 노획물은 발견되지 않았다. 강도라거나 간첩이라거나의 지명을 받은 아동은 그만큼 영악하고 민첩하더란 말인가.

"앳 이놈의 새끼 나중에 나와만 봐! 막 기합을 멕일 테니까."

한 아이가 투덜거리며 풀숲을 헤치고 나왔다. 근식은 재빨리 아이의

손을 잡았다. 그는 권총 쥔 손을 빼내려고 제 손목을 마구 비틀어댔다.

"겁낼 것 없어. 묻는 말에 대답만 하면 되니까. 강도랑 간첩을 잡으면?"

근식의 질문이 끝나기도 전에 그의 대답은 상금을 타기 위해서라는 것이다.

"상금은 누가 주는데?"

"우리 대장이 줘요."

"대장이 누구냐?"

"삼학년 삼반 반장 이종수예요."

"뭐뭐 뭐라구?"

근식의 창백하게 바랜 얼굴을 아이는 어둠 때문에 알아채지 못했다.

—1976년

비　탈

　수옥이가 눈을 떴을 때는 머리맡의 들창이 희미한 새벽빛에 젖어 있고, 모기장을 바른 방문으로 밖에서 서성거리는 사람들의 그림자가 어렴풋이 보이는 아주 이른 첫새벽이었다.

　수옥은 반듯이 누운 채로 두 다리를 쭈욱 뻗고 두 팔을 베개 위로 올려 기지개를 한 번 힘껏 켰다. 뼈마디에서 오독오독 소리가 나는 듯싶게, 그리고 줄어들었던 근육이 맘껏 펴지는 것 같게 그 기지개 켜는 맛이 유쾌하고 시원하였다.

　어젯저녁 일곱시에 정거장에 도착하여 석양의 산등성이 길과 논밭 두렁길로 오 리 남짓하게 걸어서 집에 왔을 때는 마당에 지핀 모깃불이 한창 연기를 무럭무럭 내고 있었고, 그 연기속으로 마루 끝에 모처럼 매달아놓은 남포불이 화안하게 보였다. 모여드는 일가들과 인사를 교환하고 가족이 둘러싼 곳에서 밥을 먹고 났을 때 수옥의 팔목시계는 열시 반이나 되었던 것이다.

　수옥은 잠이 모자랐다. 좀더 새벽잠을 청하고자 모로 돌아누웠다. 그러나 그 순간 의사의 부탁이 생각났다.

　'시골은 공기가 좋을 테니까 새벽에 일찍 일어나서 한 시간쯤 산보하는 것을 잊지 마시오. 쓸데없는 생각은 일체 말고 평화한 심정을 계속하도록 노력하시오.'

　교의(校醫)의 말소리가 들리는 듯하여 수옥은 자리에서 냉큼 일어났다.

오늘이 보리타작하는 날이라 하여 어머니는 반찬 준비하기에 앞터전과 뒷밭으로 왔다갔다하고, 수옥의 동생 수진은 생선과 마른 반찬을 사오려고 첫차로 목포에 갔다.

아버지는 도리깨의 열을 조사한 다음에 사람 수효대로의 도리깨발을 장대에 끼면서 머슴더러 어서 마당을 쓸지 않는다고 호령한다.

"용쇠야 구석구석에 있는 것 다 좀 잘 치고 깨끗하니 딱 쓸어놔라. 너 이놈! 왜 몽그작하기만 하냐?"

수옥은 아버지의 말소리를 듣고 안심하였다. 칠십이 다 된 노인의 음성이건만 그 넓은 마당의 이끝에서 저끝까지 쩽쩽하게 울리고도 그 담을 넘어서 앞집 이쁜 어머니의 잠까지 깨워주고 만 것이다.

이쁜 어머니가 허둥지둥 달려와서 밥을 시작하려고 부엌으로 들어갔다. 수옥이가 마당에 나서니까 아버지는,

"첫새벽에 어디를 갈래?"

하고 딸의 짧은 치마를 못마땅한 듯이 훑어본다. 키가 자그마하고 손가락만한 상투가 아직도 달려 있는 다부지게 생긴 노인이었다.

"신경쇠약에는 새벽 산보를 해야 났는대요."

딸은 간단하게 대답을 남기고 대문 밖으로 나갔다. 노인은 중얼거린다.

"흥 신경쇠약이란 것이 다 뭐여? 새파란 어린것들이 쇠약이라니, 참 세상은 거꾸로 되어먹었다니까."

그는 도리깨를 벽에 기대어 세워놓았다. 앞터전에서 풋마늘을 뽑던 어머니가 또 소리친다.

"아가, 어디 가냐? 몸할라 아프담서 새벽에 어딜가?"

"네, 산보 가요. 새벽 공기 마시러 좀 갔다오겠어요."

수옥은 말소리만 뒤로 보내고 앞을 향하여 걸었다. 밭두렁 길은 좁았다. 무성한 풀잎에 엉긴 이슬방울은 수옥의 비단 양말을 아롱지게 하였다.

목화밭에는 목화싹이 제법 자랐다. 목화나무 사이사이로는 배추잎이 파랗고, 고추나무는 벌써 꽃맺은 것도 있었다. 그리고 고추밭 가로 둘러

가며 옥수수나무가 어린애 키만큼 커 있었다. 언덕 밑에는 호박 잎들이 넓은 잎새들을 너풀거리며 순들을 언덕 위로 보내어 성장할 길을 찾고 있다.

메뚜기 한 마리가 팔딱팔딱 수옥의 앞을 질러 뛰어간다. 수옥은 메뚜기를 잡으려다가 두어 번 허탕만 쳤다. 팔뚝시계 유리 위에 깨어진 이슬방울이 어렸다. 수옥은 손수건을 찾다가 얻지 못하고 검은 보이루 치마를 걷고 인조견 속치마 자락으로 손등과 시계 유리를 닦았다.

시계는 다섯시 오분이었다.

수옥이가 제일 좋아하는 자리 —— 수옥의 집 뒤 울타리가 내려다보이는 언덕인데, 그 앞으로 망망한 넓은 들이 널려 있는 곳이다 —— 이 자리에서 그의 애인을 처음으로 만났고, 또 그가 올 때마다 이 자리에서만 서로 밀어를 속삭일 수 있는 유일한 사랑의 깃이었기 때문에 수옥은 이곳을 가장 사랑하였다.

수옥은 널리 들판을 바라보았다. 못자리와 이른 모를 낸 논이 연두색으로 끝없이 이어 있다. 움직이는 하얀 몸뚱이들이 아물아물하게 보인다. 수옥은 정말식(丁抹式) 체조의 대강만을 한 다음에 심호홉을 하였다. 밭과 논에 나가면서 수옥을 힐끗 보고 지나가는 사람들도 있었다. 어디선지 소방울 소리가 들려온다.

여름의 새벽이란 무척 보드랍게 감촉되는 것이어서 수옥은 자기의 가슴이 허허하게 비어 있는 것처럼 느꼈다. 수옥은 이 풍경, 이 자리에서 애인인 정찬(鄭燦)을 그리워할 수밖에 없었다. 그저께 밤에 정은 수옥에게 이런 말을 하였던 것이다.

"수옥 씨! 이번에야말로 수옥 씬 수옥 씨의 사는 곳을 잘 알아가지고 오셔야 합니다. 이렇게 말하면 대체로 수옥 씬 수옥 씨의 부모라든가 고향이라든가 거리가 퍽 먼 곳에 서 있다는 것을 알아야 합니다. 당신이 지금 전문학교 삼학년이 아닌가요? 한 해만 더 있으면 학창에서 밀려나지 않을 수 없습니다. 학창이란 또 기숙사생활이란 영구한 게 못 되거든요. 그런데 수옥 씬 평생 학생으로 기숙사 생활만 계속할 사람처럼 그 학창과 그 생활에 사로잡혀서 도취되어 있단 말입니다. 간단히 말하자면 수옥 씬 현재의 그 환경이 눈을 꽉 가리고 있어서 당신의 좌우에 있는 실사회라든가 현실이 눈에 보이지도 귀에 들리지도 않고, 집에서 보내는 학비 이십오 원의 쓸 곳밖에 보이지 않거든요. 그믐에 돈이 오면 식비와 월사금 내고 날마다 학교에 갔다와서는 영어 단자만 외고 그럭저럭 밤이 지나면 또 학교에 가고 또 돈오기를 기다리고, 그러는 동안 한 달이 지나거든요. 부수적으로는 예배도 보고 빨래도 하고 운동도 하고 외출도 하면서, 삼 년을 지내왔으니 말이죠, 나머지 일년에서 수옥 씨가 자신을 발견하지 못한다면 수옥 씬 벌써 현대여성이 아니란 말입니다."

정이 약간 흥분되어서 여기까지 말할 때 수옥은 혼잣말처럼,

"내가 현대여성이 아니면 뭘까?"

하였더니 정은 고개를 끄덕였다.

"그렇죠. 수옥 씬 물론 현대식 여성입니다. 머리를 지지고 전대에 없던 뾰족구두를 신고 양속 양복을 입고 금시곌 차고, 얼굴이 현대식 미인이겠다, 스타일이 만점이겠다, 과연 울트라 모던이죠."

그는 픽 웃었다. 수옥도 따라서 웃었으나 속으로는 일종의 모욕을 당한 듯이 분하기도 하였다.

"그러나 말입니다. 수옥 씬 다만 일천구백삼십삼 년식의 여성이었다 뿐이지 현재 실사회가 요구하는 여성은 아니란 말입니다. 수옥 씬 현실에 어둡습니다. 현실과는 너무나 너무나 동떨어진 자리와 생각에 묻혀 있습니다. 좁게 말하면 수옥 씬 자기의 가정과 고향에 융화되지 못할 것이고, 넓게 말하면 우리의 현실이 현재의 수옥 씨 같은 여성을 요구하지 않는다는 말입니다. 그러니 수옥 씨가 어떻게 현대여성 즉 현사회를 짊어진 한 사람, 다시 말해서 사회생활의 개척과 성장을 맡은 한 분자인 그런 여성이 될 자격이 있겠습니까?"

"아니 그럼 난 아무 자격도 없는, 쓸모가 없는 여자란 말예요?"

수옥은 빨근해서 톡 쏘아붙이며 정을 똑바로 보았다. 시선이 분노로 떨리는 듯했다.

"그렇죠. 지금의 수옥 씨 같아선 그렇단 말입니다. 수옥 씨가 적어도

현실에 입각한 자신을 발견하지 못하고, 자신의 환경을 지배하지 못하고 수옥 씨의 안계를 전환 또는 넓히지 못하는 한도 내에서는 정찬이라는 이 몸이 요구하는 여성도 되지 못할 것이니까요."

수옥은 더 앉아 있을 수 없어 발딱 일어나 급히 기숙사로 돌아와버렸던 것이다. 한 달밖에 남지 않은 하기휴가를 앞에 두고 극도의 신경쇠약증이란 교의의 진단에 남보다 일찍 고향에 돌아가지 않을 수 없어서 그저께밤 특별허가를 얻어 정찬의 숙소를 찾아갔던 것이 그만 자기의 자존심을 꺾이운 원인이 되었던 것이다.

수옥은 밤새도록 분하여 잠을 이룰 수 없었다. 전전반측 앙앙불락하다가 일어나니까 머리가 더 무겁고 눈은 아찔거리기만 했다.

그러나 어제 아침에 정은 흔연히 용산역까지 수옥을 전송했다. 그는 수옥의 귀 가까이 입을 가져갔다.

"어젯밤 내 말에 노했다면 다행으로 생각합니다. 잘 생각해보시오. 이번엔 병으로 가니까 좀 뭣하지만 가능한 범위 안에서 당신의 향토와 농민들과 친하려고 애를 써보고, 또 그네의 실생활을 허수히 관찰하지 말고, 수옥 씨도 그 생활에 동화되도록 최선의 노력을 해보시오. 며칠 내로 나도 내려갈 테니까요."

정은 수옥의 안색을 살핀 후에 시계를 내어보고 다시 말했다.

"시험만 끝났더라면 이번에 함께 갈 텐데 아직도 두어 개가 남았소. 그것만 끝나면 바로 수옥 씨 있는 곳으로 가리다. 틈나는 대로 아주머니께 가보시오. 그럼 조심해서……."

그는 수옥의 손을 꼭 쥐었다. 수옥을 그윽히 바라보는 정의 눈에는 애정이 있었다. 수옥은 얼굴을 붉히고 고개를 돌렸다.

웅변조인 듣기 좋은 그의 말소리! 힘찬 표정! 남성다운 태도! 허위대 좋은 체격! 무엇하나 미흡한 점이 있으랴.

그가 지금 앞에만 있다면 그의 가슴에 꽉 안기어 울고라도 싶다고 수옥은 그렇게 정찬을 그리워했다.

타작할 보리이삭을 잔뜩 한짐씩 지고 들어오는 일꾼들은 다섯 사람이었다. 그들이 밭에서 손수 베어 가지고 온 것이다. 그들은 마당 복판에 타작할 보리마당을 만들었다. 열댓줄이나 되게 사각으로 놓여진 보리이삭들은 장차 당할 고난을 기다리는 듯이 가만히 누워 있다. 다섯 사람은 이쪽과 저쪽으로 갈라서서,

"에잉……."

소리를 함께 발하면서 도리깨를 똑같이 들이쳤다. 그들은 소리와 도리깨를 꼭꼭 맞춰가며 도리깨질을 하는 그들이 도리깨를 올렸다가 놓을 때마다 팔뚝의 근육이 불룩불룩하고 장대 잡은 손에는 굵은 힘줄들이 퍼렇게 솟아오른다. 도리깨발들은 공중에서 휘이휘익 소리를 내면서 빼앵 돌아 떨어지곤 하였다. 어떤 때는 보리이삭이 따라 올라가 빙글돌다가 떨어지기도 하고 갈라진 이삭모개가 도리깨 끝에서 튀어가지고 당치도 않은 곳에 떨어지기도 하였다.

수옥은 정의 부탁하던 말을 상기하고 이번만은 모든 것을 허수히 보지 않을 양으로 마루에 앉아서 타작마당을 주의 깊게 보았다.

부엌에서는 샛밥[間食]을 짓느라고 어머니와 이쁜 어머니가 바쁘게 날뛰고 아버지 유생원은 아홉시 십분에 목포에서 떠나는 급행차로 수진이가 올 텐데 아니온다고 앞등성이에 올라서서 정거장 쪽을 바라보며 안달을 하였다.

"허 이 자식이 웬일인고, 그러기에 보리타작하는 때가 닥치면 반찬을 미리미리 사다두어야 하는 건데, 워낙 여편네가 날짝지근해놓으니까 그제 딱 당해야만 바삐 서둔단 말여."

유 생원은 등성이에서 내려와 뒷짐을 지고 부엌에 있는 마누라를 들여다 보면서 또 소리친다.

"이 여편네야, 벌써 한 마당도 끝날 때가 되는데 수진이는 안 오니 놈들을 무슨 반찬에 밥을 먹일 텐가?"

"아이구 그것도 내 탓이오? 미리미리 사다둘 줄을 누가 몰라서 못 했는가? 원수놈의 돈이 없어서 오늘사 부랴부랴 사러간 걸 글쎄 뉘 탓을 한단 말요?"

영감님보다 십 년이나 손아래 되는 마누라는 장독에서 고추장을 떠가

며 마주 소리쳤다. 수옥이도 그 어머닐 닮아서 빛깔이 희고 눈이 크고 얼굴이 갸름하고 몸매가 어여쁘다. 오십 남짓한 여인으로는 아직도 늙은 티가 보이지 않고 중년미가 어느 데선지 나타나고 있는 아담스러운 부인이었다. 유 생원은 음성을 좀더 높였다.

"뭣이 어쩌니? 누구 때문에 집안이 요 모양이 되어가는 줄 아느냐 말이다 응? 저 기집앤가 무엇인가 서울 보내서 공분가 막걸린가 시킨다고 우겨서 보낸 것은 누군데? 그러고 어린 아들놈 버는 돈은 몽땅몽땅 저 기집애 밑으로만 들여보내고 아들 장가 밑천까지도, 논밭까지도 다 없어지고, 이 여편네야! 오늘 보리타작도 뉘 보리를 타작하는 줄 알고 공당거리느냐? 내가 보리타작하는 날이나 나락가슬하는 날은 화가 치밀어 못 살 지경이다. 으응 못된 년들 같으니!"

은근히 딸마저 끌어가며 담뱃대를 곧추 세워 마누라에게 삿대질을 하면서 욕을 퍼부었다. 마누라는 잠잠하였다. 딸 공부시킨다는 원망이 나오기 때문이다.

"저년 서울가서 공부하는 지가 몇 년이냐? 벌써 칠 년째여, 칠 년. 흥, 하늘 아래 나같이 딸년 밑으로 논밭 없애는 놈은 둘도 없을 것이다. 밥을 할 줄 아나 바느질을 할 줄 아냐? 정갱이 닿는 몽당치마나 대롱거리고 말굽 같은 구둔가 뭔가만 대똥거리고 집이라고 오면 어디가 아프니 어디가 애리니하고 번번이 자빠라졌기만 한단 말여. 그러다가 이번에는 뭐 쇠약? 무엇이 쇠약했담서? 으응, 아니꼽게 늙은 애비 앞에서 쇠약이 뭐어? 그래 공부를 해가지고 인제 무잇을 할 거야? 어니 보자. 큰 녁을 본다니 어디 부원군이나 되는가……."

영감님은 부채질을 할랑할랑 하며 마루에 앉아 있는 딸에게 눈을 흘기면서 다시 앞등성이로 향해 걷는다.

그런 영감님의 푸념도 도리깨 소리에 묻힌 채로 보리타작은 거진 되어간다. 상도리깨가 외따로 서서 도리깨를 모으로 몰아 보리를 뒤적이며,

"봐라!"

하면 다른 이들은 소리로 받아 그 자리를 내리친다.

"여깃다!"

하고 뒤적여 치면 또 그곳을 쳤다.

보리를 치는 그들의 도리깨 끝에서는 불이 일어날 듯 맹렬한 기운이 돌았다. 상도리깨가 보릿대를 한편으로 휙휙 밀면서 일번 뒤적여 잦히면서 벼락치듯 주고받는 그들의 기술은 납량(納凉) 음악회에 출연하는 피아니스트의 피아노 건반을 울리는 그 솜씨 이상이 아닐 수 없다고 수옥은 생각해본다.

한 마당이 끝났다. 보릿대는 한쪽으로 쌓여지고 거스렁(빗자루 같은 것)으로 느정이를 긁어 한편으로 놓을 때 마당에는 보리알이 수북했다. 쌀보리다. 닭들이 우우 몰려와서 보리알을 쪼아 먹으려고 덤비다가 사람들에게 야단을 맞고는 저만큼 가는 듯하더니 다시 몰려오고, 개 세 마리가 이제 방금 쌓아놓은 금빛 나는 보릿대 위에서 뒹굴며 장난을 한다. 볕이 세게 나는 쉴참 때이었다.

상도리깨는 외상으로, 다른 사람들은 넷 겸상으로, 밥상을 받았다. 그들의 밥상에는 고춧잎과 풋마늘 무침, 게젓, 상추얼지, 묵은 김치, 마늘 장아찌, 그리고 고추장이 접시로 가득 담겨 있었다. 그래도 수옥 어머니는 걱정이다.

"수진이가 안직 안 와서…… 아갸 반찬이 그래서 어짜끄라우?"

"이따 점심때 걸게 먹으면 되지요."

다섯 사람은 이구동성으로 푸짐하게 대답했다. 막걸리 한 사발씩을 냉수 마시듯이 들이켠 그들은 안주를 집어 입에 넣고 적삼 소매로 입을 닦고, 이마의 땀을 씻고, 그러고 나서 밥 숟갈을 들었다.

그들의 수저에는 파르스름한 풋콩 밥이 주먹덩이만하게 올라앉았다. 그 큰 밥덩이를 흔연스럽게 입에 넣고도 다른 반찬들을 여러 가지 집어 넣어서 힘들이지 않고 씹는 것을 보고 수옥은 처음보는 듯이 새삼스럽게 놀랐다.

목포에서 열시에 떠나는 완행차의 삼향(三鄕) 역을 지나는 기적 소리가 들린 후에 얼마쯤이나 되어, 이 집 그늘진 마당 명석 위에서 샛밥이 한창일 때에, 조그마한 머슴애가 생선과 굴비와 자반묶음과 또 다른 것들을 잔뜩 지고 들어오고 뒤따라 유 생원이 과일채롱을 들고 왔다. 수진이가 사립문 밖에서 어른대며 누구에겐지 들어가기를 청하였다.

수옥은 목을 빼가지고 기웃이 내다보다가 반가움으로 극한 외마디를 지르고는 고무신짝을 끌고 문쪽으로 달려갔다.

"아이구 주희! 이거 웬일이야, 응?"

수옥은 수진의 곁에 서 있는 주희의 손목을 덥석 잡으며 소리치다가 다시,

"아니 그런데 동경에선 언제 왔기에?"

하고 나머지 손을 마저 붙들었다.

"그저께 아침차로 왔어. 수옥인 어젯밤에 왔다지?"

주희는 수옥에게 손을 잡힌 채,

"신경쇠약으로 일찍 왔다면서, 그래두 얼굴은 괜찮어, 근본 미인이라 그런지……."

하며 쾌활하게 웃었다. 몸이 좀 뚱뚱하고 키는 수옥이만 하나, 전체로 보아 수옥의 체격보다는 훨씬 발육이 잘된 건강미가 있었다.

"또 익살야? 풍자 시인이라 다르시군. 그건 그렇구 여긴 어쩐 일로 오셨느냔 말야. 이 구석까지 글쎄 웬일야, 응?"

주희는 눈을 동그랗게 떠서 수옥을 마주보며,

"아니 반갑잖은 손님이라구 괄세하는 셈인가? 그렇지 않으면 지주댁 영양이라구 비꼬는 수작인가. 일껀 찾아오니까 왜 왔느냐구만 하니 내 참."

하고 수옥에게 잡힌 손목을 뿌리치며 눈을 흘겼다. 별안간 유 원생의 목소리가 쩡하게 울렸다.

"허어, 속창아리 없는 기집애새끼. 글쎄 손님이 왔으면 데리고 집 안에 들어가서 얘기를 해야지 볕이 쨍쨍 나는 밖에다가 손님을 세워놓고 이거 무슨 도리야?"

두 처녀는 깜짝 놀라 돌아보았다. 뒷짐을 진 수옥의 아버지가 수옥을 노려보고 있었다. 언제 들어갔던지 수진이가 다시 나오고 그 뒤를 따라 개 두 마리가 나와서 수옥과 주희의 치맛자락을 스치고 다니며 꼬리쳤다.

둘이가 마당에 들어서자 수옥의 어머니가 잦은 걸음으로 달려와서 주

희의 두 손을 잡고 흔들어댔다.

"세상에도 주희가 우리 집엘 다 오고…… 어서 들어가자. 해필 오늘이 타작날이라 어수선하니 그렇다."

수옥 어머니는 주희를 대청마루로 끌어 올리려 했다. 주희는 공손하게 인사한 뒤에 수진이 깔아놓은 돗자리 위로 조심성스럽게 앉았다. 수옥은 부채로 주희에게 바람을 내어 보낸다. 동리 애들이 새로운 신기한 손님을 보기 위하여 사립문에서 쭝긋거리고 앞담과 뒷울타리 위로도 가끔 색시들의 머리통이 솟아올랐다. 타작꾼들도 마루쪽을 힐끗거리며 수군댔다.

"김 부자 딸이라네. 남북악리며 삼향 일판이 다 그 집 논뿐 아닌가. 오늘 이 보리도 모두 그 집 창고로 들어갈 것이라네."

"그래도 어디 부잣집 딸 같은가? 생원님 딸보담도 더 수수하네. 생원님 딸은 비단으로만 휘감고 다니는디, 그 처자는 모시 치마에 모시 적삼을 입었네그려."

"허어, 이 사람 너무 감복 말게. 그 집 아들을 봐! 어짜고 다니던가? 저 처자도 수수해서 그런당가? 비단이 하도 흔하니께 모시옷을 입어야 더 멋이 나거든. 다 그렇다고, 그런 거여."

상도리깨가 담뱃대 대통에 썬 담배를 담으며 아는 척한다.

"아따 김 부자가 누구라고 비단이 그리 많은 줄 아시오? 어떤 꼼냥인데 바로 비단옷에 고기반찬에 식구들을 먹여 기르겠소?"

"흥, 작인들한테나 꼼냥이 깍쟁이 호랭이 여수 노릇을 하지 저희 첩들이나 자식한테도 그런당가? 모르는 소리 말고 보리 지러나가세."

상도리깨가 곰방담뱃대를 입에 물고 일어서며 담배를 뻐금뻐금 빨면서 사립문으로 나간다. 다른 일꾼들도 뒤따랐다.

지주의 딸을 손님으로 모신 수옥의 부모는 점심 대접할 준비에 매우 분주하였다.

유 생원은 그늘진 곳에서 생선을 다루고, 수옥 어머니는 풍로에 불을 피웠다. 그리고 수진은 어린 감자를 캐러 뒷밭에 갔다.

주희를 위함도 한 조건이 되나 어제 온 딸이며, 닷새 만에 하루씩 쉬는 날에야 겨우 집에 오는 아들 수진을 위해서라도 그들의 정성은 지극하였다.

수진은 중학교 삼학년에서 가세가 무너짐을 원인으로 퇴학하고, S역의 역부가 되어 외삼촌 댁에서 근무하며 쉬는 날에만 오 리 밖에 있는 자기 집에 다니러오는 것이다.

유 생원은 생선을 다루면서도 마음이 슬펐다. 전에는 논섬지기나 착실히 가진 호농(豪農)이었는데, 아무리 부지런히 일을 하고 절약을 하여도 점점 빚을 지게 되어, 금융조합에니 척식회사에니 논을 저당하기 시작하다가 나중에는 친분이 깊은 김 부자에게 전답 전부를 저당하고 돈을 얻어 조합과 회사에서 논문서를 찾고 막대한 이자를 물었다.

수옥의 학비 문제도 파산의 한 큰 원인이라 생각하고 유 생원은 굳이 수옥을 귀향시키려 했으나 수진의 강한 반대와 용단으로 수진이 퇴학하게 되었던 것이다.

그때부터 유 생원은 수옥을 미워하게 되었다. 외아들의 월급은 수옥의 학비로 모조리 들어가고, 금비니, 암모니아의 얄궂은 비료를 살 때는 강변을 내지 않으면 안 되게 될 때마다 유 생원은 마누라와 다투고야 말았다.

김 부자와의 약속기한이 지나 전답이 넘어가게 될 때 유 생원은 친히 김 부자에게 가서 사정하였다. 그러나 거절을 당하였다. 최후에는 빌다시피 하였다. 김 부자는 부자답지도 않게 바싹 여윈 얼굴에 교활한 웃음을 띠며,

"영감님도 딱하시지, 천하사를 다 잘 알으시면서 어찌 경위없는 짓을 아랫사람 데리고 하시려고 하시오? 그건 도무지 안 될 일이니 그저 작인 노릇이나 착실하게 하시오. 그러면 나도 속쯤은 있을 테니까."
하고 고개를 싹 돌렸다. 유 생원은 벌떡 일어났다. 그리고 뒷짐을 지고 호령을 하였다.

"이노옴! 네가 뉘 것으로 부자가 됐어. 네 애비 일을 생각한들 나를 괄시할까? 네 애비가 원 노릇할 적에 긁어 모은 돈인 줄 알면, 이놈 무죄한 백성을 수백 명 어긋나게 한 그 재산이거늘 네놈은 백 배나 더 흉악한

놈이로구나. 의리도 은혜도 모르는 놈 같으니. 네 할애비가 우리 집에 대한 은혜가 얼마나 큰지 네까짓 돼지 같은 놈이 목이 잘룩해서 사람 명색이지 견마보다 못한 놈이 어찌 알랴더냐? 보자! 대대로 두고 보자! 얼마나 잘되는가…….”

침을 탁 뱉고 왔던 것이나, 이 년이나 지난 오늘에도 자기가 빚만 더 졌고 그놈은 점점 더 큰 부자가 되는 것을 생각할 때 눈에서 불이 나는 듯하여 생선 다루던 칼을 여러 번 헛잡았다. 그놈의 딸을 위하여 한다는 것보다 자기의 귀한 아들 수진 때문이라 고쳐 생각하고 겨우 마음을 가라앉혔다.

김 부자는 삼향 일대에서 제일 욕심나던 유 생원의 기름진 역사 깊은 옥토를 최후로 삼키고 완전한 소작촌의 한 제왕(帝王)으로 군림하여 있었다. 그의 궁궐 같은 첩의 저택들과 별장들은 해마다 불어만 갔다. 주희는 어려서 어머니를 잃은 김 부자의 정실의 딸이었다.

주희는 정성어린 점심과 저녁을 대접받고 서늘한 뒤뜰에 명석을 깔고 누워서 반짝이는 별하늘을 쳐다보며 수옥과 도란도란 얘기를 펼쳐갔다.

“그저게 집에라구 오니간 글쎄 구역이 나서 일신들 있을 수가 있어야 말이지. 대 부르조아의 집안엔 둘째 넷째 또 몇 째 첩들의 방안쟁의가 쉴 새없이 일어나는군그래. 남편 독점권을 쟁취하기 위하여 갖은 전술과 각색 투쟁방법이 전개된단 말이지.”

“요런, 주횐 그저 입만 벌림 비꼬기라니간. 자기 집안 말을 그렇게 하는 법이 어디 있어.”

“이건 무슨 소리야? 집안커녕 아버지 말이라두 그른 건 그르다구 해야지. 설령 내 일이라도 옳지 않은 것이야 언제든지 부정해야지 않아?”

“그야 그렇지만.”

“그렇지만이 뭐야? 이 숙녀 수옥 씨! 당신은 언제까지 아름다운 인형이 되시렵니까?”

주희는 수옥의 어깨를 지그시 누르고 그 눈을 들여다보았다. 그러나 수옥의 눈은 감겨 있었다. 주희는, 수옥의 입술이 가늘게 떨리는 것을 별빛에서라 알아볼 수 없었다.

내일 수옥을 자기의 별택에 데리고 가겠다는 조건에서 주희는 수옥의 집에서 하룻밤을 자게 된 것이다. 마당에 모은 모깃불 연기가 마루를 거쳐 대청 뒷문으로 솔솔 기어나왔다.

"과실들 먹어라, 주희가 사왔단다. 칼 갖다주리?"

수옥 어머니가 마루 뒷문에서 말했다. 주희가 발딱 일어나며 대답했다.

"잡수세요. 그것 사느라구 아홉시 차두 놓쳤어요. 아버지께서 야단치셨다지? 수옥이, 우리 마루로 가서 과일 벳기자구."

둘이는 대청으로 나와 배와 사과를 모양 있게 깎고, 바나나 껍질을 벗겨서 접시에 담아 쟁반에 놓았다. 그것을 수옥이가 들고 아랫방 마루에 걸터 앉은 아버지께 가져다드렸다.

"수진이나 주어라. 수진아! 이리 와서 이거 먹어라. 먹고 어서 자야 동틀 때 또 일어나서 정거장에 가지 않냐? 앵……참."

아버지는 벌떡 일어나서 수진을 찾으러 밖에 나갔다. 수옥은 과실 그릇을 마루에 놓아두고 다시 마루로 올라와서 바나나 한 개를 집어 주희에게 주었다.

주희는 수옥 어머니에게 사과 한 알을 통으로 깎아드렸다. 수옥 어머니는 맛난 듯이 먹으며 주희의 동그스름한 얼굴을 바라보다가,

"아이 주희 얼굴은 훠언하기도 하다. 불빛에 보니 달덩이 같구나. 살비슴도 좋기도 하고…… 왜 우리 수옥이는 빼빼하니 살기가 없는지 몰라."

하고 수옥의 청초한 얼굴을 돌아본다.

"그러니까 신식 미인이랍니다. 서울서도 유명한 미인이랍니다. 그러기에……."

수옥은 주희의 다리를 꼬집으며 말꼬리를 가로챘다.

"정작 신식 미인은 주희같이 건강미가 있는 여성이라야 현대적이래."

이번에는 주희가 수옥의 입을 틀어막았다.

"쉬이, 쓸데없는 말 그만두자구. 저거 봐. 저인 캄캄한 데서 방아를 찧느라구 혼자 애를 쓰구 있잖아? 공연한 시간을 버리느니 방아 찧는 것이나 거들어줄까?"

주희는 느정이를 찧어 키에 까불고 있는 이쁜 어머니에게로 갔다. 이쁜 어머니는 오늘의 품값으로 얻은 느정이를 찧어 보리알을 내가지고 다시 밤동안에 두 번을 찧어야 내일 아침 여섯 식구에게 보리곱쌀밥을 먹이게 되는 것이다. 밤이 깊도록 절구질을 하는 그를 첫새벽의 삯일은 눈을 부릅뜨고 기다리고 있는데도…….

그러나 미리 품값을 내다가 먹은 집의 일을 하는 동안은 겨우 두 끼의 죽으로 연명하거나 그렇지 않으면 그들의 식구는 굶을 수밖에 없는 것이다. 이쁜 어머니는 주희의 조력을 완강히 거절하였다. 주희는 지지 않고 고집했다.

"내가 무슨 장난삼아 해보려고 그런 줄이나 아시오? 그렇게 몹시 거절할 게 뭐 있어요? 밤은 깊어가는데 얼른 찧어버리구 당신도 쉬셔야지요."

주희의 말이 너무나도 진정이었기 때문에 이쁜 어머니와의 맞절구질은 시작되었다. 유 생원은 그것을 보았다.

"허어, 언제 해보았기에 곧잘 하는구나. 우리 수옥인 밥버러지여."

수옥 어머니도 혀를 두르며 주희의 익숙한 방아질을 칭찬하였다.

목포로 내려가는 막차의 소리가 들린 다음에야 그들의 방아질은 끝이 났다. 주희의 뺨에는 홍조가 올랐고 탐스러운 손길에는 힘줄이 보였다. 속적삼은 땀에 흠씬 젖어서 겉옷에까지 스며들었다.

주희의 언어와 체격과 표정과 행동에는 힘이 넘치고 열정이 흘렀다. 싱싱한 원기 그대로가 주희의 전신을 흐르는 듯하게 보였다.

이것을 바라보는 수옥은 씩씩한 주희와 가냘픈 자기를 비교해보며 스스로 부끄러워하였다. 애인 정찬에게서 느끼던 열정을 주희에게서도 볼 때, 확실히 그 두 사람에게 공통점이 있음을 발견하였다.

그는 정찬의 말을 상기하였다. 그가 언필칭 말하는 참된 의미에서의 현대여성이란, 즉 현실이 요구하는 여성이란 주희 같은 여성일 것이라고 수옥은 생각하였다.

'정찬 씨가 요구하는 여성도 물론 이런 여성일 테지.'

여기까지 상상이 미칠 때, 수옥은 문득 가벼운 질투를 느꼈다.

이튿날 이른 아침에 그들은 수옥의 집을 떠나 삼향역과는 반대 방향으로 북악리 주희의 별택을 향하여 논밭길을 걸었다.

논에서 김매는 부인들은 손을 놓고 이 두 꽃송이를 구경하였다.

"흥 저들은 누구의 밭을 매며 저 농군들은 누구의 벼를 심느냐?"

주희가 혼잣말로 중얼거렸다. 수옥이가 톡 쏘았다.

"주희네 논밭에 일해주지 뭐야? 다 주희네 일만 하느라고 저 고생이지."

"그래그래 맞았어. 일년 열두 달 내내 김 부자 한 사람만 위해서 이 지방 사람들이 죽도록 일만 해주니 김 부자만 더 큰 부자가 되고, 밤낮으로 뼈가 닳게 일만 하는 그네들은 먹을 게 없어, 입을 게 없어, 굶어서 병들어. 이게 무슨 기막힌 모순이냔 말야. 수옥이네 집에서도 일년내 농사진다구 해도 그게 다 김 부자네 농사란 말야."

"알긴 자알 알았군."

"그러니 수옥 씨. 내가 이번에 일찍 동경에서 나온 것도 내 의식에 큰 변동이 생긴 데 대한 해결을 지으려고 그런 거랍니다. 수옥 씨도 응원해 주세요, 네?"

주희는 익살스러운 말소리를 내어 수옥을 돌아보고는 다시 앞으로 걸어갔다. 수옥은 잠잠히 그의 뒤만 따랐다. 십 리 길을 걸어올 때 수옥은 병인인 만큼 퍽 괴로워하였다. 그러나 짙은 숲속에 표표하게 솟아 있는 궁궐 같은 주희네 저택을 보자 수옥은 뛸 듯이 기뻐했다. 그리고 그 별장이 얼마나 장엄하며, 근처의 경치가 얼마나 절승이냐고 입에 침이 마르도록 칭찬했다. 칭찬이라기보다 오히려 그지 없이 부러워하는 빛이 역력하였다.

주희는 수옥의 태도가 도무지 마땅치 않았다. 주희는 약간 증오와 멸시의 빛이 움직이는 시선으로 수옥의 조각같이 선이 곱게 진 얼굴을 쏘아보았다.

손님이라서 수옥이가 먼저 목욕을 하고 나왔다.

주희의 방 경대 앞에서 화장을 하는데 주희는 바스켓에서 타월을 꺼냈다.

  "내 얼른 하구 올게 혼자 좀 있어, 응?"

하며 난간마루로 쿵쿵 걸어갔다. 밖에서는 저녁 준비를 하느라고 둘째 어머니란 이의 억센 말소리와 며느리의 가느다란 음성이 섞여 들렸다.

  수옥은 주희의 바스켓 속을 들여다보았다. 방금 주희가 타월을 꺼낼 때 얼핏 책들이 있는 것을 본 때문이었다. 제일 위에는 일기책이 있었다. 수옥은 호기심에 끌려 가만히 펴보았다. 일어로 영어로 국한문으로 그의 날마다의 생의 기록이 적혀 있었다. 일기 책 갈피에 편지 한 장이 끼어 있었다. 무심코 들추었던 수옥의 눈이 둥그렇게 되고, 얼굴은 새빨개졌다. 수옥은 재빨리 편지 알맹이를 꺼냈다.

  한 페이지의 원고용지였다.

  '건전한 벗 주희 씨! 열정에 넘치는 글월 기쁘게 읽었습니다. 뭣보다도 반가운 소식이었습니다. 무지한 자를 그만큼 신임하시는 본의를 저버리지 않겠으니 안심하시고 동무 삼아주십시오. 귀향하신 후 자세한 말씀 드리겠기로 이만 줄입니다. 오빠 문안 드려주십시오. 정찬'

  편지를 든 수옥의 손은 바르르 떨렸다. 그는 입술을 깨물고 편지를 꼭 쥐었다. 그러나 다음 순간에 편지를 방바닥에 던지고 푹 엎드러져 신음 같은 숨소리를 냈다.

  바로 그때이다. 난간마루를 걸어오는 가벼운 발소리가 들렸다. 수옥은 얼른 일어나 편지를 주워서 일기책에 끼어 바스켓 속에 넣어버렸다. 미닫이가 사르르 열리며,

  "뭐하세요?"

하는 소리와 함께 며느리의 갸름한 하얀 얼굴이 나타난다. 수옥은 애써 얼굴빛을 부드럽게 하여서,

  "좀 들어오시죠."

하였다. 그는 살며시 들어와 살포시 쪼그리고 앉았다.

  "글쎄 아가씨가 댁에 가신 걸 누가 알았어야죠. 계집애년이 손가방만 대롱거리고 오겠죠. 어디 가셨느냐구 해도 가르쳐주지도 않아요."

  며느리는 수옥의 몸맵시를 곁눈으로 훑어본 후에 행주치마에 붙은 무

엇인가를 집어내면서,

　"그래 어머님께서 야단을 치시구 그러셨어요. 아가씬 언제나 맘내키는 대루만 하는걸요."

하고 수옥을 정면으로 쳐다본다. 수옥은 이 여인이 무슨 까닭으로 일부러 찾아와서까지 이런 소리를 하는지 잠깐 당황하여 말대답을 하지 못했다. 그러나 그의 순 서울 말씨와 듣기 좋은 목소리며 고운 손가락과 단정한 태도라든지가 다 맘에 들어서 마주 그의 얼굴을 바라보며 미소를 띠었다.

　"어쩜 이렇게 이쁘세요? 아가씨 사진첩에서 댁의 남매님 사진을 보았죠. 그렇지만 본 얼굴은 사진보다두 몇 배나 더 미인이신데요."

　말이 끝나자 어머니의 부르는 소리가 들렸다. 며느리는 영리한 대답 소리와 함께 몸을 일으키며,

　"나오셔서 경치 구경이나 두루 하세요."

하고 올 때보다도 급한 발소리를 내면서 가버렸다. 수옥의 얼굴은 다시 흐려졌다. 수옥은 어젯밤 잠자리에서 주희의 하던 말을 생각해보았다.

　"여름마다 뒹굴고 놀며 보냈지만 이번 여름만은 좀 값있게 지내볼까 하는데 수옥이 좀 도와줄 테야?"

하다가 급히 말꼬리를 돌렸다.

　"오 참, 병중이지? 그럼 딱하다. 이를 어째? 상의할 만하고 지도받을 만한 상대자야 있긴 하지만……."

　몽롱한 졸음에 들려진 수옥의 정신은 이 말에 반짝 눈떴다. 그래서 물었다.

　"상대자란 이가 누군데?"

　수옥은 주희의 누워 있는 쪽으로 돌아누우며 잼처 물었다.

　"누구야 그이가, 응? 유어 러버?"

　"글쎄 러버까지야 안 되겠지만. 인제 차차 알게 될거야. 수옥이도 아는 사람일 텐데 뭘."

　주희는 끝내 가르쳐주지 않았다. 짙은 의심과 가벼운 질투를 주희에게 향하여 가지고 있던 수옥은 편지를 본 후에 완전히 주희를 적대시하게

되었다.

  '그 계집애가 우리 사이를 알고 일부러 찾아왔던가 봐. 나 좀 곯려주려
구…… 어떻게 우리의 연애관곌 알게 됐을까?'

  수옥은 눈을 깜박이다가 주먹을 쥐어 무릎을 탁 쳤다.

  "옳지. 정이 가르쳐주었지 뭘. 아이 분해 죽겠네. 이를 어쩌면 좋아?"

  수옥은 몸을 벽에 기대며 눈을 감았다. 깊고 가쁜 숨결 때문에 가슴은
불룩거리고 어깨도 오르내렸다.

  그는 못 견디겠다는 듯이 몸을 한 번 흔들며 눈을 번쩍 떴다. 그의 눈
이 벌겋게 충혈된 듯하였다. 가슴에서 뜨거운 무엇이 올라 오다가 좁아
서 못 나오는 듯 목에 탁 걸려가지고 목구멍이 찢어지는 것같이 아팠다.
그리고 심장은 거의 평형을 잃은 듯이 심히 동요되었다.

  연거푸 무리하게 길을 걸었던 피로는 목욕 후인 만큼 전신의 맥을 풀
리게 하고 극한 분노의 불길은 그의 약한 호흡기를 격렬히 충동하였다.
가슴에서 이는 뜨거운 김이 입 안을 거쳐 밖으로 풍겼다. 불같이 뜨거운
숨결이었다. 머리가 아찔하며 눈이 아물거리기 시작하였다.

  수옥이가 다시 눈을 떴을 때 방 안의 모든 물건은 뱅뱅 돌았다. 그는
방바닥에 엎드렸다. 전에 하던 경험으로 반듯이 누우려 하였으나 기침
때문에 꼼짝도 할 수 없었다.

  주희는 수옥의 증세를 보고 깜짝 놀랐다. 그는 문을 훨씬 열어 공기를
유통하게 하고 베개를 없이 하여 반듯이 눕게 했다. 기침이 가라앉아서
수옥은 눈을 감고 고요히 누울 수 있었다.

  앞바다를 거쳐오는 서늘한 석양의 바람이 이 방에 누운 수옥의 머리를
시원하게 하여주었다.

  그 이튿날 수옥은 맑은 정신으로 잔잔한 물결에 그림자를 지으며 섬
그늘로 돌아가는 흰 돛대를 바라보며 난간에 나앉아 있었다. 주희는 수
옥이 새 정신이 드는 것을 보고 이웃 마을에 다녀오마고 나가고 없었다.

  일주야 동안 주희의 수옥에 대한 정성스러운 간호는 수옥의 격앙된 감
정을 얼마큼 부드럽게 하여주었다.

  주희와 수옥은 보통학교와 여자고보시대의 동급생이었다. 남국의 두

재원은 항상 수석자리를 점령하고 있었다. 주희는 수석을 수옥은 그 다음 자리를 차지했건만 그들은 제일 가까운 친구이었다.

그들의 외모도 급중에서 뛰어났다. 그러면서도 그들은 외모와 성격까지가 정반대로 대조되어 있었다. 이것으로도 학교내에서는 유명하였고, 타교 학생들에게까지 이 두 학생은 알려졌던 것이다.

졸업후 주희는 봉건적인 굳게 얽힌 굴레를 깨뜨리고 멀리 동경으로 달아났다. 주희는 일본여자대학교 사회사업과에, 수옥은 전문학교 영문과에 각각 입학하게 된 이래 삼 년간 그들의 편지는 한 달에도 몇 번씩이나 현해탄을 건너서 왔다갔다하다가, 수옥이가 정찬과 알게 된 금년부터 편지는 —— 적어도 수옥이가 주희에게 하는 편지만은 ——발길을 멈추게 되었다.

'설마 주희가 알고서야 내 연인을 뺏진 않겠지. 그럴 애가 아닌데 내가 지나친 생각을 하는 게 아닌가?'

이런 생각도 해보았다. 그러나 부인하기에는 너무나 증거가 불충분하였다.

수옥이가 정을 만난 것은 작년 동기방학 때였다.

수옥의 집 뒤 언덕에서 눈 온 새벽에 산보 나왔다가 만나게 되었던 것이다.

그들은 전부터 안면만큼은 익히 알았다. 정찬과 주희의 오빠인 철주와는 동급생이었고, 수옥과 주희는 그들보다 한 해 아랫반이었으므로 보통학교 시절부터 중등학교, 전문학교의 시대를 통해 내려오면서 얼굴만큼은 십 년 고우의 익숙함이 있으나 통화는 그때가 처음이었던 것이다.

정찬은 아주머니 집에서 동기방학을 보내며 수옥과 자주 만났다. 삼학기에 상경할 때와 춘기휴가의 왕래는 물론 동행이었고, 수옥은 가끔 정찬의 숙소도 방문하였다. 이러는 동안 그들은 상사의 사이가 되었던 것이다.

그러나 수옥은 정이 항상 자기에게 대한 불만을 가지고 있는 것을 잘 알고 있다. 더구나 그와의 긴 대화 후에는 정의 훤듯한 이마에 완연히 나타나는 우울한 표정을 예민한 감정을 가진 수옥이 모를 이치가 없었다.

'나야 정과 사귄 지가 얼마 안 되지만 주희야 다르지. 한곳에서 살고, 오빠의 친구이니까 물론 교제의 정도가 깊었을 텐데, 왜 주희와는 연애가 되지 않았을까? 주희가 부르조아의 딸이기 때문이었을까?'

이런 추상을 하고 있을 때 주희가 땀을 흘리며 돌아왔다. 점심은 닭죽이었다.

"형님이 특별히 수옥이를 위해서 쑨 것이라니 많이 먹어."

주희는 방긋이 웃으며 수옥에게 권했다. 수옥도 마주 웃다가 주희의 눈에서 흘러나오는 짓궂은 표정의 미소를 느끼자 얼굴을 붉히며 가만히 고개를 숙였다. 수옥은 그제야 그 며느리란 여인이 철주의 부인인 것을 직각적으로 알았던 것이었다. 수옥은 그젯밤 주희에게서 이런 말을 들었던 것이다.

"오빤 말야, 방학에 나오지 않는대. 와이프가 저렇게 예쁜데두 그 꼴 보기 싫어 안 오겠다구……."

"……."

"그렇지만 누가 아나. 보구 싶은 사람이 있으면 뛰어나올지도 모르지."

"보구 싶은 사람이 어디 있길래?"

"가르쳐줄까? 오빠의 항상 사모하는 여왕이 계신 곳을…….."

주희는 수옥의 뺨을 꼭 찌르고 나서 그 손가락으로 벽에 걸어놓은 수옥의 사진을 가리켰다. 손가락만 쳐다보고 있던 수옥은 주희의 그 손가락을 잡아다가 비틀어댔다.

"요런 심술꾸러기 못 할 소리가 도무지 없으니. 이런 말괄량이가 어디 또 있어?"

그젯밤 그때의 눈과 입모습에서 흐르는 미소 그대로를 이 자리에서 거듭하고 있는 것이다. 주희는 수옥의 발그스름 상기된 얼굴을 바라보다가 슬쩍 자기 올케의 뒷모양을 건너보았다.

사실 수옥에게는 이 조롱이 싫지 않았다. 차라리 그것이 사실이었으면 하는 생각은 별택이라는 이 집을 보고 나서 한층 더하였다. 이 집의 구조와 장치는 김 부자 독특한 명안이요, 목수를 하루에 오 원씩이나 주고 서

울에서 불러다가 쓰리만큼 이 건물은 기이하고도 웅장하며 기묘하고도
우미한 기교가 전체에 잠겨 있었다.

철주는 이 집의 전 재산을 상속받을 외아들이고, 김 부자는 젊어서부
터 병이 있어 각종 선약도 무효하여 사실 죽을 날이 멀지 않았다는 것은
누구나 잘 알고 있는 일이었다.

그의 여러 부인과 첩에게는 딸들만이 있었다. 그러나 주희 외에는 아
무도 보통학교 이상 정도의 학교를 가본 일이 없었다. 주희는 어려서부
터 고집세고 억세고 영리하기로 집안에서 뿐 아니라 동네에서도 유명하
여, 김 부자로도 주희에게는 이겨본 적이 없었다. 정실의 딸이라는 것도
한 조건이 되긴 하지만…….

철주는 주희와 정반대의 성격이었다. 주희가 일마다에서 김 부자를 이
겨내는 반대로 철주는 극히 아버지에게 충실하였다. 얼굴이 곱고 체격이
호리호리하며 몸전체에서 귀족적 향내가 풍기는 듯싶은 미남이었다.

수옥은 철주를 싫어하지 않는다. 아니 도리어 정찬이상으로 좋아할는
지도 모른다. 그는 일본 조대(早大)영문과 이년이었고, 정은 경성제대
법과 이년이었다. 수옥과 방향이 같고 성격이 공통되고 체격이 비슷한
점에서 만일 가까이할 기회가 있었다면 그들이 연인관계를 맺는 것이 어
울릴 일일지도 모를 것이다. 더구나 한없는 허영심을 가지고 있는 수옥
에게는 그 허영심을 만족시킬 만한 재력이 필요한 것이매 더욱 그러할
것이다.

수옥이가 주희의 집에 온 지 사흘이 되는 날 오전에 용쇠기 수옥을 데
리러 왔다. 그들이 거진 집 가까이 왔을 때 등성이 모퉁이에서 어머니를
만났다.

"아버지가 야단치시더라. 잘못됐습니다고 빌어라. 더 큰 야단나기 전
에……."

어머니는 수옥의 등을 어루만졌다. 그들이 마당에 들어서자 유 생원이
소리를 버럭 지르며 호통쳤다.

"이 계집애새끼! 계집애가 남의 집에를 가서 사흘이나 있다니. 하룻
밤이나 자면 그냥 오는 것이 아니라 뭘 먹겠다고 그놈의 집에 가 자빠졌

어? 에잉 속창아리없는 것 같으니라고, 으응 집안이 망할라니까…….”

더 말이 계속되려는 것을 수옥의 어머니가 가로막고 부드럽게 말했다.

“가서는 그냥 아팠다지 않소? 아픈데 어찌 올 것이오? 보시오. 얼굴이 저렇게 못되었구만 그라요?”

얼굴이 못해졌다는 소리에 유 생원은 고개를 딸에게로 돌렸다. 소곳하고 서 있는 수옥의 겉모습이 수척해보였다.

“아프면 더구나 남의 집에서 편찮지. 기별이나 했으면 교군이나 얻어 보낼 것을 그랬구만.”

그는 밖으로 나가다가 하늘을 쳐다보고,

“허어 날쎄가 그냥 궂어지는구나. 막 모심고 나서 큰 물이 지면 탈인데…….”

하고 입맛을 쩝쩝 다시면서 논에 나간다.

쉬는 날을 당하여 들어오는 아들을 밤중이라도 반드시 중도까지 맞으러 가는 유 생원은 이날도 우산을 받고 마중나갔다. 막차까지 보고 들어오는 수진이가 비를 맞으며 집에 들어서자 작달비가 주룩주룩 쏟아지며 번개가 번쩍하고 뇌성이 우르르 딱하였다. 시계는 열두시 십분이었다.

수진은 수옥의 방으로 들어가서 편지를 내주었다.

그것은 수진의 이름으로 역으로 보낸 정의 편지였다. 수옥이 편지를 받을 때 이상스럽게도 가슴이 두근거리고 손끝은 가늘게 떨렸다.

'내 사랑하는 수옥 씨. 왜 소식이 없습니까? 그날밤의 감정을 아직도 품고 있음인가요? 병 증세는 어떠하며 요새는 뭣으로 소일하시오? 즉시 가려던 것이 시험이 연기되어 늦어집니다. 일주일 후면 만나겠지요. 아주머니에게로 전보할 테니 그렇게 알아두시오. 나의 부탁하던 말을 잊진 않았겠죠. 부디 건강하기 바라며 그만둡니다.   정찬'

수옥은 읽기를 마친 후, 편지를 얼굴에 대려고 가져가다가 수진이가 있는 것을 깨닫고 손을 멈췄다. 정에게서 이런 다정한 서두의 편지를 받아 본 것이 처음이라 수옥의 가슴은 높직이 뛰었다. 그는 주회에게 온 정의 편지 내용과 자기의 것과를 비교하여 보고 정의 애인이라는 자존심에 만족해하였다. 정찬이 온다는 날이었다. 며칠 두고 쏟아지던 비도 개이고 하늘에는 구름덩이가 솜처럼 피어서 뭉개뭉개 떠다니는 맑은 날이었다. 새로 심은 논 중에는 물이 너무 많아서 모가 녹아버린 곳도 있었다.

수옥은 정의 아주머니와 함께 오 리나 되는 정거장에 나왔다. 대합실에는 의외에도 주희가 머슴과 계집애를 데리고 나와 있었다. 그들은 깜짝 놀라 마주 소리치며 눈을 커다랗게 떴다.

"주희! 웬일야? 누가 오기에 응?"

수옥의 말소리는 질투로 인하여 날카로웠다. 수옥의 입술에서는,

"정의 전보 받고 마중나왔지?"

하는 소리가 새어나오려고 하였으나 애써 그것을 삼키고 나니 삼키지 못할 것을 넘긴 듯이 가슴이 뭉클하고 답답했다.

"수옥이는 웬일야? 난 오빠가 오늘 온다기에 나왔어. 수옥인 누구 마중나왔지?"

주희의 음성은 여전히 명랑하고 쾌활하였다. 수옥의 표정도 따라 밝아졌다.

"아니 임성에서 내리잖구?"

"내려올 때는 삼양에서, 올라올 때는 임성에서 내려야 더 가깝거든. 그러기에 김 부자가 만능주의 아닌가베."

주희는 스스로 제 말이 재미있다는 듯 생긋 웃었다.

기적이 뛰이하고 울며 복포로 가는 급행열자가 헐떡거리고 날려와서 요란스러운 소리를 내고는 덜커덕 땅에 붙어버렸다.

몇 사람 내리는 승객 중에서 수옥은 손쉽게 정찬을 발견하였다. 그는 교복에 맥고모자를 쓰고 손에 큰 가방을 들었다. 수옥이와 정의 아주머니가 그쪽으로 달려가려 할 때, 제일 앞객차 승강구에서 철주가 훌떡 뛰어 내리다가 수옥을 보자 깜짝 놀라며 멈칫했다.

"수옥 씨!"

그는 하얀 파나마 모자를 벗었다. 푸른 기가 도는 머리칼이 이마에 내렸다.

“참 오랜만입니다. 더구나 일부러까지 나와주셔서…….”

말이 끝나기 전에 주희가 달려와서 철주의 손을 잡으려다가 마주보는 사람과 마주치자 주희는 앗 소리를 치며 물러서다가 다시 다가서며 손을 내밀었다. 정찬이 주희의 손을 잡아 흔들며 말했다.

“주희 씨, 반갑습니다.”

철주의 시선과 마주칠 때 얼굴을 붉혔던 수옥은 고개를 돌려 이 광경을 노려보고 있었다. 정찬은 수옥을 발견하자,

“아 수옥 씨!”

하고 수옥에게 급히 다가서서 그의 손을 꽉 쥐었다. 수옥은 정의 눈을 쳐다보다가는 살짝 돌아서며 잡힌 손을 빼내려 하였다. 정의 큰 가방은 벌써 아주머니의 손에 있었고,

“야, 정 군!”

“오, 김 군!”

청년들의 인사가 시작되는 동안에 기차는 볼일 다보고 뺑소니를 쳐버렸다.

수진이가 철주와 정찬의 차표를 받으며 그들에게 인사하였다. 정찬은 일행의 앞에 걸어가며,

“아니 한차를 타고 오면서도 서로 모르고 오다니, 거짓말 같은 참말일세그려.”

하고 말했으나 이등과 삼등의 거리 관계란 말은 입 밖에 내지 않았다. 철주는 머리를 숙인 채로 따라오며,

“글쎄…….”

할 뿐 별다른 대답이 없었다. 옥색 양산을 높직이 받은 주희의 얼굴은 혈색 좋은 처녀의 최고봉을 보였으나, 어디엔지 적막한 기운이 끼어 있었다. 정은 주희를 향하여,

“바로 댁으로 가시렵니까?”

하였다. 주희는 미색 파라솔로 몸을 가리고 따로 떨어져가는 수옥을 보며,

“글쎄요.”

하였다. 쓸쓸한 그림자가 정열적으로 빛나는 주희의 눈을 스치고 지나갔
다. 수옥은 기어코 그의 외삼촌 집으로 들어가고 말았다.

　도회지에서는 영남 지방의 수해에 관한 신문호외와 태풍경보가 몇 번
이나 돌고 돌았다. 상상할 수도 없을 만큼 참혹한 수해지와 이재민의 형
언할 수 없는 참상에는 눈썹 한 번 찡그리고만 말아버리던 도회지의 사
람들도 태풍경보에만은 눈을 둥그렇게 뜨지 않을 수 없었다.
　지주들은 자기의 전답에 미칠 영향을 생각하여 이맛살을 찌푸리고, 어
장주(漁場主)들은 어장배들을 불러들이는 한편, 바다가 뒤집혀 고기떼
가 없어질 것을 염려하였다.
　목화장사들은 모처럼 잘된 목화 다래가 떨어질 것을 애달파하고, 사람
들은 각각 자기 지붕에 새끼줄을 더 놓고 울장에 못질을 하였다.
　유달산 허리에 닥지닥지 붙은 오막살이집들과 호남정 근방에 즐비하
게 있는 움집 사람들까지 지붕을 손보고 양철지붕은 큰 돌멩이들로 눌러
놓기까지 하였다.
　태풍경보는 이렇게 전국 방방곡곡의 인심을 골고루 뒤집어놓았던 것
이다.
　그러나 온 동네를 다 털어야 신문 한 장 보는 집이 없는 한숫돌, 샛돌,
다너밋돌이며 남북악리와 같은 궁벽한 농촌의 농민들은 이런 소식을 알
길이 없었다. 다만,
　“영산강이 넘었다더라. 나줏들이 바다가 되었디더라.”
　어디로선지 누구의 입으로선지 오는 곳 모르게 퍼져오는 소문에만 가
슴을 졸이며 근심하였다.
　몇 번씩이나 물에 잠겼던 벼들도 태풍이라는 시련을 겪고야 말았다.
죽은 듯이 쓰러졌다가도 부스스 일어나고야 마는 벼들에게는 극한 형벌
중에서도 기어코 살아서 결실을 해야만 되겠다는 굳은 헌신적 정신이 있
는 듯이 보였다.

　주희는 땀을 흘리며 다너밋재로 향하여 올라갔다. 다너밋재란 달이 넘

어가는 언덕이라서 동네 사람들이 지은 명칭이었다.

주희는 언덕 위에 올라서서 땀을 들이며 좌우를 둘러보았다. 물과 바람의 시련을 이기고 이제는 제법 큰 키로 짙은 검푸른 빛을 가없이 이어 있는 들판에는 황혼의 서늘한 바람에 잔물결치며 개선가를 부르는 벼들의 움직임의 소리가 있었다. 생의 속삭임이 있었다.

매미 소리가 그친 울창한 나무숲은 깃잡아드는 참새들의 바쁜 듯한 지저귐을 관대하게 안아주면서 눈뜨는 초저녁 별들에게 높은 가지들이 목례하는 듯했다.

두 번째로 이 자리에서 정찬을 만나게 되는 주희의 가슴은 정각의 삼분 전을 남기자 그윽히 설레어짐을 느꼈다. 맘을 진정하기 위하여 심호흡을 계속하고 있을 때 뒤로부터 풀숲을 헤치고 걸어오는 발소리가 들렸다. 뒤이어,

"벌써 오셨군요."

하는 말소리도…….

심호흡은 원망스럽게도 주희의 뜻을 저버리고 가쁜 숨결로 변해버렸다.

주희가 정에게로 몸을 돌렸을 때 그의 얼굴은 능금처럼 싱싱한 붉은 빛을 내고 있었으나, 황혼의 검회색이 정의 눈에 띄지 않도록 감춰주었다.

"오래 기다리셨어요? 난 정각인데……."

"아뇨. 저도 곧 왔어요."

두 사람이 자리를 정한 후에 교환한 대화였다.

"다섯시 차로 떠나셨나요?"

주희가 물으며 머리를 돌려 정을 바라보았다.

"네. 그래 바로 이리로 왔죠. 그래 경과가 어때요."

그 대답은 없이 주희는 고개를 숙이고 이윽고 말이 없다가,

"전 선생님을 이렇게 뵙게 되니깐 수옥에게 미안하단 맘이 들어요."

하고 곁에 서 있는 풀잎을 만지작거렸다.

"천만에, 그런 것이 오히려 주희 씨의 부족한 생각입니다. 주희 씨와

내가 이렇게 만나는 것은 단순히 일을 위하여 만나는 것이니까 수옥 씨도 그것쯤이야 이해하겠죠."

정의 입은 이렇게 말했으나 맘은 사실 괴로웠다. 정이 오던 날 수옥이가 외삼촌 집으로 들어가버린 후에 그 이튿날 정이 두 번이나 편지를 보냈어도 오지 않다가 사흘째 되던 날에야 새벽 산보 길에서 서로 만났다.

"나는 속은 것이 분해요. 그리고 두 사람 사이에 낀 방해물이 된 게 원통해요."

정은 그때의 형편을 말하고 진정으로 양심을 호소하였으나 수옥은 곧 이듣지 않고 울기까지 하였던 것이다. 그 후로 주희를 두 번이나 만나서 얘기한 것을 수옥이가 안다면 얼마나 지극한 질투의 불길로 수옥 자신을 태우게 될까를 상상할 때 정의 가슴은 아팠다.

'아아 수옥 씨가 좀더 고상한 뜻을 가진 높은 정열을 가진 여자라면…….'

정은 한숨을 내쉬었다. 그의 이 감정을 헤아린 주희는 갑자기 말투를 쾌활하게 음성을 명랑하게 하였다.

"제가 바로 큰일이나 같이 선생님께 자랑할 때 선생님께선 그저 노는 것보다는 훨씬 값있는 일이니 부디 힘껏 해보라구 하시잖았어요? 실지로 체험이 된다구요. 그래서 한 달 동안 정말 전 침식을 잊다시피 하고 정성껏 해봤어요."

그는 잠깐 숨을 돌리느라고 허리를 펴면서 손수건으로 콧등의 땀을 닦았다. 멀리 어둠 속으로 높가 마당에 피운 모깃불이 보이고, 언덕 아래서 반딧불 하나가 불티처럼 날아와서 빙빙 돌다가 다시 언덕 아래로 가라앉아버렸다.

이따금 시원한 바람이 지날 때마다 주희에게서 풍기는 땀내 비슷한 처녀의 체취가 정의 코에 스칠 때, 정은 가슴에서 이상한 감정이 움직이는 것을 느꼈다.

주희의 경과보고는 대개 이러하였다. 주희는 다섯 마을을 합하여 계몽반을 조직하고, 그 마을의 보통학교 졸업생 세 명을 청하여, 교원 넷이서 네 반을 가르치게 되었다.

　그들의 향학열은 눈물겨울 만큼 열렬하였다. 집에서 아이도 보고 논에 밥을 날라주고, 김도 매고, 방아를 찧고 하기에 편리할 만큼 오전 오후로 나누어서 반을 만들었으나, 대개는 오전에 왔던 아이가 오후에까지 있으려 하고, 오후에 올 아이들이 오전부터 와 있으려고 하였다.

　처녀들과 부인들은 야학으로 하려 했으나 보리방아 찧을 시간이 밤이어서 그것은 성립되지 못하고 말아버렸다.

　그러나 워낙 굶주리는 아이들이라 원기가 없고 얼굴이 노래서 두 시간만 거푸 배우고 나면 픽픽 쓰러지고 말았다. 그리고 한 아이가 한 달 동안을 꾸준히 계속 할 수는 도저히 없는 일이라 그 효과란 극히 적은 것에 지나지 못하였다.

　그들 중에는 도망질을 쳐서 배우러 왔다가도 부모에게 되끌리어 사내애들은 풀베러, 나무하러 가게 되고 계집애들은 집과 애기를 보러, 소 뜯기러 가게 되었다. 그럴 때마다 부모들은 주희에게 허리를 굽혀가며 사과하였다.

　"우선 살라니께 요 모양이오. 언제나 좋은 세상이 되어 우리 새끼들도 맘놓고 공부하게 될 끄라우?"

　그들은 눈물을 머금고 아이들을 데려간다는 것이다. 아이들은 옥수수를 삶아다가, 바람에 떨어진 감을 우려다가, 보리개떡을 만들어다가 네 선생을 먹이려 하였다. 종이가 없으매 호박잎이나 박잎에다가 꿍쳐가지고 와서 선생들 손에 가만히 쥐어주고, 어떤 아이는 봉숭아꽃을 따다가 시금치를 넣어서 찧어가지고 피마자 잎사귀에 싸서 주희에게 가져다주기도 하였다.

　"이것 보세요. 그래서 요렇게 새빨갛게 물들었어요. 정말 그들의 순정에는 눈물이 나요."

　주희는 어둠 속에 하얀 손을 내밀며 자랑하였다. 정은 양복 주머니에서 회중전등을 내어 주희의 손에 대었다. 화안한 불빛에 투명체처럼 곱게 보이는 열 손가락에 네 손가락이 피와 같이 붉게 물들여져 있었다.

　정은 손가락 끝을 내려다보던 시선으로 주희를 바라보았다. 마주 쳐다보는 주희의 눈에는 피빛 같은 정열이 억지로 웃으려는 미소의 엷은 맘

속에서 어른대고 있었다. 정찬은 하늘로 시선을 돌렸다. 별들도 찬란한 눈짓으로 몸을 떨면서 영겁의 신비를 속삭이고 있는 듯하였다.

목포로 향하는 최종 열차가 힘찬 기적을 울리며 월암산 모퉁이를 돌아 갈 때 수진은 신호의 '리이브'를 황망히 틀어 올리고 나서 선로 가에 바짝 들어선 사람들을 손으로 잡아끌었다. 이때였다. 손에 작은 가방을 들고 황황히 걸어오던 수옥이가 수진을 보자 휙 돌아서면서 저편으로 가 버렸다.

수진은 내려오는 사람들의 차표를 받으면서도 눈은 차칸으로 빨리 들어가는 수옥의 뒷모양을 놓치지 않았다. 수진은 달음질로 따라 들어갔다. 수옥의 얼굴은 창백하였다.

"큰아버지댁에 가시오? 왜 별안간 밤중에 간단 말요?"

수옥의 입술이 경련하듯 떨리면서 눈에는 눈물이 어렸다. 움직이는 기차에서 뛰어내리며 수진은,

"내일 내가 가겠어요."

하고 소리쳤다.

내일이 휴일이라 밤길을 터벅터벅 걸어오는 수진은 가끔 별하늘을 쳐다보면서 무거운 한숨을 내쉬었다. 수옥의 모습과 비슷하면서도 오히려 남자답게 잘생겼다는 수진의 얼굴에는 요사이 숨길 수 없는 우울한 표정이 떠돌았다. 그는 발길을 우뚝 멈췄다가 다시 걸었다. 그에게서는 조용한 노래가 흘러나왔다.

들판에는 잠이 와
죽은 듯하고
날새들은 집잡아
꿈이 짙으다.
뒤진 나의 외로운
피리 소리에
반짝이는 별들만
굽어다본다.

그것은 시인 조운(曹雲)이 지은 노래의 끝절이었다.

수진은 두 번이나 이 노래를 부르고도 '뒤진 나의 외로운 피리 소리에'의 끝대목을 거듭하다가 깊은 숨가락을 내뿜었다. 그는 문득,

"바보처럼 이게 뭐야?"

하고 스스로 부르짖으며 힘있게 발소리를 냈다.

집 가까이 왔을 때 아버지의 대신으로 어머니가 마중나와서 수진의 손을 잡으며,

"누님 목포로 가더냐? 꼭 보았냐?"

하고 초조하게 물었다.

"네, 갔어요. 그런데 왜 별안간에?"

"형순네(정의 아주머니) 집에서 오라고 해서 갔다오더니만 갑자기 큰아버지댁에 간다고 아버지가 야단치셔도 그냥 갔단다. 그래 아버지가 지금 끙끙 앓으시면서 야단여. 아이구 참."

어머니의 걸음걸이에는 완전히 기운이 빠져 있었다. 그 이튿날 수진이가 목포 큰댁에 도착되었을 때는 볕이 한창 이글이글 타는 듯이 뜨거운 열한시 반이었다. 수옥이는 집에 없었다. 수진의 사촌동생 수영이가,

"누님이 철주하고 배타러 갔어."

하고 알려주었다. 수진의 가슴은 덜컥 내려앉는 듯하였다. 수진은 급히 해안통으로 달려가 용당리에 가는 선표를 사서 발동선에 올랐다.

용당리에서 철주의 별장이 있었다. 수진은 두 사람이 그곳에 갔으리라는 추측에서 뒤따라가는 것이다.

수진의 추측은 어김없었다. 별장 뒷산 바닷가 바위에 그들은 나란히 앉아 있었다. 그곳에서는 목포가 바다 하나를 격하여, 유달산의 측면인 솔숲속에 솟은 붉은 지붕의 문화주택들을 비롯하여 공장의 높다란 굴뚝들이며, 온금동 비탈의 구멍만 보이는 초가집들을 보이고 있었다. 과연 신흥도시의 양면을 잘 보이고 있었다.

'저곳에는 오죽이나 뒤끓는 소음이 있으랴마는, 허덕이는 피곤한 몸뚱이들이 있으랴마는, 푸른 바다를 격한 이곳에서 들리는 것은 잔잔한 물결 소리! 보이는 것은 갈매기의 날개! 다만 저곳의 하늘이 몽몽하여 흐

리기 짝이 없구나!'

수진은 목포시가를 바라보며 이런 생각에 잠겨 있었다. 바람결에 철주의 쾌활한 웃음소리가 들려왔다. 수진은 가만가만 발소리를 죽여 그들의 뒤에 있는 솔밭 속으로 들어갔다.

"그렇지만 수옥 씨! 난 수옥 씰 모시고 온 것을 후회합니다. 어쩌면 좋겠습니까? 사 년동안이나 나 혼자서 연모하던 수옥 씬 내 친구의 애인이 되지 않았습니까?"

수옥은 옷고름을 만지작거리며 고개를 숙이고 있었다.

"사랑이라는 게 이렇게까지 괴로울 줄이야…… 난 한 달 동안 줄곧 밤을 지새우며 고민하였으니까요. 사람이란 왜 이리 어리석은지…… 내게 명색만이라도 아내라는 것이 있어, 수옥 씨에겐 진짜 애인이 있어, 현실이 이런데도 고통을 받고 번민을 하고……아아 내가 왜 수옥 씰 모시고 왔을까?"

철주는 가슴에서 일어나는 뜨거운 불길을 못 이기는 듯이 벌떡 일어나 팔짱을 끼고 눈을 감고, 그리고 부르짖듯,

"후우……."

긴 숨을 내쉬었다. 수옥이 머리를 들어 철주를 쳐다보다가 도로 머리를 떨어뜨렸다. 한참 만에 수옥이 나직이 말했다.

"이거 보세요. 여기 좀 앉으세요."

수옥은 철주의 양복 바지를 살짝 잡아 당겼다. 철주는 덜퍽 주저앉았다.

"정찬 씨에겐 다른 애인이 있답니다. 전 정찬 씨의 애인될 자격이 없는걸요."

철주는 이마를 번쩍 들어 수옥을 쏘아보았다.

"철주 씨의 그 심정 저두 자알 알구는 있어요. 그렇지만……."

"그렇지만? 그렇지만 어떻단 말입니까?"

철주의 손이 수옥의 등으로 돌아가서 가냘픈 그녀의 어깨를 흔들며 재촉했다.

"부인이 계시지 않으셔요?"

의외에 수옥의 어조는 또렷하였다. 그리고 철주를 정면으로 쳐다보기까지 하였다.

"네, 있습니다. 그렇지만 그건 문제가 아니거든요. 민적에도 적히지 않은 아내가…… 그것보다는 정 군과 수옥 씨와의 관계를 확실히 하는 것이 큰 문제입니다."

수옥의 고개는 다시 수그러졌다. 철주는 수옥을 들여다보며 물었다.

"분명히 말씀해주십시오. 수옥 씬 정 군을 사랑하시죠? 네? 그렇죠?"

철주의 몸이 불덩이처럼 달아가는 듯하였다.

수옥은 기어들어가는 듯한 목소리로 말했다.

"글쎄 전 정씨의 애인될 자격이 없어요. 그 사람에겐 딴 애인이 있어요."

철주의 뜨거운 손이 수옥의 손을 덥석 쥐었다. 음성도 정열에서 떨리는 듯했다.

"수옥 씨, 그럼 난 수옥 씰 사랑해도 되겠지요. 네? 그렇죠?"

수옥의 대답 소리가 막 나오려 할 때는 큰 돌멩이 한 개가 바닷물에 풍하고 떨어졌다. 두 사람은 깜짝 놀라서 바다를 바라보았다. 잔물결은 의외의 침입자 때문에 후다닥 놀래 깨뜨려졌다. 그들은 돌멩이의 날아온 곳을 돌아보았다. 그곳에는 수진이가 쓸쓸한 미소를 띠고 호젓이 서 있었다.

"누님, 누님의 오늘 가진 태도가 옳다고 생각하나요?"

집에 돌아온 수진이 정색을 하고 수옥에게 물었다.

"옳구말구가 뭐 있어? 정찬이가 딴 여성을 사랑하고 나를 배반하는데야……."

"아니 누님. 정씨가 누님 말고 또 누굴 사랑한단 말입니까?"

"가르쳐주리? 흥 김주희 양을 사랑하더라."

수옥은 날카롭게 쏘아 뱉었다.

"그건 누님의 오햅니다. 정씨가 그럴 남성이 아니요, 또 주희 씨가 그렇게 야비한 여성이 아니니까요."

"얘! 친구의 애인을 가로채는 계집애가 야비하지 않음 뭐란 말이냐?"

"글쎄요. 주희씬 현대여성 중에서 가장 뛰어난 생각과 인격을 가진 여자라고 나는 생각하는데요."

"옳지 너두 주희에게 반했구나."

수옥은 얼굴이 새파래서 부르짖었다. 그의 입술도 바르르 떨렸다.

"그러니깐 정찬이두 주희에게 반해 떨어졌단 말야. 자기가 내게 말한 걸 어째? 어젯밤에도 주희 만나러 일부러 목포에서 와가지군 다너밋재에서 실컷 둘이 만난 후에 글쎄 나더러 오라는구나. 그런 것들도 인격자야?"

"누님, 누님은 그들이 무슨 일로 만나는지 이핼 못 하거든요. 누님은 누님 스스로가 부족한 것을 아직 못 깨달으면서 그들의 인격만을 의심하고, 누님이 오늘 같은 자포자기의 태도를 취해 나간다면 결국 누님은 스스로가 전락의 비탈로 굴러 떨어지고야 말 겁니다. 타락의 비탈로요."

"아니 그럼 정찬이와 주희 사이에 아무런 애정 관계는 없단 말이지."

"그렇겠죠. 비록 애정의 충동을 받는달지라도 그들에게 애정은 둘째 문제가 될 것이라고 생각합니다. 그야 주희 씨 같은 여성을 누가 사랑할 맘이 생겨나지 않겠소마는……."

수진은 말을 끊으며 고개를 숙였다. 그의 건강한 뺨에 약간 붉은빛이 돌았다. 수옥은 수진을 주목하였다. 이윽고 수진은 머리를 들어 천장을 쳐다보며 몸을 벽에 기댔다.

그이 검실검실한 큰 눈에는 칭춘의 희망과 정열이 빛나고 있었다. 그는 눈을 감으며 널따란 가슴이 불룩 하도록 깊은 호흡을 하였다. 수옥에게 아우의 청춘과 희망을 빼앗은 후회의 아픔이 일어났다. 수진이 다시 눈을 떴을 때 그의 눈에는 정열의 불꽃 속에서 시퍼런 빛을 내고 있는 이지의 광채가 있었다.

"느리고들 있지 말고 얼른얼른 서둘러서 열시 차로 꼭들 와. 늦어만 봐라 큰일이 날 것이니……."

유 생원의 소리가 쨍쨍 울리면서 수옥 남매의 곤한 잠을 깨워주고 말았다. 수옥의 큰아버지의 대상날이라, 유 생원은 새벽 첫차로 목포에 가면서 몇 번이나 늦지 말도록 당부하였다.

찰떡을 두 말이나 치고 돼지와 닭을 잡아서 밤새도록 지짐질과 반찬 만들기에 수옥이까지도 밤을 새우며 조력하다가 새벽이 다 돼서야 잠깐 눈을 붙였지만 수옥 어머니는 그대로 꼬빡 날을 밝히고 말았다.

우애가 극진하던 유 생원은 형님의 대상을 굉장하게 지내는 것이 살아 있는 아우의 도리라고 생각하였음인지 빚을 내어서 음식을 마련하였다. 어제도 종일 큰댁에 가서 준비를 시키고는 막차로 떠나서 수진을 데리고 밤 열두시가 넘어왔건만 잠 한숨 안 자고 매사에 간섭하여 잔소리를 하고도 피곤한 기색이 없어 새벽차로 떡짐을 지우고 떠난 것이었다.

수옥 어머니는 수옥 남매를 앞세우고 반찬 담은 석작들을 용쇠에게 지우고 오 리 길을 걸어가면서 가끔씩 빙그레 웃었다. 그에게는 이 길이 퍽이나 유쾌하였다.

논밭도 마무리가 끝났고 지금 같아서는 농사도 잘된 듯하여 마음이 가뿐한 데다가 그의 자녀가 장성한 후 처음으로 그들을 앞뒤에 세우고 여행(가까우나마)을 하게 되매, 수진의 남자답게 벌어진 어깨 등어리며, 수옥보다도 머리 하나가 더하게 훨씬 큰 키를 쳐다보고 가슴에 가득한 만족감을 느꼈다.

‘장가를 들여야 할 텐데……’
하다가는 문득 얼굴이 흐려졌다. 그는 수옥을 힐끗 돌아보았다. 예쁘게 곡선이 진 몸매며 갸름한 하얀 얼굴이 요사이로 비록 수척은 하였으나마 그것이 더욱 수옥의 고움을 돋보이게 하였다.

‘시집을 보내야 할 텐데……’
수진을 보면서 가슴이 벅차도록 만족해 하던 그 기쁨은 이들의 결혼을 상상하게 될 때, 그의 가슴에서 싸늘한 무엇이 빠져나가는 듯 가슴이 비어짐을 느꼈다. 그는 다시금 수옥의 원기없이 걸어가는 태도를 바라보며 한숨지었다.

“애 수옥아! 얘기나 좀 하면서 걸어라. 수진이는 근본 말이 없는 애니 내버려두더라도 넌 좀 말도 하고 그라려무나.”

어머니가 수옥의 등을 도닥거리며 말했다. 밭매는 여인들과 논에 있는 농부들이 이 일행을 바라보고 있었다.

"어머니 대관절 논이나 밭을 몇 번씩이나 매면 되기에 밤낮 매기만 하나요?"

수옥이가 어머니에게로 고개를 돌리면서 물었다.

"논은 세 벌도 매고 네 벌도 매고. 밭도 그렇지. 그건 알아 뭐 할래?"

"아따 내가 알켜드리리다."

용쇠가 수옥의 곁으로 붙어 걸어가며 떠들썩하게 지껄였다.

"밭은 첫 벌 파고, 두 벌 매고, 군벌 넣고, 마무리한다고 한다우. 알았소? 어서 잘 배야만 시집가서 하지라우."

"미친것. 누가 논밭 매먹고 살겠다나? 그러고 살려면 차라리 진작 죽어버리지."

수옥은 용쇠에게 눈을 흘기며 쏘아붙였다. 아무 말없이 걸어가던 수진이가 이 말을 듣고 휙 돌아서서 수옥을 잠깐 노리다가 다시 돌아서며,

'어쩔 수 없는 여성이군.'

하고 입 속으로 중얼거렸다.

수옥은 파라솔을 휘휘 돌리면서 날아다니는 잠자리를 잡으려 하였다. 용쇠가 쫓아다니며 한 마리 잡아다가 수옥의 손에 꽉 쥐어주면서 손을 잡아 흔들었다.

"버릇 없는 놈. 저만큼 가!"

수옥의 어머니가 소리쳤다. 육 년 동안이나 수옥의 집에서 사라난 용쇠는 금년에 스물한 살이다. 용쇠는 수옥 어머니의 꾸지람에도 싱글벙글하면서 저만큼 물러서서 걸었다. 어느 산 속에서인지 소쩍새 울음 비슷한 새소리가 청승맞게 울려왔다.

팔월 삼십일! 하기휴가도 다 지나갔다. 저녁차로도 남녀 중고등학생들이 많이 떠났다. 초아흐렛달이 고향을 떠나는 그들의 어린 가슴을 살펴주는 듯이 구름 속에서 봄의 달빛 같은 젖은 달빛을 몽롱하게 흘리고 있을 때 유달산 상봉을 향하여 올라가는 남녀가 있었다.

달성사 뒷산 깎은 듯한 절벽에 하늘로 잇닿은 사다리나 같이 놓아진 좁은 돌층계를 올라가려면 누구나 몇 번쯤 쉬지 않을 수는 없거니와, 그 여자는 쇠난간을 붙잡고 올라가면서도 숨이 차서 못 견딜 듯 쌔근쌔근 가쁜 숨소리를 냈다.

"내가 좀 부축해드리죠."

남자의 손이 여자의 팔을 끼고 올라간다. 여자는 가끔 팔을 빼내려 하였다.

"왜 그러세요? 누가 볼까 봐 그러십니까? 원 천만에 누가 여길 오리라고."

"왜요? 오지 말란 법이 있어요? 우리도 이렇게 오지 않아요?"

여자는 잠깐 걸음을 멈추고 숨을 돌린다.

"흥 이런 밤에 이 산봉에 올라올 만한 취미를 가진 사람이 목포에 있는 줄 압니까? 없죠 없어요. 그렇게 많이 다녔어도 그림자 하나 못 봤는데요. 저 유선각이 되면서부터는 혹 거기 와서 노는 사람들은 있더군요. 염려말구 어서 올라갑시다."

남자는 다시 여자의 팔을 끼어 끌면서 올라간다. 그들의 등에는 땀이 흘렀다. 그들은 상봉에 이르러 펀펀한 바위에 자리를 잡고 앉으며 남자는 양복 저고리를 벗고, 여자는 손수건으로 이마의 땀을 닦아냈다.

그들은 먼저 시선을 먼 곳에 보냈다. 몽몽한 구름같이 보이는 바다에 거무스름하게 서 있는 섬들 사이로 등대불이 번쩍 빛났다. 바다 밖에 산은 애수에 잠긴 듯 희미하게 보였다. 왼쪽으로는 불바다를 이룬 시가의 눈들이 깜박깜박 삶을 동경하고 있는 듯이 보였다. 시원한 바람이 불어올 때 바위 아래 풀밭에서 쯔쯔이는 벌레 소리가 들려왔다. 남자는 영어 시를 읊는 듯 유창한 영어로 말했다.

"수옥 씨! 이 행복스러운 순간이 내게 영원한 영광이 되길 빕니다."

그리고 남자는 수옥의 손을 쥐면서 거듭 말했다.

"오늘 알려주신 것 감사합니다. 그러잖아도 꼭 어떻게 한 번 만날 기회가 없을까 바랐더니만 의외에도……."

"어제가 큰아버지 대상이 되어서 왼 집안이 다 왔어요. 그래 오늘은

모두 가시는 걸 난 병원에 좀 가겠다고 핑곌 쳤어요. 인제 개학 때도 되
구 아무래도 한 번은 뵈야만 될 것 같아서……."

수옥은 말을 끊었다가 갑자기 생각난 듯이 어조를 바꾸어 말했다.

"참 어제 오다가 임성에서 주희를 만났는데요, 줄곧 목포에만 계셨다
죠? 주희도 그저께야 촌에 나갔다가 도로 온다고 해요. 주희는 목포에서
대체 뭘하구 있나요?"

수옥은 정이 있는 이곳에 주희가 오래 있다는 것이 도시 마땅치 않았
던 것이다.

"그간 좀 일이 있었습니다. 영감님이 경영하는 ××공장에서 동맹파
업이 있었어요. 원료도 오르고 아무래도 예산이 맞지 않으니까 직공들의
임금을 몇 푼씩 내릴려고 했더라나요. 그랬더니 그만 여공들이 동맹 파
업을 하니까 남공들은 동정파업을 했거든요. 그래 이때까지 일을 못 하
다가 이래선 도무지 운영이 안 되니까 다른 여공들을 모집하려고 했더랍
니다."

철주는 담배 한 개를 피워 물고 두어 번 빨아 연기를 마셨다.

"새 여공을 모집하는 날 전의 여공이 몰려와서 새로 온 여자들을 쫓아
내고 사무실에 들이닥쳐 마구 야단이 났더래요. 전엔 이런 일이 있다가
도 며칠이면 풀어지고 말았는데, 이번엔 어떻게 강경한지 일주일이나 두
고 날마다 몇 번씩 몰려와서 야단들을 치니까 나중엔 경찰의 힘을 빌렸
죠."

절수는 다시 담배를 빨면서 수옥의 눈치를 살폈나. 수옥은 흥미없나는
듯 무표정으로 듣고만 있었다.

"그래도 주모자도 선동자도 나서지 않고 백여 명 여공이 전부 한결같
이 굳세게 나가니까 하는 수 없이 그들의 요구 조건을 승인하면서 그저
조그만 내리고 말았죠. 좌우간 이번엔 그들이 성공했습니다. 결속이 대
단히 굳어요. 확실히 배후에 누가 있는 모양인데 그걸 약간 짐작은 해도
확실히는 모르니까 딱하죠."

철주의 말투는 벌써 자기가 공장주나 된 듯한 기분에서 설명하는 듯하
였다.

"그래서 이번에 영감님 병이 바싹 더쳤지요. 인제 얼마 못 살 모양입니다."

그는 말을 마치고 나서 두 팔을 뒤로 짚고 비스듬히 몸을 기대며 두 다리를 주욱 뻗으면서,

"용서하십시오. 다리 뻗습니다."

하고 고개를 들어 하늘을 쳐다보았다.

"퍽으나 심려되겠습니다. 그럼 주희는 날마다 뭘하구 집에 있나요?"

수옥은 머리를 돌려 달빛에 더욱 희게 보이는 철주의 인형 같은 얼굴을 내려다보며 물었다.

"어디 집에 붙어 있나요? 새벽 공부만 끝나면 어딜 밤낮 쏴다니죠. 영감님도 그애 일에는 간섭을 하지 못하니까요. 저 드러눕습니다. 용서하십시오."

철주는 팔을 깍지 끼어 벼개로 베고서는 반듯이 눕는다.

"아마 정찬 씨 만나러 다니는 게죠."

수옥이가 싸늘하게 빈정댔다.

"글쎄 더러 만나긴 하는 모양인데 하여간 주희는 씩씩한 여성입니다. 어느 땐 극히 주희가 부러운 때도 있지요마는 난 그 애처럼 활동성도 없고 또 굳세지도 못하니까요. 정 군과는 퍽 심지가 상합할 것입니다."

철주는 긴 한숨을 내쉬면서 말을 끝냈다. 고개를 숙인 채 한참이나 가만히 살아 있던 수옥의 어깨가 들먹들먹 흔들리는 듯하더니 철주의 가슴에 던지듯이 머리를 묻으며 가느다란 히스테릭한 울음소리를 냈다.

철주의 비단 와이셔츠를 통하여 수옥의 더운 눈물이 그러지 않아도 정열로 불룩이는 철주의 가슴팍을 적시었다. 철주는 천천히 일어나며 수옥을 안았다.

"수옥 씨!"

한참 만에 철주가 수옥의 귀에 입술을 대고 자기의 영원한 애인이 되어주겠느냐고 속삭였다. 수옥은 긍정하는 표시로 철주의 손을 가져다가 화끈 달아 있는 자기 뺨에 댔다.

철주의 뜨거운 입김이 수옥의 코 앞에 훅 끼칠 때 수옥의 정신은 아찔

하여 몸을 남자에게 맡기고 있었다. 수옥은 처녀의 꽃다운 입술을 처음
으로 철주라는 남성에게 바친 것이었다. 정찬과는 이런 정도에까지 이르
게 될 기회가 없었고, 기회보다도 그만큼 정의 태도가 대범하여서 수옥
은 반감마저 가졌던 것이다.

철주의 가슴에 깊숙이 안겨 있는 수옥의 눈에는, 전날에 북악리 별택
에서 친절하게 자기를 맞아주던 철주 부인의 고운 얼굴과 아담한 몸맵시
가 떠오르고, 이어 정찬과 주희의 씩씩한 모습이며, 수진의 우울한 듯한
침착한 표정이 서언하게 보일 때, 웬일인지 가슴이 불안하여지면서 절대
의 행복감을 느낄 수가 없었다.

철주는 수옥의 가느다란 한숨 소리를 듣자 더욱 힘들여 수옥을 껴안았
다. 구름에 가렸던 달이 나오고 벌레 소리가 더 크게 들려왔다.

바로 이때였다. 돌층계를 올라오는 발소리가 들리더니 희미한 사람의
몸이 나타나며 상봉 가까이 올라오면서 휘파람을 불기 시작하였다.

철주와 수옥이 얼른 바위 틈에 몸을 감추고 머리만을 내놓아서 그 사
람을 엿보았다. 휘파람 소리가 가까이 들리며 밀짚모자를 깊숙이 눌러쓰
고 고의적삼을 입은 건강한 남자가 그들이 앉아 있던 바위 밑을 지나 으
슥한 바위 옆으로 들어갔다.

"아이구 저 이가……."

소곤대려는 수옥의 입을 철주는 급히 막으면서 가만히 있으라고 하였
다. 오분쯤 된 후 역시 차가 기적을 불면서 정거장에 닿을때, 또 한 그림
자가 상봉에 나타나며 휘파람을 불면서 올라왔디. 바위 밑에서도 휘파람
이 마주 소리치며 마중나갔다. 하얀 치마 적삼을 입은 머리쪽진 부인이
었다. 그들은 변장한 정찬과 주희였다.

두 사람은 서로 손을 잡아 흔들고 나서 바위 밑으로 들어갔다. 수옥은
제비와 같이 날쌔게 몸을 솟구쳐 바위 위로 올라가서 바위 끝에 발을 걸
치고 귀를 아래로 향하여 기울였다.

철주는 수옥을 잡아끌며 위험하다는 손짓을 하였으나, 벌써 나뭇잎 떨
리는 듯 전신을 떨고 있는 수옥은 철주의 주의에도 아랑곳없이 모든 신
경을 아래로만 보내고 있었다.

“성공하신 것 축하합니다. 정말로 이번에 주희 씨의 민첩한 활동과 헌신적 노력을 존경하여 마지않습니다.”

정찬은 다시 주희의 손을 쥐어 그의 성공을 치하하였다.

“한 달 동안 계몽반에서 노력하시던 것과 일주일 동안 이번 일에서 활약하시던 그 정성의 수확과 효과를 이번에 절실히 알으셨겠군요.”

“정말예요. 저번 계몽운동에서 한 달 동안의 결과는 국문 하나 깨친 아이가 없어서 슬펐었는데, 이번 일주일의 노력이 백여 명의 성공을 빚어내게 될 때 정말 기뻤습니다. 앞으로도 끝내 절 가르쳐주시고 지도해 주세요.”

주희의 목소리는 감격에 차 있었고, 수옥 자신은 과도히 떨떨고 있었기 때문에 분명하게 알아들을 수가 없었다.

수옥의 몸은 거진 아래로 떨어질 듯하였다. 철주가 몇 번이나 끌어오려 했으나 수옥은 소리를 지를 듯이 흥분하여 있는 까닭에 철주는 다만 그의 곁에서 주의만 시키고 있었다.

“주희 씨의 배반하는 날이 없는 동안 나는 주희 씨의 친구가 되길 원하고 있습니다.”

이 순간!

“앗 위험해요!”
하는 철주의 부르짖음과 함께 수옥의 가벼운 몸이 낙엽지듯이 바위 아래로 곤두쳐 떨어졌다.

수옥은 부립병원으로 떠메어져갔다. 그의 얼굴은 창백하다못해 새파래지고 맥박은 거의 끊어질 듯이 약하였다.

당시 첫 손가락의 유력자인 철주의 알선이라 병원에도 예외가 있어 밤중이건만 원장까지 달려와서 수옥을 진찰하였다. 강심제를 세 번이나 주사한 뒤 수옥이 겨우 숨을 내쉬자 얼굴을 찡그리며 오른편 허리에 손을 대고 괴로워하는 표정을 하였다. 그가 떨어질 때 뾰족한 바위에 허리를 찔리고 굴러 떨어졌던 까닭에 안면에는 작은 상처만 몇 개 있었다.

간호부들은 수옥의 상처를 붕산수로 닦고 가제를 감아놓았다. 진찰의 결과 간장(肝臟)이 파열하여 내출혈이 되었으니, 이 밤으로 개복수술을 하여야 된다는 선언을 하였다.

정찬이 자전거로 ××역에 달려가 수진에게 급보를 전하고 다시 달려 왔을 때 수술의 준비는 다 되어 있어 가족이 오기만 기다리고 있었다. 수옥은 고통과 혼몽 중에서라도 주희에게서는 외면하였던 것이다.

수진이가 집에 달려가 부모에게 사실을 전하고 그들을 새벽차로 오게 한 후에 최속도로 자전거를 몰아 달려왔을 때는 벌써 세시 가까이 되어 수옥의 복부가 내출혈로 인하여 약간 부어 오르기까지 하였다. 수진을 보자 수옥의 검은 눈에서 눈물이 흘러내렸다. 침착성을 잃지 않은 수진이도 너무 당황하여 몇 번이나 자빠질 듯이 정신이 착란되어 있었다.

유 생원 내외가 새벽차를 기다릴 수 없어 밤길 삼십 리를 걸어서 병원까지 왔을 때는 짧은 여름밤이 환하게 밝은 새벽이었고, 수옥의 수술이 끝난 후에 아직도 혼수상태에서 회복되지 못하였을 때이었다. 유 생원은 죽은 사람처럼 누워 있는 수옥의 얼굴을 내려다보고 까닭을 모르겠다는 듯이 안간힘을 끙끙쓰면서 뒷짐을 지고 병실을 왔다갔다하고, 수옥 어머니는 딸의 발치에 앉아서 울고만 있었다.

의사와 간호부가 다녀간 후, 잠깐 집에 돌아갔던 정찬이 병실에 들어오며 유 생원에게 인사를 하자 유 생원은 의외라는 듯이 눈을 둥그렇게 떴다. 철주와 주희는 수술이 끝나고 일단 집에 돌아갔던 것이다.

수옥은 여러 번 물을 찾았다. 그러나 물은 절대로 주지 말라는 의사의 명령이었다. 수옥의 혼수상태는 수술 전과 조금도 다름없으면서 갈증으로 오히려 더 괴로워하게 되었다. 경과는 악화하기만 하였다. 오후 다섯시가 되자 수옥은 갑자기 눈을 뜨며 가느다랗게,

"정찬 씨!"

하였다. 정찬이 조용히 수옥의 베갯머리로 갔다. 수옥은 입속의 말로,

"찬 씨, 날 용서해주세요. 그리고 철주 씨!"

겨우 철주를 부르고는 입술의 경련이 나면서 말을 끊었다. 철주는 밖으로 뛰어나갔다. 의사가 와서 식염주사를 놓고 가족들이 수옥의 침대를 에워싸고 서 있었다. 주희는 가족들의 뒤에서 소리 없는 눈물을 흘리고 있었다.

의사는 다시 수옥의 맥으르 살피더니 머리를 좌로 흔들며,

"인제는 회생의 가망이 없습니다. 주사의 효과가 나거든 유언이나 들어두시오."

하고 뒤로 물러섰다. 수옥이가 소스라치는 듯 눈을 감으며 입 속의 말로,

"철주 씨, 난 당신의……."

하였다. 철주는 한 걸음 다가섰다. 수옥의 입술이 두어 번 움직거리더니,

"아버지 어머니, 절 용서해주세요. 수진아, 날 욕하지 말아라."

하는 말을 겨우 마치고 다시 눈을 떠서 무엇을 찾는 듯 힘없는 눈동자가 천장에서 헤매다가 두 번째 경련이 일어나며 그의 눈은 고요히 감기고 말았다. 어머니의 이때까지 참았던 울음소리가, 터져나오면서 그는 몸부림을 쳤다.

정찬과 수진은 수옥의 묘비 앞에 서 있었다. 수옥의 꽃다운 몸이 한 줄기의 연기로 사라진 후 닷새되던 날 새벽이었다. 수옥의 무덤은 그들이 항상 만나서 사랑을 속삭이던 수옥의 집 뒤 언덕 위에 있었다.

한참이나 눈을 감고 서 있던 정찬의 눈은 새로 입혀진 떼 위에서 떠졌다. 무덤이라도 뚫을 듯한 그의 시선은 묘비의 후면 붉은 글자를 더듬었다.

영원히 늙지 않는 봄을 기다리며 젊음을 맹세한다고 나의 별에게 속삭이던 한 송이 붉은빛 코스모스! 내 별은 밤마다 반짝이는데 너는 가고 말았구나.   1933. 8. 31. K C C

그것이 철주의 글임을 알 때 정찬은 결코 유쾌하지 못하였다. 그는 수옥의 오해를 끝없이 저주하고 싶었다. 묘비 앞에는 한 묶음의 코스모스가 있었다.

"정 군!"

부르는 소리에 머리를 돌렸을 때, 그곳에는 철주가 수척한 얼굴로 서

있었다.

"정 군 용서해주게. 난 모든 것들 다 이해하고 자넬 존경하게 되었네. 만일 내 누이 주희에게 큰 결점이 없으면 끝까지 주희의 지도자가 되어주는 동시에 또한 나같이 약한 자를 이끌어주게!"

철주의 말소리는 간절하여 거진 애원하다시피 들렸다.

"만일 김철주 자네가 우리의 적이 되지 않는 사람이라면……."

"정 군! 그 점만은 날 믿어주게. 아니 앞으로 나의 실천이 그것을 증명하여주겠지. 수옥 씨가 굴러떨어진 전락의 비탈을 나는 한 걸음에 뛰어올라갈 용기와 힘을 기르고 있겠네. 자아 정 군, 유 군, 내 손을 잡아주게."

철주는 정찬과 수진에게 그의 두 손을 내밀었다. 그들은 철주의 손을 각각 잡아주었다.

동천에 솟는 붉은 햇발이 세 청년의 얼굴을 고루 비추어주고 있었다. 묘비 앞에 꽂아놓은 몇 송이의 코스모스가 미풍에 한들거리며 햇볕을 가득히 받고 있었다.

—1937년

현 대 적

　처서(處暑) 장마가 지난 뒤라 그런지 조석으로는 제법 서늘한 바람이 품안에 기어든다. 안순애 여사에게는 화문석 받침 보료의 촉감이 까실하게 느껴졌다. 하기야 이젠 몸의 기름이나 살기나 줄어서 끈적한 땀이 처덕거리던 삼복 중이면 몰라도 보송보송한 피부에는 폭신한 비단이 더 감길 맛이 있으리라 싶어 시중드는 아이를 불렀다.

　"옥아! 옥이 어딨니?"

　가느다란 음성이 째앵 쇳소리로 울린다.

　"네에!"

　대답에 이어 옥이 통통통 안마루에서 내닫는다.

　"보료 바꿀 테니 아줌마랑 들어다가 난간에 걸쳐서 햇볕쪼여. 건넌방 다락에 있잖아? 아니 인제야 조반들 먹는 거야?"

　옥의 입 언저리를 빠안히 쳐다보다가 안 여사는 거듭 명령을 내린다.

　"차 가져와!"

　사발만큼 두리두리하게 큰 이조백자 찻잔에서 김이 모락모락 인다.

　핏빛같이 붉은 허브차를 홀홀 마시고 앉았는 안 여사를 바라보며 옥은 또 한 번 신기하게 여긴다. 들고만 와도 독약처럼 역한 내음이 비위에 거슬리는데 마님은 진저리도 치지 않고 매번 꿀차 마시듯 하다니…….

　'좀 냉독하신 분은 식성도 그러신가 봐.'

　두 손을 모으고 서 있는 옥에게 이윽고 안 여사의 분부가 떨어졌다.

　"대감께선 저녁때 오시거나 아니면 또 전화라두 줍실 테니깐."

"마님, 대감께선 어젯밤 대전에서 전활 줍셨는데요?"

"버르장머리없이 왜 말 중간을 타니? 그러니간 오늘 오신단밖에. 키만 엄부렁해가지구 철은 언제나 들거야?"

안 여사는 옥에게 담배 가져오라는 눈짓을 했다. 옥이 새빨간 '팔말'의 양담배 갑을 마님께 바치고 금빛 나는 라이터로 마님의 입에 물린 권연에 불을 켜댔다.

두어 모금 빤 후에 안 여사의 분부는 계속된다.

"찬모더런 냉장고 손보라 허구 기석이더런 비서실이랑 말갛게 소제허라구. 그리구는 너랑 기석이랑 아줌마랑 아니 아줌만 그만두구 찬모랑 시장에 가란 말야. 보료는 시장에 갔다 와서들 갈두룩 ……알았지?"

"네?"

무슨 생각에 골똘했던지 옥은 복잡하고 자상한 분별에서 아랑곳없이 멍청하게 눈만 둥그렇게 뜬다.

"조런 맹추 봤나. 운전수는 제 방에 있니?"

"아까 신당동 마님 모시구 갔잖아요?"

"오 참 그랬군."

안 여사는 아까대로의 지시를 다시 한 번 옥에게 이르고, 차반을 들고 나가는 옥의 뒷모습에 눈을 주었다. 엄부렁하게 컸다는 키는 마냥 날씬해서 무릎에 달락말락한 샛노란 원피스 아래의 두 다리가 상큼하게 길었다.

'저년두 벌써 이십에 찼으니…….'

영원히 둥지리라 싶었던 친정인데 미국 서방님이던 남편과 결혼해서 오 년이 지나 나리로 십 년, 영감으로 십 년, 이십오 년 만에 ××부 장관이 되었다.

각하로 삼 년 지나는 동안에 친정과 비로소 통하게 되어 사촌 올케가 데려다준 꼬마 계집애가 저렇게 숙성해버린 것이다.

통통통 옥의 발걸음이 울리더니 옥이가 방싯 웃으며 나타났다.

"마님! 전 대감마님 서재 청솔 해야잖아요?"

"물을 건 뭐야? 물론이지."

"그럼 열쇨 주셔야죠"

안 여사는 팔을 늘여 화류문갑 서랍에서 큼직한 열쇠 한 개를 내어준다.

"그제부터 꽉 닫아두었으니깐 별루 터분하진 않을 거다만 ……덤벙대지 말구 조심조심해!"

번번이 하는 신칙이다. 까딱 실수면 그 비싸고 진기한 각종의 골동품들이 어떻게 될 것인가. 서적들보다도 더 많이 여기저기 곳 찾아 우아는 아니더라도 화려하고 맵시나게 나열되어 있는 것을…….

안 여사는 흡연(吸煙)을 끝내고 정원을 안고 있는 옆 마루 방으로 나왔다. 폭신한 털방석이 허리께까지 올라온 등의자가 반쯤 누워 있는 좌우로 팔걸이 등의자에 단정하게 놓여 있었다.

안 여사는 털방석 위에 몸을 싣고 반쯤 누워 정원을 바라본다. 비단결처럼 잘 다듬어진 넓고 푸른 잔디밭 가로 돌아가며 장미가 죽 피어 있고 하얀 석등을 감싸주는 듯이 백일홍의 연연하게 붉은 가지들이 나팔대고 있다.

'백일홍이라는 저 나무는 잎새도 예쁘고 꽃송이들이 파르르 날린 것처럼 다닥다닥 붙은 게 여간 멋이 아니야. 그 쌕쌕하게 고운 진분홍빛 꽃색깔허며……그리고 보니 우리 정원이 꼭 선경같이 아름답군!'

안 여사의 파르족족하고 얇실얇실한 입술에 행복에 겨운 미소가 남실대면서 동글동글한 두 눈이 실처럼 가는 선으로 감겨졌다. 이윽고 그의 머리가 이쪽으로 돌아 나지막한 사각 백설의 탁자보 위에 진중하게 도사린 수반을 본다. 지금이 카네이션 계절이던가 새빨간 카네이션이 무더기로 꽂혀 있다.

'언제 봐도 카네이션은 정열적이야.'

카네이션만 보면 옛날 연애시절의 남편이 떠오른다. 그러나 붉은 카네이션을 끊임없이 가져다 바친 사람은 남편이 아닌 자기였고, 그 꽃처럼 정열적으로 대든 여성은 바로 안순애 자신이었다. 그 많은 경쟁자들에게서 이동진(東鎭)을 격리시키고 그를 사로잡아 그의 사랑을 독점하려고 안순애는 수단과 방법을 가리지 않고 필사적으로 싸워 이겼던 것이다.

안 여사는 등의자에서 부스스 일어나 체경 앞에 서본다. 전화의 스위

치는 다 저쪽으로 돌렸으니 저희들 알아서 할 노릇이요 무슨 연속 방송
극을 듣는지 라디오 소리만 아스라하게 들릴 뿐 조용하기 이를데없다.
  안 여사를 마주 보는 체경 속의 자신이라니 볼 때마다 서글픔만 주는
것이지만 그래도 안 볼 수 없어 자주 거울을 들게 되는 것이다.
  먼저 띄는 데가 역시 눈이다. 옛날에 이동진을 홀리던 동글동글하게
광채 나던 눈이 이제는 주름살에 밀려서 삼각이지고 흑수정 같던 눈동자
도 노릿하게 바랬다. 숱하지는 안 했지만 늘 초생달처럼 족집게로 밀어
서 고혹적으로 날렵하던 눈썹이 자국도 없이 펑펴짐하게 성글기만 하다.
  빚은 듯이 오똑하던 코는 그대로인 듯하지만 웃을 때면 콧잔등에 서너
줄 가늘게 모아지는 주름살이 궁상맞고, 미국 서방님의 예찬거리이던 꽃
판같이 곱고 얇실얇실하던 입술이 동시(凍屍)의 그것처럼 푸르뎅뎅한데
다 엷은 루즈를 발라 겨우 파르족족하게는 되지만 윗입술에 모여드는 주
름살은 어쩔수가 없다.
  젊어서는 계란 같은 타원형의 충만한 윤곽이 어느샌지 아래쪽이 기울
게 되어 하관이 빈약한 대로나마 윤곽은 또렷하지만 처녀 때도 한두 개
빠끔거리던 주근깨가 나이와 함께 불어가 지금은 온통 투성이가 된 것이
언제나 두통거리인 것이다.
  '빌어먹을 놈의 것은 약도 없어.'
  안 여사는 투덜거리면서 체경에서부터 두어 걸음 물러섰다. 아무리 줄
잡아보려 이모저모로 뜯어보아도 거기 서 있는 안순애는 칠십 세 그대로
인 노파 이외일 수는 없었다. 더구나 구부정한 둥덜미라니. 그 수숫대같
이 꼿꼿하던 자신의 자태가 세월이란 마술사에게 시달리다 못 해 저렇게
변형이 되더란 말인가.
  안 여사는 가벼운 한숨을 내쉬면서 다시 담배를 피워 물고 등의자에
누워 연기를 천정으로 천천히 내뿜었다. 은회색의 연기는 이화 모양의
전등 송이 사이로 은은히 사라졌다.
  '나의 영화도 사십 년 동안 극진했지. 보통 여인네들이야 상상조차도
못 할 아기자기한 부(富)와 귀(貴)와 수(壽)와…… 두메 구석 한 상민
의 계집애로서 나라에서도 손꼽히는 명문대가의 며느리가 되다니……

참 꿈 같은 기적 같은 사실이었지. 다 우리 대감의 현대적인 해결의 덕이
지만…….'

"마님 마님! 전화예요."

언제 왔는지 옥이 전화의 스위치를 돌리고 있다.

"아니 왜 이 방정야? 누가 전화 받겠대?"

"청파동 마님이세요. 꼭 마님께만 대달라시는 걸 어떻게요? 그러잖아
두 시장에 가겠습니다구 여쭈러 올 참이었는데요."

옥은 수화기를 들어 마님께 드렸다. 코일처럼 된 전화줄은 마냥 늘어
났다.

"네애. 아유 윤 여사세요? 좀 어떠세요? 미령하시다더니. 그러세요?
참말 다행입니다요. 저런? 그래요. 얼마나 기쁘실까? 네네 부디 그러세
요. 대환영이니깐요. 아이 뭘요. 다 덕택이죠. 우리 대 아니 사장님 말씀
이죠? 오늘 저녁때나 오신대요. 그러구말구요. 네네 염려 마세요. 감사
합니다. 안녕히 계세요."

"어머나 오늘은 일찍들 끝내시네요. 청파동 마님이 무슨 바쁘신 일이
겹신 모양이죠?"

옥은 수화기를 받아 도로 제자리에 놓으며 연신 종알거렸다.

"기집애두 웬 수다야? 버르장머리없이. 어여 시장에들이나 가!"

안 여사는 반찬거리를 적은 쪽지와 몇천 원의 지폐를 옥에게 주어보내
고 보료 위로 올라갔다. 오정이 가까운 탓인지 돗자리의 촉감도 싫지는
않았다. 안 여사는 번듯이 누워 청파동 마님이라는 윤정화의 전화 내용
을 되새겨본다.

윤정화는 안순애가 가장 두려워하던 연적(戀敵)이었다.

그 쟁쟁한 문벌은 이씨댁과 맞먹을 만큼한 대가문이었고, 학벌 또한
미국 유학 출신이며 용모도 자기보다 나으면 나았지 못하지는 않고 나이
도 어렸다. 더구나 어려서부터 지면들이라 두 쪽에서 서로 신뢰와 친밀
감을 가지고 좋아하였다. 윤씨 이씨댁 양가의 부모들, 더욱 이씨의 집안
에서는 윤소저만을 희망했건만 안순애의 수화 불문하고 대드는 정열과
전략과 기교에 이동진이 먼저 함락되고 만 것이다.

"참 안순애의 힘이 위대하오. 그 무슨 비결로 나를 떨어뜨렸소?"

결혼 전후에 입버릇처럼 미국 서방님이 내세우던 농담인지 진담인지였다. 한 번 점령당한 미국 서방님은 비로소 안순애의 위력의 포로가 되어 모두가 불찬성하는 혼례식을 기어코 성립시키고야 말았다.

"지금이 어느 땝니까? 곧 달나라가 정복될 20세기란 말입니다. 케케묵은 관습, 그 나라 망쳐먹은 썩은 파당주의! 서로 사랑하면 그만이죠. 무얼 더 이상 바랄 게 있습니까? 전 안순애를 벌써 제 인생의 반려로 결정했으니까요. 자식의 장래를 위해서 묵인하시는 게 현대적인 해결입니다."

이동진이 부모나 친척이나 선배들에게 강경히 주장하던 말이었다.

윤정화도 당당한 신랑을 맞아 현재까지 갖은 행운을 차지하고 살아가는데도 첫사랑이라 이씨를 못 잊어하는 건지 유달리 남편과도 자기와도 정답게 지내려고만 해왔다.

안순애 자기라면 첫사랑을 앗아간 여자를 미워하고 저주할 것이다. 지금까지 윤정화라는 이름만에서도 그날의 강적이던 관념이 생생하게 느껴지는데 윤 여사는 지나친 선인이어서 그러는지 하루가 멀다 하고 전화를 걸어 안부를 묻고 남편의 동정도 살피는 것이다.

아까도 박사 과정을 밟고 있는 미국의 딸이 잠깐 귀국한다는 것과, 오면 데리고 꼭 댁을 방문하겠다 하고, 또 현재 미국에 있는 아들 이영표(榮杓)가 얼마나 착실한 수재란 것을 딸을 통하여 알았노라는 것, 그리고는 이번에 댁에서 또 큰 공상을 세우셨너라는 축하와 인제쯤 돌아오시는지 오시면 이대로의 소식을 다 전해드리라는 부탁까지 전화로 소상하게 밝혔던 것이다.

이영표는 안 여사의 외아들이다. 남매를 두었는데 딸은 결혼하자 마자 미국 유학까지 시켜서 장안에서도 남부럽지 않게 살며 사남매의 자녀를 두었고, 아들은 십 년이나 뜨음했다가 낳았다. 교활하다고 할 수 있는 성격의 어미와는 달리 진실하고 순박한데다가 머리도 명석하여 줄곧 우수한 성적만으로 현재에까지 이르렀다.

그야말로 어디의 누구에게라도 자랑할 만한 외아들은 지금 미국에서도 유명한 MIT의 박사 과정이 곧 끝나는 무렵에 있어 윤정화가 은근히 사위감으로 갈망하고 있는 터이었다.

삼십이 넘었으되 그 무수한 여자들의 유혹을 물리치고 결혼은 박사의 학위 후의 문제라는 선언을 추호도 굽히지 않고 학문에만 열중하는 아들을 남편은 언제나 가문의 자랑이요 나라의 보배라고 은근히 선전하고 있다. 남편만일까, 안 여사 자신은 아들 영표를 거의 신처럼 떠받들고 있다. 자기의 일생은 비밀과 거짓과 은폐로써 일관해 있는데도 표면만큼은 지극히 영화로웠고, 이 영화를 누리기 위하여 죄악이라면 그렇게도 부를 수 있는 행위를 감행한 것이다.

그러나 맘속 깊은 곳에 도사린 불안하고 복잡하고 초조한 심정으로 배태(胚胎)된 아들이건만 맑은 수정같이 티없이 깨끗하게 자라나는 아들을 볼 때마다 하느님께 감사를 드리며 다행하고 만족스러워했고, 여생을 살아가는 삶을 지배해주는 아들을 신이나같이 떠받들어 존중히 여길 수밖에 없었다.

'윤 여사는 왜 부득부득 사장님이라구만 하는지 몰라. 그분 사장 된 지가 몇 년이나 됐다구 대감이라면 어때서.'

미국 서방님 오 년 동안은 대학에 나갔고, 나리 십 년이란 어느 고관의 비서실장을 거쳐 고문관이니 자문위원이니를 하다가 자기 구(區) 출신 국회의원이 되어 영감 십 년을 지냈다. 그리고 일약 ××부 장관이 되어 각하로 삼 년이었다.

이 각하 삼 년의 세월이 안순애 최고의 생애이었고 부귀의 지극이었다. 각하라는 호칭도 오로지 안 여사의 입에서 처음으로 불러졌고 그 전직을 추존하여서 지금까지 집안에서는 대감으로 행세시키는 것이다.

하야(下野) 이후에는 어느 당의 고문으로 ××협회의 회장으로 여러 가지의 명예직을 가졌었는데, 팔 년 전에 어떤 국영(國營)회사의 사장직으로 있다가 삼 년 전부터 자기의 재산으로 이루어진 제약회사의 사장이 되었고 이번에 또 새로운 화학공예사를 설립한 것이다.

시장에 다녀온 패들이 보료를 갈아준 후에 신당동 마님까지가 다시 와서 주방에서 요리 만들기에 분주한 모양이다.

신당동 마님이란 안 여사의 시댁 먼촌 시뉘 뻘 되는 오십대의 여인으로 안 여사의 의복을 도맡아 만들어주는 바느질 선수였다. 찬모도 있지만 신당동 마님은 침모 겸 이를테면 살림 전체를 총찰하는 감독관이어서 이 큰 저택의 안방을 차지하고 있는 처지이었다. 가끔씩 신당동 외아들 집에 들러서 손자들을 만나고 오는 것이 유일한 낙이라고 하지만 이 집에서의 권력도 이만저만하지 않기 때문에 힘껏 정성껏 또한 재미나게 인생을 살아가는 여인이며, 따라서 그의 태도는 안 여사의 심경을 여간만 편안하게 만족하게 해주는 것이 아니었다.

안 여사의 오후 세시쯤부터 머리를 매만지고 가장 화려한 의복을 골라 입은 후에 대감을 기다리고 있었으나 다섯시가 지나 여섯시가 되어도 그는 돌아오지 않았다.

“애 옥아? 회사에서 아직 소식 없니? 기석이더러 전무께 전화 여쭤보래라.”

“전무님도 함께 가셨다잖아요?”

“오 참 그랬던가? 그럼 상무님께나 조 비서에게나…….”

그러는데 전화가 따르르 운다. 스위치를 이쪽으로 돌려두었던 것이다.

“네에. 비서실장님이세요? 네 계세요. 잠깐만 기다려주세요.”

옥이 수화기를 안 여사에게 건넸다.

안 여사는 위엄있는 음성으로 말 시작을 했다.

“비서실장이요? 아니 사장님이? 그 웬일이야? 무슨 급한 사무가? 회사일이 아니 딴 일이라구 그럼 혼자 왔수? 내일 오후에? 이상해라, 그 무슨 긴급 사항이 생겼단 말이요. 기력은 여전하시지? 집에 안 들르구 바로 가겠다구? 그럼 그렇게 해요.”

“대감마님 안 오셨대요?”

옥이 수화기를 받아서 제자리에 놓으며 지레잡아 물었으나 마님은 그 말의 대답은 하지 않고 고개만 갸우뚱하였다.

‘자기가 전화 걸 틈도 없이 바쁘셨던가? 전 같으면 온다는 시간에만 못 와도 반드시 따로 전화를 주거나 **특별**히 비서실장에게 자세히 일러

보내시는데 오늘은 이쪽에서 걸어서야 실장이 받았으니 아무 말씀 전갈도 없으신 모양이야.'

안 여사는 좀 서운하게 느꼈으나 이런 증세가 늙어진 탓이라고 이내 맘을 고친 후에 신당동 마님을 불러 대소(大小)냉장고에 넣을 것과, 더 졸이거나 튀길 것 등등의 음식 분별을 하고, 저녁을 위한 요리로서 처치해야 할 것은 딸네 집에도 보내주도록 일렀다.

대감이야 꼭꼭 저녁 식사를 집에서만 드시니까 언제든지 이삼 인분의 석반을 준비해두라는 것이 안 여사의 엄격한 지시였던 것이다.

이 사장이 집에 돌아온 시간은 이튿날 오후 아홉시 반이었다. 도착은 다섯시인데 밖에서 밀린 일들을 결재하느라고 늦어질 테니 그리 알라는 비서의 전화만으로 안 여사는 이날도 대감의 음성을 직접 듣지 못하였다.

이 사장은 피곤에 지친 얼굴로 홀홀히 혼자 돌아왔다. 섬돌 아래까지 맞이나간 안 여사의 함박으로 퍼붓는 웃음에 겨우 두어 번 점두만 했다. 그러나 안 여사는 웃음 섞인 정이 듣는 소리로,

"아유 얼마나 피로하셔요? 먼저 욕실에 다녀 나오셔서 진질 듭시도록 하셔야죠."

하고 전례대로 그의 팔을 부축하여서 별채인 자기의 거실로 안내하려 했으나 대감은 오늘따라 슬그머니 팔을 빼며 발길을 자기의 서재로 돌렸다.

"옥아 나 저녁 밖에서 먹었다."

짤막한 남편의 말이 안 여사를 그 자리에 못박히게 하였다.

'옥아 나 저녁 밖에서 먹었나? 이게 무슨 변괼까? 집에만 들면 희희낙락 일초도 내게서 떨어지지 않는 어른이 내 손을 거부하고 서재로 가며 간접적인 말을 하다니! 천지 개벽이 닥쳐왔다는 말인가?'

옥의 안내로 서재에 들어가는 대감의 뒷모습을 멍하니 바라보고 섰다가 안 여사는 곧 잦은걸음으로 그를 쫓아갔다.

"여보세요 대감! 어디가 불편하신 모양인데 일루 오심 어떻게 합니까? 침실로 가셔서 편히 쉬셔야죠. 양즙이랑 송이탕이랑 모두 다 준빌

했는데 밖에서 저녁을 드셨다구요?"

"아 나 너무 괴로워 그래요. 옥아 나 이 옆 침실에서 쉴 테다."

그는 도어를 탕 닫았다. 안 여사의 눈앞이 아찔아찔하더니 마룻장이 뚝 부러지는 것처럼 두 다리가 휘청했다. 안 여사는 이를 악물고 자신을 지탱했다. 신당동 마님이나 찬모가 주방에 있느라고 이 몰골을 못 본 것이 얼마나 다행인가. 결혼 사십오 년 만에 처음 당해보는 수모요 멸시요 푸대접이다.

안 여사는 혼자 자기의 거실로 돌아오는 수밖에 없었다. 옥은 대감의 시중으로 옆의 침실을 손보는 모양이니까…….

손님이나 사용하는 침실, 어쩌다가 밤을 새우는 긴급 간부회의에서라도 자기만은 꼭꼭 내실로 들어 하루나마 따로 자본 적이 없었는데 대전 출장에서 무슨 괴변이 생겼다는 말인가.

어제부터 이상한 육감이 들었지만 반석 같은 남편의 사랑 위에 역사적으로 세워진 사십여 년의 생활이 그 어느 태풍엔들 흔들릴 이유는 만무한 것이거늘 이제 자신의 눈앞에 분명하게 벌어진 이 현실을 과연 어떻게 풀이해야 할 것인가.

안 여사는 우선 담배 한 개를 뽑아 불을 댔다. 각하 시절에 밖에서 너무나 상심된 일이 있을 때면 서재에 꾹 박혀 있기도 하고 혹 어쩌다가 그 침실에서 밤을 새우기도 한 기억을 더듬어 안 여사는 혹시 그런 사업상의 고민이 그에게 그처럼 큰 충격을 준 것이나 아닌가 싶어 스스로 맘을 가라앉혔다.

그러나 아내를 외면하고 아내의 팔을 밀어낸 일이란 미국의 교육을 받은 그로서는 농으로도 흉내내본 적이 없었는데……이쯤 생각할 때 안 여사의 가무잡잡한 뺨으로 눈물이 소르르 흘러내렸다.

옥의 발소리가 들리는 듯하여 안 여사는 얼른 눈물을 털고 담배연기로 자욱하게 얼굴을 가렸다.

"마님 진지 드셔야죠?"

옥이 마님의 기색을 보며 조심스럽게 여쭈었다. 저로서는 처음 보는 광경이라 저 역시 시무룩해 있었다.

“대감께선 그저 서재에 계시니?”
“웬걸요. 그냥 침상에 듭셨어요.”
“아니 그럼 주무시는 거야?”
“한숨을 푸욱 쉬시면서 자리옷으로 갈아 입으시더니 저더러 나가라시구선 그냥 불을 끄셨어요.”
“아니 자리끼는 어쩌구?”
“그건 제가 미리 해드렸죠.”
“애 그런 눈치 아무에게도 보이지 말어. 대감께선 좀 편찮으시니간 그러신다구 비서들이나 아줌마들에게두 말야.”
“그런 건 염려 마셔요. 저야 뭐…….”
‘그렇지 너만큼이야 내 수족인걸.’
입 밖에는 내지 않고 물끄러미 옥을 바라보다가 안 여사는 재떨이에 담배를 껐다.
“식당에 말구 일루 진지 차려 올래요, 마님.”
“그만둬. 점심 늦게 먹었더니 조금두 생각없어. 차나 가져오렴.”
안 여사는 옥이 가져오는 허브차를 마신 후에 침실로 가지 않고 옥이 펴놓은 금침에 몸을 묻었으나 갑자기 당한 고까움에서 잠을 이룰 수 없어 자리를 차고 일어나 비서실장에게 전화를 걸었다.
“너무 늦어서 미안해요. 그런데 사장님께서 언체부터 미령하십디까? 그제 밤부터? 아니 집에 전화주실 땐 안 그러셨는데? 뭐요? 밤에 손님이 왔었어? 무슨 손님? 처음 보는 사람이라구? 조용히 얘기하셨다구? 그러구부터 기색이 좋지 않으시구 또 어제 아침에도 뭐? 그 손님 때문에 못 오셨다구요? 회사일두 아니라며? 흐으음 참 별일이군. 오늘은 어디서 저녁 드셨어요? 뭐요? 안 잡수셨어? 네네 여기서 조금만 드셨죠. 그래요? 네 알았어요. 잘 주무세요. 네네.”
안 여사는 전화를 끝내고 망연히 앉아 있었다. 손님이라니. 회사 손님이 아닌 손님을 밤과 아침에 만났다. 그러고 나서부터 미령하시고…… 저녁도 들지 않고 집에서는 먹지 않을 요량으로 먹었다 하고…….
“댁에 들어가셔서 잡수시겠다면서 저희들만 사주셨습니다. 사모님께서 워낙 잘 해드리시니깐. 저희들도 안심하구 배웅해드렸습죠.”

비서실장의 말에 네네 거짓 응대는 했지만 대체 대감이 식음을 전폐하고 저렇듯 괴로워할 무슨 일이 생겼단 말인가? 손님? 손님? 안 여사의 머리 속이 찌르르 울리면서 소름 같은 것이 우수수 전신에 끼쳤다.

안 여사는 다시 다이얼을 돌렸다. 여윈 가느다란 손이 바르르 떨린다.

“실장이죠? 또다시 미안해요. 그 손님이란 분을 실장이 봤어요? 그래요? 어떻게 생겼어요? 키가 크고 나이는요? 육십쯤 되는 노인이요? 시골티가 나구요? 얼굴이 넓적하더라구요? 얘기하는 소린 못 들었군요? 단둘이서만? 흐으음 그렇게 오래요? 네네, 그러니깐 실장은 밤에만 보구. 사장님 말씀이 손님을 기다리니 먼저 가라셨다구. 아니 뭐 그냥 물어보는 거죠. 네 잘 알았어요. 고마워요. 네네 염려 말아요. 그럼 안녕.”

음성도 극히 평온하려고 노력했지만 가늘게 떨려만 나오려고 했다. 안 여사는 맞은편 벽을 뚫어져라고 노렸다. 마치 그 벽에서 무엇인가를 탐색하려는 것처럼…….

‘혹시? 그게? 그럴 리가? 아아 모르겠다. 될 대로 되라지. 인생 칠십이다. 그렇지만 칠십당년 이제야…….’

안 여사는 이윽토록 그렇게 앉아 있었다.

다음날 이른 아침에 안 여사는 남편의 서재에 가서 노프를 돌렸으나 도어는 열리지 않았다. 안으로 잠근 것이다.

‘이럴 수가 있을까?’

안 여사는 아랫사람들의 눈에 뜨일까 봐 얼른 거실로 돌아와버렸으나 가슴에서는 불이 일어날 것 같은 뜨거운 김이 솟구쳐 방 안을 빙빙 돌았다.

‘이럴 수가 있을까?’

안 여사는 마루방의 미닫이를 드르륵 열고 그리로 나가 등의자에 몸을 걸쳤다. 반쯤 누워 어제처럼 정원을 둘러보니 이른 아침이라 더욱 깨끗하게 아름다웠다. 그 연연한 진분홍 빛의 파르르 날 것 같으면서도 구름 엉기듯 엉겨 피어 있는 백일홍이며…….

　그러나 어제는 행복의 절정에서 만족에 겨운 미소를 머금어 자신의 부귀영화를 스스로 찬미했는데, 하루 사이에 천하의 불행을 혼자 도맡은 듯 이처럼 비참한 심정을 가누지 못하고 신경을 태우며 안달을 하다니……

　'이럴 수가 있을까?'

　안 여사는 의자에서 펄쩍 일어나 주르르 복도로 나가다가 옥이와 마주쳤다.

　"대감께서 기침하셨니?"

　"아뇨, 이제야 일곱시 사십분인걸요. 식당에 준비해놓을 테니깐 마님이랑 대감님이랑 함께 듭세요, 네?"

　보로통하게 살이 오른 두 볼이 발그레 싱싱하다. 옥을 볼 때마다 안 여사는 그의 젊음을 부러워했지만 이 아침에는 그 마저의 여념이 없이 오직 대감으로만 가득찬 것이다.

　"나 세수하겠다."

　옥은 먼저 화장실에 들어가 물을 들어서 세면대를 또 한 번 헹구고 안 여사를 기다렸다가 모든 시중을 들어 안 여사에게 외출복까지를 입혀드렸다.

　안 여사는 서재의 열쇠를 꺼내 들고 발소리를 죽여 서재의 도어를 열고 그 안에 들어섰다. 어쩐지 서글픈 맘이 들면서 눈물이 돌았다.

　안 여사는 협실의 도어마저 열었다. 훈훈한 체온이 느껴지는 동시에 남편이 침대에서 벌떡 일어나며 얼결에,

　"웬일이요?"

했다. 안 여사는 조용히 그에게로 다가갔다.

　"당신이야말로 웬일이세요. 몸이 불편하시면 그런 대로, 또 혹시 상심되시는 일이 있으시면 그런 대로 내게 말씀을 해야 되지 않아요? 만일이라도 내게 불만이 있으시다면 솔직하게 털어서 서로서로 양해하고 원만하게 이끌어가는 게 당신의 지론대로 현대적인 해결이 되지, 아랫사람들의 눈도 있는데 늙은이들이 이래서야 제가 무슨 낯으로 행세를 한단 말씀이요. 안 그래요?"

안 여사는 밤새도록 다지고 몽그렸던 말을 한꺼번에 쫙 쏟았다. 본래 이동진을 녹여내던 말솜씨에 진실이 엉겨 감동적인 어투가 된 것이다.

그는 눈을 내리깔고 잠잠히 앉아 있다가 머리를 들지 않은 채로,

"알아들었어요. 며칠만 날 그대로 둬두면 고맙겠소."

하였다. 짐작컨대 그는 도시 아내와 시선을 교환하기 싫은 모양이었다.

"심상찮은 변괴가 일어난 성싶은데 이럴수록에 감정을 조절해야 할 것 같애요. 명령대로는 하겠으니 제발 조반만큼은 식당에서 저랑 들도록 하세요. 부탁이에요. 다 준비됐으니까요. 옥이 보내겠어요."

안 여사는 조용히 물러나 서재를 나오는데 또 처량한 맘이 들어서 눈이 서물거리는 것을 입술을 깨물며 참았다.

"오라버니께서 많이 편찮으신 모양이죠? 형님!"

언제 나왔는지 신당동 마님이 안마루 쪽에 서 있다가 말을 걸어왔다.

"네 좀……그래두 조반은 드실 테니까 식당에 준빌……."

"준빈 다 되어 있습니다……."

"고마워요."

안 여사는 일단 자기의 방으로 돌아와서 말없이 담배만을 태우다가 옥이 모시러 와서야 식당에 가니까 이 사장은 먼저 와 있었다.

"날씨가 맑지 않군요."

남의 이목 때문에 안 여사는 무엇보다도 말소리를 내야 했다.

"글쎄……."

그는 냅킨을 무릎에 놓으며 우물쭈물하다가 옥이 내리는 뚝배기 같은 컵을 받아 천천히 마셨다. 양즙인 모양이다.

그는 토스트와 송이탕을 먹은 후 커피를 마시고 일어났다. 안 여사도 우유와 계란과 빵 한 개를 들었다. 안 여사는 부지런히 남편의 뒤를 따라 그의 외출을 거들고 캐딜락이 정문으로 미끄러져 나간 후에야 소르르 한숨을 내뿜었다.

'며칠 그대로 둬 달라니간 그럴 수밖에 없지.'

성격이 쾌활하고 명랑하기 이를데없다가도 한 번 뚝심이 나면 저렇게 며칠을 파고드는 사람이다. 그러다가 뚝심만 풀리면 먼저 말을 걸어오고

언제 그랬더냐 싶게 아기자기 비위를 맞춰주는 남성인 것이다.

'그렇지만 이번엔 좀 다르지 않은가? 모두 돌아가는 품이 말야.'

안 여사는 외출복을 훨훨 벗어던지고 만사 귀찮다는 듯이 보료에 누웠다.

그래도 모진 잠에 깜박 떨어졌던지 인기척에 눈을 뜨니까 옥이 발치에서 방을 정돈하고 있었다.

"몇 시나 됐니."

"아까 열한시 쳤어요."

"그렇게 벌써?"

"그럼요. 대감마님께랑 마님께랑 전화가 얼마나 많이 왔다구요. 말짱 적어뒀어요. 참 청파동 마님이 또 전활 하셨대요. 사장님 오셨느냐, 마님 뭘 허시느냐구요."

"정성두 지극허시군."

안 여사는 입을 비쭉해보고 서서히 일어났다.

웬일인지 윤정화를 미워하고 싶다. 서글프면 그럴수록에 더……옥이 가져온 허브차를 마시고 어제처럼 등의자에 누워 정원을 바라보며 머릿속에 가득한 의혹의 갈피를 얼기설기 풀어보는데 통통통 옥의 걸음이 바쁘게 가까워온다.

"마님 마님!"

"왜 그래?"

"이거 좀 보세요."

옥은 중판이나 되는 사진 한장을 손에 들었다. 어디서 떼었는지 뒤에는 종이덕지가 붙어 있었다. 안 여사는 무심코 받았다. 사진이 얼마나 오랜 것인지 누렇게 변색해 있었다.

안 여사는 처음에 그게 무슨 사진인지 깨닫지 못했다. 가족사진인 모양으로 남녀가 층층이 서 있었다.

"여기 마님 같으신 분이 계시네요."

옥의 손가락 끝이 꼭 찌르는 곳에는 어머니가 서 있었다.

"그 옆에 새색신 예쁘기도 하네요. 앞줄에 선 애들도 다 참하구……."

어머니 곁에 의자에 앉은 새색시. 과연 앞에서도 뒤의 남자 쪽이 목 좌우에 비녀꼭지까지 나와 있는 것을 볼 수 있도록 큰 낭자 쪽의 옛날 신부 옆에 의젓이 앉아 있는 신랑은 그의 아버지가 노인으로 곁에 서 있지 않았다면 신부의 아버지 뻘로나 봄직한 중년의 남자이었다. 회장저고리와 윤이 나는 비단 두루마기로 그들이 사진의 주인공인 신랑신부임을 알 수 있는 것이다.

안 여사의 눈앞에 암흑이 가로막아 더 이상은 보이지 않고, 다만 꿈에 가위눌린 듯한 지질치는 소리가 두어 번 목에서 나는 듯하더니 중심을 잃은 몸이 소르르 의자에서 빠져 내렸다.

"마님! 왜 그러세요?"

옥이 황망히 안 여사를 부축해서 앉히려 했다.

"그걸 들여다보니 어지러워졌다. 나좀 가만둬라."

안 여사는 마룻바닥에 쓰러지듯이 누워버렸다. 머리쪽이 뼈개지는 듯이 저렸다.

"마님! 보료에 누우셔요. 여긴 차서 안 돼요."

옥이 몇 번인가 애절하게 권하여도 안 여사의 귀엔 아무 소리도 들리지 않고 귓속에 무엇인가가 막힌 듯 어멍하게 울리기만 했다.

이윽하여서 안 여사는 스스로 일어나 방으로 들어가 보료에 앉았다.

"옥아! 너 이거 어디서 났니?"

쉿소리로 울리는 마님의 음성이 나지막하게 갈라졌다.

"대감마님 책상 위에 그냥 있내요."

"어느 책상?"

"큰 테이블 위에 대감마님이 손가방에서 꺼내놓으신 모양이죠. 무슨 서류인지 그 위에 있길래 집어보니깐 마님 같으신 분이 계시잖아요? 그래서 가져온 거예요."

"흐으흠 흐음."

안 여사에게서 앓는 소리가 새어 나왔다. 옥이 고개를 바싹 들고 마님을 주목했다.

"그만 나가봐라."

224

"사진을 주셔야죠."

"여기 두구 내가 부를 때까지 들어오지 말어."

"네에."

대답을 하고도 옥은 주저주저 머뭇거렸다.

"나 좀 쉬다가 너 부를게, 나가!"

옥이 나간 후에 안 여사는 심호흡으로 정신을 가다듬고 다시 사진을 집어들었다.

안 여사의 눈이 신랑이란 얼굴에서 잠깐 머물렀다가 앞줄에 서 있는 아우들에게로 갔다. 그때까진 눈에 넣을 만치 귀여워하던 아우들이지만 한 번 친정과 인연을 끊은 후엔 그들을 남처럼 잊어버리고 말았다. 적어도 삼십 년 가까이를…… 그랬다가 그들이 다 성인이 된 후에라야 겨우 소식만을 서로 통하지 않았던가.

치악산이 멀찌감치 보이는 영월 자규마을에 우씨라는 과부가 살고 있었다. 우씨가 이곳으로 처음 이사왔을 때는 새파란 색시였고, 남편은 머리가 희끗한 영감티가 났다. 올망졸망 사남매를 데리고 조촐한 집을 사서 오붓한 살림을 해오지만 영감이 한 달이면 반 달 가량 집을 비우고 출타하는 까닭에 마을에서는 그가 소실일 것이라는 추측을 했다.

안씨라는 영감이 오 년쯤 살다가 병이 들었다고 의원이 오락가락하더니 마을을 한 번 떠난 후에는 다시 돌아오지 않았고 우씨는 과부가 되었다면서 소복을 입고 있었다.

삼 년상을 벗은 후에 우씨는 살림집을 개조하여 술청을 내고 술장사를 시작했다. 그러지 않고는 다섯 식구의 호구책이 없었다고 하였다.

우씨는 손끝이 야무지고 음식 솜씨가 좋으며 성품이 서글서글하여서 당장에 많은 단골 손님을 만들었다. 그의 별명은 우 미인이었다. 그만큼 인물과 자태가 뛰어났던 것이다.

우씨의 큰딸은 초녀라고 하였다. 성택, 홍택 두 아들 아래로 끝녀라는 딸이 있어 아들 둘, 딸 둘의 사남매를 거느린 우 미인은 밤낮을 가리지 않고 부지런히 장사를 하면서 밤이면 삯바느질까지 하여서 시골에서나마 학당이고 서당이고 가릴 것 없이 아이들의 교육에 열을 올렸다.

초녀가 열다섯 살이 되던 해부터 집에는 조씨라는 아저씨가 드나들기 시작했다. 이미 초등 교육을 마친 초녀에게는 수도 잘놓고 바느질도 잘 한다는 소문이 따라다녔다.

용모도 어미인 우씨보다 더 나았고 학식도 있으니 양가집에 출가시키려는 소원으로 우씨는 미리부터 수소문하였으나 워낙 근지가 모호한 술장사의 딸인지라 선뜻 나서는 중매쟁이가 없었다.

조씨는 가문도 내력이 분명한 양반집인데다가 가세도 부유하여도 우씨의 술집에서 가장 귀한 손님의 대우를 받았다.

"애 초녀야, 아저씨 시중 좀 들어라."

조씨가 술상을 받을 때는 우씨가 꼭꼭 초녀에게 잔심부름을 시키고 그때마다 조씨는 초녀에게 듬뿍 돈을 주었다.

이 집에 드나드는 손님들은 우씨를 놀렸다. 그러면서도 충고는 잊지 않았다.

"우 미인은 봉 물었군. 하기야 꽃같이 젊은 나이에 수절이라니 당키나 한가? 그렇지만 잘 생각해서 남의 앞으로는 가지 마오. 적악이요."

세월이 흘러 초녀는 방년 십팔 세를 맞이했다. 정월 초순께에 조씨는 우씨에게 정식으로 청혼했다.

"우 미인께 청이 있소. 초녀를 내게 출가시킬 의향이 있는지?"

"아니 무슨 말씀을? 댁엔 마님이 계실 텐데요. 자녀들도 성하실 테구 ……원체 미거한 어린 건데요."

"내가 홀로 있는 지 두 해나 되오. 마누라는 병쟁이라 벌써 저 살 데도 갔고, 자녀는 서넛 되지만 제 장형이 거둘 테니까 초녀는 나와 단 둘이만 있게 될 게요. 초녀만 준다면야 장모 고생을 어찌 보겠소?"

이렇게 하여서 초녀는 삼월 삼일 제비 오는 날에 조씨의 새댁이 된 것이다. 처음에는 놀라서 몇 번인가 거절하더니 슬그머니 숙어져서 조씨가 보내는 갖은 금은패물이며 주단포목을 손수 받아들여 간수하기까지 하였다.

우씨는 초녀가 본래 깜찍하고 앙큼한 데가 있기 때문에 어미 나이와 비등한 남자에게 시집갈 수 있었다고 내심 놀랐으나 한편 은근히 다행하게도 여겼다. 그로부터 집안은 풍부하게 되어 아쉬울 것이 없으니까……
…….

그러나 호사다마라고 초녀는 열흘이 멀다 하고 울며 돌아왔다. 까닭은
조씨의 열세 살짜리 아들이 자주 와서,

"이년, 너 때문에 우리 엄마가 병나서 쫓겨갔다. 아버지가 네게 미쳐
서 엄마를 박대했댄다. 이년! 난 기어코 널 죽이고야 말 테다."
하고 갖은 포악을 다 부린다는 것이다.

초녀는 초여름에 기어코 보따리를 들고 집으로 오고야 말았다. 병태라
고 한다는 그 아이가 도끼를 가지고 와서 휘두르며 날뛰는 바람에 쫓겨
왔다는 것이다.

조씨가 다른 곳으로 이사가서 살자고 아무리 달래어도 초녀는 차라리
죽을지언정 절대로 가지 않겠다고 필사적인 반항을 했다. 그리고 조씨에
게 약속 조항을 내놓았다.

첫째는 그와 영원히 남이 되었다는 것, 둘째는 어린 처녀의 앞길을 꺾
었으니 적당한 금액을 지불하라는 것, 셋째는 다시 두 번 초녀를 찾을 때
자기는 조씨를 죽이고 저도 죽겠다는 것 등이었고, 후덕한 조씨는 세 가
지 조건을 다 들어주겠다는 언약을 철석같이 하였다. 우씨는 십팔 세 소
녀의 하는 행동에 혀를 내둘렀을 뿐이었다.

그해 가을에 초녀는 영월에서 사라져버렸고, 이 년 후에 조씨마저 세
상을 떠나고 나니 자규마을 사람들도 달이 가고 해가 쌓일수록 초녀의
일을 관심 밖으로 흘려보내고 말았던 것이다. 초녀는 말로만 익히 들어
오던 수원 양잠(養蠶) 강습소에 안순애라는 개명으로 입학하였다. 영월
을 떠날 때 쪽머리는 풀어서 이미 양머리로 틀어 올렸기에 완전히 처녀
로만 행세하였다.

역시 초녀는 그 중에서도 어린 축이어서 이십 세 이상의 어른들의 사
랑을 받았으나, 결코 여기서 만족한 것이 아니라 어떻게 해서든지 정규
고등교육을 받겠다는 결심으로 서울의 친구와 함께 상경하고 말았다.

초녀는 우수한 학교를 골라 먼저 손쉽게 입학할 수 있는 기예과에 들
었다. 재봉과 자수에 뛰어난 초녀는 우등생이 되어서 이듬해에 본과의

시험을 치르고 무난히 일학년에 입학이 된 것이다.

안순애는 기숙사에서도 인기가 있었다. 예쁘고 붙임성 좋고 언변이 능한 안순애에게 선생이 먼저 매혹되고, 다음에는 교장 교감이 차례로 안순애만을 걸핏하면 내세우곤 하더니 졸업 후에는 E전문학교에 추천생으로 보내게까지 되었다.

안순애가 전문과를 나온 후에 그 계통의 여학교에서 교편을 잡고 있을 때 미국에서 돌아온 이동진과 알게 되었고, 한 번 안순애에게 걸려든 이동진은 기어코 안순애와 결혼하기에 이르렀던 것이다.

결혼 당시에 안순애의 정확한 연령은 이십팔 세이었으나 세 살을 속여 이십오 세의 신부와 이십팔 세의 신랑은 나이까지도 알맞게 어울린다고들 야단이었다. 그러기에 현재는 남편보다 세 살 아래인 육십칠 세로 알려져 있지만 사실은 칠십 세 동갑내기인 것이다.

안순애 여사는 긴 추억에서 깨어났다. 저주의 사진은 그대로 손에 있었다.

'나는 갈가리 찢어버린 그 사진이었는데, 조씨네에게 한 장이 남았더란 말인가?'

안 여사는 황연히 깨달았다. 이 사진은 조병태에게서 나왔고 남편은 엊그제 만났다는 육십 세쯤의 사내는 병태임을 틀림없으리라.

어릴 때부터 포악하여 초녀를 죽이겠다고 날뛰던 병태는 어머니 생시에는 종무소식이다가 어머니가 작고한 육칠 년 간에 두 번인가 안 여사를 만나겠다는 비밀 연락을 해왔으나 안 여사는 단연코 거절하고 말았더니 인간 못돼먹은 것이 궁여지책으로 남편에게 직접 상대하여서 큼직하게 울궈낼 목적이었던 모양이었다.

입으로는 현대적이니 뭐니 열심히 뇌이고, 또 사실 결혼식만은 그의 현대적인 사고에서 성공하였지만 이동진의 부부관이란 극히 단조롭고 봉건적이어서 여자의 개가를 적극 반대하는 사람이었다.

"여자란 한 번 몸을 망치면 그게 끝이지 두 남자를 갖는다는 것은 엄격한 의미에서 매춘이 되는 거야."

이렇게 잘라 말하던 이동진이 자기가 조강지처로 평생을 떠받들어 사랑하던 아내의 초혼 사진을 확인하였을 때 과연 그의 심경이 어떻게 광란되었을까를 생각하면 안순애 자신을 천만 갈래로 찢어 없애거나 천만 동강이를 내서 갈아버려도 시원치 않을 것 같았다.

'결국은 이렇게 되고야 마는 것을……그렇지만 사십여 년간을 얼마나 멋있게 호화롭게 살아왔는가?'

병태라는 악한만 없었더라면 유종의 아름다운 결과가 되었을 것을……….

'그런데 이 비밀 사진을 대감을 왜 책상 위에 공개해두었을까?'

안 여사는 생각이 여기에 미치자 안 여사는 분주하게 남편의 서재로 향했다. 마침 옥은 그곳의 소제를 끝내고 나오려는 참이었다.

"이 사진 어디 있었다구?"

"여기 이 서류 위에 놓였었어요."

옥이 가리키는 곳에 눈을 주던 안 여사는 그 서류라는 것을 집어보았다.

거기에는 조씨와 자기가 결혼하던 연월일의 시각까지가 적혀 있고 위의 사실이 틀림없음을 증명한다는 증인의 이름이 다섯이나 시뻘건 도장들을 달고 주르륵 늘어 있었다.

안 여사의 삼각진 동그란 눈에서 이상한 광채가 난다고 느끼는 순간 안 여사는 전신을 부르르 떨었다. 잠깐이 아니라 이윽토록 계속되었다.

"마님 마님! 진정하세요 네? 아유 어쩌다가 모두 이렇게 되어가는 걸까. 마님 마님!"

영리한 옥은 울상이 되어서도 말소리는 죽이고 안 여사를 힘들여 잡기만 했다.

'이런 중요한 것을 여기에 둔 것은 대감이 일부러 보라는 뜻이 아니고 뭔가. 다른 사람이야 사진이건 종이이건 봐도 모를 테니간 오로지 네게 공개하고 나더러 좋도록 처리하라는 지시가 아니고 뭔가?'

안 여사는 두 장의 서류도 사진도 함께 들고 방으로 돌아왔다. 차라리 점점 냉정해지는 심경이다.

안 여사는 반나절을 더 누워 있었다. 밤 아홉시쯤 되니까 남편이 돌아왔다. 안 여사는 어제처럼 흔연히 나가서 마중했고, 저녁 식사도 함께 든 후에 남편은 서재로 안 여사는 거실로 헤어졌다.

안 여사는 저녁 세수를 마치고 단정하게 의복을 갈아입었다.

"마님 어디 가실래요?"

"가긴. 꼴이 누추하길래…… 참 어서 가서 자라. 밤중에라도 부르고 싶으면 초인종 울릴 테니 말야."

옥이 나간 후에 안 여사는 달력을 보았다. 팔월 삼십일 음력으로는 윤 칠월 칠일이었다.

'사십여 년간을 당신의 사랑 속에서 행복스럽게 살았습니다. 당신은 현명하셔요. 이렇게 좋은 지시를 고요히 해주시니 말입니다. 지시대로 수행하는 순애는 영원한 당신의 아내로 이씨댁의 자부입니다.'

안 여사는 이렇게 종이에 써서 남길까 하다가 다 그만두기로 했다.

안 여사는 사진과 서류 도장을 갈가리 찢어서 재떨이에 태우고 마루방 캐비닛에서 약병을 내왔다. 안 여사가 즐겨 먹던 수면제였다.

안 여사는 새빨간 알약을 한줌 듬뿍 집어 서너 번에 다 삼키고 반듯이 누워서 눈을 감았다. 희미해지는 정신 중에서도 안 여사는 이것이 당신의 현대적인 해결이에요를 되뇌이고 있었다.

—1968년

한귀(旱鬼)

금성산(錦城山) 상봉에서 불이 일어나자 나주의 영산포의 넓은 들을 둘러 있는 각 산봉우리에는 일제히 불을 당겼다.

바람이라고는 풀잎사귀 하나 건드리는 실바람조차 없는 밤이라 불길은 퍼지지 않고 쪽달이 걸린 하늘로 곧추 휠휠 올라갔다.

동네 동네에서는 아이들의 '어어와아' 하고 소리치는 환호성이 들려왔다.

조요(照曜)한 불빛에 어린애를 업은 여인들과 처녀들로 덮인 등성이 등성이가 보였다.

불꽃이 툭툭 튀면서 불길은 점점 더 세어졌다. 크고 검은 산들이 다 타버리고 말 것같이 봉우리의 불길은 점점 더 커갔다.

"허……그것도 볼 만하네그려. 옛날에 봉화라고 있었더니 난리날 때면 동네 동네 전해가면서 알리던 봉화, 영락없는 봉화 같네그려."

"자네는 좀 덜 알았네. 봉화는 봉화 피우는 산이 따로 있었지 저렇게 산봉우리마당 불이 났더란가?"

"헤에 그 자식들 퍽 주전없다. 이놈들아 네까짓 놈들이 봉화라는 말만 들었지 언제 봉화를 본 일이나 있느냐? 그놈들이 제법 봉화를 본 놈들이 나같이 떠들어대네."

"허, 이 사람들 시끄럽네. 지금 기우제를 지내는데 그렇게 너무 떠들어대면 부정타서 못쓰는 게야. 지성스럽게들 그 불꽃만 바라보소. 작년에도 기우제를 잘못 드려서 홍수가 났더라고 하는 말을 못 들 들었는가?”

육십이나 된 듯한 노인이 물 품던 두레를 놓고서 하늘을 우러러 합장을 하였다.

젊은 축들도 지껄이던 입을 다물고 잠잠히 이쪽저쪽의 불을 둘러보았다.

“정말 내일이라도 비가 와야지 어디 쓰겠는가? 모판에 모가 그대로 서 있으니 밤을 꼬박 새워가며 이렇게 물을 품어서 겨우 한 마지기씩이나 심어놓으면 뭣을 하겠는가?”

노인은 합장하였던 손으로 다시 두렛줄을 잡았다. 젊은 농군들도 두렛줄으르 잡고 마주마주 섰다. 그러나 불이 꺼지기를 기다리는 모양인지 노인의 시작하자는 영이 아직 떨어지지 않았다.

불이 타는 동안은 그것들을 보느라고 손을 멈췄던 농부들이 불이 꺼지자 다시 물 품기를 시작하였다. 여기저기서,

“어어.”

“어허어.”

하는 소리들이 맹꽁이 소리처럼 터져나왔다.

“자, 성섭이, 우리도 시작해보세.”

노인은 한쪽 발을 내어딛고 다리에 힘을 주며 두 손을 두렛줄을 잡아당겨 물을 품어 올리면서,

“열의 하나.”

하고 길게 소리를 빼니까, 성섭이가,

“어허어.”

하고 소리를 받으며 동작을 맞췄다.

“둘세엣.”

소리가 더 길게 빼졌다.

“어허어.”

“서이너이.”

소리가 더 커졌다. 그러나 ‘어허어’ 소리는 강약과 장단에 아무 변동이 없이 소리만 받았다.

“일곱여덟.”
할 때는 높은 고비에서 멋있게 넘어내렸다. 그는,
“이오는 십.”
하고 열을 세고,
“열의 하나.”
“열의 둘.”
하고 세다가 스물을 셀 때는,
“사오는 이십.”
하였다. 이 모양으로,
“오륙은 삼십.”
“오팔은 사십.”
하다가 쉰을 셀 때는,
“이러면은 반백.”
하고 길게 뺐다. 어쩐지 처량하게 들렸다.
“환갑 육십.”
“인생 칠십.”
“임종 팔십.”
“구십 당년.”
하고 차례차례 세다가 백에 와서는,
“이러면은 일백이네.”
하고 성공한 듯이 소리쳐도 상대자인 성섭이는,
“어허허.”
하는 단순한 소리로 받아넘겼다.
　노인과 성섭이가 깊은 웅덩이에서 물을 남의 논으로 품으면 두 사람은 그 논에서 성섭이네 논으로 품어 옮겼다. 그들은 천 두레를 품고야 쉬었다.

　물을 삼천 두레나 품고서 부은 다리를 질질 끌고 집으로 돌아오던 성섭이는 어떤 집 앞에서 걸음을 멈췄다. 방아질 소리가 덜거덕 들려나왔다.

"이때까지들 방아를 찧는구나. 우리 봉현 에미도 오직이나 팔다리가
아플까."

성섭이는 혀를 끌끌 차며 다시 걸었다.

지쳐진 사립문을 열고 마당에 들어서니 검둥이가 꼬리를 내두르며 반
갑게 맞았다.

처마에 달아놓은 희미한 등불빛에 멍석 위에서 가로 세로 누워 자는
아이들의 똥똥한 검은 배와 엉성한 갈비뼈가 보였다.

"뭣을 먹었다고 배들은 저리 똥똥한지."

성섭이는 겉보리 섬 위에 꾸깃꾸깃하게 얹혀 있는 검정 홑이불을 집어
들고 와서 아이들 위에 덮어주었다. 모기떼가 윙하고 날아났다.

"못된 놈의 모기새끼들. 보릿가루죽이남등 배부르게 못 먹고 자는 새
끼들에게 피를 빨아 먹으면 얼마나 먹겠다고 으응!"

그는 마당에 묻은 모깃불을 뒤적였다.

"불조차 아주 꺼져버렸구만."

그는 성냥을 그어 불을 붙이면서 다시 아이들을 돌아보았다. 갈기갈기
찢어진 홑이불은 아이들이 몸을 뒤칠 때마다 찍하고 찢어지는 소리를 냈
다.

"후유, 없는 놈에게는 아들도 다 귀찮어."

그는 다시 방 안을 들여다보았다. 맏딸인 봉이가 젖먹이 아기인 봉현
이를 끼고 자고 있었다. 봉현이는 '으으 으으' 하고 깅깅거렸다.

"오오 자자 자자."

잠결에도 봉이는 봉현이를 뚜덕뚜덕 치면서 '자자 자자'소리를 하였
다.

봉현이는 도로 잠잠하였다.

그는 툇마루에 털썩 주저앉으며 뭉싯뭉싯 일어나는 모깃불 연기 속으
로 네 아이의 자고 있는 모양을 멀거니 바라보다가 또,

"후휴우."

하고 한숨을 내쉬었다.

"아들이 다섯, 딸이 하나, 여덟 식구가 무엇을 먹고 어떻게 살아간단 말이냐? 작년에는 홍수로 쌀알 하나 못 거두고 금년에는 이렇게 땅땅 가물어서 초복이 내일 모렌데도 모를 못 내고 있으니…….”

성섭이가 부어오른 다리를 슬슬 문지르면서 혼잣말로 한탄하고 있을 때,

"어서들 갑시다.”

하는 봉현 어머니의 소리가 들리면서 사립문이 삐꺽하고 열렸다. 검둥이가 주르르 마중 나갔다.

"인자사 오는가?”

성섭이는 마누라의 머리 위에서 보리가 가득 담긴 망태기를 내려다가 보릿섬 위에 놓으면서,

"오늘은 좀 그만두지. 닭이 두 홰나 울 때까지 방애를 찧다니 그러다가 더 아프면 어쩔라고 그래? 오늘도 눈이 쑤시고 아프던가?”

하면서 보릿겨가 머리에 수북하게 앉은 마누라를 돌아보았다.

"언제라고 안 아풀랍딩겨? 그저 눈을 딱 감고 방애만 찧었지. 몸이나 안 아팠으면 쓰겠두만 어찌 팔다리가 쑤시고 열이 오르는…….”

마누라는 손바닥에 입김을 획 불어보았다.

"글쎄 그러니깐 밤에는 방애를 찧지 말라고 그러지 않던가. 고집 세울 일에나 안 세울 일에나 마구 고집만 세우니까 못쓴단 말이어.”

남편은 혀를 차며 눈을 흘겼다.

"내가 고집을 부렸소 어디? 나도 편안하게 쉬면 오직 좋겠소? 낮에 찐 것은 다 저녁밥 해버리고 나니께 보리가 어디 있어야제. 놉을 셋이나 부리니께 보리쌀이 오직 많이 드요? 내일은 또 모를 심는다니께 그래도 내일 놉밥해 줄 것이나 찧어쌓지라우. 나는 고사하고 우리 품앗이 방애 찧느라고 다른 댁네들도 밤을 세웠는디라우. 모레는 또 품앗이 방애도 찧어야 쓰고 우리 방애도 찧고 콩밭도 매고 해야지. 아이고 빨래는 또 언제 할꼬? 새끼들이 거지꼴이 다 되었는데 풀할라면 또 쌀이 있어야 하는데 쌀은 어떻게 또 구할 것인가 몰라.”

마누라는 이맛살을 찌푸리고 한숨을 쉬었다. 봉현이가 엄마의 말소리

를 듣고,

"엄마아."

하고 일어나서 문턱을 짚고 내다보았다.

"아이고 내 새낀가?"

봉현 어머니는 봉현이를 안아다가 젖꼭지를 물렸다. 희미한 등불빛이건만 그는 불빛을 바로 쳐다보지 못하고 거의 눈을 감 듯이 가느스름하게 떠서 봉현이를 내려다보았다. 봉현이는 젖을 몇 번인가 쭉쭉 빨아서 두어 모금 들이켜고 나서는 젖이 나지 않는다고 떼를 쓰며 발버둥질을 쳤다.

"아이고 이 철없는 놈아, 무슨 젖이 얼마나 날 것이냐?"

성섭이는 봉현이의 엉덩이를 철썩 때리면서 저녁밥은 네 그릇만 지어서 상에 내놓고 따로 보릿가루죽을 끓여서 반 사발씩 아이들과 나눠 먹던 그 마누라를 생각하고,

"봉현이는 인주소. 내가 달래께. 그리고 그리로 좀 누워보게."

하고 봉현이를 받아서 추켜 안으며 마당으로 어정어정 돌아다녔다. 닭이 세 홰째 울었다.

"오늘 기우제를 지냈으니께 내일이라도 비가 와야 쓸 것인디 만약에 비가 여엉 안 오고 말면 어쩔 거라우?"

봉현 어머니는 툇마루에 모로 누우면서,

"작년에 농사를 못 지어가지고 작년 가을부터 올봄내 보리 날 때까지 고생하던 을 생각하면 잇새마당 신물이 쭉쭉 돌고 지긋지긋해서 신저리가 나고, 아이고 징그러워라."

하고 소름이 끼치는 듯 몸서리를 치며 다시 일어났다.

"설마 비가 안 오고 말라던가? 늦게라도 오기는 좀 오겠지…….""

"작년에도 비가 안 와서 기우제를 지내고 물쌈이 나고 안 그랬소? 그래서 겨우겨우 심어논게 그만 나중에는 물벼락이 내려서 홍수로 싹 씻쳐버렸지. 글로 보면 하느님이 꼭 계시다고 할 수도 없어…….""

"그런 소리 말게. 그래도 하느님이 계시길래 우리도 명을 부지하고 살지 않는가?"

성섭이는 아내에게 말은 하면서도 사실 자기 역시 작년 홍수 이래로는 하느님에게 대한 믿음이 훨씬 줄어졌다는 것을 자백하지 않을 수 없었다.

"하느님을 믿어라, 믿기만 하면 저 산이라도 능히 옮길 수 있다. 하느님은 악한 사람에게 죄를 주시고 착한 사람에게 복을 주신다."

이런 말은 그가 예배당에서 미국 목사에게 싫도록 듣고 배운 말이요, 집사의 직분이랍시고 가지고 있는 자기 역시 몇 명 안 되는 교인을 모아놓고 설교하던 말은 이 말뿐이었다.

'그러나……작년에 보니 홍수로 못 살게 되는 사람은 나주 영산포에 사는 우리 농군들이었다. 그렇다면 우리는 악한 사람이란 말인가?'

성섭이는 늘 생각해왔다. 그의 눈에는 제일 착하고 순량한 사람은 농부들인 것 같이 보였다. 한 가지라도 하느님의 말씀을 어기는 노릇은 하지를 않은 사람은 농부들밖에 없는 것 같았다. 성경은,

"남을 대접하기를 네 몸같이 하라."

하였다. 농부들은 남을 대접하기를 자기 몸보다 더 귀하고 후하게 대접한다. 우선 성섭이 자기로 볼지라도 모를 심거나 논을 매거나 물을 품거나 할 때, 놉(일꾼)을 부리게 되면 금년에는 예외로 곱살 보리밥만 해주었지마는(그나마도 집안식구들은 보릿가루죽을 반 그릇씩 먹고)해마다 그 귀한 쌀을 일꾼 밥에다만 섞어서 해주었고, 반찬도 고기를 못 사게 되면 고등어 갈치 같은 것으로, 그도 못 사게 될 때는 웅어새끼 말린 것이라도 사다가 지져주며 하다 못 하면 봉이가 하루 종일 시내에 가서 바지락(조개)을 캐어다가 국을 끓여서 그들을 대접하고 빚을 내어서라도 막걸리 한 잔 봉초 한 갑씩을 사주었다.

성섭이도 남의 일을 나가면 넉넉한 집에서는 닭을 잡아서 해주거니와 겨우 끼니 이어가는 집에서라도 하루에 밥을 다섯 번씩 반찬도 먹을 만하게 정성껏 대접해주는 일을 생각하면 가을에 곡수를 지고 온갖 봉물을 그 위에 얹어서 지주댁에 가져갈지라도 그 흔한 쌀밥 한 그릇도 주지 않고 보리밥을 일부러 지어서주고 반찬도 되는 대로 해서주는 그들보다는 몇 갑절 마음이 어질고 착하다고 생각할 수밖에 없었다.

또 성경은,

"원수를 사랑하라."

하였다. 농부들은 서로 원수를 지고 살 줄을 모른다.

혹 물쌈을 하였더라도 나이 지긋한 노인 농부의 두어 마디 훈계에 서로 풀어버리고 말며, 혹 심하게 척진 일이 있더라도 모깃불 가에서나 원두막에서 친구들의 화해로 사화를 해버리고 말아버릴 뿐 아니라 군에서나 면에서 정조식(正條式) 모를 심으라고 감독을 나오는 때에 군 기수거나 면에서 나온 감독이 공연히 으르딱딱거리고 혹간 뺨을 치는 일이 있을지라도 공손히 얻어맞기는 고사하고 성경 말씀대로 오른뺨을 맞고 왼편 뺨까지 내돌리는 것을 보면 농부들같이 소처럼 순한 동물은 세상에 다시 없을 것이건마는 웬일로 작년의 홍수 같은 심한 벌을 받았을까?

"나 외에 다른 신을 섬기지 말라."

하는 계명을 범한 까닭일까? 사실 농부들은 예배당에 나오기를 싫어한다는 것보다도 나올 틈이 없었다. 하루 종일 들에 나가서 모진 일을 하는 그들의 고달픈 몸이 밤이면 다시 짚신도 삼고 새끼도 꼬고, 그러다가 정신없이 아무 데나 쓰러져 잠이 들어버리니 어떻게 교회에를 나올 수가 있으며 밤을 낮으로 이어 품앗이 방아들을 찧는 여인네들인들 어느 틈에 한 시간의 여유를 잡을 수가 있을까? 이러기 때문에 주일날이나 삼일 예배에는 교회를 세운 지가 이십여 년이나 되는 이곳이건만 예배 교인이 남녀 합해서 열 사람을 겨우 넘는 때가 많고 교인일지라도 주일을 연달아 나오는 사람이 적었다.

이들은 해마다 기우제를 지냈다. 기우제를 지낼 때는 하느님을 부르지 마는 그보다 몇 배나 귀신을 섬기기를 즐겨하였다. 작년만 하더라도 성섭의 아내는 기우제 지내는 것을 보고,

"저것도 다 쓸데없는 것이어. 하나님이 비를 주실래서야 주지, 저런 미신의 행동을 한다고 비를 주실까?"

하고 이따금 오는 미국 목사에게서 들은 지식으로 미신의 행동이란 말을 써가며 비난을 하더니 홍수를 지낸 후에 작년 가을부터 여름까지 줄곧 겨울에는 무죽이나 시래기죽으로 연명하였고 봄부터 풋나물죽으로 끼를

잇다가 풋나물까지 없어지자 쌀겨를 구해다가 거칠은 것은 돼지밥으로 고운 것은 양식으로 죽을 쒀서 보릿동까지 대어오면서는 끼마다 끼마다,

"아이구 하나님도 야속하지. 우리가 무슨 죄가 있다고 이렇까지 못 살게 하시는고."

하고 종알거렸다. 그는 해마다 겨울에 열리는 부흥회 때면 만사를 젖히고라도 새벽 기도를 다니던 독신자이었건만 작년 겨울에는 그 노릇도 하지 않고 가족 예배를 보지 못한다고 항상 입버릇처럼 말해오던 것도 작년부터는 잊은 듯이 그 말을 입 밖에 내지 않았다.

바로 며칠 전에도 성섭의 아내는,

"이 날 좀 봐. 비는 안 오고 푹푹 삶기만 하네, 참 어쩔라고 이럴까? 오냐 또 금년에도 흉년만 들어봐라. 나는 배곯아 죽기 전에 먼저 자살해 버릴 테니……."

하고 멍석에 널어놓은 보리를 뒤적이던 미래를 마당에 동댕이쳤다. 성섭이가,

"거 무슨 소린가? 자살을 하다니, 자살은 하나님께 죄가 되는 줄 모르는가?"

하고 눈을 부릅떴다.

"흥 죄……죄는 대체 뭐이 죄라우? 죄 많은 사람들은 더 잘 살아갑데다. 글쎄 또 흉년이 들면 에미라도 잡아먹을라고 덤벼드는 새끼들하고 어떻게 살아간단 말이요? 시뉘네 집에는 아이들이라고는 남매밖에 없고 우리보다 몇 배나 넉넉해도 요새 가물어서 모를 못 내는 것 보고 또 흉년이 들면 어디로 떠나버리든지 해야지 못 살 것이라 하는디 우리는 새끼들이 여섯 아니오? 아이고 징그라서라. 한 해 지난 것도 끔찍끔찍한디 또 흉년을 만나? 아이고 나는 정말 먼저 죽어버리지 어리석게 살아 있다가 또 흉년 꼴을 당하지는 않을라우. 풍년이 들어도 해마다 못 산다는 소리밖에 나올 리가 없는디 이태째 흉년이 들다니……아이고 징해라."

그는 머리를 쩔레쩔레 내흔들며 몸서리를 쳐가면서 발악을 하였다. 그 말은 사실이었다. 성섭이는 아내를 위로할 말을 찾지 못하였다.

"그래도 자살한단 말은 하지 말게. 그런 악한 소리를 해서는……."

“여보 그 착한 소리, 그 착한 짓 그만 하시오. 작년에도 모두 온 동네가 모여서 의논해 가지고 금년에는 홍수가 졌으니까 곡수를 들일 것이 없으니 곡수를 내지 말자 해서 다들 안 내고 말었는디, 어째 당신만 쏙 빠져서 등성이 논에서 쌀 석섬 나니께 딱 갖다가 바쳤소? 그 사람네 논이 물에 씻겨버렷으니께 줄 것 없어서 안 주면 말지 왜 홍수에나 쌀섬 얻어먹는 우리 논에서 난 쌀 석 섬을 딱 갖다줬느냔 말이오?”

“또 그 소리를 하네. 그럼 남의 논 벌어 먹는 사람이 잘될 때나 곡수 주고 안 될 때는 영 안 줘버리고 말까? 어떤 논에서나 쌀이 생겼으면 갖다줘야지 꼭 그 논에서 난 것만 줘야 쓰는가?”

“듣기 싫소, 듣기 싫어. 나는 그 말만 나면 속에서 불덩이가 치밀어. 그래도 작년에 그 쌀 갖다주고 와서는 뭣이라 하더라, 남의 것을 탐내지 않았으니 그 착한 맘의 보복으로 하나님께서 복 주실 것이라고? 아니 복 —— 그래서 그 복으로 올봄내 —— 다리 앓어서 드러눠 있었구만. 참 기맥힌 큰 복도 받었구만.”

소리소리 지르며 대들던 일을 생각하고 성섭이는 은은히 앓는 소리를 내면서 툇마루에 모로 누워서 자고 있는 아내를 돌아다보았다.

성섭이가 그런 생각을 하고 마당으로 돌아다니는 동안에 추켜 안았던 봉현이는 쌕쌕 잠이 들었다. 그는 방으로 들어가려다가 아내의 발을 건드렸다. 아내는 깜짝 놀라서 벌떡 일어나며,

“애기 자요? 인주시오. 벌써 날이 뼈언해오는디 당신도 좀 눈을 붙여 봐야지.”
하고 남편에게서 아기를 받아가지고 방으로 들어갔다. 성섭의 부어오른 다리가 푹푹 쑤셨다. 흙이 지적지적 발바닥에 밟히는 방바닥에 번듯이 드러누우니 쑤시던 다리는 찌르르 저려왔다.

초복이 지나도 비는 오지 않았다. 물도 괴어보지 못한 논들이야 말할 것도 없지마는 모가 심겨 있는 논바닥도 쩍쩍 갈라져서 금이 났다.

모판은 누렇게 말라갔다.

“그래도 중복까지나 기다려볼까?”

그들은 하염없는 이런 희망에 날마다 하늘만을 쳐다보았다. 비가 금시에라도 쏟아질 듯이 검은 구름이 뭉게뭉게 모여오면 그들은 가슴을 졸이며 비를 기다리다가 그 구름이 두어 방울의 빗방울을 뿌려보는 체하고 저쪽 하늘로 몰려가버리고 여전히 이마가 벗어질 듯이 쨍쨍 내려쪼이는 해가 쏙 비어질 때, 그들은 일제히 해에게 눈을 흘기며,

"아이고 저놈의 해 또 나는구나."

하고 해를 저주하였다. 작년 홍수 때에는 해를 보기를 얼마나 원하고 바랐던고? 그러나 그들은,

"젠장칠 것 차라리 비가 죽죽 쏟아져 홍수가 져버려라. 눈앞에서 바싹바싹 말라가고 타버리는 나락 꼴은 정말 못 보겠다."

하고 비를 고대하는 나머지 그 무서운 홍수의 말을 되뇌곤 하는 것이었다.

구름 한 점 없이 훨떡 벗겨진 하늘에 달이 훤하게 밝은 밤과 구름은 하늘 저 꼭대기에 꽉 박혀진 채 해만 이글이글 타는 날이 며칠째 계속하는 동안 그들은,

"허 이 날이 사람 죽이네. 구름이라도 좀 끼어보기나 하면……."

하고 흐린 날이나마 있기를 바랐다.

이제는 물을 품어서 벼이삭을 살릴 도리가 없었다. 웅덩이는 말라버린 지 오래고 혀로 핥아버린 듯이 물 한 방울도 없는 시내에는 모래알이 지글지글 볕에 달아 있었다.

성섭이는 밤새도록 모래 바탕을 팠다. 물이 나올 때까지 파보려니 하고 삽으로 치고 괭이로 팠으나 새벽까지도 물은 보이지 않았다.

"아아 물쌈하느라고 밤이면 들판이 전쟁터가 되어 있던 때가 그립구나."

성섭이는 괭이를 놓고 몇 번이나 하늘을 쳐다보며 한숨을 쉬었다.

그러나 윗마을 김 선달네는 일꾼을 몇 사람씩 사가지고 모래판을 몇 길씩 파서 웅덩이를 만들었다. 그래서 밤낮으로 일꾼을 갈아 들여가며 물을 품었다.

성섭이는 어정어정 논가로 걸어갔다. 물맛을 보지 못한 벼끝은 서리

맞은 것처럼 노랗게 되고 논바닥에는 주먹도 들어갈 만큼 크게 벌어진 금이 쩍쩍 갈라져 있었다.

논바닥에 들어서보니 발바닥이 뜨끈뜨끈하였다.

"허 이 뜨거운 지옥 속에서 풀잎인들 살아갈 수 있겠느냐? 지옥이다, 지옥!"

그는 부르짖었다. 지난 주일에 광주서 미국 목사가 왔을 때 농군들은 목사를 에워싸고 비 좀 내리게 해달라고 졸랐다 그때 목사는,

"형님들 죄를 회개하시오. 형님들 죄가 많은 고로 하나님 성내셨소. 옛날 옛날 소돔과 고모라 죄 많기 때문에 하나님 불로 멸하였소. 이 세상 말세 되었습내다. 그러므로 형님들 죄 회개하고 하나님께 간절히 기도하면 하나님 사랑 많습내다. 곧 비 주실 것이오."
하고 파란 눈알을 굴리며 말할 때 농군들은,

"우리가 무슨 죄가 있단 말이오? 원 이때까지 죄라고는 모르고 사오."
하고 소리지르니까,

"오오 그런 말 하는 것 죄 많은 증거요. 형님들 죄 때문에 죽어도 좋소."

목사가 성을 내서 휙 돌아섰다.

"저런 놈 보소. 하 우리보고 죽으라고? 엣 이놈 그러지 않아도 우리는 죽게 생겼다. 이왕 죽을 테면 네까짓 양돼지 먼저 죽이고 죽자."

한 사람이 외치고 달려들자 농군들은 우하고 달려들어서 목사를 때렸다. 성섭이는 황겁해서 농군늘을 발렸나.

"성섭이 비켜라. 이놈아 네가 비둘기집 같은 저 예배당 지킨다고 저 양돼지놈한테서 돈푼이나 받어본 일이 있는 것이로구나."
하고 성섭이까지 때리려고 달려들려던 일을 생각하니 성섭이의 가슴은 다시 울렁울렁해졌다.

"흥, 돈푼을 받어?"

성섭이가 글자깨나 볼 줄 안다는 덕에 집사라는 직분을 가진 동안 깨달은 바가 없는 것도 아니었고 신념이 약하다고 할 수도 없건마는 작년 이래로 점점 교회에 대한 애착심이 엷어져가는 것은 이상한 일이라고 생

각하여 오는 판이라 그는,

"흥 돈푼을 받어? 돈푼은커녕 칭찬 한 마디도 들어본 적이 없는데……."

하고 그는 농군들에게 주먹으로 반항하던 목사를 생각하였다.

타는 햇볕은 농군들의 눈에도 불을 켜주고 그들의 횃덩어리에도 불을 당겨준 듯이 전에는 비록 그들이 교인은 아니라 할지라도 미국 목사를 보면 생불처럼 존경하고 대우해왔건만 오랜 가뭄으로 인하여 그들의 신경은 바늘 끝처럼 날카로워져서 모처럼 목사에게 향하여 풀으려던 화를 다 풀기 전에는 폭행을 그치려는 기색이 보이지 않았다.

만일 그때 벌건 채로 자빠져 있는 논에 다른 것을 심게 하기 위하여 붉은 논을 조사하러 나온 군청의 관리들(그들은 이렇게 부른다)이 아니었더면 그들의 달아오른 불은 그처럼 쉽게 꺼지지 않았으리라. 성섭이는,

"그때는 정말 관리 덕을 봤다니께."

하고 중얼거리며 다시 논두렁에 올라서서 김 선달네 논 있는 쪽으로 걸어갔다.

새 떼가 몰려 서서 물을 품는데 목청 좋고 먹이가 잘 하는 감나무집 노인도 벙어리 된 것처럼 입을 봉하고 물만 품어 올렸다.

"아저씨 어째 입은 다물으셨소?"

성섭이는 노인에게 말을 건네었다.

"성섭인가? 홍이 나야 소리를 내제. 기우제 지내는 날 저녁까지 마지막으로 소리 질러봤네."

그는 두렛줄을 놓으며,

"좀 쉬어서들 하세."

하고 소리쳤다.

"그래도 이 댁 논에는 물이 있으니께 제법 나락이 잘 되었소."

성섭이는 논을 둘러보았다.

"며칠 갈라던가? 바로 물이 펄펄 끓는디 그 물 속에서 살면 며칠을 살며 웅덩이 물도 좀 보소. 오늘도 지금 몇 번째나 괴기를 기달려 갖고 품

네. 이것도 오늘이 마지막이어."

그는 쌈지에서 담배를 내서 곰방대에 담았다.

중복도 넌짓 지났다. 그들은 비를 바라는 것도 단념하고 말았다. 모판은 누렇다못하여 벌겋게 타서 햇볕이 내려쪼이는 한낮에는 거기서 금시에 불이 일어날 듯이 보였다.

밭곡식도 다 타버렸다. 논이나 밭들이 벌건 채로 있으니 남자들의 논을 매는 일과 여인들의 밭을 매는 일은 그들의 일과에서 빠지고 말았다.

그뿐인가, 동네에 오직 하나만 있는 우물의 물이 줄 대로 줄어졌기 때문에 동네에서는 하루에 세 동이 이상은 한 집에서 못 길어가게 하는 새 규칙을 세우고 밤이면 엄중하게 파수를 보았다. 이리하여 그들은 빨래까지도 마음대로 해 입을 수 없었다. 남자들과 아이들은 거의 다 웃통을 벗고 살았다.

여덟 식구가 되는 성섭이네 집에는 물 때문에 당하는 고생이 배고픈 것보다 더 큰 수난이었다.

"물까지 맘대로 못 먹다니……."

성섭이는 별스럽게도 더 물을 찾고 찾을 때마다 아내에게 매를 맞는 아이들을 바라보며 한숨을 쉬었다.

뜨물이나 구정물까지 다 받아 모았다가 윗국을 따라서 걸레도 빨고 하기 때문에 돼지까지도 목이 마른다고 꽥꽥 소리를 질렀다. 그의 아내는 밥 먹을 때마다 아이들에게,

"짜게 먹지 말아 잉? 짜게 먹으면 물 찾는다."
하는 당부를 하였다.

웃통을 벗은 아이들의 몸이며 팔다리는 때와 땀에 절어서 얼룽얼룽하였다. 그들의 앙상한 갈비뼈가 여름 동안에 더욱 날카롭게 비어졌다.

성섭이는 세수도 하지 않고 누워 있다가 변소에 갔다. 물을 적게 먹는 탓인지 지나친 근심 때문에 똥이 탔는지 대변은 항문에 콱 걸려 가지고 나오지 않았다. 하기야 사흘째나 뒤를 보지 않았으니(뒤를 만들 재료가 없었겠지) 쉽게는 안 나오리라마는 하고 그는 죽을 힘을 들여 기운을 썼다. 항문이 찢어졌는지 피가 주르르 흐르면서 뒤는 나왔다.

"아아 산 지옥이로구나, 이것이 지옥이지."

그는 다시 방에 들어와서 누우며 중얼거렸다.

봉현이가 타박타박 걸어와서 성섭이의 배 위에 올라앉더니 엉덩이를 들썩들썩 까불었다.

항문 찢어진 곳이 고춧가루를 뿌리는 것처럼 쓰렸다.

"에라 이놈."

그는 봉현이를 안고 일어 앉았다. 봉현이는 설사를 주르르 하였다.

"이놈 똥에 웬 보리알이 있어?"

성섭이는 흙 방바닥에 누렇게 내깔긴 물똥을 들여다보았다.

"아까 봉이가 큰댁에 가서 밥을 얻어 먹였다고 하더니 그것을 못 삭이고 쏟는구나, 워어리!"

하고 아내는 개를 불렀다. 검둥이가 우르르 달려들어와서 넓적넓적 물똥을 핥았다.

"싹싹, 그 전에는 개새끼들도 보리밥 설사똥을 안 먹더니 흉년이라 보리알을 보더니만 감지덕지 먹는구나. 저것도 새끼 할라 밴 것이 요새는 너무 곯아서……."

아내는 방바닥을 닦아냈다. 검둥이는 봉현이의 엉덩짝에 입을 대려다가 성섭에게 한 번 얻어맞고는 맛있었다는 듯이 혀로 입가를 핥아보며 방문턱을 넘어 나가버렸다.

성섭의 아내는 날마다 울지 않는 날이 없었다. 동네 부인들 틈에 끼여서 금성산에 분묘를 파러도 갔고 부인들의 하는 미신적 행동이란 행동은 다 따라가며 하였다. 성섭이가,

"여! 자네가 그렇게까지 변할 줄 몰랐네."

하고 꾸짖는 말을 하면, 그 아내는,

"비만 올 일이라면 무슨 짓을 못 해보겠소? 하나님만 믿을 때는 무슨 복 받았소?"

하고 대어들었다.

"귀신 섬겨서 자네는 무슨 복 받았는가?"

"또 무슨 해 되는 일은 있었소? 하는 대로 할 대로 다 해보다가 그까

짓 거 나 하나 죽버어리면 그만 아니오? 자실하면 지옥밖에 더 가겠소? 아이고! 나는 지옥도 시들하오. 지옥도 이보담 더 악하지는 않으리다.”
하고 또 머리를 설설 내둘렀다. 그것은 사실이었다. 성섭 자신도 하루에 몇 번씩,
　“이것은 지옥이다, 산 지옥이다.”
하고 부르짖지 않았던가? 어젯밤에도 총총한 별하늘을 바라보며 멍석 위에 누워서 살아갈 길을 곰곰히 생각해보노라니 귀신의 눈같이 총총히도 들어박혀서 반짝반짝 빛나는 맑고 맑은 그 하늘이 너무도 밉게 보여서
　“엣 빌어먹을 것. 천지가 벌떡 뒤집혀서 저놈의 하늘이 땅이 돼버린다면 저 요물 같은 별들을 산산이 발로 밟아서 뭉그러뜨리겠구만.”
하는 죄 되는 말을 하지 않았던가? 남편이 고개를 떨어뜨리고 잠잠히 앉아 있는 것을 본 아내는,
　“여보! 당신도 그 집사인지 무언지 직분을 내놓고 거짓 착한 체를 하지 말으시오. 내 처자 굶어 죽여가며 착한 짓을 하니 누가 알어줍데까? 또 그런 짓은 착한 것도 아니어, 안 줘도 아무 죄 되지 않는 것을 공연히 갖다주는 것은 천치 바보의 짓이지 어디 착한 짓이나 되오?”
하고 오금을 푹푹 박았다.
　오랫동안 교회에서 자라난 그는 썩 유식하게 말을 잘하였다.
　“집사 직분하고 그 일하고 무슨 관계가 있어?”
　“아니 어째 관계가 없어? 낭신이 집사이기 땀세 남의 물건을 탐내면 못쓴다 하는 생각 땀세 그런 착한 짓을 했거든이라우. 이번에도 또 동네 사람들이 모인답데다. 그래서 작년보다도 밭곡식까지 못돼버린 더 큰 흉년이니께 곡수 못 주는 것은 물론이고 어떻게 세전이라도 살아갈 도리를 사정해본다고 지주댁에 몰려간다고들 합디다. 그래도 당신을 쏙 빼놓는 것 보시오. 작년에도 그런 짓을 했으니께 으레 그런 사람이려니 하고……그래서 내가 가마고 했소. 지주댁 아니라 상감님 앞에라도 당장 가겠소. 아니 염라국에라도 갈랴면 가겠소. 지금 어린 새끼들하고 무더기 죽음이 나게 될 판인디 무엔들 못 할까?”

막힘없이 말을 퍼내는 아내의 눈에는 살기가 등등하고 얼굴에도 푸른 독기가 질려서 마주 보기가 무서웠다.

입추! 성섭이네는 논 한 벌을 매본 일이 없이 여름을 보내고 입추날을 맞았다. 그 동안 동네의 물소동은 갈수록 더 해왔다. 우물의 물은 날마다 더 졸아들어서 이제는 한 집에서 두 동이 이상을 가져갈 수가 없게 되었다.

물만 먹고 자라가는 돼지의 끽끽거리고 보채는 꼴이란 아이들의 보채는 것보다도 더 보기 어려운 꼴이었다.

성섭의 아내는 이제는 울지도 않았다. 눈물조차 말라붙었는지 설움이 복받치면 눈물은 나오지 않고 그 대신 피가 눈으로 몰려오는 것 같이 눈에서 불이 확확 나는 것 같았다.

검둥이가 마당으로 미친 듯 달려왔다. 어디서 무엇을 먹었는지 입가에다 피칠을 해 가지고 부엌으로 쭈르르 들어와서 앞발을 넌지시 들고 물동이 속에 머리를 틀어박더니 철떡철떡 물을 먹었다. 그것을 본 봉이는,

"아이고매! 이놈의 개새끼 봐!"

하는 소리를 치고 부지깽이로 검둥이의 대가리를 힘껏 들이팼다. 그 순간 검둥이가 휙 돌아서며 봉이에게로 와락 달려 들었다. 봉이는 날카로운 비명을 지르며 그 자리에 고꾸라졌다.

이 소리에 놀란 성섭이는 부엌으로 몰려 들어왔다.

검둥이가 성섭의 아내의 종아리에 철썩 부딪치는 듯하더니 그 아내도 비명을 지르며 팍 주저앉았다. 검둥이는 밖으로 튀어나갔다.

봉이의 여윈 뺨에서는 붉은 피가 철철 흘렀다. 그들 모녀는 부엌바닥에서 몸을 뒹굴며 울고 부르짖었다.

아이들도 어머니를 붙들고 울었다.

그것을 내려다보는 성섭이의 눈이 벌컥 뒤집혀지는 듯하더니 머리털에 불이 붙어 오르는 것같이 머리 속과 눈이 활활 달아올랐다.

"엑 나를 이렇게 사로 지옥에 잡어놓는 놈이 누구냐? 나는 아무 죄도 없는 사람이다. 왜 나를 이렇게 못 살게 하느냐? 응?"

그는 두 눈을 부릅뜨고 주먹을 부르르 떨면서 이를 부드득 갈아 붙이

더니 번개처럼 부엌 문턱을 넘어 쏜살같이 마당을 지나서 사립문 밖으로
달려나갔다.

—1935년

비취와 밀화(蜜花)

섬머스쿨 최종일의 마지막 시간을 끝낸 신정균은 바른손에 돌돌 말아 쥔 신문으로 왼편 손바닥을 가볍게 때리며 대학의 정문을 나섰다. 맞은쪽 주차장에는 각색 각 모양의 자동차들이 따가운 칠월 정오의 태양 아래 다소곳이 엎드려 있었다.

정균이 자기의 아파트를 향하여 정문 앞길을 건너 주차장 모퉁이를 막 돌려니까,

"닥터 신!"

고운 목소리가 쨍 —— 귓속으로 든다. 돌아보니 타는 듯한 새빨간 자동차를 등지고 꾀꼬리처럼 샛노란 원피스를 입은 줄리였다. 미끈한 흰 팔을 높이 쳐들어 손을 흔들며 활짝 웃고 서 있는 줄리가 눈부시도록 아름다웠다.

"웬 일야? 줄리!"

그도 마주 웃으며 몇 걸음 다가갔다.

줄리는 그 자리에서 손만 내밀었다.

"점심 사드리려고 아까부터 와 기다렸어요."

"그래? 고맙군. 그럼 먼저 내 아파트로 가지."

정균은 줄리의 손을 잡아끌었다. 여름인데도 줄리의 손은 싸늘하게 차다.

"거긴 싫어요. 어머니가 계시는걸요. 시내로 나가요, 우리."

"어쨌건 차를 가져와야지 않아?"

"여기 내 차 있잖아요? 자 일루 오세요."

줄리는 제가 먼저 새빨간 차 속으로 들어가 운전대에 앉으며 뒤따라온 닥터 신을 곁자리에 앉혔다.

"오늘은 어디든지 제가 안내하는 거니까 순순히 들으셔야 해요."

차는 이내 주차장을 빠져서 행길로 나섰다. 스카프를 매지 않은 줄리의 금발이 나부끼는 대로 그윽한 향취가 풍겼다.

"오늘이 마지막날이란 걸 용케 알았군."

"그럼 모를까봐? 내 온 신경과 지혜를 거기에 총 집중하구 있는데요."

"줄리의 여행은 어떻게 됐어?"

"저도 어제까지 끝났어요. 이제부턴 완전 자유예요."

차는 벌써 긴 다리를 건너는 중이고 강바람은 시원하게 양쪽 창으로 밀려들었다.

"귀국 정말 틀림없어요?"

"그럼, 날짜까지 정했는데."

줄리는 잠깐 말을 끊고 앞을 보며 핸들만을 조종하고 있었다. 선명한 윤곽이 조각같이 고요했다. 다리를 다 건넌 차는 밀림처럼 솟아 있는 고층건물의 길로 파고들었다. 어느 길목을 슬쩍 돌아들 때 줄리는 물었다.

"어느 때쯤?"

"이달 말경에……."

"정확한 날짜는요?"

"이십구일."

"꼭 열흘 남았군요."

주말인 토요일이라 상점들은 거의 문을 닫아 거리는 한산했다. 줄리는 차이나타운의 어느 중국 음식점으로 정균을 안내했다. 중국인들은 주말이나 시간 제한에 아무런 관련이 없이 언제나 어느 때나 음식과 물건을 팔고 있는 것이다.

"오늘은 별수도 없지만, 닥터 신도 저도 이 집 음식을 좋아하니간 됐죠?"

자리에 앉아 물수건으로 손을 닦으며 줄리는 어리광 섞어 말하면서 빤히 정균을 건너다보았다. 정균은 긍정하는 표로 싱그레 웃어주었다. 각각 즐겨하는 요리 몇 가지를 주문한 후 줄리는 또 정균을 똑바로 보았다. 새파란 눈동자에서 새파란 광채가 이는 듯했다. 이윽해서 꼭 다물렸던 연분홍 입술이 열렸다.

"귀국 후의 스케줄은요?"

"뭐 별 거 있어? 십오 년 만에 돌아가는 거니까 일가친지들이나 찾아뵙고……."

"다음엔요?"

"……."

"왜 있잖아요? 어머니께서 추진하시는 중대한 일 말예요."

"그게 뭐든가?"

"아이 밉살스러워!"

그러는데 음식이 왔다. 그것들을 먹는 동안에 줄리는 화제를 백팔십도로 바꾸어 집안 얘기 따위의 그런 저런 일을 재미나게 표현해가며 유쾌한 식사시간을 보내게 했다.

'총명하고 상냥한 기집애야.'

십 년간을 사귀어왔지만 소녀 때나 지금이나 한결같이 명랑하고도 속이 찬 여성다운 여성인 줄리였다. 그러면서도 활발하고 침착하고, 소박하고 참을성 있는 성격을 보일 때는 동양적인 여성미마저 풍부한 것이다.

"자 인제 어디루 간다?"

정균이 차에 오르면서야 물었다.

줄리는 능숙하게 차를 빼서 돌리며 방그레 웃었다. 줄리는 두고보라는 듯이 차의 방향을 잡았다.

"어디루 가는지 짐작해내세요."

"가만 있어. 좀더 있다가……."

정균은 둥그렇게 큰 눈을 더 크게 떠서 어린애처럼 두리번거렸다. 그게 우습다는듯이 줄리는 낭랑하게 소리내어 웃다가 깜짝 생각나는 듯이 머리를 정균에게로 돌렸다.

“참 어머니가 기다리시겠죠?”

“어머닌 오늘도 쇼핑이야. 본국에 가신다는 기쁨에 들떠서 요샌 쇼핑만 하시느라고 나는 관심 밖에 있지.”

줄리는 또 잠잠했다. 하늘이 낮아라고 좌우에 높다랗게 솟은 돌무더기 건물에서 발산하는 뜨거운 김 때문인지 날씨는 홧홧하게 더웠다.

“알았어. 리버사이드라인으로 몰려는 거지?”

“그래요. 어쩐지 가슴이 답답하게 터져오는 거 같아서 강바람이나 쐬면 날까 하구요.”

툭 터진 하이웨이에 나오자 줄리는 악셀레타를 밟는 발에 힘을 주는 듯하더니 차가 전속력으로 달리기 시작했다. 바른편으로 높직이 숲과 이름난 건물들이 뒤로 뒤로 빠르게 물러나고 왼편으로는 나직이 허드슨 강이 은빛 물줄기를 번뜩이며 번개같이 달려들며 지나쳤다.

앞에서도 뒤에서도 가족이나 애인을 태운 각색 각 모양의 자동차들이 열심히 달려가고 따라오고 하여서 마치 말없는 경쟁을 하는 것 같았다.

줄리는 거대한 워싱턴 브리지로 접어들었다. 강바람이 금발을 자유로 난무시켜서 줄리의 옆모습이 머리칼로 덮였다. 약속이나 한 듯이 그들은 말이 없이 여기까지 온 것이다.

“뉴저지로 갈려구?”

“글쎄요. 맘 내키는 대로…….”

“설마 납치하진 않겠지.”

“호호 두려우세요? 정말 납치해버릴까 봐. 귀국 못 하시게…….”

“하하 그럴 용기가 있을까?”

“어머!”

줄리는 후딱 얼굴을 돌렸다. 금빛 머리칼 속에서 커다란 눈이 순간적이나마 번쩍 빛났다.

“참말 단행한다면?”

“그건 그때 당해봐야 알겠지.”

“그렇겠죠. 네, 잘 알아 모셨습니다.”

줄리는 다시 정면만을 보고 핸들을 놀렸다. 다시 좌우로는 점점이 떠

있는 배가 한가롭게 보였다.

다리 건너서 줄리는 녹지대 한쪽으로 차를 세웠다. 거기에도 쌍쌍이 놀러온 연인들이 너무 그늘에다 강가 난간에서 그들의 밀어를 속삭이고 있었다.

정균이 먼저 내려서 운전대 쪽의 문을 열고 줄리의 손을 잡아 내렸다. 울긋불긋 이름 모를 꽃들이 만발한 화단 가를 돌아 그들도 짙은 그늘을 찾아 자리를 잡았다.

"닥터 신!"

무심코 풀잎을 뽑아 던지고 있던 정균은 억양과 음색이 달라진 줄리의 부르는 소리에 눈을 들었다. 새파란 광채가 이는 그리고도 호수처럼 맑고 깊숙한 눈이 정균을 노리고 있었다.

"이번에 본국에서 약혼이나 결혼을 하구 오실 거라구요."

"누가 그런 말을 해?"

"어머니께서 그러시던걸요."

"언제?"

"어머닌 나를 대할 때마다 그런 암시를 주셨어요. 그래서 난 어머니를 무서워하죠."

"……."

하기야 어머닌 줄리를 늘 꺼려한다. 어머니나 어머니의 친구들이 미국에서나 본국에서 얌전한 규수를 아무리 천거해와도, 사진이건 실물이건 한 번만 보면 씻은 듯이 그 사실을 잊고 마는 정균의 그 이면에는 튀길 듯이 발랄하고도 총명하고 아름답고 의젓한 줄리가 도사리고 있는 까닭이라고 믿고 있으니까…….

"저 여행 떠나기 전날 왜 거기 들리잖았어요? 그때 분명히 그런 언질을 주시던걸요."

"그런 말 할 틈이 그때 있었나?"

"닥터 신이 학교에서 좀 늦게 오지 않았나베?"

"참 그랬군."

"어머니 말씀에 본인의 의사는 얼마쯤이나 첨가됐죠?"

줄리의 푸른 눈동자가 정균의 눈을 파고드는 듯했다. 정균은 그 눈을 그윽히 마주보다가 슬쩍 시선을 돌렸다. 뒷 숲속에서는 이상한 새소리가 음악처럼 들려왔다.

"줄리! 모든 결론은 오직 시일이 정해주는 거라고 내가 전에도 말했잖아?"

"과학자다운 대답이시군요."

비꼬는 듯이 한 마디 던지고 줄리는 아까 정균이 하던 대로 풀잎을 뽑아 던지곤 하다가 문득 머리를 들고 정균을 일별한 후에 조용히 일어섰다. 벌레 소리가 갑자기 두 사람을 감싸는 듯 왁자하게 일어났다.

"인제 가보실까요? 어머니께서 기다리실 거에요."

줄리는 제가 앞서서 차로 들어갔다. 돌아오는 길에서는 줄곧 대화가 없었다. 줄리는 무엇인가를 골똘하게 생각하는 듯했고, 워낙 말수가 적은 정균은 그대로 따랐기 때문이었다.

"떠나시기 전에 아버지가 한 번 초대하신댔어요. 그때 뵙기로 하죠."

정균의 아파트 앞에서 헤어질 때에야 줄리는 그런 말을 했다.

"아니 그대루 가기야? 싱겁군."

별수 있느냐는 듯이, 길에 내려서 있는 정균을 후딱 돌아보고 줄리는 떠나버렸다.

그들의 예상대로 어머니 신 여사는 정균을 기다리고 있었다. 그냥이 아니라 소파에 팔짱을 끼고 잔뜩 긴장해서 따질 자세로 앉아 있었던 것이다.

"너 줄리랑 어디 갔었니?"

"가긴 어딜 가요?"

"아 내가 봤는데 그래? 창에서 내다보니까 주차장에서 줄리가 널 태우구 달아났단 말야."

"리버사이다인으로 드라이브만 했지요 뭘."

"그게 그리 오래 걸려?"

성질이 괄괄하고 개성이 강한 어머니의 눈빛이 완연하게 거칠어져 있었다.

"점심 들구 돌다가 왔을 뿐인데요 뭘."

강의실에서는 사자라는 별명을 듣는 물리학박사(理學) 신정균도 칠십이 가까운 어머니의 앞에서는 어리숙한 막내아들에 지나지 않았다.

"너 주의해 괜시리. 이번에 본국에 가면 약혼시키고 말 테니까 말야. 줄리를 위해서도 지나치게 친밀해선 안 된단 말야. 알아듣겠니?"

"뭘 그렇게 복잡하게 생각하셔요? 줄리는 은인의 딸이고 어려서부터 남매처럼 정답게 지내왔지 않아요?"

"은인의 딸인 줄리가 아무리 훌륭해도 넌 국제결혼은 절대로 할 수 없는 남성이란 말야. 알아듣겠니?"

어머니는 절대란 말에 강한 악센트를 붙였다. 일생을 조국을 위해 바쳐온 애국자의 아들이 외국인의 아내를 얻는 것은 수치요 배신이라고 어머니는 입버릇처럼 뇌이며 은근히 줄리와의 사이를 경계해왔던 것이다.

"어머닌 남녀 교제가 꼭 결혼을 목적으로 한다는 그 관념을 버리셔야 해요. 이번에도 그렇죠. 어떤 여성을 혹 소개받는다면 교제로 그친다거나 우정으로 이어간다거나 그렇게 자연스러운 발전에 맡기셔야지 강제로 결혼과만 결부시키려드시면 또 실패하시고 말 겁니다. 일생을 반려로 살아갈 상대를 어떻게 한두 번 상면에 결정지을 수 있어요? 그 점을 미리 머리에 두시고 귀국하셔야 합니다."

신 여사는 소파에서 벌떡 일어나 옆에 앉아 있는 정균과 딱 마주 서서 선량하게 생긴 아들의 얼굴을 날카롭게 쏘아보았다. 훤칠한 이마에 빚은 듯이 오똑한 코, 시원한 저 큰 눈 어디에 그런 옹고집이 들어 있는가. 매사에 어머니의 의사를 존중하게 받드는 효자라고 칭찬받는 아들이지만 결혼에만은 제 의견을 강하게 내세우는 것이다. 어머니의 눈엔 감쪽같이 들어버린 처녀도 정균에게 보이기만 하면 번번이 성공하지 못하고 말았으니까…….

"난 오직 너만을 믿고 살아온 어미야. 행여 객지에 네 고생이나 덜어줄까 하고 만리 타국에서 늙은 몸이 오 년간이나 네 시중을 들어주지 않았니? 이번에 봐란 듯이 널 데리고 나가 좋은 배필을 짝지어서 미국에

보내자는 것도 다 널 위해서지 내가 봉양을 받자는 거냐? 나야 홀로 본
국에서 살다가 언제 죽을는지……살면 앞으로 얼마나 더 살겠다구…
….”

어느새 어머니의 목이 메이며 눈물이 비죽대는 것을 보고 정균은 어머
니의 손을 잡고 일어났다. 그는 어머니의 등에 손을 얹고 부드럽게 말했
다.

“알겠습니다 어머니. 안심하세요. 그리고 쇼핑하시느라고 많이 걸으
셨을 테니까 좀 편히 쉬시도록 하세요.”

정균은 어머니의 등을 밀어 침실로 안내한 후에 거실로 돌아왔다. 최
대형의 선풍기가 서서히 좌우로 돌아가며 서늘한 바람을 방 가득히 채워
주었다.

정균은 팔베개를 하고 소파에 벌렁 누웠다. 줄리의 우울해 하던 모습
이 떠올랐다. 이 여름에는 아무데도 가지 않고 내 곁에서 나를 지키겠다
고 하더니만 어머니에게서 그런 정확한 계획을 듣고 갑자기 다음날 부모
들이 있는 피서지로 갔던 모양이라고 정균은 혼자 짐작했다.

‘어쩐지 가슴이 답답하게 터져오는 거 같아서 강바람이나 쐬면 날까
하구요.’

그만큼 줄리는 괴로웠을 것이다. 어머니가 계시니까 아파트로는 오지
못하고 학교 앞 그 뜨거운 자동차 속에서 오래도록 기다리던 줄리였지만
또한 싱겁게 드라이브만 하다가 돌아가고 만 것이다. 보이지 않는 의혹
과 쓰라림을 안고…….

‘가엾은 줄리!’

줄리는 대학 동창인 토마스의 누이동생이다. 정균이 열다섯 살 때 피
난지 부산항에서 큰 배를 타고 미국 뉴욕 땅에 도착한 후부터의 고생이
란 고생은 이루 말로 다 할 수도 없다. 노동이란 노동은 다 했고, 심지어
여학교 기숙사의 소제부 노릇까지 치러냈던 것이다. 펭키칠 조수, 식당
의 그릇닦기 그런 것들은 상류 노동에 속하는 것이었다.

몸이 건강하고 천재에 가깝도록 머리가 좋은 정균은 학문을 계속하기
위하여서는 어떤 가혹한 대우라도 비천한 고역이라도 다 견디어냈고, 밤

을 꼬박 새워서라도 학업성적을 뛰어나게 올렸던 것이다.

사실 토마스는 하이스쿨 때부터의 동창이었다. 몸이 허약하고 자칫 아둔한 토마스는 언제나 정균의 도움을 받았다. 시험 때는 토마스의 머리에 박혀지도록 정균이 지도하고 가르쳐주었고 그래서 대학에도 함께 진학하게 되었다고 토마스 부모의 사례도 놀라웠던 것이다.

큰 은행의 은행장인 토마스의 아버지는 대학 일학년 때 정균을 자기의 집으로 데려갔다. 그때 줄리는 여고 일학년인 십오 세였던 것이다.

고학에서 벗어난 정균은 토마스와 줄리의 학과를 보살펴주는 그 외에는 전심전력으로 학문에 몰두하였다. 대학에서 정균은 물리학을, 토마스는 경제학을 각각 전공하였으나 아깝게도 토마스는 대학 사학년에 진급하자 마자 요절하고 말았다.

비통에 잠긴 토마스의 부모는 정균을 친자식처럼 놓지 않으려 하고 줄리는 더욱 정균을 그림자처럼 따랐다. 착하고도 과단성이 강한 정균은 토마스의 몫까지 성공해야 하겠다는 일념으로 대학원 재학시에 이미 박사논문을 제출했고 이십사 세에 당당히 젊은 이학박사가 된 것이었다.

훌륭하게 독립생활을 하게 되면서 닥터 신은 아파트를 얻어 따로 났다. 토마스의 아버지 테일러 씨와 그 부인이 모든 것을 주관하여준 것은 물론이었다. 줄리는 학교의 틈이 나는 대로 정균의 아파트로 와서 가정부나같이 매사를 돌봐주었다.

줄리는 철학을 전공했다. 자기 말로는 박사까지 바라볼 수 없다면서 석사학위만으로 현재 모교의 강사로 나가고 있지만 집에는 서재 외에 굉장한 연구실까지 가지고 있어 장래의 박사로 누구나가 지목하고 있는 터이다.

하루에 한 번씩은 기어코 찾아들던 줄리가 어머니가 온 후부터는 발이 떠지기 시작한 것이다. 줄리로서야 정균의 어머니인 만큼 각별한 호의로써 갖은 정성을 다 바쳤지만 날이 갈수록 신 여사에게서 풍기는 적의 비슷한 표현이 줄리로 하여금 그 집과의 거리를 만들게 한 것이다.

"재크! 당신 어머닌 좀 이상해요."

정균이니까 영자로 'J' 'K'의 머릿자의 발음을 따서 재크라는 애칭을,

줄리는 둘이만 있고 자기의 감정이 절박할 때 정균을 그렇게 부르는 것이다.

"설마 질투는 아니시겠죠?"

고개를 갸우뚱하고 예쁘고 동그란 눈을 치떠서 심각한 표정을 짓다가,

"정확히 말해서 피해의식이라는 것일 거예요."

하고 저 혼자 고개를 까닥거리면 정균은 웃지도 않고 툭 내뱉었던 것이다.

"그런 말 하는 거 아니야."

줄리는 그 이상 그런 투의 발언은 하지 않았으나 차차 그 저의(底意)가 어디에 속한 것인가를 알게 된 뒤로는 스스로 자제를 해오다가 드디어 정균의 귀국이라는 막다른 길목에까지 이르른 것이다.

줄리의 그런 심정을 정균은 잘 알고 있었다. 줄리가 정균을 얼마큼이나 사랑하고 부모 이상으로 의지하고 싶어하는가를 절실하게 감득하는 정균의 가슴도 도저히 평온할 수는 없었다. 오로지 둘의 사이를 가로지르고 있는 그 강 때문에 돌진하지 못하는 것뿐이다.

아폴로 11호가 달에 착륙하여 암스트롱과 올드린이 달의 표면을 밟았다는 이십이일의 뉴욕의 거리는 온통 축제 기분으로 전 시가가 벅적벅적 들끓는 도가니 속에 들떠 있었다.

그 소란기가 약간 가신 이십오일 저녁에 테일러 씨는 정균의 모자를 그 웅장하고 화려한 저택에 초대하였다. 천평 남짓한 정원 식탁! 갖은 꽃과 나무가 고운 무늬를 이룬 비단결 같은 푸른 잔디밭! 만반의 진수는 신기할 것도 없으나 진분홍빛 드레스에 널찍한 연분홍 리본을 맨 줄리가 그들의 서비스로 정원을 내왕하는 선연한 자태는 참으로 요정인 듯 선녀인 듯 아름답기 그지없었다.

장래 사위감이라는 신념이 짙게 내비치도록 테일러 씨 내외의 자애로운 환담은 신 여사의 오장을 뒤틀리게 했다. 신 여사는 건성건성 상대를 하고 있다가 정균과 줄리 단둘이가 집 안으로 들어가는 것을 보고 벌떡 일어났다.

"왜 그러십니까?"

조용하고 친절한 웃음을 담뿍 담고 부인이 쳐다보았다.

"인제 가봐야죠."

"오 재들이 나오면 곧 가실 겁니다."

"뭘 허러들 갔어요?"

이번에는 테일러 씨가 온화한 풍채로 호인다운 웃음을 터뜨렸다.

"하하하하 둘만의 속삭임이 있지 않겠습니까. 부인? 참좋은 땝니다. 우린 재들을 축복해줘야 합니다."

신 여사는 다시 의자에 주저앉았으나 축복이라니 어림도 없다고 속으로 타매하고 있었던 것이다. 모자가 돌아올 때 테일러 씨는 정균의 손을 세게 흔들며,

"정균 아니 닥터 신! 넌 바로 금의환향이다. 십오 년 만의 환국인데 이렇게 당당한 모습이라니. 좌우간 잘 다녀오너라. 팔월말에 오겠지?" 하고 막대한 전별금까지 손에 쥐어주었다. 정균은 내일 밤 여덟시까지 줄리와 학교 정문에서 만나자고 약속했다.

다음날 저녁밥을 먹은 후에 정균은 신 여사에게 학교 사무실에서 처리할 서류가 있으니까 좀 늦게 돌아올 것이라는 말을 남기고 외출했다.

그들은 오랫동안 떨어져 있던 연인들처럼 반갑게 만나서 줄리의 차는 주차장에 두고 정균의 차로 푸로스팩 공원까지 몰아갔다. 그들은 호숫가의 언덕 풀밭에 나란히 앉았다. 만월이 아닌 달빛이 호수에 고요히 내리고 있었다.

"암스트롱과 올드린의 발자국이 박혔던 저 달을 봐요. 호호 재미있죠!"

"몇천 년의 전설도 파괴됐지."

"무슨 뜻이에요?"

정균은 달 속에 박혔다는 계수나무와 옥토끼의 전설을 설명해주고 달노래의 내용도 해명해주면서 달노래까지 나직이 불러 들려주었다.

"정말 재미나요. 나 재크의 나라 풍속 모두 알구 싶어요."

"차차 알게 되겠지. 그런데 줄리! 나 오늘밤에 아주 중대한 얘길 할 텐데 잘 들어줘요."

"뭔데요. 재크?"

줄리는 정균의 얼굴을 들여다보며 무심히 묻다가 그의 심상치 않은 표정에 약간 멈칫했지만 줄리는 다시 말했다.

"어서 들려주세요. 재크!"

"난 한 살 때 이미 고아가 됐었어."

중대한 얘기라면서 너무 평온하게 시작한 첫마디에 줄리는 좀 당황했다.

"무슨 말이죠 그거?"

"조용히 듣기나 해요. 선비이고 애국자이던 아버지가 먼저 병사하시고 두 달 후에 어머니가 유행병에 걸려 갑자기 돌아가신 후에 난 맏누님의 젖을 얻어먹고 목숨을 이어갔대요."

'어머 그럴 수가?'

그렇게 줄리는 속으로만 놀라고 있었다. 정균은 비스듬히 몸을 누이고 하늘을 쳐다보며 말을 이어갔다.

"다행히 맏딸을 일찍 낳으셨기에 그 덕을 내가 본 셈이지. 단산하신 줄만 알고 있다가 우연히 늦게야 나를 얻으신 부모님은 퍽 기뻐하셨다지만 돌아가셨으니 그만이고. 난 누님의 첫애기의 젖을 뺏어먹은 거야."

'어쩜 그럴 수가……'

"줄리도 내 생일 알고 있지? 이월생인데 칠월에 아버지를, 구월에 어머니를 잃은 거야. 남의 젖을 나눠 먹으면서 겨우 돌을 넘겼을 때 그 소문을 듣고 지금 어머니가 나를 데리러 오셨더래. 어머닌 후취로 가셔서도 생산을 못 하시고 전처의 소생만 삼형제를 키우시면서도 나를 욕심내신 거지. 그때부터 난 어머니의 막내아들이 되어서 이날까지 지극한 사랑을, 어머니의 희생적인 사랑을 받아오는 거야. 줄리 듣고 있었나?"

'그럼요. 듣구말구요.'

담담하게 얘기를 끝낸 정균은 아무 일도 없었던 것처럼 줄리를 돌아보았다. 경악해 있었던 것은 오히려 줄리였다. 속으로는 정균의 말대꾸를 하면서도 입은 떼어지지 않아 잠자코 있는데,

"줄리! 왜 말이 없어? 들어주었느냔 말야."

하고 정균이 또 채근했다. 줄리는 나직하지만 분명하게 대답했다.

"재크! 안심하세요. 주의 깊게 잘 들었으니까요."

정균은 부스스 일어나 바로 앉으며 줄리의 손을 잡아 자기의 무릎 위에 얹고 또닥거렸다.

"줄리! 난 그런 전력(前歷)을 가진 사람이야. 이번에 본국에 가서 첫 번째로 할 급선무는 그 누님을 찾는 일이거든. 그래서 골육 상면을 하는 거란 말야. 난 이 비밀을 두 달 전에야 친구에게서 듣고 어머니께 추궁했더니 죄다 얘기해주시더군. 줄리! 내 과거에 대해서 어떻게 생각해?"

"전보다 백 배나 더 친절하게 해드려야 하겠다고 결심했어요. 재크!"

'고마워, 줄리!'

정균은 그 고맙다는 말을 입 밖에 내지 않았다. 그런 불행하고 초라한 과거를 털어서라도 줄리의 자기에게 대한 집념을 감소시키려 했던 정균은 도리어 줄리의 강력한 결의에 부딪치고 만 것이다. 정균은 무릎에 줄리의 강한 손힘을 느꼈다.

"누님을 꼭 뵙도록 축원하겠어요."

"고마워 줄리! 그 동안 잘 있어, 응?"

정균의 다소곳이 머리를 숙이는 줄리의 손을 잡아 손등에 키스해주었다. 달빛이 교교하게 남녀에게 부어졌다. 둘은 서로 마주보았다.

"재크!"

"응?"

"아아, 그만두겠어요."

줄리는 저 먼저 발딱 일어나 정균을 잡아 일으켜서 돌아가자고 재촉했다.

장마철이라 하루도 비 없는 날은 없었지만 테일러 씨 말마따나 금의환향하는 정균을 위해서인지 말일인 그날에만은 비가 내리지 않고 맑다가 흐리다가 하기만 했다.

피난지 부산항구에서 배로 떠났던 소년 신정균은 닥터 신으로 김포공항에 내렸다. 어머니를 모시고 오는 까닭에 일가들은 많이 나온 모양이나 본래 번거로움과 허세를 싫어하는 정균인지라 귀국을 비밀로 했기 때문에 친척 외의 출영인은 아무도 없었다.

까다로운 세관 통과를 끝내고 출구에 나오자 아버지와 형님들이 몰려오고 뒤쪽으로 미소를 머금은 젊은 여성들이 반가운 낯빛으로 정균을 지켜보았다. 그들은 정균이 외국에 있는 동안 불어난 가족들 즉 형수들이라고 하였다.

어머니의 지시대로 낯선 친척들에게도 일일이 인사를 드렸다. 그런데 처음부터 꼭 그 자리에서 움직이지 않는 여인 둘이 있었다. 처음부터 멀찌감치 정균의 눈에 띄었던 것이나 정균은 무심코 지나쳤다. 공항에는 수많은 사람들이 자기가 원하는 사람들을 기다리는 곳이니까…… 어머니가 잠깐의 틈을 타서 정균에게 속삭였다.

"전엔 꽉 덮어두었지만 네가 알고 난 다음에야 숨길 필요가 없어서 내가 미리 네 누님에게 알려두었으니까 저기 가서 만나자."

어머니는 얼떨떨해 있는 정균을 데리고 두 여인의 앞으로 가서 오십쯤 되어 보이는 조촐한 부인을 가리켰다.

"이분이 네 누님이다."

정균은 부인을 보았다. 울어서 눈이 부어 있기는 하나 미목이 단정하고 기품이 있었다. 정균의 가슴에서 무엇인가가 꿈틀 움직이는 듯하더니 뻐근하게 숨결이 벅차왔다. 이 여인이 내게 젖을 먹이던 내 골육인가? 두 달 동안 밤낮으로 그리워하던 그 이가 귀국의 첫번 목적이 꿈 아닌 지금 이 자리에 이루어져서 영상만으로 그려보던 그 이가 실물로 자기 앞에 서 있는 것이다.

"누님!"

울고만 서 있는 누님의 팔을 정균이 먼저 붙잡았다. 눈 속이 시큰하더니 눈물이 돌았다. 누님은 가만히 정균의 손을 잡았다. 그리고 천천히 훑어보았다. 그리고 또 울었다.

"자 이젠 상면이 끝났어. 내일 누님댁으로 갈 테니까 그때 실컨 울어요. 그런데 이 아가씬 누구야? 참 잘도 생겼다. 이봐요 누님! 울지만 말고 소개를 시켜야 하지 않소?"

어머니 신 여사가 과장스레 떠들었다. 심각한 장면을 부드럽게 하려는 심산인 모양이었다. 비로소 누님이 미소했다.

"참 인사드려. 얜 내 시가댁 조카딸 되는 아이예요. 유수정이라구……."

누님은 신 여사에게 곁에 서 있던 여성을 소개했다. 얼굴이 환하게 피어 있고 좀 화려하다 싶은 양장이 너무나 잘 어울리는 여자는 신 여사에게 공손히 허리를 굽혀 인사하고 정균에게는 머리만 약간 숙였다. 말은 없었다.

"미스 유로구만. 참 희한하게 잘 생긴 처녀도 봤다. 우리 집에 놀러와요. 자 정균이 이젠 가봐야지. 저기서들 기다리니까 누님 그럼 잘 가요."

정균은 누님을 돌아보고 신 여사에게 끌려가면서 생각했다. 어머닌 딱하다. 그 여자가 기혼인지 미혼인지도 모르면서 미스니 처녀니 단정을 내리다니. 그러나 인물이 뛰어나기는 했다. 처음부터 그쪽이 눈에 띄었던 것은 그 여자 때문일까 혈육인 누님 때문이었을까 하고…….

다음날 오후 네시쯤 해서야 정균은 누님댁으로 향했다. 밤늦게까지 가족들에게 둘러싸여 환영을 받았고 이날도 아침부터 하나둘씩 찾아드는 친척들과 담소하다가 어머니의 명령대로 큰형의 전용차에 실려가는 것이다. 어머니의 지시에 따라 본국에서도 이미 누님댁과 연락이 있었던 모양으로 운전수는 익숙하게 외관이 당당한 주택 앞에 정균을 내려놓았다.

미리 신 여사의 전화를 받은 누님과 조카애들은 대문까지 정균을 마중나왔다. 집 안은 꽤 넓었고, 가구나 실내장식도 윤택한 것으로 누님의 생활이 여유 있다는 것을 짐작한 정균은 미국에서 준비해온 선물을 쏟아놓았다. 누님에게는 특별히 고급 시계를 주었다.

정균은 누님에게서 형제간의 상태를 알았다. 매부의 성씨는 유씨이고 현재 모회사의 상무역에 있으며 정균의 본래 성씨는 안씨라 하였다.

형 한 분과 정균을 업어서 기른 누님이 있는데 형은 회사원으로 출장 중이고 누님은 경상도에서 살고 있어 곧 둘이 다 모여들 것이라고 했다.

정균은 십분 다행하게 여겼다. 본국에 와보니 시가의 건물과 번영은 남부끄럽지 않을 정도로 발전되어 있으나 삼선개헌 반대를 위한 학생들의 데모 때문에 시국은 평온하지 못한 모양이라 은근히 불안해지는 심정을 가누지 못하던 터에 가정적으로나마 모두가 안정된 생활을 영위하는 것 같아 적이 맘이 놓였다.

"정균이랬지? 갓난애 땐 만득이라구 불렀었는데."

"만득이요? 안만득! 재미있군요."

"너 어제 걔 봤지. 어때? 수정이 말야."

맥주로 목을 축이고 난 동색을 대견한 듯이 바라보며 누님이 물었다.

"인물은 훤칠하더군요. 체격도 당당하구요."

대답은 짤막하게 했지만 사실 정균은 처음 볼 때부터 그만하면 미국 어느 거리에 내놓아도 뛰어날 것이라는 생각을 했던 것이다.

"인물뿐 아냐. 매사에 나무랄 데가 없어. 성격도 머리도 취미도……."

"뭘하고 있는데요?"

"S대학 영문과를 나와서 지금은 미국 상사에 있는데 어떻게 사방에서 구혼이 밀려드는지 집안에서도 정신이 없다구들 야단이시지."

"그런 잘난 여성에게 남자가 없을라구요?"

"절대로 없지. 얼마나 얌전한데."

"하하하 누님도, 참."

정균은 너털웃음을 치며 안주 콩알을 한 개 집어, 던지듯 입에 넣었다.

"어찌나 놓치기 아까운지 나 혼자 안타까워하는 판에 떠억 미국 사모님에게서 편지가 왔군. 이러이러하게 되었으니 그리 알구 색시감이나 미리 구해놓으라구 까딱하면 큰일이 난다면서……."

누님은 잠깐 말을 끊고 정균을 말끄러미 노려보았다. 정균의 가슴이 뜨끔했다. 순간 줄리의 천진스러운 웃는 얼굴이 뚜렷이 떠올랐다.

"좋아하는 미국 여자가 있다며?"

"글쎄요."

"될 뻔이나 한 소린가. 아버진 애국자시고 선비이셨어. 일찍 돌아가신 것도 항일운동하시며 지독한 고문을 당하셨던 까닭이지. 그런 집안에 외국 며느리라니. 돌아가신 부모님 혼령도 슬퍼하실 거야."

누님은 머리를 숙이고 숙연하게 앉아 있었다. 정균도 그 분위기에 휩쓸렸다. 철들면서 처음 당해보는 압박감을 느끼면서 큰 숨을 한 번 내쉬었다. 누님은 한숨이라고 착각한 모양이다.

"딱하긴 할 거야. 애정도 맘대로 안 되는 거니까. 그렇지만 네 양부모님은 어떠냐? 거기야말로 너무나 쟁쟁한 애국자 집안이다. 사모님께서 널 얼마나 애지중지하신다고 그분께 불효를 해서 되니? 또 설혹 당자끼린 서로들 좋았다고 해두자. 그렇지만 자녀들은 언제까지나 튀기란 명칭으 못 면할 뿐더러 가족끼리도 물에 기름 돌 듯 어울리지 못한다니 그런 불행이 어디 있어?"

정균은 줄리에게 아무런 결혼의 전제를 보이거나 어떤 언질도 준 일이 없었지만 굳이 변명할 필요도 없으리라고 조용히 경청하고 있었다. 아닌 게 아니라 절절하게 가슴에 울려오기도 했다.

"그래서 다음부턴 수정이에게 온 관심을 쏟아왔는데 아인 정말 넘버 원이야 하하."

누님은 속언 쓴 게 우스운지 제풀에 웃었다. 정균도 따라 웃으며 손수 맥주 한 캔을 따서 죽 들이마셨다.

"그런 완전히 훌륭한 여성에게 제가 어찌 감히 배필이 됩니까?"

"너야말로 천생연분일 거야. 너 지금 삼십 세지! 수정인 이십오 세. 나이도 딱 들어맞구. 참 수정이 아버진 대학 교수시니 좀 좋으냐?"

과연 모든 조건은 신기하게도 우수하게 맞춰졌다고 할 수 있다. 거짓 같은 참의 현실이 정균에게 걸려든 것이다. 대청에서는 잔잔한 소리를 내며 선풍기가 돌고 있었다. 부자가 울리고 대문이 울리더니 정원이 환하게 수정이 들어섰다. 누님이 깜짝 반겼다.

"이제야 퇴근하는 길이군. 이리 올라오너라. 자 여기 여기!"

누님은 수정을 맞은편 의자에 앉으라 했다. 수정은 손에 꽃을 들었다. 연분홍과 흰빛의 카네이션 묶음이었다.

"가만. 이 꽃 좀 꽂아놓구요."

음성이 맑았다. 정균의 곁을 살짝 스쳐가는 수정에게서 카네이션 향기인지 그윽한 향내가 풍겨왔다.

정균과 수정의 교제는 주위 사람들의 축복을 받으며 순조롭게 진행되었다. 비오는 날은 그대로, 맑은 날에는 또 그대로, 그들의 대화에는 서로 통함이 있고 애정에도 막힘이 없었다.

그러는 어느 날 테일러 씨에게서 장거리 전화가 왔다. 줄리가 매우 아파서 입원 중인데 헛소리로 재크만을 찾고 있으니 빨리 오라는 급보이었다.

정균은 당황해하였다. 테일러 씨는 아버지 이상의 은인이요, 누이동생보다 더 귀중한 줄리인 것이다. 만리 타국에서 쓰라린 눈물을 닦아준 사람은 아버지도 어머니도 형제도 아닌 토마스였고, 그를 오늘의 성공의 길로 밀어준 사람도 아무도 아닌 테일러 씨였다. 또한 외롭게 쓸쓸한 때나 신변의 잡다한 일까지도 도맡아 처리해주고 위로해준 따뜻한 손길 역시 아무도 아닌 줄리의 것이다.

어머니는 모르는 척하라 하였고, 형들 아버지는 우선 위문 전화를 하고 차차 떠나도록 하라 하였다. 누님과 형수들은 어서 약혼을 하고 가라고 했다.

"약혼을 어떻게 그리 쉽게 합니까?"

"요샌 보름치기로 약혼에 결혼을 치르는 세상인데 뭘 어때?"

정균과 수정은 보름 동안 사귀어온 것이다. 무리라면 강행 할 수도 있지만 줄리의 목숨이 경각에 있다는 지금에 정균으로는 차마 못 할 비정(非情)의 행위인 것이다. 정균은 수정에게 직접 어떻게 할 것인가를 물었다.

"가셔야죠. 어서 줄리 양의 병을 먼저 회복시켜주셔야 해요."

"수정 씬 좋은 신랑감 나서면 결혼하셔야 하지 않겠어요?"

"저야 아무래도 좋아요. 닥터 신 좋두룩만 하심 되잖아요? 감정을 어떻게 막습니까? 빨리 가시도록 하세요."

관대하고 고마운 격려라고나 할까. 조금도 비꼬거나 허위의 친절을 베푸는 것 같지 않은 진정이 서리었다.

정균은 드디어 떠나기로 작정하였다. 이삼일 후에 도착한다는 전화도 테일러 씨에게 직접 걸었다. 떠나기 전날 정균은 누님에게 갔다. 긴히 전

할 것이 있다는 것이다.

"이거 가지고 가거라."

누님은 갸름하고 납작한 상자갑을 정중하게 정균에게로 밀었다. 열어
보니 산호와 비취와 밀화가 한데 엉겨 있었다.

"이건 할아버니께서 아버지께 남겨주셨던 거야. 수정이랑 밀화로 꿰
어 만든 이 기다란 것은 할아버지의 갓끈이었다. 끝에 달린 이 밀화구슬
들을 봐라 얼마나 화사한가. 여름이면 쓰시던 거야."

누님은 숨을 돌리고 이번에는 산호 구슬로 목걸이처럼 길게 만든 것을
집어 들었다. 양쪽에는 천도(天桃)와 나비 모양의 파란 비취 네 개와 비
단실의 수술이 달려 있었다.

"이건 할머니께서 쓰시던 아염의 장식이래. 요샌 이런 보물이 썩 귀한
다. 어머니가 돌아가시기 전에 이것 가엾은 만득이에게 꼭 주라고 하셨
기 때문에 지성껏 간직해뒀던 거야. 네 색시에게 주려구 말이지. 그렇지
만 이걸 그 외국 여자에게 주라는 건 절대 아니야. 잘 보관해두었다가 꼭
이걸 가져야만 할 신부감에게 직접 전하라는 거지. 너도 이걸 볼 때마다
조상님과 내 나라를 잊진 못할 거다. 알았지. 귀중한 유물이니까 잘 간수
해!"

정균은 누님에게서 받은 할아버지의 유물을 소중하게 들고 일어났다.
정균은 비로소 함부로 끊지 못할 어떤 줄에 묶인 듯한 자신의 중량을 헤
아리며 천천히 계단을 내려섰다.

—1969년

평 행 선

영선은 삼청동 주택가로 오르는 돌길을 부지런히 걷고 있었다. 오늘이 시아주버님의 오주기(五週忌)이어서 그 추도 예배에 참석하러 가는 것이다.

'물난리를 안 만나는 건 좋겠지만 지대가 이렇게 높아서야 조석으로 오르내려야 하는 이 동네 사람들은 얼마나 다리가 아플까.'

자기네 집이 낮은 지역에다 하수도를 끼고 있어서 해마다 장마 때면 물 소동으로 여간한 고통을 받는 게 아니었다. 게다가 올해는 무슨 천변지이(天變地異)가 났는지 추석이 지난 바로 그젯밤부터 어제까지 줄곧 폭우가 쏟아져서 온 시내가 발끈 뒤집히다시피 한 건 물론이요, 지방에서는 산사태며 실종, 압사 등등 인명의 피해마저 적잖은 모양이니 하물며 자기네 동네의 물의 수난이야 어찌 이루 말할 수 있을까?

그젯밤에는 깊은 잠도 못 들고 내내 하수도를 경계하여 수체구녕을 막았다 텄다 하였고, 어젠 종일 네 아궁이에 찰랑대는 물을 품었더니 허리가 쑤시며 잘 펴지지 않고, 엉덩짝이 뻐근한데다가 두 다리조차 뻣뻣하게 말을 안 들어서 지금도 걸음걸음에 앓는 소리가 절로 날 만큼 보행이 괴로운 것이다.

"아유 지독히두 올라앉았네!"

위치도 맨 꼭대기이긴 하지만 오늘따라 큰댁이 삼각산 상봉에나 있는 듯이 아득하게만 여겨져서 걸음이 제대로 붙어나지 않았다. 길가에 높다랗게 붙어 있는 쓰레기통을 서너 개나 더 지나서야 영선은 파란 철문 안에 들어설 수 있었다.

영선의 맏동서인 정 여사는 방 안에 있는 모양으로 대청에서는 며느리와 출가한 딸이 서성대고 있을 뿐 집 안이 조용하였다. 하기야 예배시간은 열한시인데 영선은 한 시간이나 당겨서 온 것이다.

담 밑 화단에는 사르비아가 새빨갛게 타고 있고, 귀퉁이 꽃밭에는 코스모스가 무더기로 피어 하늘거리고 있었다. 그리고 군데군데서 백장미 흑장미가 두어 송이씩의 큰 꽃을 달고 피곤한 듯이 서 있었다.

'여기선 그 모진 비에도 꽃들이 끄덕없었나 봐.'

영선은 탐나는 듯이 한동안 화단을 바라보다가 조심스럽게 방문을 열었다. 정 여사는 남편의 사진이 안치된 상 앞에 경건한 자세로 앉아 있었다. 설백의 커버로 덮인 상 위, 사진의 좌우에는 흰 국화와 흰 카네이션이 몇 송이씩 꽂힌 화병이 놓이고, 사진의 앞 나지막한 향로에서는 두 개의 향이 소르르 재를 떨치고 있었다. 영선은 시아주버님인 윤 박사를 바라보았다. 근엄한 풍모였다. 웃음기가 없는 사진의 얼굴은 더욱 두려울 정도로 근엄하기만 하였다.

'저런 분이 어떻게……'

더 이어가려던 생각은, 이쪽으로 돌리는 정 여사의 젖은 눈과 맞닥뜨리자 끊어지고 말았다.

"어제 비에 또 앨 태웠겠군."

겉치레의 인사가 아닌 진정의 염려가 서린 그런 말부터 하면서 정 여사는 살그머니 손수건으로 눈언저리를 눌렀다.

"그럼요. 이만저만이 아니었어요."

"아우네도 어서 이사를 해야지, 무슨 생고생인가그래?"

"글쎄요 뉘 탓인지. 그저 잘난 분들을 위로 모신 덕분 아녜요?"

영선은 좀더 과격한 넋두리가 나오려는 것을 꾹 삼켰다. 자리가 다른 것이다. 오늘은 번거로운 잡담보다는 고인을 추모하는 근신함으로 분위기를 엄숙하게 해야 할 것 같아 슬쩍 화제를 바꾸었다.

"애들 말 들으니까 아주버님 묘소의 잔디가 여간 곱게 덮이지 않았드래요. 작년엔 그렇지가 않았다는데요."

"정말 그랬어. 작년 추석 땐 너무나 엉성해서 맘에 걸리길래 금년 한식 때 또 손을 봤더니 여름 장마 때도 고대루 있더군. 추석날 가보니깐 묘지기가 벌초도 참하게 해서 잡풀이 있을까 쑥대가 섞였을까 아주 만족했어."

"참말 다행이지 뭡니까? 어쨌거나 묘소엔 떼가 무성히 덮여야 해요."

"워낙이 깨끗하시고 고고하시니깐 유택도 정갈하게 가꾸어지나 봐."

영감님에게 말이 미치면 언제나 정 여사의 미간에는 자궁의 빛이 은은하게 일면서 고고하시고 깨끗하시다는 찬사를 하기에 희색이 만면에 도는 것이다. 그리고 그것은 너무나 당연한 일이었다. 윤 박사는 청렴하고 근엄한 인격자로 그의 일생을 마친 학자이며 교육자인 까닭에……

"차차들 오실 때가 됐군."

정 여사는 상 앞에서 일어났다. 환갑이 박두한 나이인데도 몸매가 젊은이처럼 고왔다. 하얀 소복의 자태는 그의 창백한 안색으로 하여 더욱 처량하게 보였다. 영선도 따라 몸을 일으켰다.

"참 애들은요?"

"응, 개들은 일찍 출근했어. 그렇지만 예배엔 꼭 참례할거야."

"아범두 그럴 거예요."

그들이 화문석을 다시 바로잡고 방석들을 배열하는 동안에 대청에서도 다과의 준비를 마쳤는지 딸과 며느리가 현관과 정원에서 오락가락했다.

"교회에선 몇 분이나?"

"목사님 내외분, 장로님 두 분, 그리고 남녀 제직 몇 명 해서 열 분쯤 오실 거야."

대청의 벽시계가 열한시 십분 전을 가리키니까 영선의 남편인 상호가 바쁘게 대청으로 올라섰다. 정 여사가 맞이했다.

"부장님 오세요? 용케 틈을 내셨군요?"

"안녕하셨습니까? 애들은 아직 안 왔나요?"

"저기들 오는군요."

사진의 윤 박사의 모습과 방불하게 이목이 반듯한 아들 형제와 윤 박사와는 쌍둥이처럼 흡사한 윤 부장이 웅기중기 마루에 모이자 정원이 떠들썩하면서 목사가 거느린 십여 명의 남녀 교인들이 주인들의 환영을 받으며 차례로 방 안에 들어와서 각각 자리를 잡고 시계가 열한 번을 알리자 예배는 시작되었다.

딸과 며느리까지 끼니까 넓은 방이지만 빽빽하게 만원이 되었다. 그들은 사진을 주목하면서 찬송가를 부르고, 기도를 올리는 중간에 아멘 주여! 하는 참 넣기를 잊지 않았다. 목사의 간단하고도 심각한 설교가 있었고, 다분히 웅변조인 대머리 장로의 추모 기도가 감격적이었다고 영선은 생각했다.

예배가 끝난 후 윤 박사를 중심으로 하는 사담(私談)이 오가는 동안, 커피와 떡과 과자 실과 등등의 다과접시가 주인 여자들의 손으로 분주히 날라들었고, 그들이 돌아갈 때는 '추모' '9·18'이라는 흰 글자가 완연한 카스테라가 담긴 케이크 상자들을 하나씩 들었던 것이다.

'정성도 지극하시지. 저런 형님을 두고 어쩌면……'

윤 박사의 소상 대상 이후에도 해마다 정 여사는 이토록 간결하면서도 알심있는 추도식으로 윤 박사의 기일을 기념했고, 그럴 때마다 영선은 저 혼자만이 알고 있는 어떤 비밀로 하여 은근히 고인에 대한 저항의식과 정 여사에 대한 동정심이 얽힌 착잡한 심정이 되어 있는 것이다. 정확히 말한다면 추도식이 있을 때만이 아니라 7년 전에 그 일을 당한 때부터 이날까지 정 여사의 오로지 남편만을 위하는 갸륵한 자세를 볼 때마다 솟구치는 반항심인 것이다. 영선 혼자만의 비밀이란 이런 것이다.

윤 박사는 서울에서 멀리 D시 K대학에 출장 강의를 하고 있었다. 국내에서도 저명한 국문학자인 윤 박사는 이일간 그 대학의 강의를 맡았던 것이다. 영선의 고향도 D시여서 한 번씩 고향에 내려가면 윤 교수의 명강의를 대학생들은 물론이요, 어쩌다가 들어본 청중들이 입을 모아 칭찬하는 바람에 영선의 어깨가 으쓱 오르곤 했었다.

오 년 전의 초겨울. 영선은 친정 아버님의 진갑잔치에 참석차 D시에 가 있었는데 서울 정 여사에게서 장거리 전화가 왔다. 가족묘지의 매매

관계로 꼭 윤 박사의 직접인 의견을 들어야 하겠는데 대학으로 전화하니까 퇴근했다 하여서 하숙으로 하니까 아직 돌아오지 않았다고 하니 남에게 내용을 말할 수는 없고 자네는 이미 내용도 좀 알고 있는데다가 그곳에 있어 손쉽게 찾기 쉬울 테니까 빨리 연락하여 이러이러한 대답을 서울 집으로 해달라는 긴급한 부탁이었다.

영선은 즉시 윤 박사의 하숙으로 먼저 달려갔다. 과연 윤 박사는 거기에 없었다. 하숙이래야 윤박사의 친지의 집이니까 그 주인도 퍽 친절하게 어디 가실 만한 곳을 더듬어 생각하다가 혹시 이런 곳을 가보라는 제의를 하였다.

윤 박사의 아주 절친한 친구댁이라고 가끔 들르시는 데가 있는데 다행히 그 집을 알고 있다면서 길목과 집모양까지 가르쳐주어서 영선은 됐구나 싶어 쏜살로 그곳을 찾아갔다. 변화하지 않은 골목을 접어들어서 이슥히 들어가니까 또 갈래 골목이 나오고 그 골목의 둘째집이 바로 그 육중한 쇠장식을 붙인 노란 대문을 달고 있었다.

영선은 굳게 닫혀 있는 문짝을 똑똑 두드렸다. 바로 문간방에 사람이 있었던 모양으로 빗장은 얼른 벗겨지고 영선은 머리가 반백인 마님풍의 여인에게 혹 윤 박사님이 와 계신가고 물었다. 여인이 안으로 들어가자 영선은 급하고 반가운 맘에 앞뒤 체면없이 여인의 뒤를 따라 불쑥 안마당으로 들어갔다. 노마님은 좀 당황해하는 얼굴로 영선을 힐끗 돌아보더니 거기서 좀 기다리라는 표현을 손으로 했다.

뜰에는 벌써 어둠이 기어들어 어슴푸레하게 마님의 얼굴도 보이고 섬돌에 놓여진 화분들도 보였으나 방 안에는 환하게 불이 커져 있었다. 좀 으슥진 지역에 위치한 탓인지 황혼도 일찍 찾아든 듯하였다. 부엌에도 불이 밝혀 있어서 일하는 사람들의 그림자도 얼씬거렸다. 전체로 보아서 분위기만은 명랑했고, 또 영선의 기대도 백 퍼센트 정당하여서 손톱만한 어두운 추측이 끼어들 수 없었다.

노마님이 방문 밖에서 나직이 중얼대자 미닫이가 방긋이 열리면서 먼저 여자의 얼굴이 빠끔히 내다보았다. 순간 영선은 깜짝 놀랐다. 유명하던 당지 명사의 미망인이었던 것이다.

‘잠잠하게 묻혀 있더니 저분이 여기서 살고 있었구나.’

영선은 무의식으로 두어 발짝을 그쪽으로 옮겨갔다. 미닫이는 탁 닫겨졌다.

‘저 여인의 남편이 아주버님의 절친한 친구였던가? 세상은 참 넓고도 좁은가 부다.’

아까 노마님께 서울에서 온 제수라는 전갈까지 분명하게 하였으니까 아주버님이 계시다면 냉큼 나와주리라고 믿었는데 방 안이 감감한 것으로 혹시 부재인지도 모른다. 그렇다면 대문 밖에 서 있을 때 마나님이 안 계시다고 잘라 말했을 것이 아닌가. 마나님은 귓속말처럼,

“잠깐만 기다려보세요.”

하고 문간방 쪽으로 가버렸다. 부엌의 일하는 여인들이 가끔씩 영선을 힐끔거리곤 했다.

이윽하여서, 정말 이윽하여서였다. 윤 박사가 정장을 하고 코트까지 팔에 걸친 채로 유유하게 대청으로 걸어나왔다. 얼마나 들떠 있었던지 신방돌 위에 점잖게 놓인 윤 박사의 구두가 그제야 영선의 눈에 들어왔다.

“아니, 제수씨가 어떻게 예까지 오셨소?”

윤 박사는 마루 끝에서 영선에게 그렇게 말하고 얼른 구두를 신었다. 마땅히 주인댁이 나와서 먼저 온 손님을 보내기도 하고, 아무리 불청객이긴 하지만 자기 집을 방문한 손이니 어쨌든 한 마디의 인사라도 있어야 할 텐데, 비로 쓴 듯이 대청이 적적하여서 영선의 가슴에는 비로소 때늦은 의혹심이 일기 시작한 것이다.

‘원 이럴 수가 있담?’

꼭 무슨 꾸중 맞을 장난이나 하다가 어른에게 들킨 애들처럼 윤 박사의 태도도 석연치 않으려니와 주인댁의 실례란 이만저만이 아니라고 생각했다.

“무슨 일이 있었어요?”

“네. 형님에게서 아주 긴급한 전화가 왔어요.”

“어서 나가십시다.”

이런 대화를 하면서 뜨락을 거의 다 왔다 싶었는데 안방문이 화닥닥 열리는 소리가 나면서 윤 박사가 홱 돌아섰다.

"이거……."

여인이 무엇을 내미는 모양이라 영선도 머리를 돌렸다. 여인은 마루 끝에서 섬돌 앞에까지 다가간 윤 박사에게 무엇을 쥐어주는 듯했다.

"이거 당신이 떨어뜨린 수표예요."

영선은 분명히 들었다. 여인이 가만히 속삭였지만 화살처럼 쨍하게 자기의 고막에 와서 박히는 것을…….

'당신? 당신이라?'

당신이란 호칭은 친구의 미망인쯤이 아무에게나 함부로 불러대지 못할 대명사가 아닌가. 그 집의 대문을 나와 골목길을 빠져나오는 영선의 발끝이 바르르 떨리려고 했다.

'설마……이 근엄한 아주버니가 설마……훌륭한 아내를 두고 어떻게 감히…….'

발등에 불이 날 듯싶게 이 구석까지 쫓아온 영선에게 윤 박사는 무슨 중요한 일이 있었느냐고 묻는 일도 없이 천연스럽게 고개를 빳빳이 든 채 묵묵히 걷기만 했다.

영선의 존재는 잊은 듯이…….

어느 다방에 마주 앉아서야 윤 박사는 그 긴급상황이라는 용건을 물었다. 여전히 진중하고 고고한 태도였다. 영선은 정 여사의 부탁을 명확하게 전달하고 빨리 서울에 회답을 하라는 부탁을 한 후에 그와 헤어졌다.

'무슨 일이라도 저질렀다면 저렇게 침착할 수만은 없을 거야.'

영선은 끝내 자기의 의혹을 망념(妄念)이라고 고집했다. 어느 가정에서든지 주부가 좀 아둔하거나 세련되어 있지 못하면 방문객에게 그런 비례쯤은 감행할 수 있을 것이요, 그 미망인은 곧 그런 종류의 한 사람일 뿐인 것이다.

'자고로 망녕된 추측이 화를 빚어내게 마련 아닌가.'

윤 박사로 말하면 정인군자로 너무나 이름이 높은 분이다. 그의 절친한 친구들은 누구나가 다 윤 박사를 사내가 아니라고까지 비난했다. 자주 모이게 되는 술자리에서 술을 마시나 담배를 피우나 몰취미하기 이를 데없고, 더구나 여자들에게는 그야말로 돌부처인 까닭이었다. 아무리 점잖은 체하던 학자님들도 곁에서 간드러지게 시중을 드는 젊은 여인들에게는 녹초가 되어 작부들의 허리를 껴안는 것은 물론이요, 유방을 만지기도 하고 체면없이 여인들의 하반신을 더듬으면서 갖은 추한 농담 짓거리들을 하는 중에서 윤 박사만은 석상처럼 흔들리지 않았던 것이다.

"부인께서 무슨 비법을 가지구 계십니까? 주인어른을 꽉 잡아매서 꼼짝 못 하게 하는 비법 말입니다. 십여 년을 술자리에 동석해왔지만 여자들에게 농 한번 거는 것을 여태껏 못 봤어요. 기집들 보기를 술상 위의 술병이나 그릇 대하듯이 도무지 무감각하단 말입니다. 처음 몇 번은 체면유지나 부인 조심하느라고 일부러 그러는 줄 알았는데 두고두고 보니까 그게 아니고 생리적으로 무감각한 모양이니 어디 그분이 사냅니까? 부인은 기뻐하실는지 몰라도 친구들간에는 졸장부라는 호칭이 싹 돌았습니다. 어떻게 그 누명을 벗도록 부인께서 주인 어른을 해방해주셔야 하겠습니다."

오죽하면 그의 친우들이 정 여사에게 그런 항의를 가끔씩 했을까. 그래 정 여사가 남편에게 그런 전언을 하면서 그러지 말라고 의식적으로라도 태도를 늦쳐서 자리에 어울리도록 하라고 충고(?)를 했더니,

"원 별소릴 다 듣겠네. 그런 여인들에게 무슨 흥미로 손을 댄단 말요? 내 눈엔 당신 한 사람 이외엔 모든 기집들이 여성으로 보이지 않는단 말요. 알았소? 비난하라면 하라지 맘 내키지 않는 걸 억지로 어떻게 하라구들 야단야? 참 별소릴 다 듣겠네."
하고 정색하며 화까지 내더라고 하였던 것이다.

교인들이 돌아가고 가족들만이 남아 안방에서 점심을 먹는 동안에도 정 여사는 시종 윤 박사의 사진에서 눈을 떼지 않았다. 그는 기어코 목멘 소리를 냈다.

"오늘은 언제나 아버님이 즐긴시던 반찬이나 음식을 준비하는데 우리끼리 먹기 죄송스럽지 뭐냐? 내년부턴 아예 그분이 안 즐기시는 음식을

만들어야겠어."

　정 여사는 한숨을 길게 내뿜으며 애석한 듯이 가만히 혀를 찼다. 그리고 이내 수저를 놓았다. 상호가 일부러 큰소리로 분위기를 바꾸려 했다.

　"원 아주머님두. 안 계신 형님만 생각하시지 전 염두에도 안 두시는 모양이군요. 덕분에 제가 이렇게 잘 얻어먹지 않습니까?"

　"참, 형제분이 식성이 꼭 같으시니깐……성격은 아주 판이하시지만 외모나 식성은 너무나 방불하시지."

　"그러니까 해마다 이대로 장만하셔서 잘 먹여주세요. 그런데 애들아! 너희두 묘소에 가야지 않아? 시간들이 어떠냐?"

　"개들은 직장 때문에 곤란하잖아요? 추석에 갔으니까 오늘은 그만두 라죠."

　"그러는 게 좋을 거예요. 바로 엊그제 다녀왔으니깐. 당신이나 가셔야 죠."

　영선은 얼른 정 여사의 제의에 동의하고 남편과의 동행을 희망했다. 상호 내외는 집으로 몰려드는 손님들 때문에 큰댁 성묘에 참례하지 못하였던 것이다.

　"그럼 너희들은 천천히 더 먹구 식혜랑 과일이랑도 들구 각기 직장으로 가거라."

　정 여사는 아들 형제에게 이르고 다시 사진 앞에 정좌하였다. 정 여사의 가슴에 크고 깊숙하게 박힌 못은 평소에도 그렇게 신중하기만 하여서 외도 한번 못 해보고, 주초(酒草)도 입에 대지 않는 분이 화투니 마작이니 하는 잡기 따위는 멸시하는데다가 음악에나 일반 오락에도 그렇게 몰취미할 수는 없어 세상의 잔재미라고는 영 모른 채로 살아가는 학자였는데, 운명 때도 너무나 허무하게 이슬처럼 사라져간 그 쓰라린 사실인 것이다.

　D시에서 이일간의 출장강의를 마치고 귀가한 바로 그날 밤에 자정이 가깝도록 서재에서 연구자료를 펴놓고 집필하는 줄만 알았는데 정 여사가 따끈한 식혜를 가지고 들어가니까 벌써 테이블 앞에 쓰러져 있었다. 아들들이 몰리고 의사가 달려와서 즉시 S대 병원에 입원했으나 뇌출혈

이 있었던 탓으로 나흘 만에 숨을 거두었고, 시신마저 집 안에 모시지 못한 채 장례식을 마친 것이 더욱 크나큰 못이 되어 있는 것이다. 그날 밤만 하여도 진작이나 가볼 것인데 하필이면 추석 전날밤이라 이것저것 손보느라고 틈을 내지 못하다가 느지막이 끓인 식혜를 가지고 가니까 벌써 그렇게 되어 있었으니 한.중에도 이처럼 망극한 한이 어디 또 있을까.

"아이 원통해라!"

부지중에 새어나온 정 여사의 피듣는 한탄이었다. 정 여사는 어깨를 들먹이며 새삼스럽게 흐느꼈다. 눈물이 철철 흘러내려 턱 밑으로 줄줄 떨어졌다.

"형님! 왜 이러세요? 인제 삭을 때도 됐는데 그러시네?"

"나신 분이고 나 때문에 살아가신 분이었는데 이 매정한 것이 백 년이나 살으실 줄 알구 매사에 너무너무 등한했어. 아이 원통해라!"

"아주머니! 이러심 무슨 소용이 있습니까? 다 지나간 일입니다. 아주머니 같으신 현처가 어디 또 계시겠기에 무심하니 등한하니 하세요? 자 그만 일어나셔서 성묘갈 채비나 하십시오."

상호 내외가 달래서 일으키고, 딸과 며느리도 한 마디씩 위로하고, 아들 형제가 물러간다는 인사를 하고 대문 밖으로 나간 후에, 정 여사는 상호 내외와 딸을 데리고 윤부장의 차에 올라 묘소로 향하였다.

'모르면 부처님이더라고 형님은 저렇게나 철석같이 아주버님의 순결을 믿구 계시니 참 가엾기두 하단 말야.'

영선은 실심해서 곁에 앉아 있는 정 여사를 곁눈으로 훔쳐보며 또 저 혼자의 푸념을 뇌까려보는 것이다. 칠 년 전 D시에서 목격한 그 장면만으로도 충분히 윤 박사를 의심할 수 있었지만 윤 박사의 천연한 자세에서 영선은 일단 의혹심을 풀었으나, 그 후로는 왠지 윤 박사 자신이나 영선 자기가 서로 간격을 느끼고 있는 것처럼 서먹서먹해지기가 일쑤여서 되도록이면 맞닥뜨리기를 피하고 있었다.

그랬는데 윤 박사의 장례식이 S대학 교정에서 거행되었을 때 영선은 분명코 D시의 미망인을 군중 속에서 발견했던 것이다. 슬프디슬픈 예식이 끝나고 영구가 마지막으로 유족들의 손에서 영구차로 옮겨지는 순간에 달려들 듯이 다가서는 그 여인을 영선은 무심코 보게 되었던 것이다. 거기 모인 사람들은 대개 학생이나 친구분들의 애절한 조사에 함께 눈물을 짜기 마련이어서 거기서 눈물을 흘린다거나 손수건으로 눈을 가린 여인들을 눈여겨볼 아무도 없었다. 그러기에 그 미망인이 통곡이나 할 듯이 허위적대며 영구 쪽으로 다가올 적에도 그 여인을 주목하는 시선은 아무데서고 없었던 것이다. 다만,

'어쩜 저 이가 기어코 쫓아 올라왔구나.'

하고 영선만이 섬짓해서 그 여인에게 자주 눈을 보냈었는데, 과연 그 미망인은 슬픔과 울분을 삼키느라고 입술을 깨물면서 연신 손수건으로 샘 솟듯하는 눈물을 닦아내고 있었던 것이다. 그뿐만이 아니었다. 하관식이 집행될 때에도 그 여인은 대담히 교인들 틈에 끼어 서서 시종 흙 속을 지키고 있다가 영선이 잠깐 한눈을 판 새에 어디론지 감쪽같이 없어지고 말았다.

'지독히도 연연하던 사이던가 봐. 그 여인도 박복하지. 남편도 애인도 다 잃고 말다니…….'

이제는 의심할 여지가 없이 윤 박사와 그 미망인은 부부관계를 가졌었고 그도 잠깐이 아닌 꽤 오랜 시일을 묻어두고 비밀히 생활해온 것이라고 영선은 단정했다. 그런들 그렇게도 형님은 눈치를 채지 못했단 말인가. 워낙 윤 박사가 신중하니까 그럴 틈도 주지 않았겠지만 정 여사의 윤 박사를 신임하는 정도가 하늘같이 높은 탓도 있었으리라. 여인도 대담무쌍하기 이를데없었다. 장례식장에라고 또한 장지(葬地)라고 자기를 아는 사람이 없으리라는 법도 없을 텐데 당당히 인파 속에 섞여들다니, 그것은 대담성보다도 너무나 지극한 추모의 애정이 만사를 초월한 것이 아니겠는가!

"다 왔어. 이봐요! 왜 멀거니 앉아 있는 거야?"

상호가 뒤를 돌아보고 호통을 쳐서야 영선은 꿈에서 깬 듯이 몸을 움직여서 정 여사를 부축하여 차에서 내렸다. 길에서 백 미터쯤 올라 걸으면 조망이 좋은 곳에 윤 박사의 유택이 있는 것이다. 애들 말대로 유택은 비단결같이 고운 잔디로 덮여 있었다.

　모두의 배례가 끝나고 정 여사와 딸은 묘소의 앞뒤를 살펴 하나씩 섞인 잡풀을 뽑아내고 있었다. 윤 부장은 허리에 두 손을 꽂고 앞을 바라 망연히 서 있고 영선은 윤 박사의 묘비를 물끄러미 주시하며 맘속으로 탄식했다.

　‘이 가족묘지의 용건만 아니었더라면 내가 아주버님의 아지트를 습격할 일도 만무했고, 따라서 당신의 비밀은 영겁에 묻히지 않았겠어요? 그런데 이 묘지 때문에 내가 당신의 비밀을 영원히 나 혼자 간직하게 되어 나는 얼마나 다행이겠어요?’

　“그때 이건 참 자알 장만하셨죠. 아주머니께서 맘에 지피시는 영감(靈感)이라도 발동하셨던 모양입니다.”

　상호가 불쑥 돌아서며 말했다. 아닌게 아니라 그때 정 여사가 D시에 장거리 전화까지 걸어 소란을 떨었던 덕분으로 다음해에 윤 박사는 평안히 이 좋은 자리에서 안치될 수 있었으나 또한 그것 때문에 자기의 비밀도 탄로되고 말았으니 세상의 일이란 묘하게도 어긋난다고 영선은 고개를 기울이는 것이다.

　그러나 한편 생각하면 윤 박사의 비밀은 참으로 영원한 것이 아닐 수 없다. 미망인 자신이 들추지 않는다면 영선은 정 여사에게나 남편인 상호에게나 윤 박사의 자녀들에게나 절대로 입을 열 수 없는 까닭이다. 자신이 혹 앞뒤 분별이 없는 경망한 여자라면 모른다. 또는 윤 박사가 아직 생존했더라면 혹시 모른다. 그러나 윤 박사는 비밀과 함께 이미 사라졌는데 정 여사나 그의 자녀들에게 무슨 이익된 점이 있다고 이 사실을 알려줄 것이란 말인가.

　상호에게만은 다르다. 부부일신이라니 그에게 함구령만 내리면 알려도 무방하다. 또한 아내와 자녀같이 직계가 아니니까 윤 박사의 비밀이 직계에게처럼 직접적인 영향은 미치지 않을 것이다. 그러나 영선은 상호에게는 더욱 그 사실을 폭로할 수 없었다. 상호도 남자다. 그 근엄한 형님이 그랬다는 데 나 좀 어떠랴고 흉내내지 않는다는 보장을 누구가 할 수 있을까.

　‘허위덕이 재를 넘고 새침데기 골로 빠진다.’

는 속담대로 새침데기인 윤 박사는 그런 일이라도 저질렀지만 남편만은 그렇지 않다. 상과를 나온 탓으로 이때까지 은행으로만 돌다가 재작년에 부장이 되어 꽤 유혹이 있음직했건만 겉으로는 덜렁이 같으나 실속은 알 찰뿐더러 입으로는 거침없이 외설을 내뱉어도 행동만은 결백하여서 영선은 은근히 남편에게 대한 자긍심을 가지고 있는 것이다.

더욱 영선이 안심할 수 있는 것은 남편인 상호는 그의 형님처럼 그런 큰 비밀을 깔고 앉을 위인이 못 되고 대뜸 드러낼 양성적인 성격이기에 영선은 남편에 대한 자신을 반석같이 굳히고 있으면서 오직 정 여사만을 동정하는 것이다. 그처럼 배신한 남편을, 생존했을 때도 고인이 된 후에도 한결같이 떠받드는 정 여사가 너무나 가엾어서 때로는 눈시울을 붉히곤 했다.

그러나 이런 영선을 정 여사를 가엾어하는 그 정도 못지 않게 은근히 가엾어하는 사람이 있으니 이는 아무도 아닌 바로 정 여사인 것이다.

삼 년 전. 여름 방학을 이용하여 정 여사는 작은아들과 함께 수석이 아름답고 수림이 짙은 계룡산에서 달포를 지낸 일이 있다. 차남이 대학원 석사학위 논문을 작성하겠다고 먼저 그곳으로 내려갔는데, 그곳의 공기가 참으로 맑고 청신할 뿐 아니라 절의 경내도 유수하고 조용하니 어머님도 여기서 휴양을 하라는 간곡한 청원을 받고 내려갔던 것이다.

갑자기 돌아가버린 남편의 장례 후에 정 여사는 마음의 깊은 상처와 여러 가지의 뒤처리 때문에 심신이 극도로 피로해 있었다. 집안의 기둥이 부러졌으니 그 허전하고 쓸쓸함이란 이루 형언할 수 없지만 경제적인 타격도 역시 무시할 수는 없었다. 맘은 언제나 슬픔에 잠겨 있는데 몸은 하냥 분망하기만 하여서 이래저래 정 여사의 건강은 날로 쇠잔해가고 있었던 것이다.

윤 박사의 소상이 지나고 대상을 앞둔 여름인지라 자녀들은 간절히 어머니의 전지(轉地) 휴양을 권유하던 차였고 정 여사는 그들의 뜻을 받아 계룡산으로 가서 아들이 주선해놓은 T산장의 특실에 기거하면서 맘껏 신선한 공기와 가려한 경개를 즐기고 있었다.

아들은 T산장 바로 곁, 수림 속에 자리잡은 여관의 한 방을 차지하고 공부를 하는 까닭에 하루 한번씩만 어머니와 만나고 있었다. 정 여사의 일과란 새벽에 일어나 절에 왕래하며 좌우측의 수림에서 발산하는 청결한 공기를 마시고, 천태만상으로 흘러내리는 계곡의 청량한 물소리를 듣는 것이었다. 물소리야 밤에 잠자리에서도 싫도록 듣는 것이지만 그 천태만상의 암석을 흐르면서 또한 기묘하게 형태와 소리를 만들어내는 그 수석을 내려다보며 서서히 보행하는 그 순간을 가장 사랑하는 것이어서 그런 모든 자연의 향연은 날마다 정 여사의 육체를 살찌게 해주었다.

한 삼주일쯤 지났을까 하는 어느 날 석양에 뜻밖에도 시아우인 상호가 아들을 따라 왔다. 휴가를 얻었는데 동창생들이 부장된 턱을 내라고 하여 유성 호텔에서 한바탕의 잔치를 치러주고 왔다는 것이다.

"이왕이면 동부인해서 올 일이지 어쩜 혼자만 오셨죠그래?"

"아주머니두 딱하십니다. 아 사내들이 우르르 덤비는데 어떻게 그 틈에 낍니까?"

"동서를 일루 먼저 보내심 되잖아요? 부장님은 나중에 오시구요."

"처음엔 속리산으로 갈 예정으로 유성에서 손님을 치렀는데 중도에서 변경된 셈이죠. 대전까지 오니까 불현듯 이리루 오고 싶더군요."

"아무컨 잘 오셨어요. 이왕 오셨으니깐 며칠 푸욱 쉬어서 가세요. 수석이 여간 기묘한 게 아녜요."

그들의 첫 대면의 담화는 이런 것이었다. 윤 부장은 잠깐이니까 아들과 한방에서 거처하겠다 하였다. 그는 오일간만 숙박하겠다고 했던 것이다. 내일이면 윤 부장이 귀경하겠다는 밤이었다. 으슥해서 아들이 책을 들고 정 여사의 방으로 왔다. 아들이 어머니를 찾는 시간은 대개 점심 후이지 밤에는 일체 오지 않았던 것이다.

"웬일이냐? 무슨 할 말이라도 있어서 왔니?"

"저 오늘밤은 여기서 자구 가야 할까 봐요."

"왜?"

"숙부님 친구들이 오셨어요."

"몇 분이나?"

아들은 머리를 긁적이면서 어름어름하다가 푹 내뱉듯 말했다.

"세 분요."

"그래? 또 술타령하시겠지?"

"네. 그렇기도 하지만 방이 비좁지 않아요? 그래서 제가 어머니께로 가겠노라고 빠져나왔어요."

"잘했다. 실컷 책 읽다가 여기서 평안히 자렴."

정 여사는 아들을 곁에 두고 잘 일이 대견해서 아들의 자리를 마련해 주며 은근히 좋아했다. 워낙이 말수가 적은 아이이긴 하나 모처럼 모자 간의 대화도 있을 법하건만 아들은 침울한 얼굴로 잠잠히 책만 있다가 쓰러져 잤는지, 깜박 먼저 잠들었던 정 여사가 눈을 떠보고 다시금 아들의 배 위에 누비이불을 덮어주었다.

다음날 새벽에 정 여사는 살그머니 일어나 일과대로 절에 올라가는 청신한 길을 걷고 있었다. 올라갈 때는 좌측이 계곡이어서 자연히 눈은 그 쪽으로 향하게만 되는 것이다.

정 여사가 우연히 계곡 건너편에 시선을 던졌을 때 벌써 그쪽 수림 속을 거니는 한쌍의 남녀를 보게 되었다. 제대로 길이 나 있지 않고 둔덕처럼 가늘게 뻗어 있는 그렇게 보이는 풀길을 걸어가는 것이었다. 멀리나마 딱 째인 체격이며 뒷모습이 눈에 익어 자세히 주목하고 가는데, 남자가 손을 들어 무엇을 설명하는 모양으로 후딱 머리를 돌리는데 보니까 영락없는 윤 부장이었다.

'친구분들은 다 어떻게 하고 혼자 나왔을까? 지 여잔 또 누구며?'

윤 부장은 여자의 손을 잡고 걸어갔다. 앙마 어제 친구분들이 어디서 데리고 온 술집 여자일지도 모른다. 그런들 하필이면 시아우가 왜 혼자 차지하고 있을까 하는 의구심에 정 여사의 발길은 자꾸 헛놓였다.

정 여사는 달리다시피 걸음을 빨리하여 물 위에 세워진 정자로 갔다. 앞질러 거기서 그들을 기다려 찬찬히 여인을 살피려 함이었다. 정 여사는 정자의 이쪽 기둥 뒤에 쪼그리고 앉아 완전히 몸을 숨겼다. 거기서는 좀더 가까이 그들을 관찰할 수 있기 때문이었다.

과연 그들은 천천히 다가오고 여인의 얼굴과 모습이 알아볼 수 있는 거리에서 움직이고 있었다. 정 여사는 여인을 보고 좀 놀랐다. 술집의 여인인 줄 알았더니 그런 티는 조금도 없이 아주 앳되고 세련되고 청순해 보여서 대학 막 졸업했거나 아니면 대학의 재학생으로만 보였다.

'하기야 오샌 요정의 기생들 중에 여대생들이 많다고들 하지 않던가?'

정 여사가 정찰하는 줄도 모르고 그들은 태연히 지나갔다. 물소리에 섞여 잘 들리지도 않을 텐데 어떻게 음성도 탁하지 않고 맑은 것처럼 들은 듯도 했다.

'참 알다가도 모를 일이다.'

정 여사가 날마다 돌고 있는 절의 경내를 건성건성 다녀서 산장으로 돌아오니까 아들은 벌써 일어나 단정하게 앉아서 책을 읽고 있었다.

"얘. 어제 숙부님 친구들이 여자들도 데리고 왔었니?"

"왜요?"

그는 좀 당황해하면서 눈을 크게 떠 어머니를 마주 보며 되물었다.

"숙부님이 웬 여대생 같은 여잘 데리구 계곡 건너편 길을 거닐더라. 그 여자도 어제 왔었어?"

"글쎄요. 전 못 본 것 같은데요. 아마 나중에 왔나 보죠."

"그럼 친구분들을 다 어쩌구?"

"그걸 제가 어떻게 압니까?"

머리를 푹 숙여 책에서 눈을 떼지 않고 우물쭈물하는 아들의 표정과 말에서 정 여사는 직감적으로 어떤 기미를 알아챘다. 비록 자신에 대한 탐색에는 맹점이 있었지만 정 여사는 본래 눈치 빠르게 비밀 사건을 캐내는 데는 귀신 같다는 이름을 얻고 있는 터였다.

"너 바른 대로 말해! 어젯밤에 그 젊은 여자가 네 방에서 숙부님과 동숙한 거지?"

"네?"

아들의 눈동자가 흔들리고 눈과 입이 한꺼번에 크게 열렸다.

"여관에선 행여 들킬까 봐 감쪽같이 네 방을 이용한 거 아냐?"

"원 어머니두……."

"숙부도 딱하지. 하필이면 술집 여잘 데리구 네 공부방을 이용하다니 말이 되니?”

“술집 여자가 아녜요. 전부터 잘 아는 모양이던데요?”

“전부터 잘 알다니! 이게 어찌 된 일이람.”

정 여사의 눈앞에 정숙하고도 근실한 영선의 환한 얼굴이 아른댔다.

“어찌 되긴 뭐가 어찌 됩니까? 그러실 수도 있잖아요?”

“뭐가 어째? 어린 녀석이 좋은 것 본뜨겠네! 그러실 수도 있다니?”

“세상의 모든 남성이 다 아버님같이 그렇게 청백한 줄 알으셨다간 환멸을 느끼시게 됩니다. 그저 눈 딱 감고 입을 꼭 덮어두세요. 집안의 평화를 위해서 말입니다.”

공부만 들이 파는 샌님인 줄 알았더니 언제 이런 엉뚱한 수작을 할 만큼 자랐나 싶어 정 여사는 아들의 제법 거무스름한 수염자리를 훔쳐보며 쓴 입맛만 다시는데 윤 부장이 번드레 윤이 나는 얼굴로 산장으로 왔다.

“아주머니 안녕히 주무셨습니까? 너 왜 어젯밤에 안 왔어? 친구들은 다 여관으로 가버리고 나 혼자 잤다.”

이런 새빨간 거짓말이 있을까. 아무 주저도 없이 천연덕스럽게 지껄이는 그 얼굴에 물이라도 뿌리고 싶도록 극도의 증오심이 끓어올라서 정 여사는 차라리 입을 다물고 외면했다.

“저 오늘은 올라가봐야겠습니다. 큰댁엔 어멈이 자주 들르는 모양이니까 아무 염려 마시고 잘 쉬시다가 건강한 몸으로 돌아오십시오.”

“조반은 어떻게?”

끝내 잠잠할 수도 없어서 정 여사는 겨우 그런 짧막한 말만 냈다. 청수의 변색된 표정을 전연 모를 리도 없건만 그는 어디까지나 태연하고 침착했다.

“전 벌써 거기서 들었습니다. 또 대전에 들러서 가야 하니까요. 그럼 편안히 계시다가 오십시오.”

그는 공손하게 인사를 올리고 봉투 하나를 따로 조카에게 주면서,

“약소하다만 어머님 휴양비에 보충해라.”

하고 그곳을 떠났다. 정 여사는 시아우의 당찬 체격과 훤칠한 뒤통수에서 문득 남편을 느꼈다. 뒷모습까지도 방불하건만 내용은 어찌 그다지도

천양지판인가. 형은 지나치도록 고고하고 청순한데 아우는 그 반대로 행동이 깨끗하지 못한 것이다. 정 여사는 어젯밤의 일로 미루어 윤 부장에게는 그런 종류의 여자 관계가 상당할 것이라는 추측을 했다. 다만 윤 박사와 달리 성격이 다양하고 능청스러워서 꼬리를 잡히지 않았을 뿐이라는 단정을 내렸다.

'우리 동서만 까맣게 모르고 있을 거야.'

정 여사는 서울에 돌아와서도 영선에게는 절대의 비밀로 해두었다. 일부러가 아니라 그렇게 할 수밖에 없는 것이다. 만일 그 비슷한 눈치만 나타나도 동서는 결단코 용서하지 않으리라. 온순하고 너그러운 듯하면서도 죽은 최씨가 산 김씨 셋을 당해낸다는 최씨라 그런지 뚝심만은 꼭 가지고 있는데다가 남편의 외도 방면에는 심하리만큼 강한 질투심을 나타내고 있는 것이다.

자기의 남편이 말로만 흥청거릴 뿐 실상은 그렇지 않다는 것을 철석같이 믿고 있으니까 이날까지 가정이 평온했을 것이다. 만일 열의 하나인 어떤 기미만 챘다 하더라도 동서는 물불을 가리지 않고 집을 뛰쳐나갈 것이고 집안은 이내 뒤죽박죽이 되지 않겠는가. 차남이 알고 있다는 것은 그야말로 땅 속에 깊이깊이 묻어둔 것이나 마찬가지일 것이고 문제는 자기 자신이다.

'이 사실만은 나만이 알고 있는 영원한 비밀이어야 한다.'

그러자니 자연히 정 여사는 동서를 측은히 여기게 되고 그 반면으로 그렇게도 깨끗하게 일생을 마친 남편에게 대한 추모의 정을 날이 갈수록 더욱 높직하게 쌓아올리고 있는 것이다.

이러한 정 여사의 깊숙한 비밀을 까맣게 모르는 영선은 아직도 윤 박사의 비석에서 눈을 떼지 않고 또 한 번 맘속으로 뇌어보았다.

'정말이지 우리 형님은 가엾으셔……'

—1971년

朴花城의 작품세계
— 한국 여성의식의 지평(地平) —

—文學評論家—　　金 良 洙

　박화성(朴花城)은 이 나라 최초의 본격 여성 소설가로서 1920년대에 등단하여 의식있는 여성 문인으로서의 활약을 보여준 작가이다. 박화성의 등장은 문학의 세계에서 여러 가지 뜻을 드러내주었다.

　이 나라 문단이 춘원(春園) 이광수의 계몽주의 소설의 단계를 벗어나서 사실주의 소설의 초입으로 들어서려고 하는 때에, 아직도 사실주의 문학이 자리를 굳히지 못했을 무렵에 박화성은 사실주의 소설의 바탕을 밑에 깔고 사회의식의 강렬한 비판성을 지닌 작품을 세상에 드러내 보여준 것이다.

　그것도 남성 작가가 아닌 여성 작가의 몸으로 담대한 기개를 펼쳐 보인 것이다.

　그의 처녀작이라 할 수 있는 《추석전야》는 여공(女工)을 주인공으로 내세운 최초의 작품에 해당한다. 직업 여성의 처지를 다루었다고 하는 설정도 중요했지만 더구나 공장에서 일하며 생활하는 여성의 참상을 세상에 고발해 보여줬다는 데에 주목할 만한 가치가 있는 것이다.

　단순히 사회고발에 그치지 않고 이 작품에서는 착취당하는 식민지 백성의 수난과 참상을 묘사해 놓고 있다. 여공이라고 하는 직업 여성의 실태를 부각시켜 놓으면서 이 겨레가 당하고 있는 수난의 모습을 적나라하게 파헤쳐 놓은 것이다.

남성 작가들도 이렇듯 대담하게 식민지 겨레의 실정을 묘파하지 못하고 있을 때 이 나라 초창기 여성 작가로서 의식있는 문학작품을 형상화해 보이고 있다.

방직공장 여공이 박봉으로만 처우되고 있는 것이 아니라 직장 여성으로서의 인권을 유린당하고 있는 현장 묘사를 통해 식민지 수탈의 면모를 폭로해 보이고 있다. 따라서 그 같은 일제(日帝)의 수탈정책으로 피폐해진 한국 서민층 사회의 비참한 생존의 현장을 강조하는 데 문학적 역량을 보여주고 있다. 그러므로 박화성의 등장은 문학을 통한 의식화 형태를 시도해 보인 선구적 공로를 인정하게 하고 있다.

그는 또한 여성 작가로서 최초의 장편소설 《백화(白花)》를 발표한 작가이기도 하지만 아무래도 그의 문학을 돋보이게 하고 특성을 살려낼 수 있었던 것은 그의 치열한 작품성이 펄펄 뛰고 있는 초기의 단편들과 일부 중편소설에 있다고 하겠다.

그가 작가로서 그의 위치를 확고하게 나타내주고 있는 것은 1932년에 발표된 《하수도 공사》가 아닐 수 없다. 일본인 하청업자의 농간으로 임금을 착취당하는 수탈의 형태를 하수도 공사장의 현장에서 실감나게 취재해 왔을 뿐 아니라 수탈행위 앞에 속수무책으로 당하고 있지만 않고 굴욕을 거부하며 들고 일어서는 노동대중의 항거와 그 궐기를 생동감있게 묘파하면서 수탈당하고 억압당하는 이 땅의 처참한 현실을 과감하게 그려놓고 있다.

이 작품에서는 우선 위에 언급한 문제들과 함께 주목을 끌게 하는 것은 이 나라 서민생활의 피폐함과 함께 서동권이라는 젊은 투사의 건전한 투쟁의식이 신선하게 돋보이는 대목으로 두드러지고 있다.

《추석전야》에서는 주부 여공인 영신의 의지적인 삶의 자세를 조명해

보이고 있었고, 《하수도 공사》에서는 이 땅의 젊은 투사의 참신한 의식과 행동을 부각시켜 보인 사실이 그것이 아닐 수 없다. 그러나 박화성의 작가적 역량은 우리 농촌의 암담한 현실을 활사시켜 놓음으로써 그의 문학이 무엇을 말하려고 하는지를 역설해 놓고 있다.

문학이 인생의 현실을 그려놓는 것이라고 할 때 그 현실이라는 것이 단순히 사회의 실상만을 지칭하는 것은 아니라고 하겠지만 우선 목전의 현실이 가장 불합리하고 부조리한 국면에 직면하고 있다고 한다면 문학의 중요한 묘사 구실이 그것을 좌시하고 넘어가서는 안 될 것이다.

그런 면에서 1930년대의 이 땅의 농촌 현실을 외면할 수 없었던 박화성의 눈길은 정당한 것이었고 그가 형상화한 농촌 중심의 소설들은 실로 높은 평가를 받아 마땅하다고 보는 것이다.

그의 《홍수전후》에서 보여주고 있는 이 나라 농촌 풍경의 처절함과 귀양살이 생활과 같은 재해의 발생은 마치 천형의 땅을 방불케 하는 것이 아닐 수 없다. 그야말로 살아 움직이는 것같이 활사해 놓은 농민들의 참상의 단면을 통해 이 땅의 농업 현장의 후진성과 불행을 통절하게 증언해 놓고 있다.

팔할이 농민으로 된 이 땅의 생존 인구의 무대인 농촌이 개벽 이래로 하늘과 약속한 순리만을 의존하고 살아가는 치량함이 박화성 소설에서 너무나 여실히 묘파되고 있다.

조상 대대로 하늘의 천연적인 처분만을 기대하며 운명을 단지 하늘의 처분에만 맡기고 살아가는 답답하고 암담한 이 땅의 농촌 현실을 가슴 저리게 조명하여 강조하고 있다. 거기에 엎친 데 덮친 격으로 식민지 착취와 함께 어리석고 순종적이기만 한 이 땅의 선량한 농민들의 심성과 표정을 여실히 그려보여 주고 있다.

그의 문학이 사회주의 경향파의 영향을 다분히 받은 듯한 묘사로 엮어지고 있는 것도 숨길 수 없는 진실이지만 그러면서도 이데올로기의 강조로만 일관하지 않고 있는 장면은 그가 농촌 현실을 정치적 시각의 잣대로만 처리하지 않은 데서 오는 것이다.

일제 식민지 통치하에서는 제방사업이나 사방공사 그리고 식목사업 같은 것을 국가적인 차원에서 이룰 수 없는 실정이었고 민족 장래를 바라보는 농업정책이 실현될 수 없었다는 데 치명적인 장애가 가로놓여 있었던 데에다, 농촌을 일으켜 세울 수 있는 새마을 사업과 같은 것이 펼쳐질 수 없는 우민(愚民) 정책에 지배되고 있었던 것이다.

《홍수전후》와 맞먹게 농촌의 비극을 장식한 《한귀(旱鬼)》도 수리사업에 국가적 민족적 역량을 기울일 수 없었던 피압박 민족의 암담한 슬픔이 그대로 형상화된 작품이다. 소말리아나 중동의 어느 극한적인 지역을 연상시키는 비극이 바로 일제 치하의 우리 농촌의 실태였다는 것을 역연하게 그려주고 있다.

이 두 작품은 1970년대 이 나라에서 보릿고개라는 수치스런 명칭이 사라질 때까지 우리 농촌의 어려움과 비탄을 대변하는 고질적인 재해의 재현이었던 것이다. 현진건의 사실주의 소설들이 시정(市井) 묘사의 극치였다고 한다면, 박화성의 위의 두 작품은 농촌을 묘사한 사실주의 소설의 백미였다고 할 수 있다.

《홍수전후》와 《한귀》로 우리 농촌의 가장 대표적인 특수 실정을 부각시켜서 농촌을 배경으로 한 농민소설의 백미로 남게 된 것이다. 이 두 작품의 통절성을 전제로 했을 때 《고향 없는 사람들》의 현실성이 절실해지며 또한 감동을 불러일으켜 주는 것이다.

'홍수'와 '한재'로 소출이 해마다 줄어들어 빚과 소작권 상실이 몰고 온 절망적인 입지 조건이 결국은 탈향(脫鄕) 현상을 빚게 할밖에 없다.

자기가 살 터전을 잃은 농민들이 갈 길은 고향을 등지고 대거해서 신천지를 찾아나서는 길밖에 없는 것이다. 해마다 물난리와 가뭄으로 시달린 끝에 빚과 소작 수탈로 굶주림과 헐벗음과 농토를 빼앗기는 일밖에는 안겨질 일이 없는 것이다. 마땅하게 반겨주는 새 터전이 있는 것도 아니면서 떼를 지어 새 일터를 찾아 나선 그들의 앞길이 순탄하지 않을 것은 정한 이치일 수밖에 없다. 《고향 없는 사람들》은 그러므로 《홍수전후》와 《한귀》의 결론에 해당하는 작품인 것이다. 주권 없고 수탈당하는 겨레의 한많은 사양의 과정을 바로 부평초 같은 참담한 처지와 신세를 민족 서사시의 단면처럼 전개시켜 보여준 것이다.

그런데 이 작품이 소설로서 박진감을 풍겨주고 있는 것은 그의 사실적인 수법 전개와 기량의 뛰어남에서 오는 것이라 하겠으며, 도식적인 이데올로기 취향을 벗어난 농촌 사랑의 순정에서 비롯되는 것이라고 할 수 있다.

《홍수전후》의 주인공도, 《한귀》의 그들도 한결같이 운명을 저주하거나 타인을 미워하기보다는 운명에 대해 체념하고 자신의 못났음을 탓하는 소극적이고 순종적인 인물들로 설정되어 있다. 이런 인간상들이 농촌 현실을 부정적인 시각으로만 몰고 간 듯이 지적될 수도 있으나, 8·15 해방 이전의 이 땅의 농촌 현실이 그 같은 암담함과 악순환으로 일관되어 있었다는 것을 인정하고 상기할 때 오히려 그것이 생생한 진실에 접근한 창작 태도라는 것을 인정할 수 있을 것이다. 다만 그 같은 절망적인 상황 속에서도 한 줄기 빛살의 밝은 맥줄기 같은 것이 보이는 것은 《고향 없는 사람들》이나 《홍수전후》에서 볼 수 있는 것 같은 농촌 사람들의 허물없고 가식 없는 따뜻한 인정의 발현이 아닐 수 없다.

홍수가 들이닥칠 기미가 보이자, 동네 이웃 친구들이 달려와서 간곡히 피난하기를 잊지 않는 우정의 발휘나 또 고향을 등지고 정처없이 떠나가는 탈향 가족들을 위해서 따뜻이 석별의 잔치를 나누는 인정들이 작품에 등장하는 인물들을 구원해주고 있는 것이다. 아니 이 겨레의 절망적인 어두움을 그나마 각박하지 않게 해주는 구원의 바탕이 되어주고 있는 것이다. 그리하여 같은 해에 발표된 중편 《비탈》과 같은 중후한 작품에서 사실주의 소설로서 농촌소설의 자리굳힘을 보여주고 있는 것이다.

절망적인 현실 속에서도 긍정적인 농촌 건설의 길을 찾아가려는 안간힘을 배경에 깔고 구태의연한 재래적인 여성의 자세만으로는 현실에 희생당할 수밖에 없는 주인공 '수옥'의 죽음으로써 전진적인 인생관의 확립을 강조해 놓고 있다.

물론 이 작품의 결말 부분은 리얼리티를 결하고 있지만 중반까지의 작품 전개는 탄탄하게 밀도가 있는 사실적 구성을 보여주고 있다.

생동감 있는 농촌 풍경 묘사에서 교과서에 실어도 손색이 없는 문장의 빼어남을 격찬한 홍벽초의 지적이 과장된 것이 아님을 수긍할 수 있다. 박화성 소설문학의 최절정기를 구가하던 시기의 작품답다고 하지 않을 수 없다.

여기까지를 그의 전반기라고 한다면 해방 후에 다시 시작한 시기를 후반기로 치게 되는데 이 후반기에 이르러서는 신문 연재 소설이 주류를 이루고 있어서 그의 그 꼿꼿하고 치열한 문학 정신이 대중소설적인 경향으로 많이 이완된 감이 없지 않아 있다.

물론 그의 단편 또는 중편들에서는 《현대적》 또는 《휴화산(休火山)》에서 보여주는 것 같은 문장면에서의 능숙하고 탄탄한 기량을 발휘해주고 있음이 그의 노익장을 입증하고 있으나 주제면에서는 이완과 퇴조를 느끼지 않을 수 없게 해주고 있는 것이다.

《어둠 속에서》와 같은 시사컬럼을 방불케 하는 단편에서 예리한 사회 비판의 번득임이 살아나오고 있으나 이미 소설적인 테두리를 넘어선 관심인 것이다. 그렇지만 한국 여성의식의 지평을 보여준 소설적 공로는 잊을 수 없다.

▨ 박화성(朴花城) 연보 ▨

1904년(1세) 전남 목포에서 출생.

1925년(22세) 단편 《추석전야》가 이광수의 추천으로 〈조선문단〉에 발표됨으로써 데뷔.

1929년(26세) 일본여자 대학 영문과 3학년 수료.

1931년(28세) 장편 《백화》를 〈동아일보〉에 발표. 단편 《하수도 공사》 발표.

1932년(29세) 장편 《백화》 간행.

1933년(30세) 단편 《떠내려가는 유서》《두 승객과 가방》 발표.

1934년(31세) 단편 《신혼여행》《홍수전후》《논 갈 때》《헐어진 청년회관》 발표. 경주, 부여, 강서, 해서 등의 고적을 탐방하고 기행문을 〈조선일보〉에 연재.

1935년(32세) 장편 《북국의 여명》(조선중앙일보), 중편 《비탈》(신가정)에 발표. 단편 《불가사리》《눈오던 그 밤》《한귀(旱鬼)》《고향 없는 사람들》 발표.

1936년(33세) 단편 《춘소》《이발사》《호박》《시들은 월계화》, 희곡 《잃은 봄 찾은 봄》 발표.

1937년(34세) 단편 《호박》《온천강의 봄》 등 발표.

1938년(35세) 단편 《중굿날》 발표.

1945년(42세) 단편 《검정사포》 발표.

1946년(43세) 단편 《봄안개》 발표.

1947년(44세) 단편 《파랑새》《광풍》《파라솔》 등 발표. 단편집 《고향 없는 사람들》 간행.

1948년(45세) 제2단편집 《홍수전후》 간행.

1950년(47세) 단편 《진달래처럼》《거리의 교훈》 등 발표.

1951년(48세) 단편 《외투》《형과 아우》 등 발표.

1955년(52세)　장편 《고개를 넘으면》(한국일보)에 연재.　단편 《부덕》
《원두막 풍경》 등 발표.

1956년(53세)　장편 《사랑》(한국일보) 연재.　장편 《고개를 넘으면》 간
행.

1957년(54세)　장편 《벼랑에 피는 꽃》(연합신문)에 연재.

1958년(55세)　단편 《나만이라도》《하늘이 보는 풍경》 등 발표.　장편
《내일의 태양》(경향신문) 《바람뉘》(여원) 연재.

1959년(56세)　단편 《딱한 사람들》《어머니와 아들》 등 발표.　목포시 문
화상 수상.

1960년(57세)　장편 《태양은 날로 새롭다》(동아일보) 《타오르는 별》(세
계일보) 《창공에 그리다》(한국일보) 연재.　장편 《타오르는 별》 간행.

1961년(58세)　단편 《청계도로》(여원) 《비오는 저녁》(주간 새나라) 발
표.　문학 선구 공로상 수상.

1962년(59세)　장편 《너와 나의 합창》(서울신문) 연재.　단편 《별의 오각
은 제대로 탄다》(현대문학) 《버림받은 마을》《회심록》 등 발표.

1963년(60세)　자서(自敍) 장편 《눈보라의 운하》(여원), 장편 《거리에는
바람이》(전남일보) 《젊은 가로수》(부산일보) 연재.

1964년(61세)　회갑 기념으로 장편 《눈보라의 운하》 간행.　장편 《거리에
는 바람이》 간행.　장편 《여류한국》을 최정희와 공저.

1965년(62세)　단편 《원죄인》(문학춘추), 《샌님마님》(현대문학), 《팔전
구기》(사상계) 발표.　장편 《열매 익을 때까지》 간행.　《창공에 그리다》
간행.　한국 여류 문학인회 초대 회장 피선.

1966년(63세)　단편 《어떤 모자》(신동아), 《증언(일명 금례)》(현대문학)
발표.　장편 《새벽에 외치다》 간행.　제3회 한국문학상 수상.

1967년(64세)　단편 《잔영(殘影)》(신동아), 《애인과 친구》 등 발표.

1968년(65세)　단편 《현대적》(여류문학) 발표.　단편집 〈잔영〉 간행.

1969년(66세)　중편 《햇볕 내리는 뜨락》(소년중앙).　단편 《이대(二代)》
(월간문학), 《비취와 밀화》(여성동아) 발표.　수필집 〈추억의 파문〉 간
행.

1970년(67세)　한국예술원상 수상.　단편 《평행선》(월간문학), 《성자와

큐피트》(신동아) 발표. 문공부 문학상 심사위원.

1971년(68세) 단편 《수의(囚衣)》(월간문학) 발표. 장편 《내일의 태양》
  간행.

1972년(69세) 장편 《타오르는 별》2·3판 간행. 《내일의 태양》《벼랑에
  피는 꽃》 보급판 출간.

1973년(70세) 단편 《휴화산(어머니여 말하라)》(한국문학) 발표.

1974년(71세) 중편 《햇볕 내리는 뜨락》(을유문화사) 간행. 수상집 《순
  간과 영원 사이》 간행. 문화훈장 수상.

1975년(72세) 단편 《해변소묘》(신동아) 발표.

1976년(73세) 단편 《신록의 요람》《어둠 속에서》(한국문학) 발표.

1977년(74세) 창작집 《휴화산》 간행.

1978년(75세) 수필 《평화는 내 마음속에 있다》(불광), 《창조의 영원성》
  (주부생활), 《오월에 생각한다》(월간중앙) 발표. 《동해와 달맞이꽃》
  (한국문학) 발표.

1979년(76세) 《삼십사 년 전후》(한국문학) 발표.

1980년(77세) 《여왕의 침실》(한국문학) 발표.

1981년(78세) 《신나게 좋은 날》《아가야 너는 구름 속에서》(한국문학)
  발표.

1982년(79세) 《미로》(한국문학) 발표.

1983년(80세) 《이 포근한 달밤에》(한국문학) 발표.

1984년(81세) 《마지막 편지》(한국문학) 발표.

1985년(82세) 단편 《달리는 아침에》(한국문학) 발표.

1986년(83세) 수필집 《내가 하고 싶은 말》 간행.

고향 없는 사람들

중판 발행 2006년 1월 20일   값 8,000원

■ 저 자 / 박　화　성
■ 발행자 / 남　　　용
■ 발행소 / 一信書籍出版社

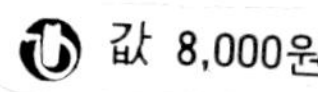

인지 생략

주 소 : 121-110 서울 마포구 신수동 177-3
등 록 : 1969. 9. 12. No. 10-70
전 화 : 703-3001~6
FAX : 703-3009
대체구좌 / 012245-31-2133577